缪斯之灵

荷马史诗导读

程志敏 — 著

华夏出版社

οὐκ ἐνὸν ἄνευ θείας καὶ δαιμονίας φύσεως οὕτως καλὰ καὶ σοφὰ ἔπη ἐργάσασθαι.

        Democritus, fr.21, DK

只有那种具有神圣的和灵异本性的人，才写得出如此漂亮和智慧的史诗。

        德谟克里特，残篇 21

Traditum est etiam Homerum caecum fuisse……ut quae ipse non viderit nos ut videremus effecerit.

        Cicero. *Tuscul.* V. xxxix.114

传说荷马是一位盲人。……但他却让我们看到了他自己无法看见的东西。

        西塞罗，《图斯卡鲁论辩录》5.39.114

歌唱吧,女神!……

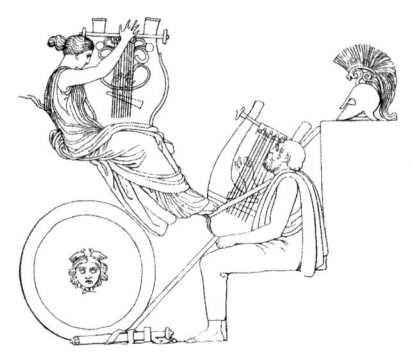

目　录

前　言　*1*

导论：谁杀死了荷马？　*001*

第一章　作为思想史形象的荷马　*012*

　　第一节　荷马传说　*012*
　　第二节　荷马其人　*019*
　　第三节　荷马之名　*028*
　　第四节　思想史中的荷马　*037*

第二章　荷马史诗简史　*043*

　　第一节　英雄传说　*044*
　　第二节　文本编纂　*054*
　　第三节　研究历程　*067*
　　第四节　荷马问题　*084*

第三章　《伊利亚特》的内容与结构　*095*

　　第一节　各卷内容　*096*
　　第二节　环形结构　*112*

第四章　《伊利亚特》的多重主题　*128*

　　第一节　愤怒　*128*

第二节 神明 *136*
第三节 英雄 *160*

第五章 《奥德赛》的内容与结构 *173*

第一节 两诗异同 *173*
第二节 主要内容 *181*
第三节 基本结构 *193*

第六章 《奥德赛》与古典政治哲学 *205*

第一节 生存 *206*
第二节 权力 *210*
第三节 明智 *219*
第四节 诗与哲学 *228*

结语：西方文明之父 *235*

附录 *238*

《伊利亚特》的场景 *238*
荷马史诗学术资源综览 *254*
荷马史诗大事年表 *268*
荷马时代的《英雄诗系》 *272*
主要参考文献 *284*

前　言

德国哲学家雅斯贝斯说："世界正在经历一场极大的变化，以往几千年中的任何巨大变化都无法与之相比。我们时代的精神状况包含着巨大的危险，也包含着巨大的可能性。如果我们不能胜任我们所面临的任务，那么，这种精神状况就预示着人类的失败。"[①] 在这场"数千年未有之大变局"中，机遇与危险共存，但无论如何，我们都必须承担起自己的任务，因为那是我们的使命。

在这个极其贫乏的时代，有人说"古希腊人死了"（Arnold 语），"荷马死了"，这当然是一个不争的事实。但我们要看到，正是荷马之死导致了时代的贫乏。我们或许丢弃了这份宝贵的财富，物竞新奇，追求新鲜，尤其国朝学界盲目跟风，追在别人后面瞎起哄。殊不知，国朝学界"仅仅铺陈晚近以来西方学院内的细琐争论，造成'最新的争论就是最前沿的问题'之假象，实际却恰恰缺乏历史视野，看不出当代的许多争论其实只不过是用新术语争论老问题而已"（甘阳、刘小枫，《政治哲学文库总序》）。与其如此，还不如老老实实读点古书，这不是为了附庸风雅搞什么古典主义，而是寻找更为根本的思想资源，看看是否能够借以回答现代的问题。就算实在找不到什么高深的理论为我所用，也不会有害处。更何况，尼采、海德格尔等人在对古希腊的思想发掘中已经大有收获。

荷马史诗轻松、易读而且养人，具有温中益气、培正扶本、清心润脾之功效。人不分贵贱，地无分东西，时不论古今，荷马史诗真可谓老

[①] 雅斯贝斯，《时代的精神状况》，王德峰译，上海：上海译文出版社，2013，第24页。

少咸宜。这块老字号招牌亦算得历久弥新、驻颜有方,至今仍金灿灿、明亮亮,颇有市场号召力。不过,荷马史诗研究在我国还非常薄弱,这与我们的综合国力和文明程度极不相称。再加上当今思想局面的混乱和浮躁,读点经典似乎尤其成为今朝士人一件很紧迫的事情。读中国的《诗经》当然是分内之事,不过偶尔涉猎一下洋人的"诗经",倒也不会失了我大国文教的风雅与崇高,或许还能显出点天朝的气度来:洋人不读我们的《诗经》也就罢了,我们却不能如此抱持井蛙之见。或曰:偷窥邻家花园,见到姹紫嫣红,不亦乐乎;居然对之心无憎恶,反倒欢喜赞叹,则万法平等,不亦君子乎。

毕竟,曾几何时,有人"言必称希腊"。如今想来,那个时代的这种倾心"皈依"必定是一件无比幸福的事情,正如布克哈特在其《希腊文化史》的序言末尾所说:"我们在创造力和才能方面永远赞叹古希腊人,而在认识世界方面则永远感谢古希腊人。对我们来说,他们既在近旁,又在远方;既熟悉,又陌生;既普通,又伟大。"[1]所以,"言必称希腊"的时候至少比妄自尊大、卑微自雄、自以为是而最终莫衷一是的某些时代要幸福得多。有人会从"哲学"的高度批判"言必称希腊",说它是缺乏批判性的愚忠,殊不知这种满脑子"批判精神"的人,其实才是理性的奴隶。

我们不是不需要批判,因为如果"没有急需的批判家,没有敬虔的好古家,没有伟大者能力的伟大事物的认识者,这些都是长成为杂草、背离其自然产地因而蜕化了的植物"[2]。但"批判",有其自身的限度,也有它适用的范围。在尼采看来,就是仅当当前有急迫的需要对我们产生了强大的压迫,必须摆脱这种负担,我们才能前进,这时才需要批判、审判或判决——这种说法无疑上承马丁·路德,下启海德格尔以及后现代主义者的"解构"策略。无论"批判思维"自我标榜多么有建设性,

---

[1] 转引自洛维特《雅各布·布克哈特》,楚人译,北京:商务印书馆,2013,第181页。
[2] 尼采,《不合时宜的沉思》,李秋零译,上海:华东师范大学出版社,2007,第159页。

归根结底它仍然以"破"为主，而所谓的"立"则要曲折婉转得多。

哲学家从来不缺乏"批判"精神，甚至可以说，批判就是现代哲学的生命：它以批判发家，又以批判行世，如果没有批判，哲学就失去了生命。但古代哲学或有不同的地方，它教导的不是彻底而决绝的思考和言说，而是教导谨慎和节制。且不像叔本华对康德的"批判"所作的苛刻"批判"，认为康德的批判实为削足适履，"近乎儿戏"（Spielerei），甚至"公然对真理施暴"（der Wahrheit offenbare Gewalt anzuthun），[①] 但至少我们可以像尼采那样更加中肯地评价：

> 批判性的培养，造就精神事物的纯净和严格的每一个习惯，未来哲学家将不只是期望自己拥有这些：他们会把这些当做他们特有的装饰品那样佩戴起来，甚至戴给别人看，——尽管这样，他们还是不愿意因此被叫做批判者。像今天常常发生的这样，当有人颁布道："本身就是批判和批判性的科学——此外绝无他事！"那么在他们看来，这对哲学可不算个小侮辱。……我们的新哲学家尽管如此仍然会说：批判者是哲学家的工具，恰恰因为这一点，作为工具，他们本身离哲学家还差得老远呢！哥尼斯堡的那位伟大的中国人也只是一个伟大的批判者。[②]

未来的思想不只有"批判"，甚至为了"建设"，还很可能暂时"悬搁"这个被人们过度崇拜以至于变得畸肿的东西，这种东西或者就是肿瘤，毕竟癌症都是健康机理过分膨胀而致。如果以为思想（比如哲学）就只是"批判"，这的确是对思想极大的侮辱。批判最多只是哲学家的"工具"，不是哲学的全部，被现代视为珍宝的"批判"离真正的哲学和思想还差

[①] 叔本华，《作为意志和表象的世界》，石冲白译，杨一之校，北京：商务印书馆，1982，第585页。

[②] 尼采，《善恶的彼岸》第210节，赵千帆译，孙周兴校，北京：商务印书馆，2015，第182页。

得远呢！更何况时代精神业已溃散无依，谈批判又有什么意义呢？更不用说我们并不比古希腊人高明，谁给我们那么大的自信去批判古希腊人呢？海德格尔的话或者可以作为参照：

> 从希腊和亚里士多德直至当下，那么，我们就能够说：我们事实上未往前走上一步，甚至恰恰相反，我们已经丢失了希腊人所取得的那种立场，因而我们甚至不再理解这些问题。[①]

很多伟大的思想家都认识到了，尽管我们在文明器物方面比古人发达得多，但我们丝毫不比古人"高明"。海德格尔在其他地方也说："自柏拉图以来，哲学在其枢要问题上未尝取得任何进步；归根结底，哲学最内在的向往与其说是进步（这就是离开自身），不如说是走向、达到自身。"[②]

那位被尼采讥刺为"哥尼斯堡的伟大中国人"为什么喜欢大谈特谈"批判"？叔本华猜测，大概是因为康德"完全缺乏那种古代的、壮阔的简洁，完全缺乏质朴、率真、坦率［的气质］"。[③] 时过境迁，康德没有像后来继承他又最终"叛教而出"也就是反过来批判康德以及整个理性主义哲学的谢林那样意识到，"在希腊人的最古老的艺术作品那里，我们也会发现一种寂静的伟大，一种崇高的宁静，这些作品仿佛是在冲突爆发的前夜直接产生出来的，因此还带着那个更宁静的世界时代的力量的最后余晖。……最古老的时代的全部学说都一致认为，那个先行于当前状态的状态是一个无限封闭的状态，是一个不可探究的、寂静的、遮蔽着的状态"。[④]

[①] 海德格尔，《柏拉图的〈智者〉》，熊林译，北京：商务印书馆，2016，第 305 页。
[②] 海德格尔，《现象学之基本问题》，丁耘译，上海：上海译文出版社，2008，第 385 页。另参维柯，《大学开学典礼演讲集》，张小勇译，上海：上海人民出版社，2012，第 117 页。
[③] 叔本华，《作为意志和表象的世界》，同前，第 585 页。注意，叔本华虽然对康德颇多批评，但总体上还是非常尊重这位近代哲学大师，叔本华总体上视康德为自己的精神导师。
[④] 谢林，《世界时代》，先刚译，北京：北京大学出版社，2018，第 30 页。

不能说古希腊就是那个"无限封闭"因而近于"天道"的状态，但要说那个淳朴的时代保留着更多、更浓、更真的天道消息，应该无可争议。西方人用希腊人的眼睛看世界，用他们的词汇说话，所以我们完全能够理解他们对古希腊的感恩之情——这与完全以自我为中心而不懂得谦卑和感激的现代人大不相同。尚未"忘恩负义"的人把希腊人看成"地球上天才的代表"，说"他们的知识和他们的观察力是异乎寻常的。通过他们对世界的研究，希腊人不仅照亮了他们自己的人性，而且还照亮了其他所有古代人的人性"。[①]

这在日益强大的东方人听来，实在不舒服，凭什么说他们就是地球上的天才代表？就算我们自己也是天才，但众所周知，东方已经在很大程度上西方化了——这个"公开的秘密"更应该让人不舒服。不过，不管是主动还是被迫，这个世界既然已经越来越一体化，那么，任何精神上的闭关锁国和文化上的"拥兵自重"都只能是山大王行为，我们不能靠文明上时有时无的打家劫舍过日子。一方面，我们要谦和地学习西方，"他山之石，可以攻玉"。另一方面，我们要"自重"或"自爱"。据说，海德格尔毕生苦苦求索的那个"存在"最终是不可捉摸的和神秘的，所以他才转向东方思想，施特劳斯如此总结海德格尔的立场：

> 仅当我们变得能够向东方特别是向中国学习时，我们才能指望超越技术性世界社会，我们才能希冀一个真正的世界社会。可中国正屈服于西方理性主义。[②]

这个"可"（but）字让我们尴尬，也让我们难受，但它同时也应该是一种警醒。在这种情况下，奢谈东西方的交融，似乎还太早了，因为

[①] 布克哈特，《希腊人和希腊文明》，王大庆译，上海：上海人民出版社，2012，第56页。

[②] 施特劳斯，《海德格尔式存在主义导言》，丁耘译，见《古典政治理性主义的重生》，北京：华夏出版社，2011，第90页。

两边都还乱糟糟不成样子。施特劳斯说,

> 东西方之间的真正交会不可能在当今思想的水准上发生——也就是说不可能在东西方最浅薄时期的最吵嚷（vocal）、最轻率（glib）、最浅薄的代表者之间发生。东西方的交会只能是二者最深层根源的交会。①

正如西方人已经认识到的，东西方的交会需要西方人首先沉潜到西方自身的至深根源，盘点自己的存货，清理自己的垃圾；同样，东方人也应该"打扫干净屋子再请客"（毛泽东语）。

东西方相互学习和相互借鉴（包括相互批评），本身就是各自的分内之责。实际上，西方也有不少人意识到了自身的问题，才会直面各种"危机"现象（如胡塞尔），才会批判西方中心论，也才明白黑格尔"欧洲见识的狭隘"，甚至"在这方面他已经达到极其天真的程度"。② 而中国思想家对此则更有清醒的认识：

> 西方和东方，在这里并不是一个地缘政治学范畴，而主要是被看作向拂晓早先回复的开元汇合之思想领略，为着即将来临的将来，以便让西方和东方重获正本清源的救治。
>
> 那是一种这样的对话时代的到来：既不在对话中施舍，也不在对话中剥夺，而是，对话本身成为让对话者自身自由的言说，即不被对方视野融合的自主言说，从而造成善于聆听的前提，以便在此前提下每一方都能把对话变成听写的二重性存在。换句话说，这种

---

① 施特劳斯,《海德格尔式存在主义导言》,丁耘译,见《古典政治理性主义的重生》,北京：华夏出版社,2011,第90页。
② 胡塞尔,《欧洲科学的危机与超越论的现象学》,王炳文译,北京：商务印书馆,2001,各处。雅斯贝斯,《大哲学家》,李雪涛译,北京：社科文献出版社,2010,第33页。刘小枫编,《舍勒选集》,上海：上海三联书店,1999,第1090页,另参第1051页。

对话才真正成为二重性之展开，那自行遮蔽着的恰是显现者必须带出的自我的审慎与节制，从而让各方摆在恰如其分的位置上是其所是地独立互补、共同在世。①

当然，"古今"问题也与"中西"问题一样，单纯维护任何一方都极其有害。所以，尼采告诫我们："当心，别让一座倒下的雕像把你们砸死了！"②他还详细描述了近代以来古典学家艰苦努力可能导致的不良后果：

> 几个世纪以来，语文学家们一直在试图把倾塌后埋入泥土的古希腊雕像重新竖立起来，可是，迄今为止他们一直力不从心，因为，这是一个庞然大物，个人在其身上像侏儒一样爬来爬去。现代文化的巨大合力和所有的杠杆作用都被用上了，一再地，雕像几乎还没离开地面，就又掉落回去，掉落时把它下面的人砸得粉碎。这也许还可以忍受，因为，每个事物都必然以某种方式死去，可是，谁又会保证，这尊雕像本身不会在这些尝试中摔得粉碎呢？语文学家毁于希腊人——这大概可以不放在心上——可是，古代文化由于语文学家而本身变成了碎片！轻率的年轻人，你考虑一下这种情况，如果你不是破坏圣像运动的参与者，那你就回去吧！③

问道古典是一件崇高而神圣的事情，同时也充满着危险。一方面会"为之反倒败之"，我们对古典思想的倾心向往，努力研读，如果不得

---

① 张志扬，《偶在论谱系》，上海：复旦大学出版社，2010，第51-52页。另参张志扬，《西学中的夜行》，上海：华东师范大学出版社，2010，第133页。另参志扬，《取法乎上：大化无极，允执厥中》，见《海南大学学报》，2014年第5期"主持人导语"。
② 尼采，《查拉图斯特拉如是说》，钱春绮译，北京：三联书店，2007，第85页。
③ 尼采，《论我们教育机构的未来》，即《1870—1873年遗稿》，见《尼采全集》第1卷，杨恒达等译，北京：中国人民大学出版社，2013，第501页。

法，很可能就是对古典的伤害，会让这尊已经被历史的风雨侵蚀得破败脆朽的雕像，毁在我们的"保护"行动中。另一方面，倒下的雕像会砸死它的信徒，现代人崇古如果变成泥古，无疑是自取灭亡。对此，我们回复古典的主张"不是简单地反对现代意识或现代立场，而是反对片面或单面的现代意识或现代立场"，我们的目的是"让古典意识在整个学界有其立锥之地，与现代意识达成平衡"。① 这个要求其实不过分，也很谦卑。

如果我们现在还不是学贯中西、融通古今的时候，也就是如施特劳斯所说的，我们绝对不能让这种兼综融贯的伟大事业在"最浅薄时期的最吵嚷、最轻率、最浅薄的代表者"之间发生，那么，认真做好一些细微琐碎的工作反倒不失为真正的伟大。所以，"倘若习得扎实的古典学功夫，与其吃力不讨好地去打通古代与现代的隔阂，不如踏踏实实做古典文本校释——通过古典文本笺释，让今人在现代—后现代语境中得以重新阅读古典文本，才是切实的贡献"。② 与此相比，当今各路英雄都号称要做"不古不今"和"不中不西"之学，美则美矣，何其远哉。

我们更应该从扎实而基本的地方出发，做一点实实在在的工作。罗念生、王焕生等前辈学人就是我们的楷模。本书所引《伊利亚特》和《奥德赛》，如无特别说明，均采用罗念生、王焕生的译本，感谢他们为汉语世界所提供的准确、可信和严谨的译文。笔者愿以此为基础，陆续从法律、政治和哲学的角度更加深入地研究这部西方文明的"诗经"——目前已注疏完成《英雄诗系笺释》（与崔嵬合作，华夏出版社，2011年），出版《古典法律论》（华东师范大学出版社，2013年），另有《归根知常——西方政治哲学的古典面相》（华夏出版社，2020年），一些译著还将陆续问世。本书初稿以"缪斯之灵"为题，曾作为全校学生公选课教材，交给出版社之后，责任编辑为了发行的效率而改名为《荷马史诗导读》（华东师范大学出版社，2006年），现有所修订，再换上原来的书名。

---

① 刘小枫，《古典学与古今之争》，北京：华夏出版社，2016，第224页。
② 同上，第187页。

本书虽只是一种浅显的导论，写给莘莘学子看，但也倾注了笔者多年的苦心，也自认还保留着年轻时的"雄心壮志"：所有伟大的梦想，都要落到实处，都要立足细微的工作。说得更直白一点，笔者的雄心就在于吸引更多年轻人进入古典思想，共襄盛举，集腋成裘，不仅可以让大家（首先让自己）涵咏自修，说不定还能稍微改变时代精神，毕竟尼采教导我们，"有一百个这样的非现代地教育出来的，以及变得成熟了的、熟悉了英雄事迹的人，现在就可以让这个时代整个喧嚣的假教养永远销声匿迹"。① 这样的"假教养"如今太普遍了，我们已经对之麻木不"仁"，这也是我们现代必须面对的状况。

为了让昔日伟大的东西重新发光，照亮未来沉沉暗路，首先就要求我们沉入经典文本中，团结更多的人，重拾信心，完成自己的使命，正如尼采所说：

> 对过去的纪念式沉思，研究更早世代的经典的东西和罕见的东西，是通过什么对当代人有用的呢？他由此获知，曾经存在过的伟大的东西，无论如何曾经是可能的，因而也会再次成为可能的；他更勇气十足地走着自己的道路，因为现在，在较为软弱的时刻侵袭他的那种怀疑，即他是否也许想要做不可能的事情，已被驱逐出境。如果假定有人相信，只需要一百个有创造性的、在一种新精神中受教育和活动的人，就可以搞垮正好如今在德国变得时髦的教养，那么，觉察到文艺复兴的文化正是在这样一个百人团队的肩膀上形成的，这必然使他更加信心百倍。②

2018 年 中秋
于海南大学社科中心

---

① 尼采，《不合时宜的沉思》，同前，第 195 页。
② 同上，第 153—154 页。

导论：谁杀死了荷马？

尼采讲过一个耸人听闻的故事：一个疯子大白天提着灯笼到市场上去寻找上帝，向懵懂无知的人们宣布"上帝之死"的消息。[1] 上帝之死成了一个中性的事实，对那些早已把上帝和诸神理解为一种价值并因而习惯于理性思维的人来说，上帝之死或超感性世界的阙如，[2] 既不是噩耗，也算不上喜讯，丝毫不会触动微澜死水般的精神世界。但那个疯子却说是"我们"亲手杀死了上帝，这就让几千年来素以明智、审慎和理性自居的"人"由惊讶莫名而愤怒不已：我们不是一向都清白无辜吗？冷静下来好好想想，也许还真像疯子说的那么回事。大家这才意识到，尼采的话是一篇祭文，不是追怀上帝之死，而是凭吊人心之亡。

两个很看不起美国精神的美国教授 V. D. Hanson 和 John Heath，就借用了尼采这个故事祭奠正在死去的"古典学"。[3] 他们假痴不癫大说"疯话"，时而捶胸顿足哀叹学统断绝，时而呼天抢地悲悼礼崩乐坏，时而破口大骂学者自甘堕落、为虎作伥，时而扼腕叹息世风日下、人心不古，时而深情款款缅怀往昔风光，时而王婆卖瓜兜售古典膏药，时而天真幼稚勾勒教育乌托邦，如此等等，疯得如痴如醉。这两位自暴家丑的古典学者，一路骂将下来，上至时代精神，中至教育体制，下至学人恩怨，无不痛快淋漓。这种疯魔般的喃喃自语有似高级牢骚，也似振聋发

---

[1] 尼采，《快乐的科学》，第125节，黄明嘉译，桂林：漓江出版社，2000，第151–152页。

[2] 参海德格尔，《尼采的话"上帝死了"》，收于孙周兴选编，《海德格尔选集》，上海：上海三联书店，1996，第763–819页。

[3] V. D. Hanson and John Heath. *Who Killed Homer? The Demise of Classical Education and the Recovery of Greek Wisdom*, New York: The Free Press, 1998. 这篇导论主要是介绍这本书，下引此书，随文夹注。

聩的禅钟，其实有着清醒的目的，就是要寻求一个宏大问题的答案：谁杀死了荷马？

这个问题预设了荷马之死，但面对空前繁荣的出版市场，我们真的能够说荷马已死吗？同动荡不安的 20 世纪 60 年代比较起来，现在的出版物、课题经费、学术会议以及从业人员不都成倍增多？现代学术体制不是更为"科学"？学术生产不是更为密集和迅捷？难道古典学这个行当不是与时俱进，反而与时俱退？

是的，古典学问的消亡这一事实不仅凿然可鉴，甚至可以用数量来说明。出版物的畸形繁荣恰恰说明了古典学的荒凉：空泛轻浮的时代哪里容得下劳神费力、毫不实用、崇尚精英、反对民主的古典智慧。尼采笔下的疯子说："教堂若非上帝的陵寝和墓碑，还算什么玩意呢？"[①] 同样地，每年数以万计的论文、专著以及书评之类的出版物，连古典学学者自己都看不过来，甚至不屑一顾，那不是古典学坟头上茂密的杂草，又算什么玩意呢？就连专业的古典学研究者都随波逐流物竞新奇，生造术语互相吓唬，以胡说充深沉，用无知封杀学问。被打入冷宫的古典学之所以奄奄一息，终欠一死，只是迟早的事情。如今，不过还有几个自以为砥柱中流的酸儒苟延着古典学的残喘而已：荷马之死的消息来得稍为早了一些，"雷电需要时间，星球需要时间，凡大事都需要时间"，[②] 若能假以时日，荷马之死指日可待！

专家尚且如此，老百姓搞不懂自己（西方）文化的根源，弄不清历史的来龙去脉，那又有什么好奇怪呢？况且，在这个"科学"的时代，又有什么必要去探究那些"无用"的东西呢？至于绝对价值、道德廉耻、生命的悲剧意识等等，不过是极少数知识分子赚取润笔、润喉的幌子而已，哪里还当得真！大多数能干的知识分子（包括古典学者）早就不靠那些老掉牙的"高贵谎言"来骗人钱财替人消灾。希腊语课程逐渐从大

[①] 尼采，《快乐的科学》，黄明嘉译，上海：华东师范大学出版社，2007，第 210 页。
[②] 同上。

学课表中消失，古典学课堂门可罗雀，讲台上的教师差不多成了古典学王国的"遗老"。

西方"文化大革命"前夜（1962年），美国还有70万高中生修习拉丁语，到中国"文化大革命"结束时（1976年），这个数字已锐减至15万，后来下滑得更快了。大学的情况也差不多，在1994年授予的一百万名文学硕士中，古典学专业只占其中的区区六百，而且不仅数量堪忧，质量亦每况愈下。即便为数不多，这类学生也不好分配，往往顾不上专业对口与否，就随便凑合一个廉价的工作。如此一来，且不说雄心不再，他们甚至还可能对古典学产生极大的怀疑和悔恨，并且，高昂的助学贷款又如何偿还，谁来为巨大的教育投资埋单？这种比特洛亚城墙更"现实"的问题，让很多家长和学生对古典学望而止步，缺少血液再生机制的古典学焉得不亡？有许多迹象表明，古典学大厦的"大地震"（cataclysm，即我们所谓大地陆沉，p. 249）已然发生过了，现在还余震不断。

荷马之死对我们来说意味着什么？谁杀死了荷马？为什么？在没有荷马的时代我们该怎样生活？为了荷马的复活，我们可以做点什么？

"荷马"一词在这里不仅仅指那个传说中的盲诗人，更代表着一种独特地看待世界的方式，难怪西塞罗说荷马虽然目盲，却让我们能够看清这个世界（*Tuscul.* V. xxxix.114）。荷马所以是"最高明的诗人和第一个悲剧家"，就在于他是"希腊的教育者"（柏拉图 *Rep.* 10.606e2），[①]因此，"荷马"也就代表着一种培育人性的诗教传统：荷马史诗的美学意义正在于"成"人之美。荷马之死意味着我们彻底失去了帮我们看世界的那双伟大的眼睛，意味着希腊智慧的消散和人性的漂浮无根。结果，犬儒主义、怀疑主义、虚无主义、拜金主义和享乐主义大行其道。处士横议、数典忘祖，其直接的代价就是动荡、战争、革命、牺牲、伪

---

① 另参 Werner Jaeger. *Paideia: The Ideals of Greek Culture.* tr. by Gilbert Highet. Oxford: Oxford University Press, 1965, p. 35。

学、假知、冷漠、随波逐流（p. 123）。总之，一个"新黑暗时代"（New Dark Age）业已来临（p. 77）。

现在到了非盘点不可的时候了：谁杀死了荷马？为什么？

大而化之地看，荷马之死是历史造成的，世风日下是"主义"带来的。

> 两百年的浪漫主义及其对释放被压抑情绪的尖叫（primal scream）的信仰，对人的暴烈本质的信仰——这种本质陷溺在社会的丑陋垃圾中窒息，甚至启蒙运动对人通过纯粹理性而得救的绝对且傲慢的信念——这种说不清楚的纯粹理性剥离了习俗、传统和宗教，正是这些信仰和信念差点毁了我们。（p. 41）

就在这个普遍认为是狂飙突进的时代中，各种"先进"的学问应运而生，比较语言学、心理学、美学、经济学和比较文学等等，各自占山为王；各种"进步"的主义和学说泛滥成灾，女性主义、多元文化主义、历史主义、存在主义、文化理论和各种各样的后现代主义，纷纷裂土封疆。

就在这个理论"战国"时期，有人指责说"荷马应为其缺乏现代感觉能力而负责"（p. 135）；女性主义古典学家则批评说，西方悲剧经典《安提戈涅》"是一部让人难受的父权制作品，主要强调了妇女的从属地位"（p. 98）；新文化理论学家可以随心所欲地重构荷马的文本；研究同性恋的学者拿着放大镜拼命寻找阿喀琉斯和帕特罗克洛斯之间蛛丝马迹的断袖证据；多元主义者则不遗余力攻击荷马的精英思想和种族沙文主义（却没有人去攻击科学的"精英结构"）；相对主义把一切都变成文本，以此消解真理、意义和价值，并嘲笑荷马绝对主义的"宏大叙事"。现代人不断生造术语、大放理论卫星，为的是标新立异、哗众取宠甚至媚俗求荣，无非"发明一种新病，然后吹牛医好了它"（invent a new disease, then brag of its cure. p. 42）。在多头并进的"时代精神"攻击下，"荷马"成了奴役、压迫、剥削、不合时宜（前现代）、性别歧视、文化帝国主义、非科学、天真、陈腐、极端、基要和绝对的代名词，成了西方文化的毒素（toxic, p. 98）。

尼采把他以前几个世纪的历史性运动总括为"虚无主义"，那两个"疯子"教授则把二千年西方历史命运的潴瘀叫做"后现代主义"。尽管这种理论新贵"愚蠢、无聊、毫无意义"——现在我们还注意不到那种愚蠢，尽管这种已上升为新宗教的时代精神宠儿"既不新鲜也无深意"（neither novel nor profound），但正是受到后现代主义者这种"新智术师"（New Sophists）的冲击，谁也不会再用种族或伦理的术语"宏大地"谈论"希腊人"，那会被人视为幼稚、愚钝甚至反动，怕丢脸和落伍（shame and passé）。谁杀死了荷马？是"廉价而俗丽的"（tawdry）时代精神。

流风所被，教育也大受污染，结果变成了弑祖或杀害荷马的帮凶。大学教育不再追求培养青年有智慧、懂技艺并渴望过一种有思想的、道德的和积极的生活，其教育理念注重的是实用，不问人品和德性，"在现代性、实用性（relevance）和意识形态成为新符咒的大学校园里，绝对、规范、记诵和传统价值则毫无容身之处"（p. 82）。现在的大学丧失了古典教养教育精神，因而会开出"走路的理论"（The Theory of Walking）、"星际旅行与人性"（Star Trek and Humanities）和"职场攻略"之类的愚蠢课程。"扩招"是人口爆炸时代的平民教育之必然结果，导致老师们教学任务繁重，无心也无力于研究和充电，知识贬值又给他们带来巨大的生活压力，教授们不得不为五斗米折腰，终不能好好教书。结果，"为什么我们国家的精英"，包括律师、医生、政客、专栏作家和大公司的巨头，"现在毫无道德可言，你就必须去找训练他们并给他们颁发文凭的'良师益友'（mentor，这个词似乎就来自于荷马史诗）"（p. 154）。

教育败坏是荷马之死的原因，也是荷马之死的必然结果。曾几何时，古典学是大学的主干课程，古典学系的主任也是大学的头面人物。哪怕就在30年前，水管工、厨师或农夫都学过一年的古典语言，马马虎虎还可以对付T恤衫上的几个古典词汇。而今，经济学院、管理学院、法学院和医学院占了大学的主要份额，古典学就像埃及学或玛雅学一样，快要变成学科木乃伊了。大学本来是荷马最后的避难所，现在也成了荷马的陵园，大学图书馆真成了荷马的安息之地！

当今世风之下，古典学教育乃是一件孤独、困难、艰巨却十分光荣的任务，需要付出更多的努力，需要承担更多的责任。教希腊语已不再是写写专业论文，上上大课，解答学生词法、句法方面的疑惑。在全世界都只知道如何教（how），却不知该教什么（what）的时候，教希腊语也上升为传道授业的大事了，因此：

> 教希腊语就是要承担在课堂上靠演讲、质疑和回应来引导、纠正和培育学生的全部责任。……教希腊语意味着创立新的班级和教职，随时随地在说起或写到一星半点希腊人的东西时，都要扩展这个领域。就是要把希腊人放在心上，言行一致，成为一个能够吸引、领导、战斗、忍耐和牺牲的……奥德修斯和阿喀琉斯。（p. 208）

如此费力不讨好的活儿，谁会去干？虽然作者之一因在本科生希腊语和拉丁语教育方面的贡献而获得1991年度"美国语文学会杰出教育奖"（American Philological Association Excellence in Teaching Award），但这样的老师毕竟凤毛麟角，也并不是每个人都像这位胡佛研究所的高级研究员那样有吹牛的资本，也难怪他四处骂人，说是"我们"杀死了荷马。

谁杀死了荷马？"我们"这些荷马专家或古典学者！

其实从19世纪初以来，"古典"一词已然变质，积重难返之余，古典学已变成一个甚为丑陋的行当：过去几十年古典学者的言论和作品倒了大众的胃口，他们从荷马的维护者开始变成叛徒，为了哗众取宠而放弃希腊人的智慧，"我们"现今这代古典学者中不少人为了奖赏甚至出卖希腊人，以一种自杀的方式换取暂时的利益。课堂、系部以及大学的所有部门都在全力以赴让新雇主（消费者）满意，用现代的流行色给古典学涂脂抹粉，以作个人晋升的阶梯。学者们在古典学难（类似于佛教的"法难"）之时，或洁身自好，或自暴自弃，或孤芳自赏，或望风归降、力表忠心且为虎作伥。古典学领域变成了屠戮荷马的"道场"。

　　古典学者不能或不愿去理解其专业困境，也不作出必要的牺牲，满脑子"终身教职"（tenure）、"课题经费""客座教授""协会主席""学术委员"等等。野心勃勃的古典学家为此搜肠刮肚苦心雕琢惊人之语，大吹特吹学术泡沫，大玩特玩理论游戏，用不同面料的"新装"来打扮荷马，既维持其上镜率，又可不断加长其学术目录。除了不正正经经研究和老老实实教书以外，可谓无所不用其极。几无铁肩担道义，惟见熙攘为利来，不惜斯文扫地以至相互谩骂并展开人身攻击，比如Martha Nussbaum与David Cohen就对簿公堂，大名鼎鼎的Kenneth Dover与Trevor Aston简直不共戴天。就连虚无主义和后现代主义之间，也免不了为追名逐利而相互较劲，古典学就更言下无"虚"了。

　　就算残存几个严肃的学者，也都被裹挟到异在的领域里瞎掺和，"借寇兵、资盗粮"而不自知，他们对荷马的研究适足以杀死荷马。在墙倒众人推之时，甚至古典语文学家也成了败家子：把文明史上最有影响的英雄叙事降低为性倒错和叙述漏洞的沼泽。我们虽然需要新方法来研究古典学，但对理论工具的滥用却使得病情不断恶化，20世纪80年代的理论"繁荣"就说明了成之反而败之的辩证法。

　　更具讽刺意味的是，这两位抖出古典学内部猛料的学者把希望寄托在施里曼（Henrich Schliemann）、帕里（Milman Parry）、伊文思（Arthur Evans）和文特里斯（Michael Ventris）身上，以为荷马在他们手中复活了，至少劫后余生的荷马有望等得到下一代守望者。殊不知他们（包括《故事的歌手》的作者洛德在内）的兴趣主要不在荷马，而在于所谓"荷马问题"（Homeric Question），试图用语文学、考古学、历史学、民俗学等"科学"手段来解决甚至覆盖荷马史诗本身。据说"荷马问题"的现代发起人沃尔夫（F. A. Wolf）用语文学的工具来解决包括政治和宗教在内一切问题的做法，已着后来结构、解构的先声。现代学术死盯着"荷马问题"不放,忙不迭地"发现"新史料和新理论,除了荷马史诗外,什么都研究到了。① 难怪人们总觉得荷马问题的兴起与古典教育的衰亡之间,肯定存在着必然的因果关系,② 时代精神愈发走向封闭,亦似乎"合情合理"。

归根结底,杀死荷马的不是电视、网络等现代传媒,也不是政府机关,更不是现代-后现代主义和社会科学,而是古典学家。为什么"我们"要这样做? 是为了短期利益,为了少量微不足道的职位和头衔以及大把的钞票,正是古典学家的懒惰、贪婪和傲慢毁了古典学事业。当然,话又说回来,如果不是现代学术体制如此、时代风气如此,佳人又何以做贼、良人又怎会为娼? 古典学家不是理由的理由,就在于目前的形势逼迫他们不断地拆毁祖庙以迎合大众的需要,只有靠这种极端的方式,才能保住人们对它的感觉,陷入恶性循环的古典学掉进了一个深刻的悖论中: 自杀以求自保和繁荣!

面对血淋淋的事实,我们该怎么办? 或者如尼采的那位疯子所说:

> 谁能揩掉我们身上的血迹? 用什么水可以清洗我们自身? 我们必须发明什么样的赎罪庆典和神圣游戏呢? 这伟大的业绩对于我们是否过于伟大? 我们自己是否必须变成上帝,以便与这伟大的业绩相称? ③

虽然现在自以为是的"原创性研究"在荷马、赫西俄德面前显得十分可笑,但越来越不知天高地厚的我们在杀死荷马之后,仿佛已取而代之矣。在人们眼中,上帝都不算什么,《圣经》都可随便摆弄,荷马又算

---

① Joachim Latacz. *Homer, His Art and His World*. tr. by J.P. Holoka, Ann Arbor: University of Michigan Press, 1996, p. ix.

② F.M. Turner. "The Homeric Question." see Ian Morris and Barry Powell (eds.). *A New Companion to Homer*. Leiden: Brill, 1997, p. 142.

③ 尼采,《快乐的科学》,第 209 页。

哪门子英雄？本来不成问题的传统价值，也成了需要辩护的问题：荷马死就死了，有什么了不起？或者再阿Q一点：大丈夫死则死耳，何必饶舌！

但问题偏偏在于荷马不能死，因为荷马一死，就再也没有神圣者高飞到永恒领域，从那里带来光与火，到那时，美德、爱情、友谊又算得了什么？我们生息其间的宇宙的美景又算得了什么呢？我们对此寄的安慰和对彼岸的期求又算得了什么呢（雪莱语）？荷马一死，古典学乃至大学就离死不远了，最优秀的人就丧失了自己的力量，那又用什么去感召呢？荷马能够让我们清楚自己的位置，明白当今何以如是，最重要的一点是要懂得，三千年后时过境迁，我们并不比荷马时代的野蛮人更道德，我们所取得的进步不过是与时俱退的"悲剧性发展"（tragic development, p. xviii）。从肯定的方面说，荷马所代表的博雅教育让我们更加谦卑、审慎和明智，让我们更有历史感，尤为可取的是，博雅教育有一种内在的生长机制，不管我们从事什么职业，都能够不断进行自我教育，成为好人，过上优良的生活。如是，则国泰民安、天下大治矣。

其实，"荷马之死"古已有之，如果柏拉图对荷马的猛烈批评还不是要置荷马于死地的话，那么卡托（Marcus Cato）、亚历山大里亚的克莱门（T. F. Clemens）、德尔图良（Tertullian）以及教皇格里高利一世（Pope Gregory I），都对荷马的命运构成了严重的威胁，但最终荷马都还是死里逃生活过来了。或者如施特劳斯所说，上帝死了"并不意味着人们不再信奉上帝，因为人类的不信并不会摧毁上帝的生命或存在。这实实在在意味着即使上帝仍活着，他也绝不会是信仰者所认为的那样，即上帝不死"。[①] 上帝本来超乎生死之上，融贯人类精神于斯的古典学亦复如此：古典学（至少古典思想）亦不存在生死问题。具体地说，荷马经受过2500年的攻击，必定会从最近的社会变迁、半吊子管理者、意识

---

① 施特劳斯，《注意尼采〈善恶的彼岸〉的谋篇》，林国荣、林国华译，收于刘小枫、倪为国选编，《尼采在西方》，上海：上海三联书店，2002，第33页。

形态煽动者和课程争夺战中杀出一条血路来：根深必会叶茂，新春总有新芽。

当然，我们既不愿坐以待毙，也不能指望坐以待生，我们必须为荷马的重生做点准备，正如海德格尔对上帝的期候：

> 如若人没有事先为它准备好一个居留之所，上帝重降之际又该何往呢？如若神性之光辉没有事先在万物中开始闪耀，上帝又如何能有一种合乎神之方式的居留呢？①

于是为了荷马的重生，这两位激进而保守的"先知"准备了一套十分可笑的"教育乌托邦"理论。在他们看来，既然当前教育的可怕现状说明了为什么我们生产的荷马杀手多于荷马拯救者，即，研究生教育的每一个步骤都刻意要保证不能出现任何伟大的心灵（big souls），那么拯救荷马的第一步行动就从古典教育开始——他们写的《谁杀死了荷马》的副标题就是"古典教育的消亡和希腊智慧的复苏"。在这个极端的时期，古典学家似乎必须独自担负起新文艺复兴的重任，就让比较文学教授、英语教授、人类学家、社会学家和解构主义者车马轻装地叫嚣他们的理论好了，古典学者可不能随波逐流（p. 157）。

众人皆醉我独醒的独孤大侠又该如何收拾残局，如何过正矫枉呢？在他们看来，古典教育必须明火执仗地回复到18、19世纪，首先是大量增加古典学的课程，核心课程以两年古典语言开始，然后学一年原典，两年罗曼语或日耳曼语，接下来才是数学、物理学、化学、生物学、西方文化、写作、技术学、伦理学、哲学、历史等等，其目标是培养知识分子或学者，而非书生（academics），每个受教育者都能教授许多学科的核心课程。凡此种种，大都属于教育的"技术性"问题，大有商量的余地，但他们试图通过伦理学的讲授来提高学生的伦理品质，就

---

① 海德格尔，《诗人何为》，见孙周兴选编，《海德格尔选集》，同前，第408页。

实在冬烘且书呆了。更不可思议的是还要取消现代学术规范，博士毕业后不能教自己的著作，以免炒陈饭欺学生；博士学习不超过四年，毕业时也不写博士论文，避免产生学术泡沫、浪费学术资源（比如评阅方面的人力物力），毕业考核改为给学生上课！取消博士后制度，在授课期间停止各种学术会议，废除现行留用、晋升、报酬和终身教职的标准，给学术活动分级，尤为"荒谬"的是居然主张把学术评论交给机器去完成。

据他们说，西方古典学的衰亡不是因为西方的死亡，恰恰相反，是因为西方的蒸蒸日上，因为西方的文教制度和物质文化席卷全世界，才导致荷马之死？他们莫非是在故作惊人之言？否则，为什么还说杀死荷马也就是杀死大学（p. 252），甚至说忽视抑或破坏古典学就是文化自杀（commit cultural suicide, p. 79）？他们虽然惴惴不安地相信古典学终将在最后一刻（eleventh hour）获救，但似乎亦不敢稍有乐观，结果总免不了那句老话：救救孩子，救救大学，救救荷马，救救上帝！——真真所谓"满纸荒唐言"。

第一章　作为思想史形象的荷马

归在"荷马"名下的两部恢弘史诗《伊利亚特》和《奥德赛》无疑是西方文明的开端，荷马也因此常常被称为"最伟大和最神圣的诗人"。[①] 作为"最高明的诗人和第一个悲剧家"，作为"最智慧的人"（*σοφώτερος*），[②] 荷马史诗哺育了希腊乃至整个西方世界的精神情愫，因此又被称作"希腊的教育者"（*τὴν Ἑλλάδα πεπαίδευκεν*）。[③] 但我们对于这位伟大诗人的所有记载都不是"真实"的，这种状况与这两部史诗的崇高地位极不相称。远古时代的人们重视"智慧之真"，对历史的真实不太在意（想一想希罗多德和司马迁的两部同名著作）——"历史意识"或"历史主义"的兴起是很晚近的事情，因此没有可靠和可考的荷马史料流传下来，荷马由此而成了一种神秘而真实、遥远而切近的意象。尽管有关荷马的一切都不是"真实"的，我们也丝毫无意于像维柯那样要去"寻找真正的荷马"以及"发现真正的荷马"，[④] 但《伊利亚特》和《奥德赛》却实实在在地摆在我们面前，所以我们仍然可以从故旧传说、历史残篇和后人记述中，还原出荷马的思想史形象。

第一节　荷马传说

和许多上古的文明现象一样，荷马的生平事迹也多笼罩在瑰丽的传

[①] *τῷ ἀρίστῳ καὶ θειοτάτῳ τῶν ποιητῶν*，柏拉图《伊翁》530b10。另参温克尔曼，《希腊人的艺术》，邵大箴译，桂林：广西师范大学出版社，2001，第188页。

[②] 赫拉克利特语，"残篇"56，见 C. H. Kahn. The *Art and Thought of Heraclitus: An Edition of the Fragments with Translation and Commentary*. Cambridge: Cambridge University Press, 1979, p. 38.

[③] 柏拉图，《王制》（旧译《理想国》）10.606e2，见郭斌和、张竹明译本，第407页。

[④] 维柯，《新科学》，朱光潜译，北京：商务印书馆，1989，第439–479页。

说中。在科学昌明的今天看来，这些传说大多荒诞不经，即便有一些合情合理的地方，也不可全信。但文学（尤其诗歌）和历史（尤其上古史）等文明形式，与科学大为不同，其中就有王国维所谓"可爱与可信"的区别。尽管现代学术已证伪了荷马的传说，但荷马传说的文学价值和思想史意义却并不因此而稍有减损：荷马传说是现代人没有意识到和毋宁说被动遗忘了的财富！在一个充斥着科学信念的时代，"理智清明"的人如果根本就不相信两个相距若干光年的星球会每年碰撞一次，又将如何去欣赏牛郎织女美妙的爱情呢？仅仅从这个角度，我们也"不应该轻蔑地对待传说中的荷马意象"，因为"如果我们愿意听信（follow）这位瞎眼巡游者的事迹和遭遇，我们最终仍然会在传说的字里行间瞥见这位诗人的面容"。①

由于找不到准确的档案记录，人们便对荷马的生卒年月、《伊利亚特》和《奥德赛》的创作时间等问题展开了丰富的想象，并且都喜欢把这件"无主"的珍宝"据为己有"，纷纷扬言说荷马是自己的同胞，这种"人之常情"与其说"自私"，不如说"可爱"，这本是文明史上一件颇为有趣的事情。后人还把许多著作都归到荷马名下，有人甚至在清楚作品"著作权"的情况下，还把那件作品说成出于荷马之手②，这种"古已有之"的现象与其说是"错误"，不如说是"习俗"（想一想《黄帝内经》）。于是，有七个地方的人都说他们那里才是荷马的出生地或故乡：Smyrna，Erythrai，Khios，Phokaia，Kyme，Colophon 等，这几个地方大

---

① W. Schadewaldt. *Legende von Homer dem fahrenden Sänger*. Zurich:Artemis,1959, s.61。转引自 Joachim Latacz. *Homer, His Art and His World*, p. 25。

② 除《伊利亚特》和《奥德赛》之外，其它归在荷马名下的作品还有，《颂诗》（致 Demeter、致 Apollo、致 Hermes、致 Aphrodite、致 Dionysus 等），《蛙鼠之战》（*Battle of Frogs and Mice*）、《疯子之歌》（*Margites*）、《荷马铭体诗》（*Homeric Epigrams*）、《忒拜之歌》（*Thebais*）、《塞浦路斯之歌》（*Cypria*）、《小伊利亚特》（*Iliad Micra*）、《埃特俄庇亚之歌》（*Aithiopis*）、《特勒戈尼亚》（*Telegonia*，意为"父亲走后所生"）等。学术界公认《颂诗》为后人所作，《蛙鼠之战》系希罗多德的叔父潘吕阿西斯（Panyassis）所作（参 H. J. van Wees. "Homer and Early Greece." I. J. F. de Jong（ed.）. *Homer: Critical Assessments*. London: Routledge,1999, V.2, p. 4），其余亦多不可"信"。

多在小亚细亚的伊奥尼亚（Ionia）一带，其中"呼声"最高的是斯蜜尔纳（Smyrna）：

> 首先是斯蜜尔纳人说诗人的父亲是墨勒斯（Meles），是从他们的城里穿流而过的河之神，母亲是仙女克勒岱斯（Cretheis），说诗人原名是墨勒斯根尼（Melesigenes），后来因为双目失明，便如同所有的盲人一样，被称作"荷马"。[①]

"墨勒斯捷纳"（Melesi-genes）字面意思是"墨勒斯所生"，因此仅仅从名字来看，这个说法带有很强的杜撰成分，但从中我们可以体会到"荷马"血统的神圣性。

伟人必定是"天纵之才"，与上天、神明或英雄有着直接的传承关系，或吞玄鸟卵而生（商、秦祖先），或履神迹而孕（周人之祖），或与神明交合而诞（刘邦），这些传说并非无稽之谈，而是在努力寻找存在的神圣性和合法性之根基。异人自有异象，大人物必有大来头，东西皆然、古今相通。"荷马"传说当然也不例外：

> 亚里士多德在《论诗人》第三卷里说过，在考德洛的儿子奈留斯统治伊奥尼亚殖民地的时候，在伊奥斯岛上有一个当地女孩因缪斯女神的一个伴舞精灵而怀孕。当她看到怀孕的征兆时为所发生的事情蒙羞，自己逃到了一个叫做埃及那的地方。皮里斯泰袭击了这

[①] 无名氏，《荷马与赫西俄德之间的辩论》，吴雅凌译，收于刘小枫、陈少明主编，《经典与解释3：康德与启蒙》，北京：华夏出版社，2004，第295页（该著的法文编者说它"并不能作为历史见证，也没有什么传记价值，只是后人对两诗人作品的发掘、想象和再创作"）。这部书名叫 Agon Homeri et Hesiodi（Contest of Homer and Hesiod，似应译为"荷马与赫西俄德的竞赛"），因为是用希腊文写的，故传为希腊人所作，实际上可能是荷马之后500年罗马帝国时期的作品（参 Joachim Latacz. *Homer, His Art and His World*, p. 24）。从其中出现的"阿德里安皇帝"（Hadrian，公元117-138年在位）来看，则还要晚得多。为求行文统一，译名有改动。

个地方，俘虏了这个女孩并把她带到那时尚处于吕底亚人统治之下的斯穆尔纳。他们所以这样，由于想取悦他们的朋友吕底亚王迈翁。他因她的美丽而与她相爱并结了婚。在他住在迈勒斯附近时，她出现了分娩的阵痛，在河边生下了荷马。迈翁收养这个孩子并像养育自己的儿子一样把他带大，科里则伊分娩后就死去了，不久以后迈翁本人也死去。①

很显然，普鲁塔克（约46—119）所引的亚里士多德（前384—前322）这条残篇综合了其他传说。"缪斯女神的一个伴舞精灵"，与前一种"河神、仙女"大同小异，但这里特别突出"缪斯"，亦让人容易产生丰富的联想。未婚而孕的传说在古代不是什么稀奇"古"怪的事，颇为古怪的倒是《希罗多德传记》（*Vita Herodotean*）中的记载：荷马的母亲幼年而孤，缺乏监管的她因某个不知名的男人而怀孕。②这种说法尽管同样保持着一定的神秘性，但那个男人很可能是凡人，荷马的身份就不神圣了。

在古典时期（classical period），另外还有一个与其诗人、歌手和神话集成者身份颇为相称的传说：荷马是神秘歌手、宗教创始人俄尔甫斯（Orpheus）的第十代传人。加上另外的说法，即赫西俄德是荷马的亲戚（前者稍晚，是后者的堂弟），③那么，古希腊三位最伟大的"源头"文学家就连成一个整体了。

有人把荷马说成特洛亚联军统帅阿伽门农的副官（aide-de-camp）或秘书，甚至说成奥德修斯的孙子，即特勒马科斯与涅斯托尔（Nestor）之女所生，据后世所载：

---

① 普鲁塔克，《荷马生平》3-4，苗力田、李秋零译，收于《亚里士多德全集》第十卷，北京：中国人民大学出版社，1997，第103页。

② U. von Wilamowitz-Moelendorff. *Vitae Homeri et Hesiodi*. Berlin : W.De Gruyter,1929. Cf. Joachim Latacz. *Homer, His Art and His World*, pp. 26–28.

③ 谱系见无名氏，《荷马与赫西俄德之间的辩论》，同前，第296页。

伟大的皇帝阿德里安曾经与皮提亚谈及荷马,关于诗人的身世,女祭司如此回答:"你问我那永生塞壬($αμβροσίου σειφῆνος$)模糊的种族和家乡,伊塔卡是他的国,特勒马科斯,他的父亲,和涅斯托尔的女儿埃皮卡斯特孕育了他,这位有死者中最聪明的人。"看看提问人与回答人是谁,我们就必须毫不含糊地相信这个说法,更何况诗人在自己的著作中极大地赞美了他的祖父(尤利西斯)。[1]

作为半神半人的英雄之后代,也能够为《伊利亚特》和《奥德赛》增光添彩,《伊利亚特》本来就有点像"战地通讯"(war-correspondence),[2]而神秘生动的《奥德赛》则总是容易被人看成盲诗人的自传(都是地中海的游历和冒险)。这种说法虽然把公认生活于公元前8世纪的荷马向前推了400多年,到了公元前1200年左右的特洛亚战争之时,犯下了严重的"历史"错误,但它却或许能够解开人们心中的迷惑:发生在如此久远时代的故事如何(能够)穿越漫长的"黑暗时代"(Dark Age),[3]到达以荷马为标志的希腊文艺复兴时期。

几乎所有的传说都围绕着荷马的名字、出生地和身份而展开,其蓝本或原型是《奥德赛》中的歌手($αοιδός$)以及奥德修斯本人,这在文献不足征的情况下,可算由来有自了。《奥德赛》中共有四位歌手,虽然都能即兴创作而堪称"诗人",但社会地位都比较低下,看起来和旧社会的民间艺人差相仿佛。第一位是奉阿伽门农之命"看守"其妻的无名歌手,后被奸夫埃吉斯托斯放逐到荒岛上,成了猛禽的猎物。第二位是在墨捏拉奥斯为儿子举行的婚庆喜筵上弹琴助兴的歌手。第三位是费

---

[1] 参无名氏,《荷马与赫西俄德之间的辩论》,同前,第295-296页,译文有改动。另参 H. J. van Wees. "Homer and Early Greece." see *Homer: Critical Assessments*, V.2, p. 3。

[2] 尽管《伊利亚特》作为一部伟大的史诗,与战地通讯大相径庭,Wilamowitz 就曾对"战地通讯"说提出过严厉的批评,参 E. R. "Dodds. Introduction: Homer." see *Homer: Critical Assessments*, V.1, p. 10。

[3] 关于黑暗时代,详见下一章的第一节。

埃克斯王宫中具有预言能力的盲歌手得摩多科斯,这是"荷马"形象最核心的源泉。第四位是伊塔卡王宫中靠愉悦求婚人蹭吃蹭喝的费弥奥斯(Phemios,意为"说话者"),特尔佩斯(Terpios,意为"取悦者")之子。

后面三位歌手与荷马可算"同行",加上奥德修斯的历险符合游吟诗人流动不拘的生活方式,并且还能平衡各方对荷马籍贯的争执,于是荷马的传说就此出炉:荷马可能生于斯蜜尔纳,那时眼睛还没有瞎,孤苦伶仃时跟从别的歌手学艺(师从某个"费弥奥斯"),然后在某个"门特斯"(Mentes,《奥德赛》中的人物)的劝说下,出海游历,"见识过不少种族的城邦和他们的思想"(《奥德赛》1.3)。但在伊塔卡时,患上一种怪病后就变成瞎子了,故被人叫做"荷马"(意为"盲人")。后来这位"墨勒斯河边出生的人"(Melesigenes)便把各地见闻综合起来,做成《伊利亚特》《奥德赛》和系列颂诗。如此稗官野史、小说家言自不足凭信,却反映出人们对"荷马"的同情,大家都渴望了解这位伟大诗人的生平,但种种传说非但没能帮助我们进一步弄清荷马的真相,倒使荷马显得更为神秘,这位神圣的诗人深深隐藏在往昔的英雄传说中。或者说荷马传说不仅没能够帮助我们更清楚地了解他(其意也许本不在此),反而加强了史诗的神秘性和神圣性。

这些传说都在一定程度上蕴涵着人们对文明开端的不同理解,我们不妨由此展开想象的翅膀,猜一猜荷马本人会怎么看待这些传说。当然,正如谁也无法确切地说出有关荷马的任何东西,荷马究竟如何看待后人对他的传颂,这也同样"不可知"。但我们可以通过荷马一般性地对待其他传说的态度,来揣测这位当事人的想法。

荷马本人对传说采取了一种"春秋笔法",笔则笔、削则削。在一个满是传说的时代,荷马清楚地知道它们的含义,但有的"书",有的则"隐",所以希罗多德(约生于前484年)说:

> 而在我想来,荷马也是知道这件事情的。但是由于这件事情不是像他所用的另一个故事那样十分适于他的史诗,因此他便故意地

放弃了这种说法，但同时却又表明他是知道这个说法的。从《伊利亚特》中他叙述亚历山大[按：即帕里斯]的漫游一节，便很明显可以看出来"。①

其他史诗与荷马史诗之间所存在的巨大差异，从此可见一斑，比如与《塞浦路亚》（Κύπρια）即有所不同（难怪希罗多德说它不是荷马所作，II.117.2-3）。荷马的这种笔法，也许就是后世所谓"微言大义"（ύπόνοιαι）或"隐微写作"（esoteric writing）的开山祖师呢，其中最大的受益者，要数那位处处与荷马作对的另一位绝顶大师柏拉图。②

荷马在对待传说的态度上，与其他悲剧作品所叙述故事的情节和性质形成了鲜明的对比。荷马史诗中没有绝对意义的坏人，即便对谋害亲夫的克吕泰墨涅斯特拉（Clymnestra）也抱以深深的同情（个中原因十分复杂），对特洛亚战争的渊薮——绝代佳人海伦——毫无指责。荷马笔下没有任何人像亚述人（Assyrians）那样屠杀儿童，没有任何人虐待俘虏。在这个"蒙昧"而"野蛮"的时代中，到处都充斥着巫术，以人为牺牲的事情也屡见不鲜（比如欧里庇得斯《在伊利斯的伊菲格涅亚》中所载，阿伽门农为了联军顺利渡海而被迫杀死自己的亲生女儿献祭）——这些东西在科学极为发达的二十世纪亦不鲜见，但在荷马笔下居然无影无踪！③

在其他传说中，阿喀琉斯打败赫克托尔后，把他绑在战车上，绕特洛亚城活活把他拖死，但在荷马史诗中，阿喀琉斯拖在战车后的却是已经死去的赫克托尔，其间大显荷马的"人道主义"和慈悲心肠（尽管在现代人看来，荷马史诗《伊利亚特》太"悲剧"了），这说明：

---

① 希罗多德，《历史》II.116.2-7，王以铸译，北京：商务印书馆，1959，第 159 页。
② 比如《王制》378d7；《法义》（旧译《法律篇》）679c5。
③ "荷马史诗里的巫术已被删除了"，参赫丽生，《古希腊宗教的社会起源》，谢世坚译，桂林：广西师范大学出版社，2004，第 92 页。关于魔力不起多大作用，参 M. I. Finley. *The World of Odysseus*. London: Pimlico,1999, p. 32。

荷马深思熟虑地从英雄传奇（saga），或民间故事，或游吟传说中，选择那些高贵的、英雄的、可能的和人性的东西。①

因此，"我们的荷马在拒绝引入 Märchen（童话）、孩子气的奇迹中的那些野蛮成分时，超然于其他所有希腊人之外，乃是一个高贵的诗人"。尤为重要的，是荷马在对待传说时与"伪历史学家"（pseudo-historian）大相径庭。② 由此我们不难想象：荷马本人会神秘兮兮或高深莫测地看待这些关于他的传说，对我们会心一笑。

那么，荷马究竟是何许样的人呢？

第二节　荷马其人

尽管历史上是否确有荷马其人，在现代已经成了一个问题，即所谓的"荷马问题"（详见下一章），但古人却从来没有怀疑过荷马的存在，就连素以谨严、保守和客观闻名的史家希罗多德和修昔底德（约前460—前404）都引述过荷马的话语，至于柏拉图毕其一生同荷马较劲，最终形成所谓"诗歌与哲学的古老论争"，则更坐实了荷马的"历史真实性"（historicity）。在这个基础上谈论荷马的生平，应该不是"无稽之谈"，尽管归根结底也不过是"传说"而已。荷马的生平或传说折射出我们对这些美丽故事的态度，因此荷马的存在既然"死无对证"，在随便我们怎么说的同时，也考验着我们自己的境界和水平。

话得从远古说起。克里特文明（又称米诺斯文明，约公元前 20 世纪至 15 世纪）大量吸收了地中海沿岸的古老文明成就（如埃及、巴比伦等），成为当时的文化中心（以线形文字 A 为代表）。但由于至今未知的原因，克里特文明突然中断，文明中心再次北移，到达巴尔干半岛，

---

① Andrew Lang. *The World of Homer*. London: Longmans, Green, and Co., 1910, p. 163.
② ibid, p. 187. Cf. pp. 35, 46, 113.

形成了迈锡尼文明，举世闻名的特洛亚战争就发生在这个文明的末期。到前12世纪时，迈锡尼文明同样莫名其妙地土崩瓦解了。据考古学的发现，可能是多利安人的入侵，一把火烧掉了阿伽门农在迈锡尼金碧辉煌的宫殿（刻有线形文字B的瓦块则在火中烧制而成，流传至今），爱琴文明从此一蹶不振，进入了"希腊的中世纪"这一漫长而黑暗的隔绝和恢复时期。①

就在这个没有文字记载也缺少实物证据的黑暗时代，希腊本土和东边的小亚细亚地区之间发生过几次大型的移民潮，辉煌的迈锡尼文明以各种可能的方式传到了小亚细亚，历经沧桑而得以残存，荷马史诗以及其他传说就是那段往昔岁月的模糊记忆。荷马的祖先很可能是"中土"移民（或难民?），带着爱琴文明的余烬，带着奢华与豪放、光荣与梦想，来到了这片相对安宁的土地上，以至于在数世纪后的荷马史诗中，爱琴文明的光辉依然映红了天空。②怪不得身为雅典人的历史学家修昔底德要把荷马看成自己人，这不仅在于两地一衣带水，不仅因为荷马是一位大名人，而且因为两地在语言、习俗（如火葬、石头墓碑等）和英雄传说方面惊人的一致或相似，几乎可以说伊奥尼亚就是雅典。③

从荷马史诗所使用的文字来看，这是一种史诗体，即所谓英雄格，是一种"书面语言"（一百年后就有些难以理解）。荷马史诗的语言混合了各种方言，其中以伊奥尼亚方言为主，间杂着爱奥尼亚方言（Aeolic），甚至还有少量的希腊本土的阿提卡方言（Attic）——这些方言区别不大、可以互通，④这说明荷马出生在小亚细亚（不管是伊奥尼亚的斯蜜尔纳，还是附近爱奥尼亚，抑或两者接壤的地方），然后游历过

---

① 韦尔南,《希腊思想的起源》,秦海鹰译,北京：三联书店,1996,第2页。
② Andrew Lang. *The World of Homer*, p. 20.
③ ibid, p. 143.
④ T. W. Allen. *Homer: The Origins and the Transmission*. Oxford: The Clarendon Press,1924, pp. 99–100. Cf. M. I. Finley. *The World of Odysseus*, p. 19.

地中海的其他地方。

再看历史记载。修昔底德把荷马当作"流浪歌手",说他是"一个盲人,生活在崎岖的开俄斯"(3.104),[①] 并把荷马的诗歌(《荷马的阿波罗颂》)当作"最好的证据"(τεκμηριοῖ δὲ μάλιστα),以说明"在特洛亚战争以前,没有迹象表明在希腊有过任何共同的行动,这一地区也确实没有被通称为'希腊'。甚至在丢开利翁的儿子希伦的时代以前,连'希腊'这个名称都不存在"(1.3)。修昔底德还把荷马史诗当作史料来证明当时"不以为耻、反以为荣"的海盗习俗(参1.5,另参1.9),以及阿伽门农、迈锡尼、特洛亚战争等历史问题。

尽管在希罗多德笔下,荷马是一位神龙见首不见尾的人物(想一想司马迁笔下的老子形象),但希罗多德的记载却是关于荷马生平最早的"史料",也是后世许多说法的依据。据希罗多德说:

> 赫西俄德与荷马的时代比之我的时代不会早过四百年;是他们为希腊人创作(ποιήσαντες)了诸神的家世(θεογονίην),把它们的一些名字、尊荣和技艺教给所有的人并且说出了它们的外形。[②]

由希罗多德的时代往上推算,荷马大约生活在公元前9到8世纪。希罗多德这段史料还说明荷马的身份或职业,荷马长大以后不是一位流浪的歌手(ἀοιδός),不是靠朗诵别人的诗歌来维持生计的"颂诗人"(ῥαψῳδός),而是纯粹意义上的"诗人"(ποιητής):他创作(ποιέω)了诸神的谱系(θεογονία)。

在洪荒的远古,也许歌手(bard,或游吟诗人)、颂诗人(rhapsode)和诗人(poet)这三者之间的区别还不明显,但荷马的出现使得这种混沌的现象判然有别,荷马在文明形式的演进上起到了划时代的作用。从

---

① 此处引文为笔者所译。参修昔底德,《伯罗奔尼撒战争史》,徐松岩、黄贤全译,桂林:广西师范大学出版社,2004,第190-191页。
② 希罗多德,《历史》,II.53.4-8,同前,第134-135页。译文有改动。

语文学的角度来看，希腊早期文献中大量使用的是"歌手"（或其动词"歌唱"），而"颂诗人"和"诗人"则更为晚出。最早的"歌手"一词笼统地指那些依靠一定素材（如传说）即兴创作的诗人，也指那些几乎原封不动演唱别人诗作的颂诗人，用现代术语简单区别之：前者有著作权，后者没有。荷马的出现使得这一切变得明朗起来，"歌手"分化成两种人：一种是伟大而高贵的诗人，另一种是靠诗人的创作过日子的颂诗人。"诗人"（梭伦最早使用该词）的原本意思是"制作"或"创作"，在那个因荷马而混沌初开的时代，"诗人"这一桂冠便戴在了荷马头上。

从此，"歌手"一词只存在于史诗世界中，"诗人"成了建设精神王国的巨匠（demiurge），"颂诗人"则指那些穷困潦倒、颠沛流离的手艺人。柏拉图的《伊翁》辛辣地讽刺了颂诗人的自得意满和无知，呼唤神圣的诗人，因为"那些优美的诗歌不是人做创作而是神的昭示，不属于人类而属于诸神；诗人被神掌控，由神凭附，人只是神的代言人"。[①] 这位神圣的诗人就是荷马，"ϑεῖος Ὅμηρος [神圣的荷马] 在六音步（hexameter）诗歌中是一种的标准公式，而且形容词 ϑεῖος [神圣的]在古代则牢牢地属于荷马"，[②] 甚至：

在整个古希腊文学中，如果 ὁ ποιητής [诗人] 一词不带一个专名（proper name），就始终是指荷马。[③]

荷马是独一无二的"诗人"（the Poet），他创作的史诗则是"圣经"

---

① 柏拉图，《伊翁》534e1-5，王双洪译，上海：华东师范大学出版社，2008，第121页。

② Barbara Graziosi. *Inventing Homer: The Early Reception of Epic.* Cambridge: Cambridge University Press, 2002, p. 67.

③ ibid, p. 48.

（the Book 或 Bible）。① 那些颂诗人不过是荷马史诗的表演者。②

由此可以断定荷马的身份或其工作的性质，他不是赶场赴会、趋炎附势、照本宣科的颂诗人，而是一位真正意义上的诗人，甚至是古希腊"唯一"有资格享有这个头衔的人。不可否认，荷马本人同时是一位歌手，但他无疑是一位与众不同的歌手，因为有了他，后世数千年的歌手、颂诗人、剧作家、史家和哲人才得以糊口。就像那位"少也贱"故也许曾经做过相礼之儒的孔子所说，荷马不是"小人儒"，而是"君子儒"。

但在后世的形象中，荷马一直被人看成一个出身卑贱、栖栖惶惶、四处流浪的盲歌手（甚至是颂诗人）。③ 正如我们前面所说，荷马的形象大多直接取材于《奥德赛》，并嫁接了貌丑、残疾且身为奴隶的故事高手伊索（Aesop）的特征，④ 甚至是人们对后世小人儒或市井歌星的联想和移植，以为荷马史诗不过是诗人自我经验的投射。这里就产生出一种张力，即，"不识字的"且生活在社会底层的人，如何能够知道如此庞大而美妙的故事？在官师政教合一的时代，一个普通老百姓如何可能传承诗教文化？一个走街串巷的民间艺人，怎么能够如此生动地摹写百官之富和宫室之美，如何能够把气吞山河的战争场面描绘得如此活灵活现？

对此，人们想到了两种解决方案，一是考古，包括寻找文化活化石的人类学田野工作，以证明荷马就是口头创作的流浪歌手；二是改变传统图景，另外想象一种可能的贵族世界。第一种方案以帕里为代表，他带着录音机到南斯拉夫去寻找民间艺人，记录下他们吟唱的"史诗"，

---

① 特伦斯·欧文，《古典思想》，覃方明译，沈阳：辽宁教育出版社，1998，第7页。
② 柏拉图，《希帕库》（*Hipparchus*）228b，英译 Thomas L. Pangle,（ed.）. *The Roots of Political Philosophy: Ten Forgotten Socratic Dialogues*, Ithaca: Cornell University Press,1987, p. 26。另 参 Gregory Nagy. *Poetry as Performance: Homer and Beyond.* Cambrige: Cambrige University Press,1996, pp. 70, 162。
③ Mary Ellen Snodgrass. *Greek Classics: Notes.* Lincoln: Cliffs Notes, Inc.,1988, p. 15；另参维柯，《新科学》，同前，第470页。
④ Barbara Graziosi. *Inventing Homer: The Early Reception of Epic*, pp. 160ff.

从中得出一般结论来比附荷马当年的情况,其研究成果集中体现在其助手洛德所作的《故事的歌手》。① 这一派通过艰苦的田野工作显然取得了丰硕的实证材料,对民俗学作出了巨大的贡献。但古典学界还是有人不买账,他们认为不能机械地比附,古今的"歌手"和"诗人"的概念大不相同,时过境迁,风物流转,它们之间很难找得到合理的可比性。因此,考古的贡献实在有限,如果要强行以此来求证荷马当年的情形,则无异于"缘木求鱼"(wild goose chase),这种做法的确有些"浪漫",甚至"虚妄"。②

另外一派则从"道理"上推想,荷马之非常人,知晓这许多大事情,必定是出将入相的王公贵胄。即便从《奥德赛》来看,厕身宫廷的四位歌手亦非等闲之辈,甚至有位高至监国者,因此荷马至少是一位宫廷诗人,甚至可能担任"祭酒"之类的文教要职。当时贵族文化已较为发达(如"涅斯托尔之杯"),作为数百年前辉煌道统的传人,从大灾难中恢复和重建一种新的贵族文化既是大势所趋,也是职分所在,《荷马史诗》的确也宣扬了一种"高贵"的精神。总体而言:

> 荷马对英雄时代的描述主要是一个诗人对过去的充满想象的重建,其中保存了他所知的那个世界的许多细节。那个世界可能保存了迈锡尼时代的因素,即便是以传奇和传说的形式曲折地保存了下来,而迈锡尼文明作为青铜时代晚期的文明,拥有大量的财富和复杂的社会结构,曾经在克里特和希腊大陆繁盛一时,直到公元前8世纪末。③

---

① 阿尔伯特·洛德,《故事的歌手》,尹虎彬译,北京:中华书局,2004,第203-226页。

② H. J. van Wees. "Homer and Early Greece". see *Homer: Critical Assessments*, V.2, p. 1;以及 Joachim Latacz. *Homer, His Art and His World*, p. 66。另参 M. I. Finley. *The World of Odysseus*, pp. 143, 30。关于"虚妄",参 Andrew Lang. *The World of Homer*, p. x。

③ K.W. 格兰斯登:《荷马与史诗》,唐均译,收于 F. I. 芬利主编,《希腊的遗产》,上海:上海人民出版社,2004,第76页。

从荷马对器具、房舍和人物的漂亮描写，从他优雅的言辞，从他对世界和人性的乐观看法，可以清楚地看出他的上流社会背景，甚至本人就是贵族（当然不仅仅是一种爵位）：想一想伟大的阿喀琉斯也喜欢弹起竖琴，"歌唱英雄们的事迹"（ἄειδε δ' ἄρα κλέα ἀνδρῶν, Il.9.189）。[1]

在这一派人士看来，荷马创作史诗不仅是出于个人的心理动机，也是社会的需要：

> 不断增长的才智，日渐扩大的地理知识，奢华品不断引入，生活方式的优雅，古代宗教的更新（由祭拜和庙宇建筑可见），通过殖民扩张打破了数世纪之久的国土界限——所有这一切都必定引向一种新的自我意识，随之而来也激起了一种自我辩解的需要。满足这种需要的手段已在手上——英雄之歌"。[2]

这种看法很像我国"盛世修典"之说，《荷马史诗》既是个人的歌以咏志，也是社会的歌以咏志，这不禁让人想起孔子"吾其为东周"之叹（《论语·阳货》）。

对于荷马的"宫廷诗人"身份，以及《荷马史诗》乃是应制而作这一颇有影响力的说法，我们还可以举出两个重要的文献为佐证。一是柏拉图的反证，二是德谟克里特的"正"证。柏拉图老是同荷马唱反调，但如果我们把他的话反过来听，就会发现意想不到的结果：

> 如果荷马真的能帮助自己的同时代人得到美德，人们还能让他（或赫西俄德）流离颠沛，卖唱为生吗？人们会依依难舍，把他看得胜过黄金，强留他住在自己家里的。如果挽留不住，那么，无论

---

[1] Joachim Latacz. *Homer, His Art and His World*, pp. 34, 49, 56–57.

[2] ibid., pp. 65–66.

他到哪里，人们也会随侍到那里，直到充分地得到了他的教育为止的（《王制》600d5-e2，郭斌和、张竹明译文）。

柏拉图知道荷马的价值，清楚自己这位对手的分量。赫西俄德这位安土重迁的农民诗人似乎没有"流离颠沛、卖唱为生"，荷马也真的曾帮助自己的同时代人得到美德。由此推知，荷马并非颂诗人，没有流离颠沛，而是出身高贵、家藏珍宝。

中国古代素有"学在王官"之说，仅当"官失其守"，才会出现"学在四夷"的景况。小亚细亚人说的仍然是希腊语，不算吧啦吧啦说"胡"话的夷狄（barbarian，不带贬义色彩），但对于希腊本土的迈锡尼文明来说，已算周边地区。"学在王官"既是早期文明的普遍现象，也是荷马史诗之出现于小亚细亚地区的解释底线：荷马必是帝胄苗裔，至少受王室荫庇。《伊利亚特》第二卷所列的1200艘舰船名录，很可能就是一份国家文件（state-document），[1] 如果不是能自由出入中秘，甚或掌管官方档案的贵族，又何以知之？[2] 贵族未必高贵，平民未必低贱，但荷马史诗的高贵性已然折射出荷马的身份，最能说明这个道理的是德谟克里特颇有代表性的说法：

> 对于荷马，德谟克里特说了如下的话：荷马具有神圣的本性，把所有的句子都安排得井井有条（κόσμον）；意思是说，只有那种具有神圣的（θείας）和灵异（δαιμονίας）本性的人，才写得出如此

---

[1] T. W. Allen. *Homer: The Origins and the Transmission*, p. 183.
[2] Joachim Latacz. *Homer, His Art and His World*, p. 34。但 Andrew Lang 似乎不同意这个看法，他虽然只是说："我不大明白用六音步格写成的这么一大段话怎么可能采自'英雄传奇'"（saga，参氏著 *The World of Homer*，同前，第259页），但意思很明显：长达三四百行的律诗，怎么可能是国家档案？莫非那个时候的宫廷记录和花名册都是用律诗写成的？可能性太小了。

漂亮和智慧的句子（ἔπη）。[1]

这里的 ἔπη［句子］就是 epic［史诗］，只有本性神圣者，在神灵（δαίμων）附体，即柏拉图《伊翁》所谓"被神掌控，由神凭附"（534e）的状态下，才写得出如此美丽和智慧的史诗，才被后世称为"永生的塞壬"（ἀμβροσίου σειρῆνος，或译"神圣的歌仙"）。

从这样的角度，我们可以大致得出荷马的如下形象。荷马于公元前8世纪上半叶出生在伊奥尼亚某个海岛或海滨城市的钟鸣鼎食之家，受到过良好的教育（传承着文明大统），还喜欢听南来北往的水手、商贾和歌手讲述各种奇闻轶事，尔后周游（地中海）世界，广泛采风，收集、整理并创作了不朽的诗篇，引发了伟大的希腊文明的昌盛之机。[2]

由于文献不足，我们能够想象的荷马形象大约就是这些，恰如那个导致荷马郁郁寡欢而亡的谜语所说，"我们把捉到的扔下了，把没有捉到的带在身上"，[3] 这一句饱含禅家机锋的话，说透了多少前尘往事。荷马的生平事迹应该十分简单，但不简单的是我们如何对待如此简单的传说。据说，荷马的墓志铭是："在这里土地下掩盖着一颗属神的头脑/诸英雄的荣耀/神圣荷马。"[4] 我们这里的记述也无非是荷马的一篇祭文。因为既然对荷马的任何描述都会"名不副实"，我们对荷马生平的刻画当然也不过是为荷马建造了一座衣冠冢，以此纪念这位千古流芳的文化之父。荷马的生平与其说是史实，不如说是想象；与其说是实然，不如

---

[1] 残篇21；见 Barbara Graziosi. *Inventing Homer: The Early Reception of Epic*, p. 156。最后一句直译应为："不是那种具有神圣的和灵异本性的人，就写不出如此漂亮和智慧的句子。"

[2] Joachim Latacz. *Homer, His Art and His World*, p. 69.

[3] 无名氏，《荷马与赫西俄德之间的辩论》，同前，第305页；亚里士多德，《亚里士多德全集》第十卷，同前，第104页。

[4] 同上。

说是应该。①

第三节　荷马之名

"荷马"这个名字的含义也是一桩饶有趣味的思想史公案，在荷马的形象中扮演着重要的角色，甚至直接决定着荷马的出生地、身世、职业和社会地位，无疑是荷马形象的有机组成部分。

"荷马"，希腊语作 Ὅμηρος，拉丁语化的拼法为 Homeros（在拉丁语中作 Homērus），在现代语言中简化为 Homer（类似的简化还有 Pindar［品达］，希腊文作 Πίνδαρος）。但"荷马"一词未曾出现在《伊利亚特》和《奥德赛》中，虽然那些归在荷马名下的颂诗确有不少直接以"荷马的……颂"为题目，却不足为凭，因为这些颂诗和英雄诗系的题目肯定为后世编者所加，很可能是公元前3世纪亚历山大里亚的编纂者归附在诗作上的。而最早提到与"荷马"一词字形最近似的是赫西俄德的《神谱》第39行（ὁμηρεῦσαι），但这个词显然不是指他在诗才、诗品和思路上的对手。后来确切地直接提到荷马之名的是科洛丰的克塞诺芬尼（Xenophanes，前560—前478，巴门尼德的老师）和赫拉克利特（Heracleitus，前540—前480），但那都是荷马之后两百来年的事情了。就在这段"查无实据"的时间中，人们结合各种传说，对"荷马"这个名字的含义展开了丰富联想，最终出现了"跟随""人质"和"盲人"等三种说法。现代学者从词源学的考证中，又得出了新的结论。

大体说来，前两种说法是结合荷马的身世从"荷马"一词的形近词来进行杜撰的（并非毫无实据，实属空穴来风），后一种则是综合了《奥德赛》中的盲诗人和盲预言家形象。前面两种说法不太流行，而"盲人"说最为普遍，几成"定论"。我们根据风行的程度，由低到高逐一考察，最后再来看看现代人既有趣又有说服力的最新成果（姑称之为

---

① D.S. Margoliouth. *The Homer of Aristotle*. Oxford: Basil Blackwell, 1923, p. 85.

"调谐"说）。

一、"跟随"说

据普鲁塔克《荷马生平》所载：

> 吕底亚人在受到爱奥尼亚人的欺凌时，他们决定离开斯蜜尔纳，他们的领袖号召谁愿意就随他们离开城市。尚未成年的荷马说自己也愿意跟随（homerein），由此他被称为跟随者荷马（Homeros），而不叫生于墨勒斯的男子墨勒西根尼（Melesigenees）。[①]

这个故事虽然有点混乱不清，但与斯蜜尔纳的历史却颇为吻合，该地屡受外邦欺凌，并于公元前600年左右被吕底亚王Alyattes（卒于前560年）所毁，该城市直到两百多年后才得以恢复。荷马寄居其间，饱受凌辱，被迫"跟随"（实即"归顺"），实在是天将降大任前的砥砺。

在该语境中，"跟随"一词的希腊文原形是 ὁμηρέω，[②] 该词意思与 ὁμός[共同的，现代语的 homo-]、ὁμόσε[向着同一个地方]、ἅμα[同时，一起，好像]相关，基本意思是"同…一起来""和…相遇"，引申为"相合，符合，投合，一致"。这在词源学上也很可能是来自荷马史诗《奥德赛》16.468 的解读："我曾遇见（ὠμήρησε）你的同伴们的快捷使者。"所谓"跟随"则是进一步的转义，至于下面将要谈到的第二层含义"人质"，与此同根同源，基本含义相同。当然，连古典语文学家也不敢肯定这两种意思是否与"荷马"有什么关系。[③]

[①] 参亚里士多德，《亚里士多德全集》第十卷，同前，第103页。译文有改动。
[②] 希腊文所谓"原形"与现代语言含义不同，这里指动词现在时第一人称单数，名词则是主格单数，下同。
[③] 参 W. B. Stanford 对这一句的评注，*Homer: The Odyssey*, Books XIII–XXIV. London: Bristol Classical Press, 1996, pp. 279–280.

二、"人质"说

把"荷马"理解为"人质",仍然是为了说明荷马的身世,在描述荷马从出生到青年时期坎坷曲折、辗转飘零的生活经历的同时,也把各种出生地的传说串联在一起,以此平衡各方的争议:荷马虽出生于甲地,祖籍却是乙地,而他成长在丙地,并曾作为人质或抵押品到过丁地,后来逃到了戊地,然后被人带到了己地,最后回到家乡卒于甲地,云云。

至于说谁被当作人质送到了什么地方,仍然是争论的话题。一说"他后来被称作荷马,是因为他的父亲曾被塞浦路斯人当作人质送到波斯,或者因为他的失明",① 一说"他被当作人质(ὁμηρείαν)送到开俄斯人那里,就叫做荷马(ὅμηρον)"。② 但不管怎么说,"荷马"一词与"人质"一词,字形太近,甚至在古希腊语中"荷马"本来就有"人质"的含义,因此并不是后人望文生义编造的故事。③

"作人质"或"抵押"(ὁμηρεύω)与上文"跟随"一词仅有一个字母之差,更让人惊讶不止的是,它的名词形式(ὅμηρος)与"荷马"一模一样,唯一的区别就是首字母的大小写而已!也就是说,首字母大写的时候指那个特定的人,小写的时候指一类人。再考虑到最早的古希腊语每个字母原本都是大写的,那这两个词之间的关系就更是"零距离"了。

在公元 2 世纪的希腊小说家卡里同(Chariton)的作品《凯勒阿斯与卡利罗亚》(*Chaireas and Callirhoe*)3.8.4 中,小写的 ὅμηρον 意思就是"人质"。在小说中,父亲说:"我爱这个孩子,因为他让我对他妈更有把握,我在他身上有她对我感情的人质。"④ 而这个含义最极端的

---

① 无名氏,《荷马与赫西俄德之间的辩论》,同前,第 295 页。
② Barbara Graziosi. *Inventing Homer: The Early Reception of Epic*, p. 81.
③ 默雷以为"荷马"之为"人质"和"盲人",正说明他无益于稼穑生产,只好靠游吟或者为贵胄演唱过日子,则似乎解得太实在了一点(吉尔伯特·默雷,《古希腊文学史》,孙席珍等译,上海:上海译文出版社,1988,第 6-8 页)。
④ D.S. Margoliouth. *The Homer of Aristotle*, p. 78.

表达就是欧里庇得斯的《美狄亚》,妻子美狄亚因为丈夫伊阿宋变心而"撕票"——当然她杀死自己的儿子或"人质"也是为了不让他们落入更残酷的敌人手中。①

我们对以"人质"为名虽然感到多少有些奇怪,但一想到古人的习俗与我们大不相同,加上我们对上古之事知之甚少,也就见怪不怪了。而且,"人质"说还与荷马的贵族身份暗合哩!字典上说,ὅμηρος 是保证和平的人质或抵押品,那么,出身低微的歌星、满世界流浪的艺人、无足轻重的奴隶,怎么能够保证世界和平?从上古史来看,荷马没准还真是哪国的太子呢,他即便屡遭大难(因此而喜好民间歌谣),也都是一块价值连城的美玉。

三、"盲人"说

在古代对荷马的表述中,"盲人"是一个相对稳定的特征,可谓众口一词,尽管不断有人对此提出怀疑。②西塞罗即曰,"传说荷马是一位盲人"(Traditum est etiam Homerum caecum fuisse),③后来这句话演变成了学习拉丁语语法的典型例句(Homerus caecus fuisse dicitur),并成为一种根深蒂固的传统(Traditum)。

尽管我们在字典上查不到"荷马"为"盲人"之义,但这个传说却由来已久,可以追溯到历史学家修昔底德那里,而修昔底德用作史料的那句话,即"一个盲人(τυφλὸς ἀνήρ),生活在崎岖的开俄斯,他的所有(诗)歌永远是最好的"(3.104),④实际上是在引用《荷马的阿波罗颂》(Homeric Hymn to Apollo,第 172-173 行)。因此,"荷马"之为"盲人"

---

① 参《美狄亚》第五场,罗念生译,见《古希腊喜剧选》,北京:人民文学出版社,1998,第 274 页以下。亚里士多德亦云:"孩子是维系的纽带,没有孩子这种共同体就容易解体。因为,孩子是双方共同的善,共同的东西把人结合到一起。"(《尼各马可伦理学》1162a27-29,廖申白译,北京:商务印书馆,2003,第 253 页)

② Barbara Graziosi. *Inventing Homer: The Early Reception of Epic*, p. 126.

③ Cicero. *Tusc.* V.xxxix.114,Loeb 本,第 538 页。

④ 另参 Barbara Graziosi. *Inventing Homer: The Early Reception of Epic*, pp. 62-63.

的说法，最早可以追溯到公元前 8 到 7 世纪，也就是荷马之后的一百多年间。"盲人"说最为古老，似乎也最为可信，但在那个如此久远的时代，也未必不夹杂着其他东西。

有人认为，古人之所以把"荷马"理解成"盲人"，是因为把 Ὅμηρος, 拆解成了 ὁ μὴ ὁρῶν，即"不能看的人"，也就是"盲人"。[①] 而据古希腊历史学家 Ephorus（前 405—前 330）所记，伊奥尼亚人就把盲人叫做 ὅμηροι,[②] 虽然这位历史学家无意于诋毁荷马的人格，但这种说法未必可靠，因为以道听途说入史的严肃史家大有人在（甚至包括司马迁）。荷马史诗的版本权威艾伦（T. W. Allen）就对这种看法表示过疑问，在他看来，如果"荷马"的意思是"盲人"的话，那么"荷马"就是一个亚洲人的词汇，但"Homeros 是一个如假包换（real）的希腊名字"。[③]

从荷马史诗《奥德赛》中两个角色不同、身份各异的盲人来看，"荷马"之为"盲人"说大体是来自于对史诗本身的解读。史诗中的这两个盲人分别是歌手得摩多科斯，和冥府中的巫拜预言者特瑞西阿斯，那么，"盲人荷马"就蕴涵着两层意思：乐师和预言者。至少从文献本身来看，荷马与市井流浪的盲歌手之间毫不搭界。在书写尚不发达的情况下，歌手必须具有超强的记忆力，自是情理之中的事，或者说"盲人们一般有惊人的持久的记忆力，这是人类本性的一种特征"。[④] 但译者朱光潜先生还为这句话加了如下的注释："我国过去说书人和算命先生以及瞽妓也大半既穷而又目盲，浪游集市卖技，也可作为旁证。"这似乎太简单化了。

照《奥德赛》对歌手得摩多科斯的评价，即"缪斯宠爱他，给他幸福，也给他不幸，夺去了他的视力，却让他甜美地歌唱"（8.62-64），荷马

[①] H. J. Rose. *A Handbook of Greek Literature: From Homer to the Age of Lucian*. London: Methuen & Co. LTD.,1934, p. 30n.31.

[②] T. W. Allen. *Homer: The Origins and the Transmission*, p. 43.

[③] T. W. Allen. *Homer: The Origins and the Transmission*, pp. 43,49.

[④] 维柯,《新科学》,同前，第 470 页。

之为盲人，在于他歌手的身份，亦说明他虽遭眼疾，却颇受天眷。也许只有付出某些代价（如视力、听力或行走能力），才能获得神明的青睐，这似乎是各国文明中的一项"冷冰冰"的定律，与街头乞怜的盲人没有什么关系：能够担当缪斯的仆人，非但无需同情，反而让人羡慕。且不说乐师或乐官如（自己刺瞎双眼的）师旷者能够左右君主的意志，① 也至少可像赫西俄德所说，"缪斯的仆人（Μουσάων θεράπων），唱起古人的荣光和居住在奥林波斯的快乐神灵，他就会立刻忘了一切忧伤，忘了一切苦恼。女神的礼物会把这一切从他那里抹去"（《神谱》100–103）。在那个刚刚脱离结绳记事不久的年代，传唱英雄和神明也就是传承文明的薪火，所以死后也能像英雄那样得到膜拜。② 荷马是缪斯的仆人，就好像他笔下的那些上古英雄乃是战神阿瑞斯的仆人一样（《伊利亚特》2.110）。

"荷马"之为"盲人"另外象征着伟大诗人的预言者身份。在《奥德赛》中，基尔克要奥德修斯"去会见忒拜的盲预言者特瑞西阿斯的魂灵，他素有的丰富智慧至今依然如故，佩尔塞福涅让他死后仍保持智慧，能够思考，其他人则成为飘忽的魂影"（10.492–495）。视荷马为盲人，也就是暗指他为有心智（φρένες）、有理智（νοον）和能思考（πεπνῦσθαι）的预言者。③ 在古代，人们似乎相信预言者（包括算命先生）总会有这样那样的生理缺陷——天机本不可泄漏，最普遍的当然就是目盲了，因为凡俗之眼瞎了（至少要闭上）后，才能见人之所不能见，故曰，目盲而"天眼"开，则智慧来。④

---

① 参司马迁，《史记·乐书第二》，北京：中华书局，1959，第 1235–1236 页。
② Gregory Nagy. *The Best of the Achaeans: Concepts of the Hero in Archaic Greek Poetry*. Baltimore: The Johns Hopkins University Press, 1999, p. 301.
③ φρένες［心智］，是 φρήν 的复数形式，原指人的心膜，引申为"心""智慧"和"意志"等。古典思想中至关重要的两个词，φρόνησις［明智］和 σωφροσύνη［审慎］，即由此派生而来。
④ 至于柏拉图暗示说荷马眼瞎是因为"污蔑海伦"，同时似乎也就污蔑神明，说神明是特洛亚战争的罪魁祸首，故而得遭天谴而成为盲人，则多少有些"污蔑荷马"的味道，归根结底当算诗与哲学的又一冲突（参《斐德若》243a，刘小枫译）。

目盲是一种身体特征,以体征为名并不鲜见,如墨翟、孙膑、瞿秋白等,但赋有如此多的内涵或象征意义,则当以"荷马"为最。"盲人"说在古代之所以大有市场,也许就在于它"像荷马传记的其他许多方面,对各种各样的阐释来说都是开放的:它可以用来与最无助、残疾和流离失所的乞丐相联系,但它也可以把荷马变成一个近于神明的权威诗人"。① 大家都相信荷马是盲人,甚至"荷马"这个名字的意思就是"盲人",就在于"盲人"在古代文化中具有非常大的解释空间,既可以博得善良者一掬同情和怜悯(但绝非嘲笑),也可以换来善男信女的虔诚礼拜,更能够煽动人们丰富的诗意想象。

四、"调谐"说

在这三种传统说法之外,还有一种尚未流行的见解,那是现代学者的"知识考古"成果。这种新看法也是建立在语文学的基础上,似乎仍未脱离传统的框架,但认识到"荷马"这个词的意思"似乎揭示了诗人及其功能的上古意义",② 亦算得颇有创见。联系到前面的"盲人"说,我们可以发现一种伟大的文化理想。

据古典学家纳吉(Gregory Nagy)考证,Ὅμηρος [荷马]还有另一种方言写法 Ὅμαρος,词根为 ar-,在印欧语系中意思是"连接、结合",加上词头 homo,由此得出"荷马"一词的"本意":"[把诗歌]连接在一起的人"(he who fits [the song] together)。最早的例证出现在赫西俄德的《神谱》第 39 行:φωνῇ ὁμηρεῦσαι [和谐的声音],③ 也就是说,缪斯

---

① Barbara Graziosi. *Inventing Homer: The Early Reception of Epic*, p. 160.
② Gregory Nagy. *The Best of the Achaeans: Concepts of the Hero in Archaic Greek Poetry*, p. 297.
③ Richmond Lattimore 译为 "harmonious voices",见 Hesiod. Ann Arbor: University of Michigan Press,1959, p. 125. 中文本据 Loeb 丛书的英译而作"甜美的歌声",实在不得要领。Leob 丛书颇为流行,限于西方古典学方面的校勘知识,我不知道该丛书的希腊文和拉丁文编本究竟有多可靠(常听到西人的微辞),但多次核对后,发现英文翻译未必每一篇作品都十分可靠,需得小心才行。

女神用和谐的声音把故事串联起来。同样以 ar- 为词根的 ὅρμος，意思就是链子、花环等串起来的东西。如前面所见，与"荷马"一词最接近的 ὁμηρέω 意为"相遇"，转为"符合""一致"，这里就已经包含了"和谐"的意思在内。①

现代语言中的 harmony（和谐），希腊语作 ἁρμονία，同样来自于印欧语系的词根 ar-，基本意思是"连结、联合"，用在音乐上就是"和谐"。该词首字母大写即为女神的名字（哈尔摩尼亚，她有一串项链！），这位女神的父亲即是战神"阿瑞斯"（Ἄρης），该词同样来自词根 ar-，表明了古人对和谐与战争微妙关系的理解（或渴望），更说明词根 ar- 不仅具有音乐方面的含义，更具有社会的含义（柏拉图在《法义》中也多次强调"和谐"的社会意义）。

与此相似的是赫西俄德的名字，意为"发出声音的人"，在 Gregory Nagy 看来，这表明"赫西俄德"和"荷马"一样，与缪斯有着不解之缘，甚至表明自己本身就是缪斯的仆人：缪斯用声音把故事和谐地串联起来，而"荷马"这位"串联者"同样把故事凑成了整体。而且荷马串起来的不仅仅是一些有趣的故事，他是把一种宇宙秩序、人伦礼法串起来了：

> 这种推理一开始也许让我们觉得荒谬，但我们想想这样一个简单的事实，就不会有这种感觉了，即，赫西俄德的诗歌并不是他特有的东西，而是在形式上和内容上都深深地扎根于传统。《神谱》这类作品的作者，其雄心抱负就是要表达那些揭示了宇宙本质的传统，脑子里想的是对泛希腊的"观众"表达这些传统。要实施这样一个庞大的计划，作者必定会被说成是终极的诗人和圣人，他把传

---

① 维柯也曾提到过这层意思，说"与此类似的普通词 homeros 据说也是由 homou（在一起）和 eirein（联系）合成的；……应用在荷马身上作为神话故事的编织者，却是很自然的顺当的"（《新科学》，同前，第 465 页）。

统的所有方面都置于自己的掌控之下。①

赫西俄德如此,荷马也如此(或者更是如此)。荷马传承了数世纪的文明余绪,集万千传说于一身,写成了不朽的诗篇。这些诗篇不仅可以供人们愉悦性情,更能帮助混沌无知而又渺小无助的人们了解这个比自己大上千千万万倍的世界。荷马建立的秩序,不仅是宇宙秩序,而且(尤其)是人间秩序,后世可以从中获得源源不断的滋养。荷马这位"终极的诗人和圣人"(诗王、诗圣)不仅可以"调素琴",甚至可以"当素王"而为万世法。

以上四种说法有很强的文字游戏的味道,颇像我国的"说文解字",以说明字形相近,意思也就相近,如"仁者,人也""诗者,持也""教者,效也"之类。后来柏拉图也大玩这种文字游戏,说 νομός [歌] 就是 νόμος [法],两者仅重音不同(参《法义》799e10-11)。但如果考虑到"荷马"一词的重音乃是后世所加,那简直就是一词多义,算不得文字游戏:"歌"有谱调工尺,好比"法"有规矩方圆。在文字初创的上古时期,很难用"文字游戏"去概括他们的文化活动:与当今介于无聊和有聊之间的文字游戏不同,形近字来自于对世界的近似经验,因此,"荷马"一词的上述种种意思,可谓古已有之,把它们用在"荷马"身上,不过是表达了他们对荷马的理解。这是人类文明史上的一种"自然"现象,让人感到贴心和亲切。

尽管"黄帝"之名与地理方位以及"炎帝"之名与气候特征有着千丝万缕的关系,但仍不失为让人顶礼膜拜的名号;同样,尽管"荷马"之名与出生地、体貌特征、人生经历和诗人身份有着不解之缘,终究是一个响彻千古的名字。

---

① Gregory Nagy. *The Best of the Achaeans: Concepts of the Hero in Archaic Greek Poetry*, p. 296.

第四节　思想史中的荷马

有一天，克塞诺芬尼跑到叙拉古僭主希耶罗（Hiero）那里去哭穷，说自己连两个奴仆都养不起。希耶罗回答说："什么！荷马比你穷得多，他却养了千千万万人，尽管他已经故去。"[①] 蒙田讲的这个故事说明荷马已经成为一座伟大的雕像，矗立在思想史长廊的开端处。且不说荷马史诗滋养了千千万万人，就连荷马的生平故事也曾养活了不少"好事之徒"：荷马形象本身就是思想史的绝佳素材。荷马形象在西方三千年的思想发展历程中，经历了几次大变化，地位不断上升，经受了现代世界的疑古风潮后，又逐渐为人们所尊奉，可谓风雨几千，养人终不断。

荷马不再是一个历史的或真实的人物，而已变成了一种类型象征，一种存在符号和一种奔涌的思想源泉。正如 T. W. Allen 所说，荷马的年龄和生活几乎让所有的年代学家和编年史家头疼不已，因为"人们在谈论、追随和补全荷马，但荷马本人却不在那里"。[②]

仅仅从有七个地方争夺荷马的出生地或籍贯来看，荷马身上就已经缠绕着数不清的传说。荷马本人就好比他的不朽诗篇一样，因为不朽，所以多有附会，又因为传说的美丽，所以才这么持久不衰（美丽者生存）。"为什么希腊各族人民都争着要取得荷马故乡的荣誉呢？理由就在于希腊各族人民自己就是荷马。……荷马确实活在希腊各族人民的口头上和记忆里。"[③] 同样，我们关于荷马的许多传说，不也恰恰表明荷马正活在世界各族人民的口头上和记忆里吗？尽管我们早已不那么"荷马"了。

记忆难免不那么准确，所以荷马也许是盲人，也许还当过人质；也许是王公贵胄，也许是平民百姓；也许是诗仙诗圣，也许是四处流浪的

[①] Dennis Poupard (et al. eds.). *Classical and Medieval Literature Criticism*. Detroit: Gale Research Company, 1988, p. 276.

[②] T. W. Allen. *Homer: The Origins and the Transmission*, pp. 12, 41.

[③] 维柯，《新科学》，同前，第472页。

颂诗人；也许是像伪希罗多德所认为的那样，是一个教师，是一个职业演员，在自己的工作间吟唱英雄史诗给学生听，或在大庭广众之中给老人和贵人演唱，以消永昼；[1]荷马也许是照本宣科的歌手，也许是灵魂附体的神仆，但荷马终究与《伊利亚特》和《奥德赛》联系在了一起，而且只要仔细想一想，我们对荷马的记忆依然是那么的清晰。对于这种既"靠不住"而又真切的"记忆"，正如维柯所说："记忆有三个不同的作用，当记住事物时就是记忆，当改变或摹仿时就是想象，当把诸事物的关系作出较妥帖的安排时就是发明或创造。由于这些理由，神学诗人们把执掌记忆的女神称为缪斯的母亲。"[2]我们关于荷马的记忆是一种想象，也是一种创造，更是缪斯女神对母亲记忆女神的回报，是缪斯在显灵。

从科学的角度来说，我们不应该盲目迷信，但对于一部如此伟大的史诗《伊利亚特》、一部如此美妙的传奇小说《奥德赛》以及一个如此伟大的"目盲"诗人，我们的倾心向往怎么是迷信呢？让人如此着迷、让人难以不信的文化瑰宝，又如何能不"迷信"呢？我们并不否认这样的结论："很不幸的是，它们（按：指《伊利亚特》和《奥德赛》）的作者仍在未定之天。我们可以像许多学者经常做的那样，把他叫做'里程碑'式的诗人，我们甚至为了方便而称他为'荷马'，只要我们记住他不是希腊传说中的荷马。"[3]但我们无法想象，如果不是此荷马，又会是谁为我们铺好了文明史的第一步台阶呢？

有人说荷马只是一个传说中的人物，甚至在《伊利亚特》和《奥德赛》创作之前荷马就已经是传说中的角色了。[4]还有人说"荷马是一个神秘的歌手（aoidos）或诗人（poietes）的名字，每个人都承认他冠绝群伦，但谁也没有碰到过他"。[5]我们不否认荷马身上传说多于信史，不否认后

---

[1] 参 H. J. van Wees. "Homer and Early Greece." see *Homer: Critical Assessments*, V.2, p. 8。
[2] 维柯，《新科学》，同前，第 457 页。
[3] H. J. van Wees. "Homer and Early Greece." see *Homer: Critical Assessments*, V.2, p. 10.
[4] ibid, p. 4.
[5] Barbara Graziosi. *Inventing Homer: The Early Reception of Epic*, p. 48.

人（甚至时人）谁也没碰到过他——我们不仅不否认，反而乐于承认这一切，因为正如维柯所说："但是这并不妨碍荷马成为一切崇高诗人的父亲和国王。"[1] 荷马就算不如中国思想史中的孔子形象那么具有"历史真实性"，但我们有必要因此而诋毁三皇五帝的"存在"么？我们虽不能像海德格尔那样在"存在"问题上如此沉潜深透，但亦识得文明大统的一贯性，也相信三代之治的示范性和"历史性"。

以后我们会详细讨论荷马与诗学、史学、哲学和宗教等方面的关系问题，这里只需要简单地指出：各种不同的学科赋予了荷马不同的形象。比如，赫西俄德的诗学理路与荷马大相径庭，哲学家克塞诺芬尼、赫拉克利特和柏拉图猛烈地批判荷马的"世界观"，基督教思想家如克莱门则劝勉希腊人不要相信荷马的宗教，历史学家对荷马所描述的"历史"也意见不一等等，这些事实不恰好说明荷马的"存在"吗？难道数千年来那么多聪明绝顶的人都不过是像唐·吉诃德那样，同一个虚幻的影子作战？

伟大的心灵和伟大的书相辅相成，只有伟大的心灵才写得出伟大的书，也只有伟大的心灵才"会"读伟大的书，才能真正感受到另一个伟大心灵的跳动，因为伟大的书不是为一时一地而写，它是永恒的。托尔斯泰（Lev Tolstoy）同样是伟大的作家，他有那样宽广的心胸，有那样的实在理论，所以觉得《伊利亚特》和《奥德赛》"和我们大家如此天然地亲近，就好像我们曾经生活并仍然生活在神明和英雄中间"。[2] 这种身临其境的感受，不仅内在地说明了作者的艺术性、诗性和原创性，而且外在地预设了荷马的真实性。

乔伊斯（James Joyce）与托尔斯泰一样贬莎士比亚而褒荷马，对荷马推崇备至，尤其是对荷马所塑造的奥德修斯（拉丁文作"尤利西斯"）佩服得五体投地，干脆就以此为名写了一部十分不好读的书。在乔伊斯

---

[1] 维柯，《新科学》，同前，第458页。
[2] Leo Tolstoy. "Homer and Shakespeare." see G. Steiner and Robert Fagles (eds.). *Homer: A Collection of Critical Essays*. Prentice-Hall, Inc.,1962, p. 15.

看来，尤利西斯是一个完整的人，也就是一个立体全面的人，一个好人。① 我们不禁由此延伸思索，如果没有一个同样完整的作者，这一切又何以可能？

当然，我们无意于像中世纪神学家阿奎那（Thomas Aquinas）那样证明上帝的存在，我们只想说，荷马活在我们的口头上和记忆里，存在于思想史中，一如勃朗宁（Browning）所咏：

> No actual Homer, no authentic text,/ No warrant for the fiction I as fact / Had treasured in my heart and soul so long.②

且不说荷马开创了西方思想史，亦至少占得"人间春色第一枝"。如果布克哈特所说"不可能从开端开始"（one cannot begin at the beginning）是正确的话，那么我们就从荷马开始吧，因为他的诗歌在安排世界方面，以及调谐人与自然、人神关系方面，乃是天才之作，给后世文明烙下了深深的"荷"字号印记。③

在古人看来，荷马不仅是文人墨客的祖宗，而且还是政治家、军事家的楷模，荷马还懂得治国方略、社会责任、兵法、医学和占卜术等等。④ 仅仅以军事为例，据说亚历山大大帝（Alexander the Great）在缴获大流士（Darius）的战利品中得到一个金碧辉煌的"保险箱"时，就命令手下把他的荷马史诗放进去，说荷马是他在军事方面最好的和最信得过的顾问。亚历山大打仗时也随时把荷马史诗带在身边，当作战斗给养，他甚至把荷马史诗枕在头下睡觉，以便睡觉时也不与荷马相分离，

---

① ibid, pp. 156–157.
② 参芬利主编，《希腊的遗产》，同前，第88页；英文本参 *The Legacy of Greece: A New Appraisal*. Oxford: Oxford University Press,1984, p. 84。
③ M. I. Finley. *The World of Odysseus*, p. 25.
④ Robert Lamberton. "Homer in Antiquity." see *A New Companion to Homer*. p. 46.

盼着那样也许会做好梦——即便只能在想象中看到荷马。①

关于荷马对后世的影响或"荷马史诗的遗产",我们以后将从诗学、史学、哲学、文学、宗教和政治等方面详细讨论,这里只需要引述中世纪拜占庭历史学家、荷马史诗的评注者尤斯塔修斯(Eustathius,卒于1194年)的长篇评论作为荷马的盖棺之论:

> 有一个古老的说法,所有的河流、所有的源泉和所有的水井都是从奥克阿诺斯(Ocean,海洋)那里涌出来的。同样,大多数——如果不是所有——伟大的语言溪流,都是从荷马那里涌出来,流向了圣人们。对于所有圣人,我们可以说起谁谁谁勤于天文,或精于科学,或明于伦理,或一般性地长于世俗文学,但没有哪个人经过荷马的寓所时不受到欢迎。所有人都暂住在他那里,有的人把自己的余生都花在从荷马的桌上取食,其他人则从中满足某种需要,并从他那里借来一些有用的东西以为自己的论据。这些人中有德尔斐的祭司,他们按荷马的规则来形成许多预言。哲人们与荷马相关,……演说家亦然;学者们要达到自己的目标就必须经过他那里,否则别无他法。荷马之后没有哪一个诗人是在荷马为这一行制定的法则之外干事的。他们摹仿他,把他的东西当成自己的,为了让自己像荷马而无所不为。②

从荷马那里生发出很多谚语,最直接的就是"苦难的历程"(an Iliad of evils),但尤斯塔修斯说,《伊利亚特》真真是"美善的历程"

---

① 参 Dennis Poupard (et al. eds.). *Classical and Medieval Literature Criticism*, pp. 275, 274。另参Moses Hadas. *A History of Greek Literature*. New York: Columbia University Press, 1950, p. 23.

② Dennis Poupard (et al. eds.) . *Classical and Medieval Literature Criticism*, p. 274。关于尤斯塔修斯,另参伯纳德特,《弓弦与竖琴——从柏拉图解读荷马》,程志敏译,北京:华夏出版社,2003,第64、160、179页。

(an Iliad of every good), 所以在他看来, "荷马像塞壬"(Homer is like Sirens), 如前面所谓 "永生的塞壬"(ἀμβροσίου σειρῆνος)。

在思想史图景中, 荷马是一个历史学家、文学家、哲学家、政治学家、诗人、音乐家, 但不是千千万万 "……家"中普普通通的 "一个"(a), 而是唯一的 "这个"(the), 他是 "诗人"(the Poet), 写就了伟大的 "诗经"(the Book)。荷马不仅仅是文学史行列中的一员, 他是希腊、西方乃至人类文明的第一个也是最伟大的创造者, 他为文化建立了一个至今有效的模式, "荷马"代表着一种神圣而伟大的理想。[1]

---

[1] Werner Jaeger. *Paideia: The Ideals of Greek Culture*, pp. 36, 37. Cf. Robert Lamberton. "Homer in Antiquity." see *A New Companion to Homer*, p. 45.

第二章　荷马史诗简史

从荷马史诗本身来说，了解其前史、成书、编纂和传承的过程，有助于理解其形式的精巧和内容的宏富。尽管"荷马史诗的文本史在古代很多方面都是模糊和有争议的，但如果不对它们从最先行诸文字到希腊化时代获得相对稳定形式的流传方式有所了解，要讨论两部史诗，几乎不可能"。[①]尤其是荷马史诗的前史和早期流传时期的社会文化，由于"去古未远"，同荷马史诗所描绘的场景还接得上榫。

进言之，在古希腊语中，"诗"最早的含义是"做""成"，在注重诗教的传统中，"诗"这种最源初的文明形式主要就是为了塑造一个好人，因此"诗"的功用即在于"成人"之美。荷马这位"诗人"就做成了这件无量功德，荷马史诗打开了古希腊文化乃至整个西方思想历程的大门，引领我们走进一个伟大的世界。几千年来，西方历史上很少有人不曾沐浴过荷马的恩泽，几乎找不出哪个居然没有受到荷马影响的文学家。可以说，荷马史诗的历史就是西方文学的历史，就是西方思想历程一幅美丽的剪影。正如荷马并没有逐一描写十年特洛亚战争的每一个细节，而是选取其中颇有意味的几十天来着意刻画，我们对西方思想史也可以如此窥一斑而知全豹。因此，了解荷马史诗史，就是在浏览人类筚路蓝缕的"奥德赛"（odyssey，意即"历程"）。

---

① Stephanie West. "The Transmission of the Text." see Alfred Heubeck, Stephanie West and J.B. Hainsworth. *A Commentary on Homer's* Odyssey. Oxford: Oxford University Press, vol. 1, 1988, p. 33.

第一节　英雄传说

俗话说"冰冻三尺，非一日之寒"，荷马史诗的出现也不完全是妙手偶得。就像《西游记》中的孙悟空一样，荷马史诗也是吸天地之灵气、收日月之精华，不知孕育了几千年，才终于破土而出。往远了说，荷马史诗可以追溯到迈锡尼－克里特文明，再往上则可以把谱系挂到古老的埃及文明，甚至可以像中国古代的章回小说一样，直接抵拢盘古开天地之时，至于说它吮吸了美索不达米亚文明的营养，则是板上钉钉的事实。①

有人说，"这两部分别有 16000 行和 12000 行的鸿篇巨制，并非像雅典娜全副武装从宙斯的脑袋中蹦出一样来自荷马的头脑，即便荷马的头脑八面玲珑。……他的诗作依据的是长期、纷繁而又特别丰富的口述传统，这种口述传统可以追溯到公元前 12 世纪"。② 这当然没错，但在我看来，荷马史诗正像智慧女神一样，由天父宙斯以及被宙斯吞进肚里的"心灵女神"墨提斯（Metis）所生，宙斯（就像我们的玉皇大帝一样）代表着历经数"劫"的传统，荷马史诗因此可谓由来有自。这种前史丝毫无损于荷马的"原创性"，反而更能让我们看到荷马史诗的深厚根基，并且在新旧对比中看到荷马史诗的划时代意义。

于是，我们就碰到了一个问题，如何理解荷马之前长达四个多世纪的"黑暗时代"，或者说，"黑暗时代"究竟有多"黑"？

现代人的研究让我们越来越清楚地看到，所谓"黑"主要是指因为毫无文字记载，也缺少实物证据，我们对之了解不多——并不是说这四百年就像赫西俄德所描绘的"黑铁时代"那样，恐怖、危险、文

---

① 比如可参 Charles Penglase. *Greek Myths and Mesopotamia: Parallels and Influence in the Homeric Hymns and Hesiod*. London: Routledge, 1994。荷马史诗并不全是荷马自己的发明，参 D.S. Margoliouth. *The Homer of Aristotle*, p. 82.

② 芬利主编，《希腊的遗产》，同前，第 69 页。

盲、无人性、杀戮和死亡。不可否认，这段时间与此前那般繁荣的迈锡尼文明相比较而言，在物质文化等方面当然有大幅度下降，但这并不说明这个时代就那么"阴暗或凄苦"（gloomy or abject）。"黑"这个相当情绪化的字眼在这里其实只表达了我们自己的无知，但我们"很容易受考古学的蒙骗，就以为考古学所处理的残余文物必然就是人类活动的有效标准"。① 其实不然，我们仍然能在后世的文字记载中找到所谓"黑暗时代"的要素，透过这些要素，"黑暗时代"其实并不那么黑暗。这种情形酷似公元529年之后、文艺复兴之前的"中世纪"，某些方面还光辉得很哩。

在没有实据的情况下，我们仍然可以根据常识常理推断，荷马之前必然活跃着大量的英雄传说，也有传唱这些故事的歌手。这段时间的文艺活动大多是口头的，没有文字记载，实物流传下来的也极稀少，所以我们知之甚少。但我们可以想象，恢宏的文化记忆依然流淌在人们的脑海里，先祖的辉煌成就依然在人间传颂，正是靠口耳相传，忒拜的故事、特洛亚战争、奥德修斯的历险、金羊毛的传说等等，才得以幸存到荷马时代，阿伽门农、阿喀琉斯、赫克托尔、海伦、佩涅洛佩、安德罗马克等人赖伟大的诗人而流传至今。英雄和诗人相互成就，美人和美文相得益彰。②

从道理上讲，一个人无论多么天才，如果他背后没有一个文学发展的漫长传统，不可能创作出完美如《伊利亚特》和《奥德赛》者（尽管其中也有"败笔"）。③ 如此伟大的史诗，背后不可能没有同样伟大的传

---

① G. S. Kirk. *The Songs of Homer*. Cambridge: Cambridge University Press, 1962, p. 126。引文所在的这一章标题为"The Poetical Possibilities of The Dark Age"，下一章叫做"Dark Age Elements and Aeolic Elements"。考古发掘倒向我们揭示了一个让人感叹的历史因果报应：希腊人洗劫特洛亚八十年后，自己就遭到了多利安人的洗劫，从此堕入"黑暗"（*The Songs of Homer*, p. 43）。

② 参芬利主编，《希腊的遗产》，同前，第77页。

③ T.A. Sinclair. *A History of Classical Greek Literature*. London: George Routledge & Sons, Ltd., 1934, pp. 4–5.

统——无论我们了不了解它,无论我们了解多少。

从结果来看,荷马史诗既是对传统的承续,也成就了后来的传统,而后起的作品也就与荷马之前的文化融为一体了,因此,我们研究后荷马时代的其他史诗,也能捕捉到前荷马时代的信息。而且,后来的史诗作品未必都是对荷马史诗的摹仿、补充或重构,我猜想,很可能其中有一些史诗在承传谱系上与荷马史诗是并行的。甚至可以如此推想:几乎所有的希腊史诗都有着一个共同的源头,尽管我们无法确切地描述这个"母体",但通过对荷马史诗以及后来一些篇幅较小的史诗的研究,我们大体可以重新构建出一幅整体图景。这种策略其实就是考古学的方法,但我们不像福柯(M. Foucault)那样把它叫做"知识考古学",姑且称为"诗歌考古学"或"思想考古学"吧。

除了《伊利亚特》和《奥德赛》以外,那些归在荷马名下的作品可以分成两大类,一类是颂诗(hymn),现存三十三篇,长短不一。其中四篇较为完整:《致德墨特尔》(或译《德墨特尔颂》,下同)495行,《致阿波罗》546行,《致赫尔墨斯》580行,《致阿佛罗狄忒》293行,其余较短,有的仅数行。我们至今不能确定这些颂诗的作者,有学者把其中的某些篇目指定在荷马之后不久的某些不太有名的诗人名下,但似乎缺乏足够的说服力,未能成为通行的结论。这些"无主"的颂诗大多作于古风时期,而且都是用荷马史诗那种六音步英雄格写成,因此归在荷马名下似乎并无不可,而且它们与其他史诗传说都有着非常直接的关联,我们不妨把它们也算作史诗——尽管史诗和颂诗在体裁和题材上稍有差异。出于同样的理由,有人把赫西俄德的教谕诗《工作与时日》也算作史诗。

另一类是"英雄诗系"(Epic Cycle),这类史诗数量很多,内容大体上与忒拜战争和特洛亚战争相关,但均已失传,现仅存残篇。这里的"诗系"(cycle)一词有几层含义:最基本的意思是"圆圈"(可对应于据德国史诗而作的《尼伯龙根的指环》中的"指环"),大意指那些故事可以首尾相接以围成一圈的作品。① 公元前 8 世纪至公元前 6 世纪是希腊史诗的繁荣期，这些史诗大多成书于这个时候。这组史诗在故事情节上前后相连，构成了一个整体，大体上都与荷马史诗有关，我们先来看看它们的故事内容，再来讨论荷马史诗与它们的可能关系。

这些组诗除第一部《提坦之战》（Titanomachy）之外，其余故事可以分成两组，一组讲述"忒拜之战"，另一组咏唱"特洛亚之战"的前因后果。从书名来看，《提坦之战》写宙斯取得统治地位后，地母（Earth）和天神（Heaven）所生的提坦巨神反抗宙斯最终被宙斯剿灭的故事。

《俄狄浦斯之歌》（Oedipodea），据说有 6600 行，现仅存数行，故事内容不详，但据雅典纳乌斯（Athenaeus，盛于公元 2 世纪）说索福克勒斯（Sophocles，前 496—406）对"诗系"亦步亦趋，可知该史诗写俄狄浦斯王的故事。

《忒拜之歌》（Thebais），7000 行，存 20 多行，讲七雄攻忒拜的故事。据赫西俄德说：

> 克洛诺斯之子宙斯又在富有果实的大地上创造了第四代种族，一个被称作半神的神一般的比较高贵公正的英雄种族，是广阔无涯的大地上我们前一代的一个种族。不幸的战争和可怕的厮杀，使他们中的一部分人丧生。有些人是为了俄狄浦斯的儿子战死在七座城门的忒拜—卡德摩斯的土地上；有些人为了美貌的海伦渡过广阔的大海去特洛亚作战，结果生还无几。②

据泡赛尼阿斯（Pausanias，盛于 143-176 年）说，《忒拜之歌》仅

---

① 《古希腊语汉语字典》中有一个义项作"联篇的一套史诗"，《故事的歌手》中译本作"成套史诗"，《古希腊文学史》中译本作"史诗始末"。本书采用杨周翰的译法，参《诗学 诗艺》，北京：人民文学出版社，1962，第 144 页。

② 赫西俄德，《工作与时日 神谱》，张竹明、蒋平译，北京：商务印书馆，1991，第 6 页。

次于《伊利亚特》和《奥德赛》,是其他史诗中写得最好的(9.9.5)。

《后生们》(epigoni)写七雄的儿子"子承父业",继续攻击忒拜,最终洗劫了该城(有似于我国的《七侠五义》之后的《小五义》和《续小五义》)。

以上三部史诗组成"忒拜诗系",诗中英雄的后代又漂洋过海攻击特洛亚,于是有了如下的"特洛亚诗系"。

《塞浦路亚》(Cypria,意译"塞浦路斯女神之歌"),共11卷,在诗系残篇中篇幅最长,译成汉语约5000字。该史诗叙述特洛亚战争的起源,说宙斯有感于地上人满为患,决意通过战争来解决人口膨胀问题,于是就有了"不和的金苹果"(Apple of Discord)的故事。特洛亚王子帕里斯(Paris)选择了"世上最美丽的女人",把金苹果判给了阿佛罗狄忒,并得到了绝世美女海伦,由此引发了特洛亚战争。阿佛罗狄忒的驻地是塞浦路斯,这部描写特洛亚战争起因的史诗故而得名,[①]真所谓"神仙打架,凡人遭殃"。《塞浦路亚》还讲到了海伦被拐走后的一系列事件,一直到《伊利亚特》故事开始的时候为止,所以被视为《伊利亚特》的"前奏曲"或"序言"。

《埃塞俄比亚》(Aethiopis,或译"埃塞俄比亚英雄")则讲述《伊利亚特》之后的故事,共五卷,现存约1000字。特洛亚英勇善战的王子赫克托尔死后,阿玛宗女王彭忒西勒娅率女兵来援助特洛亚,又被阿喀琉斯所杀。阿喀琉斯解开她的铠甲时,为其美貌所动,悲伤不已,遭到了多嘴多舌的特尔西特斯的嘲笑。阿喀琉斯盛怒之下,杀了特尔西特斯,并杀戮了率师来援的埃塞俄比亚(不是今天非洲国家,而是传说中大地周边一个国家)国王门农。阿喀琉斯有干天怒,终被帕里斯和阿波罗射杀。奥德修斯和埃阿斯为争夺阿喀琉斯的甲胄闹翻了脸。

[①] H. J. Rose 说"诗歌何以得名的原因不详"(*A Handbook of Greek Literature: From Homer to the Age of Lucian*, p. 48),但有学者据史诗内容推断,其名称暗指特洛亚战争起因于来自塞浦路斯岛的性爱女神阿佛罗狄忒(参 Barbara Graziosi. *Inventing Homer: The Early Reception of Epic*, pp. 188f)。

《小伊利亚特》(Little Iliad)讲奥德修斯赢得了甲胄，埃阿斯疯了。后来奥德修斯献木马计。《劫掠伊利昂》(Sack of Ilion)接着讲述伊利昂（即特洛亚的别称）的陷落，[①] 希腊联军分得战利品后各自返国。但由于他们凌辱了特洛亚公主卡桑德娜，作为惩罚，雅典娜女神在海上给胜利者制造了各种各样的毁灭。

　　接下来的《归返》(Nostoi，共5卷）则讲述各个英雄从特洛亚归返的情况（有的陆路，有的海归；有的顺利，有的丧命），以及回家后的不同命运（报应？），其中最著名的就是阿伽门农在家中遇害。最后讲到墨捏拉奥斯的归返时，故事情节就接上了《奥德赛》的内容。

　　《特勒戈尼亚》(Telegony，意为"走后所生"），两卷，接着《奥德赛》讲奥德修斯回到伊塔卡之后所发生的事情。该史诗的主人公特勒戈诺斯是奥德修斯和基尔克所生的儿子，他的名字表明他是奥德修斯离开基尔克的驻岛后生的。特勒戈诺斯知道自己的身世后，来到伊塔卡寻父，被人误认为是海盗，在随之而来的战斗中杀死了自己素未谋面的父亲，然后娶了佩涅洛佩。而特勒马科斯外出寻父时，误打误撞到了基尔克的岛上，也娶她为妻。

　　此外还有两部滑稽史诗（comic epics），《马尔吉忒斯》(Margites，或译"万事通颂"）和《蛙鼠大战》(Batrahomyomachia，或 Battles between Frogs and Mice）。前者讲一个疯疯癫癫、自以为是而只能数到五的家伙，好像什么都懂，其实什么都不懂。

　　《蛙鼠大战》较为完整，有303行传世，讲一只蛙背着一只老鼠返

[①] 在阿波罗多洛斯笔下，特洛亚、伊利昂似乎不是同一个地方——虽然离得不远，后来两个地方便合而为一。特洛亚因其建设者而得名，其谱系如下：阿特拉斯的女儿厄勒克特拉+宙斯→达耳达诺斯（建国号为"达尔达尼亚"）+透克洛斯（斯卡曼德洛斯河与神女伊达娅之子）的女儿巴忒娅→厄里克托尼俄斯+阿斯提俄克→特洛斯，特洛斯即位后改达尔达尼亚为特洛亚。接下来便是伊利昂的谱系：特洛斯+斯卡曼德洛斯的女儿卡利洛厄→伊罗斯，伊罗斯在佛吕吉亚建立城市，叫伊利昂。伊罗斯→拉奥墨冬→普里阿摩斯（《希腊神话》，周作人译，北京：中国对外翻译出版公司，1999，第186—187页，另参库恩，《希腊神话》，朱志顺译，上海：上海译文出版社，1998，第265页）。

回宫中，路上遇到水蛇，蛙潜到水下时把鼠溺死了，群鼠与群蛙展开激战，群鼠大胜，却又被螃蟹击败。[1] 这个故事显然在讥讽特洛亚战争，是对这场旷日持久、劳民伤财、死伤无数的不义战争的深刻反省。

我们如何来看待这些晚出的史诗呢？

首先，归在荷马名下的这些颂诗和英雄诗系，无论是人伦风俗、日用器具方面，还是其文学价值、思想意义，都与荷马史诗有较大距离（有人甚至认为没有什么价值，这也许是英雄诗系失传的原因），因此从希罗多德以来就一直有人否认这些东西是荷马的作品。[2] 经过后世学者不断考证，这些颂诗和史诗慢慢地也似乎都"名花有主"了，他们是米利都的阿克提努斯（Arctinus of Miletus，据传是荷马的学生，有数部史诗归在他名下，被称为"第二荷马"）、科林斯的尤墨鲁斯（Eumelus of Corinth）、斯巴达的金纳厄童（Cinaethon of Lacedaemon）、提俄斯的安提马库斯（Antimachus of Teos）、米提勒涅的勒斯克斯（Lesches of Mitylene）、特洛岑的阿吉阿斯（Agias of Troezen）、居勒尼的尤刚蒙（Eugammon of Cyrene，今利比亚境内）等等，除了安提马库斯仅仅在古典学这个狭窄的圈子里小有名气外，其余都名不见经传。[3]

但仍然有很多学者不认可这些靠不住的结论，因为据古代文献所载，同一部史诗往往有多个不同时期和不同地域的作者，所以公认最明智的做法就是像亚里士多德那样，仅仅提作品的名字，如"《塞浦路

---

[1] 参罗念生，《论古典文学》，《罗念生全集》见第八卷，上海：上海人民出版社，2004，第 216–217 页。另参 A Handbook of Greek Literature: From Homer to the Age of Lucian, pp. 47–52。另参 Moses Hadas. A History of Greek Literature, pp. 28–29。

[2] 希罗多德，《历史》II.117.2–3，同前，第 160 页。

[3] 默雷认为"阿克提努斯"不是希腊名字，而是从"北极星"一词引申出来的。而"勒斯克斯"则是"会议厅"的意思，与其说某篇史诗是"勒斯克斯"所作，不如说这篇史诗是"会议厅"上的传说故事（《古希腊文学史》，同前，第 5 页）。按，北极星属于大熊座，而"阿克提努斯"在希腊语中的确与"熊"（ἄρκτος）相近。"勒斯克斯"也与"λέσχη"（公共大厅、会议厅、闲谈、聊天）大有关系。

亚》的作者和《小伊利亚特》的作者"。① 以《塞浦路亚》为例，其作者就有 Arctinus，Hegesinus 和 Stasinus，其中不乏传说的成分。阿里安（Aelian）据品达（的残篇）说，Stasinus 是荷马的女儿，荷马穷得嫁不出女儿，就把史诗《塞浦路亚》作为嫁妆给了她，② 后来就传说这部史诗是 Stasinus 所作。虽不可信，倒也风雅。

其次，有人固执地坚持认为颂诗和其他史诗都出自"荷马"之手——就看如何理解"荷马"这个概念了。古代虽没有以作者的名字来命名其作品的习惯，但传统的看法一直都说"原史诗"（epos）乃是荷马所作，故老相传几千年的定论岂是近几百年愈演愈烈的"疑古"风潮所能撼动？清明审慎如希罗多德和亚里士多德者，也并没有全盘否认荷马对颂诗和诗系的"著作权"，尤为关键的是，这些上古作品与荷马史诗如此"亲密"，谁又能把它们截然分开——本是同根生，相煎何太急？在德国著名的古典学家 Ulrich von Wilamowitz-Moellendorff 看来，荷马史诗与英雄诗系在性质上完全等价，或多或少是同时期的作品，甚至在 ὁμηρικόν [荷马史诗] 和 κυκλικόν [英雄诗系] 之间毫无实质区别。③ 实际上，不少学者也借用基督教教会术语而把"荷马颂诗"和"英雄诗系"称为"次经"（apocrypha），④ 或者统称为 Homerica。艾伦等人编校的牛津版希腊文《荷马著作集》(Homeri Opera)，就把颂诗和诗系收了进去。

当然，最稳妥的看法是既不完全把这些传说看成荷马所作，也不把它们完全从荷马那里排除出去。这种中间路线看似"和稀泥"，其实很

---

① 亚里士多德，《诗学》(XXIII) 1459b，中译文见《罗念生全集》第一卷，同前，第 96 页。

② 参 Gilbert Murray. *The Rise of the Greek Epic*. Oxford: Clarendon Press, 1924, p. 298；另参 Barbara Graziosi. *Inventing Homer: The Early Reception of Epic*, pp. 186f. 对于这些英雄史诗的真伪问题，艾伦做了详细的梳理，参 *Homer: The Origins and the Transmission*, pp. 51-77。

③ Ulrich von Wilamowitz-Moellendorff. *Homerische Untersuchungen*. Berlin: Weidmann, 1884, pp. 374-375；另参 Andrew Lang. *The World of Homer*, pp. 200-201。

④ 参 Martin L. West. *Homeric Hymns, Homeric Apocrypha, Lives of Homer*. Cambridge: Harvard University Press, 2003.

可能与事实相符合。正如洛德所说：

> 把荷马视为希腊和我们西方文化中史诗的创始人，这种想法固然有些天真。荷马所属的那个传统是非常丰富的。荷马听过许多优秀歌手的演唱，他本人也具有伟大的天才，因此，他史诗流传的地域非常有名……荷马史诗本身显示出悠久的传统。①

于是我们就可以大胆地断言，"荷马史诗以前，很可能有姊妹英雄的颂歌、传说，甚至有史诗"，②这些后起的作品与荷马史诗一样，都来自同一个源头。荷马史诗与这些颂诗和英雄诗系之间存在着一种复杂的交叉关系，既有后来者对前人的摹仿，也有对前人的补充，而那些补充材料就来自于更为古老的传说。荷马史诗最早从这个混沌的深厚传统中脱颖而出，成为史诗中的佼佼者，并为古希腊后来几乎所有的作家提供了素材。我们大体可以这样认为：荷马颂诗和英雄诗系虽然晚出，但它们却代表着荷马史诗的创作源泉。

荷马有幸生活在这个伟大的传统中，而且，"很显然，他[荷马]知道特洛亚传说史的伟大的英雄传奇（saga）"。③

> 如果我们阅读《奥德赛》的前面几卷，我们发现荷马涉及了英雄诗系（Cycle）从《塞浦路亚》到《特勒戈尼》的整个主题；就像第四卷242行所示，他假定大家都知道这个故事，甚至还可能在口述中处理过它。④

再来看《奥德赛》第四卷。海伦对奥德修斯的儿子特勒马科斯讲述

---

① 阿尔伯特·洛德，《故事的歌手》，同前，第217页。
② 罗念生，《论古典文学》，收于《罗念生全集》第八卷，同前，第216页。
③ Andrew Lang. *The World of Homer*, p. 162.
④ T. W. Allen. *Homer: The Origins and the Transmission*, p. 75.

了其父探营（reconnaissance）的经过和著名的木马计的故事，据评注者说，可能与勒斯克斯的《小伊利亚特》有关，说明荷马对这些传说了然于胸。①

　　荷马用自己高超的技艺对这些源远流长的传说进行了裁剪。他在"移花接木"过程中有时"添油加醋"，有时"照抄照搬"：不仅"拿来"材料，甚至连语言都直接"剽窃"。②据说《伊利亚特》就"借用"（borrow）了《塞浦路亚》和《小伊利亚特》，但在死无对证的情况下，谁是抄袭，谁又是原创呢？Andrew Lang 忠心维护荷马史诗的神圣性，对默雷的上述"借用说"大不以为然，进行了猛烈的抨击，③似乎有些过头。不过他接过蒙罗（D. B. Monro）的观点而提出的荷马史诗与英雄诗系的八点不同之处，却也很有说服力。④只不过荷马史诗与英雄诗系的个体差异，不能掩盖它们在源头上的"家族相似"（维特根斯坦语）。我们无意于介入这种没有结果的争论，也没有能力调停这两位古典学家的口角，但从常识出发，我们可以肯定荷马对史诗传统的依赖或至少欠下不小的"人情"。

　　当然，我们说荷马史诗吸收了传统的资源，借用了传统的手法，这丝毫无损于荷马的伟大，一方面可以说明荷马史诗"根深叶茂"，另一方面，在同那些颂诗和诗系的比较中更见得荷马的非同寻常之处。站在如此厚重的荷马史诗前，我们可以想象，此前必定已有大量原始的"草稿"，必定经过了许多代人的努力；我们也能遥想荷马当年，在前人的基础上付出了多大的脑力劳动，在精雕细琢中费了多大的心血。"即便我们因为对荷马之前的史诗缺乏确切的了解，故无法证明任何特定的看法，我们

---

① Alfred Heubeck, Stephanie West and J. B. Hainsworth. *A Commentary of Homer's Odyssey*, vol. 1, pp. 208–209.
② Gilbert Murray. *The Rise of the Greek Epic*, p. 180, cf. p. 249.
③ Andrew Lang. *The World of Homer*, p. 219, cf.289ff.
④ ibid, p. 218；蒙罗的看法，参 p. 198。

仍然感觉得到荷马对前人事业的推进有多么巨大。"[1]

荷马有如此大的"贡献",就因为他扎根于传统之中,因而又成就了一个新的传统。荷马不仅处在希腊的传统中,而且显然还处在美索不达米亚传统和埃及传统中。所以当有人恰当地认为,"拥有荷马是希腊人的幸运,而像他们那样使用荷马则是他们的智慧",[2]我们要进一步补充说,荷马有幸生活在一个伟大的传统中,但我们却因为拥有荷马而比荷马本人幸运多了。对于生活在荷马所创造的传统中的人来说,又岂止三生有幸!

第二节 文本编纂

我们今天所读到的荷马史诗,其母本是中世纪的抄本,而中世纪的抄本又来自于公元前3世纪亚历山大里亚学者的编纂,再往前就缺少足够的证据而只能猜测了。从目前我们掌握的材料来看,亚历山大里亚之前虽有零星史料,但尚不足以说明荷马史诗已然成书。于是我们就会产生这样的疑问:亚历山大里亚学者的编纂依据何在?或者问,《伊利亚特》和《奥德赛》这两部史诗在荷马之后如何流传?

一、成书

这种疑问的源头在荷马身上:荷马是笔头创作还是口头创作,抑或兼而有之?大家虽都承认荷马确有其人,但在如何创作的问题上却存在巨大分歧。

一派从(希腊文)文字的起源、书写的载体和誊抄的困难等几个方面,认为荷马只是口头创作。这一派以帕里为首,他和洛德等人带着录音设备到土耳其和南斯拉夫等地采风,拿当时还存在着的民间说唱艺人同荷马相比附,认定:"我们现在可以毫无疑问地说,荷马史诗的创作

---

[1] Alfred Heubeck. "General Introduction." see *A Commentary on Homer's Odyssey*, p. 11, cf. p. 12.

[2] 基托,《希腊人》,徐卫翔、黄韬译,上海:上海人民出版社,1998,第76页。

者是一位口头诗人。证据就来自于荷马史诗本身；这是恰如其分的、合乎逻辑的、必然如此的。"① 在这个"口头诗学"派的人看来，荷马史诗是口述记录文本（oral dictated text），而不是成文的唱本（sung text）。

这种理论最早可以追溯到卢梭那里，他怀疑荷马能否用文字写作，甚至怀疑那个时候是否已经发明了文字。在他看来：

> 不仅在《伊利亚特》的其他地方找不到有关文字技艺的任何记载，而且我敢说整部《奥德赛》不过是连篇累牍的胡编乱造，在诗中丝毫找不到文字的影子，如若我们假设：希腊的英雄们对文字乃是一无所知的，那么诗就会变得更加合情合理。②

卢梭的理由是，这两部史诗比特洛亚战争的时代来得晚，所以活动于那个时代的希腊人就不可能知道文字，在漫长的岁月中，荷马史诗只是铭刻在人们的记忆里。所以他认为：

> 诗人们在写，惟有荷马在唱，只有在欧洲人被蛮人征服之后（这些蛮人莽撞地对超出他们理解的东西作判断），我们才再一次快乐地聆听了这种神圣的歌唱。③

另一派则认为这种比附不合理，荷马很可能至少借助了书写的手段才创作出两部长篇史诗。从文字上看，希腊人从腓尼基引进字母创造自己的语言，时在公元前 800 年，早于荷马史诗半个多世纪，文字创作得

---

① 洛德，《故事的歌手》，同前，第 204 页。关于抄写困难，参其弟子的看法，Michael Haslam. "Homeric Papyri and Transmission of the Text." see *A New Companion to Homer*, p. 81.
② 卢梭，《论语言的起源》，洪涛译，上海：上海人民出版社，2003，第 37—38 页。
③ 同上，第 38—39 页。我怀疑卢梭在这里皮里阳秋地借"荷马能否写作"说其他什么事情。

以可能。在荷马时代，埃及用于书写的莎草（papyrus，复数 papyri）已传入希腊地区，同时也表明用莎草当"纸"来书写的技术已渐渐兴起，书写的载体应该没有问题。即便荷马记忆力惊人，依靠套话和重复来口头传唱史诗，但如果不借助于写作，就不可能创作出如此浩大的史诗：荷马史诗的出现正是对口头传统的突破。①

从荷马史诗本身来看，里面没有写作的现象，那些叱咤风云的英雄似乎都不识字（不必也不会屈尊去舞文弄墨）。史诗中仅出现了七次的 γράφω（或 ἐπιγράφω，写作）一词，在当时却只有"刮""擦"或"凿"的意思，不是今天意义上的"写作"，②但这并不能说明荷马不识字。最为稳妥的说法是对帕里口头诗学的修正，就像他去给民间传唱艺人记录唱词一样，也许有人也给荷马作记录。即便如此，记录下的史诗当然也算荷马所作。不管是荷马亲自写作，还是别人代为捉刀，总之，荷马史诗算是成了。

从逻辑上说，荷马史诗的"作者"当然是荷马，这不仅仅是顾名思义想当然的结果。至于说那个时候是否有我们所谓的"书"，则是另外的问题。现代荷马研究的奠基人、恶名昭著的现代"荷马问题"的始作俑者沃尔夫接过他所在的 18 世纪流行的历史主义看法，坚持说在荷马史诗中，"'书籍'无影，'写作'无踪，'阅读'无痕，'文字'无迹。"③但荷马史诗中已经有 βύβλινον［书，后世"bible"的词源］一词，虽然在《奥德赛》21.391 中意思是"用莎草制成的"，但用莎草来写东西却是荷马之后不久的事情，更何况莎草并不是唯一的书写载体。我们没有理由、也没有必要否认在荷马及其稍后的继承者那里，荷马史诗已经成"书"。

最早传承荷马史诗的是居住在开俄斯岛上被称为"荷马之子"（Homeridae）的团体，他们自称是荷马的后代，以吟诵荷马史诗为职业。

---

① Alfred Heubeck. "General Introduction." see *A Commentary on Homer's Odyssey*, vol. 1, p. 12.
② Barry B. Powell. "Homer and Writing." see *A New Companion to Homer*, pp. 26–28.
③ F. A. Wolf. "Prolegomena to Homer" see *Homer: Critical Assessments*, V.1, p. 27.

这个团体有宗教意味，隐秘地传播本派的真理，也许还把荷马史诗当作镇帮之宝，秘不示人——柏拉图在《斐德若》(Phaedrus)中就说他们偶尔"凭据秘而不宣的诗句（ἐκ τῶν ἀποθέτων ἐπῶν)"。[①] 品达（约生于公元前 518 年）、柏拉图和伊索克拉底（Isocrates，前 436—338）等人都把"荷马之子"当作荷马的直系后裔，把他们看作颂诗人。因此无论我们如何理解"荷马之子"与"荷马"之间的关系，"荷马之子"确实存在，且在荷马史诗的流传史上处于最先、最直接、也最可信的地位。[②] 这群人手上很可能有荷马史诗最原始的抄本，也许数量不大，但差不多是荷马史诗的文献源头（有似部派佛教时期的佛经结集）。[③]

法国学者 Jules Labarbe 在其《柏拉图笔下的荷马》中指出，柏拉图中期对话大多是口头上引用荷马史诗，与今本多有不合。《阿尔喀比亚德 II》中就引用了荷马史诗《伊利亚特》第八卷，但有四行诗不见于今本，这四行诗歌也许是柏拉图用荷马的方式即席发挥而成。但柏拉图后期对话中所引用的荷马史诗却与今本完全相同，由此我们似乎可以猜测，荷马史诗在柏拉图晚年也许就已经抄写制作成书。[④]

不管那时的荷马史诗是不是我们现在看到的这个样子，不管后人有多少增删，反正"《伊利亚特》和《奥德赛》在公元前 8 世纪初期就必定已经写成了"。[⑤] 接下来就是荷马史诗如何流传和进一步编订的问题了。

二、流传

公元前 6 世纪荷马史诗在希腊地区更为流传，在欣逢盛会的过程

[①] 参柏拉图，《斐德若》252b4，刘小枫译文。关于"荷马之子"的宗教性质，参 T. W. Allen. *Homer: The Origins and the Transmission*, p. 44。

[②] 参品达，《涅墨亚赛会》(*Nemean*) 2.1；柏拉图《王制》599e，《伊翁》530d7。关于"荷马之子"，参 T. W. Allen. *Homer: The Origins and the Transmission*, pp. 42-50；另参 Barbara Graziosi. *Inventing Homer: The Early Reception of Epic*, pp. 208-217。

[③] Joachim Latacz. *Homer, His Art and His World*, p. 68.

[④] Jules Labarbe. *L'Homère de Platon*, Liège, Faculté de philosophie et lettres,1949.

[⑤] ibid, p. 31.

中，得到了第一次大规模的编纂。到了古典时期，希腊出现百花齐放、百家争鸣的局面，荷马史诗广为流传，私人抄本大量出现，每个人都按照自己的理解来编排荷马史诗，每个人自己都是编辑（every-man-his-own-editor），① 大家各自为政。到公元前3世纪以前，荷马史诗在希腊地区算是"畅销书"。苏格拉底、柏拉图、亚里士多德、伊索克拉底等人对史诗的引用各有出入，由此可见当时荷马史诗版本繁多，可谓盛极一时。② 后来出土的莎草纸文献也说明人们争相抄录、竞相朗诵、互相比赛。

据说最早把荷马史诗"引入"希腊本土的是斯巴达古典政体的创始人吕库戈斯（Lycurgus），然后荷马史诗再传到雅典，当时被僭主佩西斯特拉托斯（Peisistratos）或他儿子希帕库（Hipparchus）立法规定在泛雅典娜节上朗诵，还有人说这是梭伦立的法。他们认为"荷马是一位如此高贵的诗人，就制定了一条法律，在四年一度的泛雅典娜节上由颂诗人朗诵，而且只能朗诵他的诗歌"。③ 据柏拉图说，"希帕库是佩西斯特拉托斯最聪明的儿子，他的智慧体现在很多好事上，尤其是他把荷马史诗引到了这片土地上，并强迫颂诗人在泛雅典娜赛会上一个接一个地朗诵这些史诗，就像今天仍在进行着的那样。"④ 在希腊本土的重要赛会上

---

① G. S. Kirk. *The Songs of Homer*, p. 304.
② 非常奇怪的是，亚里士多德所引用的荷马诗句与我们的文本大不相同，而乃师"柏拉图的引句却与我们的文本一致，几无只字差别，这种现象不能不使人感到惊异"（默雷，《古希腊文学史》，同前，第18-19页）。
③ 这是另一位比斯巴达政治家晚两三百年的雅典修辞学家吕库戈斯的记载，参 Gilbert Murray. *The Rise of the Greek Epic*, p. 299；另参氏著，《古希腊文学史》，同前，第11页以下。另参 G. S. Kirk. *The Songs of Homer*, p. 307。
④ Plato. *Hipparchus*, 228b5-228c1, see *The Roots of Political Philosophy: ten Forgotten Socratic Dialogues*, pp. 25-26。学界历来把《希帕库》视为"伪作"，但应该成书于柏拉图去世后不久，作为荷马史诗的材料当是可信的（参 G. S. Kirk. *The Songs of Homer*, pp. 307-310）。历史学家们也认为"并非不可信"（"by no means incredible", see D.M. Lewis. "The Tyranny of the Pisistratidae", see John Boardman [et al eds.]. *The Cambridge Ancient History*. Cambridge: Cambridge University Press, 1988, V.iv, p. 292）。颇为蹊跷的是，《奥德赛》中涅斯托尔的儿子也叫佩西斯特拉托斯，这也许不仅仅是"巧合"。

引入荷马史诗，的确是再聪明不过的事情了，所谓"功在当代、利在千秋"，让我们也受益无穷。第欧根尼·拉尔修则把这笔功劳算到了梭伦头上，"他［指梭伦］还规定，对荷马的公开诵读应当按照固定的次序进行，第二个诵读者必须从第一个诵读者停止的地方开始。因此，……就解释荷马而言，梭伦比佩西斯特拉托斯做得更多"。①

不管是谁最先制定上述法律，有一点是肯定的：荷马史诗已经家喻户晓。这里的关键之处在于如何理解柏拉图所说的"引入"（ἐκόμισεν，《希帕库》228b7）。一般的观点认为，所谓"引入"，当然不是向小亚细亚某个地方（比如"荷马之子"所在的开俄斯）的出版社购买版权和"书籍"，而是说把荷马史诗引到希腊最大的节日中去，制定法律以"罢黜百家，独尊荷马"。在佩西斯特拉托斯之前，希腊地区的居民（至少王公贵族）早在公元前7世纪晚期6世纪初期就熟悉荷马史诗了。②

荷马史诗进入全希腊，成为颂诗人赛诗的唯一标准"本"，而从赫拉克利特对独尊荷马的批评中，亦见得荷马的地位——赫拉克利特说"应该把荷马从竞赛中赶出去（ἐκ τῶν ἀγώνων ἐκβάλλεσθαι），还应该鞭打他"（残篇42）。③抛开"哲学与诗歌的这一古老论争"（柏拉图语），不讨论荷马与赫拉克利特谁对谁错，我们从这种法定的赛事中可以看到文献的可能性（因为没有实物，只能说可能性）。也就是说，在一场严肃的比赛中，必然有确实可靠的输赢依据，那么颂诗人的接力赛很可能靠抄本来判断对错输赢。"在佩西斯特拉托斯王朝的泛雅典娜节的节目单中引入荷马史诗朗诵，很快就会让人觉得需要一个大家都认可的文本——如

---

① 第欧根尼·拉尔修，《名哲言行录》，马永翔等译，长春：吉林人民出版社，2003，第36页。另参徐开来、溥林译本（希中对照），桂林：广西师范大学出版社，2010，第55页。

② G. S. Kirk. *The Songs of Homer*, p. 307; cf. Stephanie West. "The Transmission of the Text." see *A Commentary of Homer's Odyssey*, p. 37.

③ C. H. Kahn. *The Art and Thought of Heraclitus*, p. 37; Cf. Barbara Graziosi. *Inventing Homer: The Early Reception of Epic*, p. 29.

果竞赛要顺利搞下去的话。"[1] 赛诗必有诗稿,朗诵当是"照本宣科"(正如色诺芬所说:"尽管颂诗人对史诗非常熟悉,但……他们本人却是非常愚蠢")。[2] 大家要共同认可文本,就必须统一思想、统一认识,对文本进行编纂加工,难怪西塞罗认为:"据说就是这位佩西斯特拉托斯,曾经首先把先前散乱地流传的荷马史诗安排成我们现在阅读的样子。"[3]

荷马史诗的成书和流传对希腊人的教育作出了独特贡献,反过来说,我们从当时的教育状况中也能大体看出荷马史诗在希腊古典时期就已经成书,且流布极广,殷实人家欲诗书继世者,必藏有《伊利亚特》和《奥德赛》。据说科洛丰的安提马库斯(Antimachus of Colophon)是第一个制作荷马史诗文本的人,他还给文本加上了导论和词汇表。亚里士多德也曾给他的学生亚历山大大帝做过一册《伊利亚特》,并给他讲过荷马史诗。[4]

克塞诺芬尼对荷马大为光火,兴许就因为"从一开始以来,所有人都跟着荷马学"(ἐξ ἀρχῆς καθ᾿ Ὅμηρον ἐπεὶ μεμαθήκασι πάντες,残篇10.2)。在研究者看来,克塞诺芬尼这句话的意思"毫无疑问指荷马史诗乃是教科书,正如'从一开始'所示,其为教科书的历史之悠久,任人想象。即便只有大地方的贵族子弟的老师才有史诗的写本

---

[1] Stephanie West. "The Transmission of the Text." see *A Commentary of Homer's Odyssey*, p. 37.

[2] τοὺς γάρ τοι ῥαψῳδοὺς οἶδα τὰ μὲν ἔπη ἀκριβοῦντας, αὐτοὺς δὲ πάνυ ἠλιθίους ὄντας. 参色诺芬,《回忆苏格拉底》4.2.10.12–13,吴永泉译,北京:商务印书馆,1984,第143页。柏拉图在《伊翁》中也极力贬损颂诗人,但从另外的角度来说,颂诗人还是值得尊敬的(参G. S. Kirk. *The Songs of Homer*, pp. 313–314),他们在朗诵过程中理解、阐释、保存和传承了荷马史诗(Stephanie West. "The Transmission of the Text." see *A Commentary of Homer's Odyssey*, p. 40n.21)。

[3] 西塞罗,《论演说家》,王焕生译,北京:中国政法大学出版社,2003,第605页。关于佩西斯特拉托斯与荷马史诗的关系,另参 T. W. Allen. *Homer: The Origins and the Transmission*, pp. 225–248。关于文本可能的加工,参 Stephanie West. "The Transmission of the Text." see *A Commentary of Homer's Odyssey*, pp. 37–38.

[4] Stephanie West. "The Transmission of the Text." see *A Commentary of Homer's Odyssey*, pp. 40–41.

（或其部分），抄本的生产也必定早就开始了"。① 荷马史诗在希腊教育中占据着核心的地位，这是公认的事实，据说有的老师因为没有荷马史诗的抄本而为人大加诟病。从公元前 7 世纪以降直至今日，荷马养育了千千万万人的灵魂，上至柏拉图，下至耶格尔，对此都是铭感有加。②

从 1963 年出版的埃及莎草文献中，我们也能够了解到荷马史诗的流传情况。这次集中出版的文献涉及 1596 部书的碎片和残篇，其作者大多可考。其中约有一半是《伊利亚特》或《奥德赛》的抄件或对它们的评论（而前者与后者的比例是 3:1），其次是演说家德谟斯特涅（Demosthenes），83 件，欧里庇得斯 77 件，赫西俄德 72 件，柏拉图仅 42 件，亚里士多德只有 8 件。研究者认为，这些书册数字虽然是亚历山大里亚之后的文献状况，但所有的证据都表明，这些数字也可以视为整个希腊世界相当典型的情况。因此如果希腊人拥有书籍（即莎草纸卷）的话，很可能就藏有《伊利亚特》和《奥德赛》。③

根据上古文教流变的通例，我们大体可以猜想，荷马史诗最初是贵族子弟的教材，有如我国的"六经"。颂诗人也只向达官贵人朗诵荷马史诗，因此（因为）荷马史诗乃是宫廷诗歌（court poetry），④ 颂诗人移花接木、添油加醋、转弯抹角来歌颂"恩主"或"今上"（即国人所谓"曲学阿世"，而在当时却似乎无可厚非）。最初，荷马史诗是上流社会打发时间的"诗词歌赋"、教育孩子的"古文观止"、军事统帅的"荷子兵法"和君南面者的"资治通鉴"。后来的社会结构发生了巨大的变化，普通自由民才慢慢有幸欣赏荷马史诗，荷马史诗才真正做到"泽被苍生"。

---

① Joachim Latacz. *Homer, His Art and His World*, p. 68.
② 参柏拉图，《王制》606e；Werner Jaeger. *Paideia: The Ideals of Greek Culture*, vol.1, pp. 35ff, 这一章的标题就叫 "Homer the Educator"；另参 Gilbert Murray. *The Rise of the Greek Epic*, pp. 143–144。
③ M. I. Finley. *The World of Odysseus*, p. 21.
④ Martin P. Nilsson. *Homer and Mycenae*. London: Methuen & Co. Ltd.,1933, pp. 198, 200. Cf. Frank M. Turner. "The Homeric Question." see *A New Companion to Homer*, p. 139.

据色诺芬说，在他那个时代，雅典经常见得到熟记荷马史诗于心的颂诗人到处朗诵(《会饮》III.6)。官失其守之后，王官之学一变而为平民之学，这种文化下移现象在世界各国文明史上乃是普遍现象。在这个过程中，史诗经历了三次变化：从即兴而作到死记硬背，从配乐吟唱到无乐朗诵，从王谢堂前到寻常百姓。[1]

荷马成为赛诗的唯一钦定内容，成为太学和私塾的必修课，好比"四书五经"之为科举考试的教材，我不知道这对荷马史诗来说，是好事还是坏事，但无论怎么说，荷马史诗终究得以保存、流传甚至编纂。

三、编纂

我们现在所看到的荷马史诗，其最早的印刷全本是 10 或 11 世纪的 Laurentianus 本，而这个标准本的母本是亚历山大里亚的学者所编定。虽然我们现在已经无从得知公元前 3 世纪编本的整体模样，但从大量的残篇断简来看，那个编本与中世纪的版本没有多大不同，与我们今天看到的荷马史诗也没有实质性差别。亚历山大里亚图书馆在荷马史诗史上占据着非常关键的位置，它承上启下的历史功绩体现在收集各国编本，并根据当时的图书编纂体例为后世确立了荷马史诗的"定本"。

亚历山大里亚的学者们不可能白手起家，他们必须有所依托、有所宗奉。在亚历山大里亚之前，荷马史诗就有各式各样的抄本，如前所述，在公元前 6 世纪的雅典可能经过了一次初步的、不太成功的校订，但"我们必须把这种 6 世纪的雅典校订本看作所有荷马史诗抄本的原始稿本（archetype）。"[2] 亚历山大里亚学者的材料来源主要有两类，一是私人藏书，尤其是学者、教师和颂诗人自己编校过的抄本，二是各个城邦钦定的抄本。

---

[1] H. J. van Wees. "Homer and Early Greece." see *Homer: Critical Assessments*, V.2, pp. 9, 13.

[2] Stephanie West. "The Transmission of the Text." see *A Commentary of Homer's Odyssey*, p. 39.

也就是说，在亚历山大里亚之前，人们已经对荷马史诗下了很多功夫，其中就有安提马库斯，德谟克里特，小欧里庇得斯（Euripides the Younger）和特阿格勒斯（Theagenes）等。普鲁塔克讲过一个有趣的故事，可见荷马史诗作为教材而流传的情况，也可说明人们已经对荷马史诗做过力所能及的订正：雅典政治家兼将军阿尔喀比亚德（Alcibiades）十多岁时愣头愣脑跑到文法学校去找老师要一册荷马史诗，老师回答说没有，他迎面就给老师一拳，然后扬长而去。另一位老师则告诉阿尔喀比亚德说他有经过自己订正（διωρϑωμένον）的荷马史诗，阿尔喀比亚德对他说，"是吗？你不是要花时间教孩子们读写吗？你既然有能力修正（ἐπανορϑοῦν）荷马史诗，也就能够教导（παιδεύεις）年轻人"，就委这位教书匠以重任。① 这位政治家（阿尔喀比亚德）也颇有我国古代"以《禹贡》治河""以《春秋》决狱""以三百五篇当谏书"之见识。

这些订正都是些散兵游勇的私人行为，而城邦抄本则是亚历山大里亚之前的"正规军"所为，其主力当然是雅典人，而且当时的权威本很可能就出自雅典高人之手。亚历山大里亚的语文学家在编校时，经常提到当时的各城邦底稿（city-manuscripts 或 city-editions），如 Marseilles 稿、Sinope 稿等等。②

我们不可能也不希望能找出荷马史诗的原本（Ur-text）——"原本说"正是荷马的批评者否认荷马史诗时所祭起的重要法宝，③ 但至少在亚历山大里亚学者开始正式编纂的时代，他们手上肯定有某一种或某几种在他们看来较为"权威"的版本。④ 从校雠学的常识推断，集校者必定依据某种较权威、较完整、较可信的本子为底本，然后参考其他编本，去粗取精、去伪存真、互释互训。

---

① Plutarch, *The Lives of the Noble Grecians and Romans*. Chicago: Encyclopaedia Britannica, inc., 1952, pp. 157–158. 译文据希腊文稍有改动。
② Joachim Latacz. *Homer, His Art and His World*, p. 68.
③ Frank M. Turner. "The Homeric Question." see *A New Companion to Homer*, p. 126.
④ G. S. Kirk. *The Songs of Homer*, p. 305.

现在通行的《伊利亚特》和《奥德赛》各自都是二十四卷，长期以来人们一直以为这种分卷模式是亚历山大里亚的学者所为：希腊文共有二十四个字母，他们就把这两部史诗分成同样多的卷数。但这个说法渐渐受到怀疑，现在差不多已被推翻，至少分卷的工作在亚历山大里亚之前就开始了。从各卷篇幅相差悬殊，以及分割不恰当来看，现有的分卷模式应非更为理性、更为专业的亚历山大里亚的编辑家所为。①

当时的荷马史诗可谓花样百出、鱼龙混杂，让人莫衷一是。亚历山大里亚图书馆第一任馆长以弗所的芝诺多德（Zenodotus of Ephesus），以及他的弟子拜占庭的阿里斯多芬（Aristophanes of Byzantium，不是同名的雅典喜剧作家）和再传弟子阿里斯塔库斯（Aristarchus），奉命编纂荷马史诗，后者被西塞罗和贺拉斯视为荷马史诗最权威的专家，后世的通行本（vulgate）就是阿里斯塔库斯所纂。这师徒三代人（当然还有其他助手）在荷马史诗的编纂上花费了许多精力，首先要搜集抄本，其次要判断其品相，择其优秀者为底本，然后做一番因革损益的功夫，最终方塑成荷马史诗的"金身"。

具体而言，他们的编纂工作主要有"增"和"删"两个方面。

先说"增"。据专家对勘分析，亚历山大里亚学者从他们对自己语言的感情出发，归纳当时整个文学领域的情况，对诗卷作出很多简短的增补。同时，他们还在旁边用符号予以注明，并在自己的评注中说明增补的理由。②

再说"删"。他们认为史诗中有疑问甚至有错误的地方，就在旁边打上"剑号"（obelos）。此外，对于那些他们认为有伤风化、有违祖训、有损令名的诗句，还可能做了大胆的删节。"例如，《伊利亚特》9.458–461 的腓尼克斯故事讲一个英雄想谋杀自己的父亲，普鲁塔克告诉我们说，

---

① Stephanie West. "The Transmission of the Text.", see *A Commentary of Homer's Odyssey*, p. 40, n.19; cf. G. S. Kirk. *The Songs of Homer*, p. 306.

② T. W. Allen. *Homer: The Origins and the Transmission*, p. 203.

阿里斯塔库斯因为这段诗歌有悖人伦而'在恐惧中'把他们删去了。"①这是为尊者讳、为尊者隐。当然，现在的荷马史诗中还有这段"大逆不道"的话。

对于亚历山大里亚学者的编纂工作，后世的评价可谓毁誉参半：赞赏者认为他们忠实于"原著"，在博采众长的基础上较好地传递了此前数百年的编纂和研究的成果；批评者认为他们作为语文学家，受到专业的限制，有成功也有失败，不足之处就在于他们的眼睛只盯住琐屑饾饤的小地方，缺乏高屋建瓴的大眼界。受现代思潮污染的学者更是以佩西斯特拉托斯和阿里斯塔库斯的增删为借口，拒不承认荷马史诗的合法性。在这种自以为是的荷马子孙看来，荷马史诗本身就是大杂烩拼凑起来的东西，再加上雅典和亚历山大里亚的篡乱，就更不是回事了（详后）。

但大多数学者对阿里斯塔库斯等人的工作还是持肯定态度，认为他们态度严肃、方法严谨，因而可信。编纂者并没有随意切割文本，他们只是把为数不多的绝对明白无误的错榫删除掉，而对于稍有疑问的地方，就打上记号或加上括号。他们并没有"制造"《伊利亚特》和《奥德赛》——恐怕既没这个想法，也没这个能力。T. W. Allen 详细统计并分析了现存的莎草文献，也认为阿里斯塔库斯对文本并没有做出过头的工作（甚至对通行本没有产生足够的影响）。②默雷则认为："他（按：指阿里斯塔库斯）和任何人都始终未曾施以真正巨大的影响。他没有做过蛮横的修改，相反，他很少或从不单凭臆测来加以'订正'，虽在许多诗句上做了标记，认为属于伪造，但并没有把它们删去。"③更为可贵的是，阿里斯塔库斯等人不是凭一己之想当然胡编乱造，而是在荷马史诗

---

① Gilbert Murray. *The Rise of the Greek Epic*, p. 123.
② T. W. Allen. *Homer: The Origins and the Transmission*, pp. 302ff; cf. G. S. Kirk. *The Songs of Homer*, pp. 304–305; Robert Lamberton. "Homer in Antiquity." see *A New Companion to Homer*, p. 44; Andrew Lang. *The World of Homer*, pp. 222–245.
③ 默雷，《古希腊文学史》，同前，第16页。

内部进行对勘，然后互证互校，为此不惜前后重复。因此，从总体上说，阿里斯塔库斯并没有"篡乱经籍"（如何看待受此诟病的郑玄以及后来"四库全书"的编纂官，就会同样看待亚历山大里亚学者及其在荷马史诗方面的工作）。

平心而论，荷马史诗不可能原封不动传到我们手上。以为荷马史诗就是荷马本人留下的那个样子，这种看法只能是一种信条。[1] 在流传的过程中，难免有增有减，甚至在很多方面也难免有所损耗，这些"损失"都可以看作合理的能耗，似乎仍然无损于荷马史诗的伟大。更何况经典的流传与一般书籍的流传情况大不一样，"死海古卷"与教会认可的《圣经》权威本，即便从宗教的眼光来看，其差别也非常小。经典的流传之所以非常忠实，原因就在于人们总会用一种崇敬而神圣的眼光来看待经籍。[2]

与荷马史诗相似，我们很难想象子思之前的《论语》究竟是什么样子，不过今天这个模样的《论语》已足以让我们世世代代涵泳其间，甚至据说只需它的一半就可安邦定国。所以我的看法是：不求原封不动，但求原汁原味。

我们不可苛求古人，就荷马史诗的编纂而言，如下评价不失为公允持平之论：

> 亚历山大里亚学者不是要给这个传统强加一个无非出自专家之手的版本，而是要对不必要的材料进行总体性的清洗（purge），并且增加那种能够［为荷马史诗］提供永久保护的知识"。[3]

仅仅就文献编纂而言，亚历山大里亚学者的工作对我们来说可谓

---

[1] T. W. Allen. Homer: *The Origins and the Transmission*, p. 202.

[2] George Steiner. "Introduction: Homer and the Scholars." see *Homer: A Collection of Critical Essays*, p. 2.

[3] Stephanie West. "The Transmission of the Text." see *A Commentary of Homer's Odyssey*, p. 48.

"一劳永逸",后来中世纪的版本和现代人的编本与阿里斯塔库斯集校的通行本也相差无几。至于 T. W. Allen 的现代编本及其贡献,当视为西方对荷马史诗长期研究的结晶,且看下文分解。

荷马之后数世纪的流传和编纂过程,大体上还是在良性发展的轨道上。荷马史诗一步步上升为国家宗教的经典,同时一步步下降为千家万户的文教基石,为数千年的诗艺风流写下了浓墨重彩的序曲,造就了古希腊黄金时期文史哲的优美华章,余音绕梁,千载犹响,一路灌溉之下,人类的心灵才总有茵茵碧草离离而生,各种"文艺复兴"次第来临。

第三节 研究历程

由于种种原因,荷马史诗也许成书较晚,它被编纂成通行定本的时间就更靠后了,但荷马史诗的研究(Homeric scholarship)却相当久远。从某种意义上说,荷马史诗的流传过程就是它被人们诵读、理解、解释、摹仿、借用、批评的研究历程。"荷马史诗的研究当然不是从亚历山大里亚的建立才开始的。颂诗人、智术师(sophist,旧译'智者')和教师们在阐释荷马方面,老早就有着专业的兴趣。"[1] 可以说从荷马史诗产生的那一天起,人们对它源远流长的研修历史就开始了。

荷马史诗的研究历程大约可以分为四个阶段:从公元前 8 世纪至公元前 3 世纪为第一阶段,可以称为古典时期;从公元前 3 世纪的亚历山大里亚时期到公元 12 世纪为第二阶段,可称为中古时期;从中世纪晚期到 1795 年沃尔夫发表其著名的《荷马史诗导论》时为第三阶段,可称为近代时期;1795 年至今为第四阶段,荷马史诗研究的现代时期。需要说明的是,一般学术史把公元 529 年优士丁尼皇帝关闭雅典学园作为

---

[1] Stephanie West. "The Transmission of the Text." see *A Commentary of Homer's Odyssey*, p. 40.

一个分水岭,标志着古典时期(classical antiquity)的结束,而我们为了分期的方便暂时作了一点小小的调整。

上述四个时期各有特点,我们如若套用贝多芬的《英雄交响曲》来说明这部英雄史诗迄今的命运历程,仅仅从名称上说亦不为无当,因为人们往往喜欢把这两部歌颂英雄的作品相提并论。荷马史诗研究的前三个时期可以视为第一乐章"有活力的快板",是荷马史诗的"奏鸣曲",三个时期刚好分别对应于这种曲式的呈示部、展开部和再现部。第四阶段可算作荷马史诗研究的"第二乐章",从这个阶段荷马史诗研究的态势、取向和结果来看,无疑可以称为"葬礼进行曲"。20世纪中叶后现代主义崛起,学者们习惯于用一些莫名其妙的理论来研究荷马史诗,看起来十分搞笑,勉强可对应于贝多芬《英雄交响曲》第三乐章"谐谑曲"。当然,荷马史诗永远不会有"终曲"。

一、古典时期

从荷马史诗诞生的那一天起,它的宏大结构、细腻描写和繁复场景就摆在了世人的面前,它的高雅、博闻和深刻就"呈示"给了古希腊那些伟大的心灵。荷马同他所滋养的那些诗人、哲人、史家、喜剧家、悲剧家和政治家一起,创造了无与伦比的希腊文化,筑起了缪斯的祭坛和居所,也修成了人类精神的"家园"(黑格尔语)。

在这个阶段,荷马所创造的人神意象,对世界的理解,对社会的看法,以及高超的诗学艺术,对希腊的文化精英产生了直接的影响。后来者一方面浸润在荷马史诗这座不竭的甘泉中,一方面不断地同荷马对话和角力,以这种最"荷马"的方式继承荷马的遗产。从总体上说,古希腊之能够达到让人"言必称希腊"的高度,就在于希腊高人之间不断展开心灵的对话(dialogue of minds)。[①] 这种文明传承的方式与我们"祖述

[①] 参 Joachim Latacz. *Homer, His Art and His World*, p. 5。我们关于荷马史诗研究阶段的分期主要采纳了该书的观点。

尧舜"的守成路线刚好相反，但在殊途同归中都达到了相同的思想高度，成就了文明的古老源头。

　　第一个站出来向荷马叫板的是赫西俄德，后者大力宣扬土地的道德以对抗荷马史诗的海洋伦理，用男耕女织的宁静生活来对抗荷马笔下打打杀杀、血流成河的生活。这场和平与战争的较量，产生了西方文明的两个维度——即便赫西俄德对西方文明来说只不过是浑厚的暗流和在野的力量。前文所述《荷马与赫西俄德的竞赛》(Agon Homeri et Hesiodi)虽然成书很晚，却表明了后人对这两位伟大诗人之间的微妙关系的深刻理解。广而言之，这种"竞赛"当然就是"研究"。

　　尽管荷马使用的史诗语言在当时来说也不是"日常语言"，以至于一个世纪之后，史诗中的许多词汇、用法甚至变格变位就已废弃不用了，但荷马史诗对高贵的"德性"(ἀρετή, virtue)的教导却影响了所有希腊人，包括那些与他"誓不两立"的人。其实，后人与荷马的较量正是为了从各个方面补充ἀρετή，最终是在成全荷马的教导。品达就是其中非常杰出的一位补充者，他对各种赛会运动员所表现出来的阳刚之气(ἀνδρεία, manliness)的描绘，较之荷马史诗中那些英雄们身上的刚毅勇猛，又别是一种风采。[①]

　　古希腊众多杰出的悲剧家和喜剧家即便看似在借用荷马史诗为素材，其实也在暗地里与荷马争高下。不同的人对同样的题材有不同的理解，这本是再正常不过的事情，但如此一拥而上同荷马"群殴"，却多少有些让人感慨：希腊人真能斗！比如当品达说，战争对不懂得它的人来说，再甜蜜不过了，而对那些尝试过的人来说，则是一件非常可怕的事情——品达此话当是有感而发。欧里庇得斯则以荷马史诗为题材写了一大堆剧本，明目张胆同荷马对着干：海伦并没有去特洛亚，神明们把这位旷古名媛吹到了埃及，只把海伦的魂影送到了特洛亚。如此一来，

[①] Gregory Nagy. *Pindar's Homer: The Lyric Possession of an Epic Past*. Baltimore: The Johns Hopkins University press,1990, pp. 199–214, 414ff, passim.

千古流芳的英雄们不过是在为一种幻影而殊死搏斗了十年，这是对特洛亚战争同时也是对荷马史诗多大的讽刺！① 埃斯库罗斯的《奥瑞斯特亚》三部曲，已不仅仅是讽刺，而是变成了一种深深的悲悯。

历史学家希罗多德在这些问题上也同荷马唱对台戏（修昔底德亦然），在他看来，"如果海伦是在伊利昂的话，那么不管亚历山大愿意不愿意，她也要被送回到希腊人那里"。② 希罗多德的理由是，特洛亚的国王不会为了小儿子帕里斯的风流快活而把整个国家拖进灭顶之灾，帕里斯既不是王位继承人，也不是举足轻重的将军，赫克托尔也不会容忍兄弟的"不义之行"，但他们终究无法向希腊联军交出海伦，而希腊人又不相信他们，结果不可避免就是"天意注定特洛亚的彻底毁灭"。天意如此，夫复何言！

哲学家们则干脆撕下温情脉脉的面纱，直截了当地指名道姓批评荷马。克塞诺芬尼和赫拉克利特都批评荷马把如此下作不堪的东西，如奸淫、欺诈和盗窃，都写在了神明身上，简直是亵渎神灵，难怪赫拉克利特不仅号召人们把荷马赶出赛会，并且煽动人们对其施以"鞭刑"（或掌嘴）。也许施勒格尔的话可以概括克塞诺芬尼之后大多数哲学家和神学家的看法，同时多少也能替荷马开解："作为诗人，荷马的品德非常高尚，因为他的诗是这样自然，又是这样富有诗意。然而作为道学家，就像古代人置更早的、更优秀的哲人之见解于不顾而对荷马所持的看法那样，他却因为自然和诗意而很不道德。"③

柏拉图身兼哲人和诗人两重身份，他对荷马有着非常深刻的理解，因此他在《伊翁》和《王制》等书中对荷马的批评，堪称诗与哲学之争的典范。比如说，柏拉图批评荷马糊涂，得罪神明而瞎眼（《斐德若》

---

① 见《欧里庇得斯悲剧集》，周作人译，北京：中国对外翻译出版公司，2003。
② 参希罗多德，《历史》，同前，第157页以下，尤其第161页。"亚历山大"就是"帕里斯"。
③ 施勒格尔，《雅典娜神殿断片集》145，收于《浪漫派风格——施勒格尔批评文集》，李伯杰译，北京：华夏出版社，2005，第74页。

243a），说诗人是对摹仿进行摹仿，无法称为立法者之类的国家栋梁（《王制》卷十）云云。但深入的分析却能显示出柏拉图的"微言大义"来，他表面上主张要把诗人赶出城邦，其实却是一番好意，"把诗人驱逐出去，只是为了把他们转变成城邦的缔造者"，[①] 更何况"柏拉图反对的主要是诗人而非诗"。[②] 至于说"柏拉图对荷马名为抨击，实为赞扬"，[③] 则同亚里士多德称荷马为"诗人"一样，乃是一种美誉，因为它具有特殊的含义。

面对亚里士多德系统化的理论研究及其结论"荷马是值得称赞的，理由很多"（《诗学》1460a5），面对罗德岛的阿波罗尼乌斯（Apollonius of Rhodes）仿荷马史诗而成的《阿尔戈斯英雄航船纪》（*Argonautica*），我们怎么还能说"亚历山大里亚之前的研究似乎是浪漫、天真和失控的（romantic, naive and uncontrolled）"呢？[④]

二、中古时期

在这段长达1500多年的时期内，大致说来，前半部分的荷马史诗研究才算得上真正的"展开"，而后半部分则几乎处于停滞状态。即便在前半段的"展开部"中，荷马史诗的研究在"质"方面远远比不上此前的古典时期，在"量"方面也与文艺复兴之后的近代时期相去遥遥。这段时期虽然占据了荷马史诗研究全史的半程，但其成就却乏善可陈，原因很多，要之即在于文明的冲突，或者说在基督教与异教文化的碰撞过程中，希腊文化全然处于下风。因此，荷马史诗能够得到收集、编纂、整理、保存和一定程度的传播，已然是了不起的贡献，我们也就不要太得陇望蜀。

[①] 伯纳德特，《施特劳斯的〈城邦与人〉》，收于刘小枫主编，《施特劳斯与古典政治哲学》，张新樟等译，上海：上海三联书店，2002，第570页。
[②] 施勒格尔，《浪漫派风格——施勒格尔批评文集》，同前，第107页。
[③] F.I. 芬利主编，《希腊的遗产》，同前，第68页。
[④] G. S. Kirk. *The Songs of Homer*, p. 304.

先说整理。雄才大略的亚历山大大帝毕竟曾师从百科全书式的学者亚里士多德,懂得诗教的意义,也极其欣赏荷马史诗的军事价值。他在征服了北非的领土后,就在埃及北部、地中海南岸以他名字命名建立了一座美丽的"黄金之城"。后来埃及国王托勒密一世(Ptolemy I)或托勒密二世又在这座风水绝佳的城市里建立起了"缪斯宫"(Museion)或曰"博物院"(Museum),[①]广罗天下英才于此研究科学、整理文献。类似于文津阁的皇家图书馆就在这座"缪斯宫"中,里面藏着从希腊本土及其殖民地搜罗而来的大量书籍。在丰富的古典时期文献的基础上,学者们编纂和整理出了荷马史诗的定本或通行本,为后来的研究提供了标准的依据,仅此即算功德无量。亚历山大里亚学者的整理当然是建立在非常专业的研究之上,因此在研究历程上也是极为重要的一页。

再说研究。亚历山大里亚之后的研究又可分为三阶段:罗马人对荷马史诗的摹仿和研究;古典晚期新柏拉图主义者对荷马史诗的概述、摘要和语文学上的研究;中世纪拜占庭学者颇见功力的研究。

(1)罗马文学以摹仿荷马作为开端。除了法律和政制之外,罗马文化基本上都是在摹仿古希腊(仅在文教上可谓有似我国"汉承秦制")。古罗马早期最伟大的诗人维吉尔(Virgil,前70—前19)就是一位摹仿大师,他那部彪炳罗马的史诗《埃涅阿斯纪》就"充分利用了《伊利亚特》和《奥德赛》,不仅改写了其中的场景,呼应了它们的景象,而且利用了两诗的主要情节",[②]即把奥德修斯的历险改写成埃涅阿斯从特洛亚战火中逃出来后的经历,把《伊利亚特》的战争改写成埃涅阿斯建立

[①] 该词原来在希腊文中指"缪斯们的居处"或"文艺女神庙",后引申为人们从事文化艺术活动的地方,比如学校、图书馆,大致相当于我国古代的中秘、乐府、国子监、太学和翰林院。虽然我们现在的 museum 一词就来源于此,但当时的含义比我们今天所说的"博物馆"含义宽泛得多。

[②] 格里芬,《维吉尔》,收于詹金斯编,《罗马的遗产》,晏绍祥、吴舒屏译,上海:上海人民出版社,2002,第151页。维吉尔的《农事诗》是在摹仿赫西俄德的《工作与时日》(有译《农作与时日》或《田工农时》),他的《牧歌》也是在摹仿晚期希腊诗人的风格(参同一著作,第149-150页)。

罗马的斗争。这种嫁接让很多"荷马迷"大不以为然，而维吉尔在诗艺上难以望荷马之项背，也差不多是公认的事实。①

贺拉斯对荷马亦了然于胸，既仰慕荷马的高超诗才，也明白史诗有败笔。在贺拉斯看来，荷马比英雄诗系的作者们高明得多，因为荷马的做法"不是先露火光，然后大冒浓烟，相反他是先出烟后发光，这样才能创造出光芒万丈的奇迹。……凡是他认为不能经他渲染而增光的一切，他都放弃；他的虚构非常巧妙，虚实参差毫无破绽，因此开端和中间，中间和结尾丝毫不相矛盾"。②贺拉斯这种评价与亚里士多德在《诗学》第二十四章中的观点非常一致，因此即使看到了荷马史诗中存在明显不足（详后），也因为崇敬而对荷马网开一面："当然，大诗人荷马打瞌睡的时候，我也不能忍受；不过，作品长了，瞌睡来袭，也是情有可原的。"③

古罗马的荷马研究者中特别值得关注的当数西塞罗、朗吉努斯（Langinus）、路吉阿诺斯（Lucian，旧译"琉善"）和普鲁塔克。朗吉努斯的《论崇高》和普鲁塔克的传记多多少少都对荷马有所研究，而路吉阿诺斯则长篇大论地谈荷马，只可惜我们迄今尚未注意到这一点。当然，对荷马史诗了解最深的是西塞罗，他精通希腊语，自己动手翻译过不少希腊作品，对荷马倾心向往，在罗马人的荷马研究中，他的《图斯卡鲁论辩录》(*Tusculan disputations*) 堪称翘楚。

（2）基督教上升为国教后，两希（即希腊－希伯来）冲突愈演愈烈，荷马史诗研究在这样的背景下大受影响，成了教父们猛烈攻击的对象，亚历山大里亚的克莱门《劝勉希腊人》从宗教的角度对荷马史诗进行了

---

① 据美国诗人庞德说，爱尔兰诗人叶芝（W. B. Yeats, 1865—1939）就巧妙地揶揄过维吉尔，认为他笔下的英雄埃涅阿斯与荷马式的英雄比起来，更像是祭司 (priest)。参 Ezra Pound. "Homer or Virgil?" See *Homer: A Collection of Critical Essays*, pp. 17–18.

② 贺拉斯，《诗艺》，杨周翰译，见《诗学 诗艺》，同前，第 145 页。

③ 杨周翰译文。原文为："et idem / indignor quandoque bonus dormitat Homerus; / uerum operi longo fas est obrepere somnum"。后来，"dormitat Homerus"（荷马打瞌睡）发展为一句成语 "Homer sometimes nods"（智者千虑，必有一失）。

深刻的挖掘。① 撇开其正信的立场，倒可以看出他对荷马史诗相当熟悉。后来，荷马史诗遭到教会的严厉谴责，甚至有教宗禁止神职人员阅读荷马史诗。

但非常具有讽刺意味的是，正是在这种宗教的压迫之下，荷马史诗在新柏拉图主义阵营内却出现了短暂的繁荣。在整个荷马史诗研究历程中，这段小圈子内部的短暂繁荣虽只是昙花一现，影响却非常深远。整个新柏拉图主义学派对古希腊语文学、神话学、哲学和诗学，尤其在古希腊语文方面，可谓造诣不凡（他们本来就是雅典学园的导师，至少也是从亚历山大里亚过来的"客座教授"）。其第二代掌门人波菲利（Porphyry，234—305）在荷马史诗上颇有建树，因为他把荷马史诗看作公共的文化财产（public cultural property），② 其中"公共"二字最是皮里阳秋（详下）。

在这个苟延残喘的希腊古典学的最后堡垒中，普罗克洛（Proclus，410—485）对荷马史诗及其评注的保存和整理可谓鞠躬尽瘁、居功至伟（有极少数学者认为公元 2 世纪的另一个语法学家普罗克洛才是荷马专家）。他诠解柏拉图、研究赫西俄德、评注俄尔甫斯，整体性地评论荷马史诗（commentary on the whole of Homer），编写古代英雄传说手册，而且自己还摹仿古人写颂诗。普罗克洛对荷马史诗的改写、概述和批注，是后来荷马史诗研究的重要文献，几乎所有的专业研究者都会大量引用他的丰硕成果。

为什么会出现这么"反常"的现象呢？说穿了，新柏拉图主义者是以语文学为手段，暗地里对抗基督教的文教理念，因此繁荣的荷马史诗研究"无非是同基督教交锋"。③ 这帮古典学的遗老遗少大都在同基督

---

① 克莱门，《劝勉希腊人》，王来法译，北京：三联书店，2002。另参利拉（Salvatore Lilla），《亚历山大的克雷芒》（*Clement of Alexandria*），范明生等译，北京：华夏出版社，2004。

② Robert Lamberton. "Homer in Antiquity." see *A New Companion to Homer*, p. 53.

③ T. W. Allen. *Homer: The Origins and the Transmission*, pp. 53–55.

教对着干，但又无权无势，只好龟缩在语文学、史诗和柏拉图思想这块"寓言和哲学的领地"里，深文避祸，用心良苦——这种情形与清朝的乾嘉学派的历史境遇简直如出一辙。荷马史诗成了寄托聪明才智的对象，更成了思想斗争的利器，虽然大受打压，倒也因祸得福，小有看头。

（3）"衣冠东渡"后，西方世界的荷马史诗研究在整个"黑暗的"中世纪都没有什么特别出彩的地方。所谓"衣冠东渡"，是指西方思想史上的一个重大事件：公元529年优士丁尼皇帝关闭雅典学园之后，大批学者跑到东方的阿拉伯-波斯地区避难，有的则流落到拜占庭帝国。后来硕果仅存的亚历山大里亚也经受了同样的遭遇，最后一位大儒斯蒂凡努斯（Stephanus）于公元616年应召到君士坦丁堡任教，他从亚历山大里亚带走了相当多的希腊语文献（对于雪上加霜的亚历山大里亚学园来说，简直就是"洗劫"）。从此，西方的古典时代宣告终结，荷马史诗也被尘封在羊皮纸中，仅有拜占庭帝国的少数学者对之"藕断丝连"。

正是在这种文献不足征的情况下，12世纪君士坦丁堡的学者策泽斯（Johannes Tzetzes）凭记忆写了很多古典学方面的书籍（颇类我国汉朝的"今文经"的来历），尽管大多不够准确，但也聊胜于无。在荷马史诗研究方面，他于1143年写成的《荷马史诗〈伊利亚特〉评注》（Commentary on Homer's Iliad）和两年后写成的《荷马式的寓言》（Homeric Allegories），有点名气。

中古拜占庭帝国最有学问的是尤斯塔修斯，他虽是神职人员，甚至当过Thessalonica的大主教，但他本是一位人文学者，主要研究"三学四艺"。尤斯塔修斯在荷马史诗研究方面深受波菲利的影响，[1]写下了卷帙颇丰的荷马史诗评注，对后人的荷马史诗研究影响深远。他极为崇拜荷马，说像塞壬一样的荷马乃是万泉之源，荷马史诗中到处都是美好、纯真（即"无罪"）的东西，引人向上，励人高贵。尤斯塔修斯在基督教的口诛笔伐声中勉力为荷马辩护，说荷马虽然使用了"不真实"的神

---

[1] T. W. Allen. *Homer: The Origins and the Transmission*, p. 55.

话，但已经对神话进行了人性化的处理，而且荷马之所以运用神话，其实也是一种智慧的计策，"这种诡计是要用它们［按指神话］的表皮之相作诱饵，吸引那些害怕深奥哲学的人，直到把这种人收入网中。荷马然后会让他们尝到真理的甜头，再把他们放开，让他们像聪明人那样走自己的路，在其他地方去获取真理"。[①] 尤斯塔修斯曲尽赞美，大有深意在焉。

三、近代时期

荷马史诗研究的第三个时期虽可以精确地划定在1360—1795年，但考虑到文学发展的整体性和连贯性，此前的先声和此后的余绪都应算在其间，因此"近代时期"大体上指中世纪晚期到19世纪中叶。比如说，但丁（1265—1321）虽然身处中世纪，但他的《神曲》却开了近代俗语文学的先河。他对荷马史诗也许谈不上有什么特别的研究，不过我们从他的作品中可以看出他对荷马史诗很熟悉。即便我们不能说他的《神曲·地狱》肯定就是在摹仿荷马史诗，尤其是摹仿被称为"鬼魂篇"（Nykia）的《奥德赛》第十一卷，但《地狱》中的场景和意象很容易让人想起《奥德赛》，尤为合辙的是第二十六篇中还谈到了奥德修斯及其历险记。[②] 再比如说，当人文主义者彼特拉克（Petrach，1304-1374）奉命把荷马史诗译成拉丁文的时候（1360年），整个西方都还处在中世纪的"黑暗"中。

纵观整个欧洲中世纪文学，尽管也曾有过伟大的民族史诗，如英国的《贝奥武甫》（*Beowulf*）、法国的《罗兰之歌》和德国的《尼伯龙根之歌》等，但占统治地位的当然是圣经文学。民族史诗在民间流传，并没有对当时的文学格局产生多大的影响，而且即便那是《圣经》的天下，文学

[①] See Dennis Poupard（et al. eds.）．*Classical and Medieval Literature Criticism*, p. 275.

[②] 但丁，《神曲》，王维克译，北京：人民文学出版社，1954，第113页。在诗中，与但丁一起游地狱的是维吉尔，但丁称他为"老师"。如是，但丁应称荷马为"祖师爷"。

也多被埋没在神学的高枝厚叶下面。对于荷马史诗而言，中世纪的主流意识形态最终把荷马笔下的神明降格为纯粹审美的存在物，丝毫不假之以神学真理。①

古人云："物极必反"，正是在中世纪那种极端的状态下，"文艺复兴"喷薄而来，②各路英雄大显神通，创造了璀璨的近代文明，再现了荷马史诗中的壮丽情景，所以我们把这个天才辈出的时代看作荷马史诗研究这一奏鸣曲的"再现部"。

文艺复兴是对古希腊-罗马的复兴，古希腊文化成了近代思想的灵魂，人们把最美好的语词献给了那个遥远而神秘的时代，用最瑰丽的意境搭成无比甜美的想象。雪莱在他的诗剧《希腊》的"序言"中，用诗一般的语言写道：

> 我们都是希腊人，我们的法律、宗教、艺术，全部可以在那里找到它们的根。如果没有希腊罗马，这个我们的导师、征服者和我们祖先的家园，将没有什么光明可供播撒。我们也许还是野蛮人和偶像崇拜者，也许还要糟，我们可能就同中国和日本一样，处在停滞而又可悲的社会制度的统治下。
>
> 人类的身心在希腊达到一种完美的境界，这种完美已在毫无瑕疵的作品上留下了自己的形象，这类作品的残篇断章都为现代艺术望尘莫及，而且一直在通过上千条或隐或显的作用渠道把一种永不会终止的冲动广为传播，使人类崇高，使人类欢乐，直到世界末日。③

这是对古典主义最优美的注解。具体到诗人们所处的"现代"而言，

---

① Robert Lamberton. "Homer in Antiquity." see *A New Companion to Homer*, p. 54.
② 关于人文主义和文艺复兴，参拙著《西方社会文化的现代转型》，重庆：重庆出版社，2001，第41-80页。
③ 雪莱，《雪莱全集》第四卷，江枫译，石家庄：河北教育出版社，2000，第4-5页。

歌德在其《格言与反思》(Maximen und Reflexionen)中呼吁,"愿希腊罗马文学的学习永远保留其最高文化之基础的地位",据说就是要"捍卫严格的古典主义,以防现代主义的颠覆"。① 只可惜这种金玉良言被文艺复兴浇铸而成的"现代性"列车轧得粉碎——这正是文艺复兴的两面性之一,好在我们已再次迫切需要新的文艺复兴,势必要又一次从古希腊文化中汲取营养,向荷马这位"稳立奥林波斯而聚集神祇"(歌德语)的诗人致敬。所谓"亡羊补牢,未为晚矣",更有所谓"前车之鉴,后世之师"。

文艺复兴首先是"文艺"的复兴,作为"文艺女神"的首仆,荷马与荷马史诗自是当仁不让。济慈(1795—1821)在《致荷马》中对这位盲诗人热情地讴歌道:

> 朱庇特/拉开了天帷让你住进去,/海神为你支起浪花的帐幕,/牧神让蜜蜂给你吟唱歌曲。呵,黑暗的边沿闪射出光亮,/悬崖上出现未经踩踏的绿叶,/午夜里萌生即将绽放的晨光,/敏锐的盲人自有多重视觉;/你便具有这种视觉,如同月神,/她曾主宰人间、地狱和天庭。②

荷马就主宰着"文艺复兴"的天庭。雨果(1802—1885)则把荷马称为"铧与剑的歌手",叫做"峰巅触及云幕"的诗人,甚至认为众神也不及荷马神圣。而在裴多菲(1823—1849)的眼中,有如海上塔尖的荷马身上"处处是光辉、处处是花朵"。③

毋庸置疑,荷马史诗对文艺复兴恩深义重,近代的文艺天才们对荷马史诗也感恩戴德,他们用翻译、仿写和研究等方式,表达自己对荷马

---

① 贝西埃等编,《诗学史》上册,史忠义译,天津:百花文艺出版社,2002,第438页。
② 刘新民编,《诗篇中的诗人》,北京:人民文学出版社,2004,第1-2页。
③ 同上,第3-7页。

史诗的崇敬之情，这种高尚的情感反过来也滋润着他们的文思，成就了一段激情燃烧的岁月。

（1）翻译。

几乎任何时代的文艺复兴都是以翻译为先导：中国的唐宋风流与数百年的佛经翻译声气相通，伊斯兰文化的繁荣与8至10世纪的"百年翻译运动"密不可分，"翻译在英国文艺复兴里起了很大作用：首先是作为前驱，正是无数翻译作品首先造成了人文主义的心智气候"。[①] 英国人在这个时期的古典翻译方面成就最高，具体到荷马史诗来说，查普曼和蒲柏的翻译影响较大，对英国人文主义的崛起做出了非常大的贡献。[②]

查普曼（G. Chapman，1559—1634）是第一个用现代语言翻译荷马史诗的诗人，他自诩是为翻译荷马史诗而生，也的确因为首译荷马史诗而名垂青史，而他自己颇有才华的诗作反倒被译作抢去了风头。查普曼译的《伊利亚特》第一卷于1598年出版，全诗于1611年完成，五年后译出《奥德赛》。这套译作开一代风气之先，同时还以其非常显著的个人特色而广为流传、讨论和争议。查普曼为了充分表达作者的"真正的意义和深度"，在翻译过程中添加了不少原文所没有的诗句，美其名曰"装饰"（adorn）和"迂回之词"（periphrasis）。他的理由是要让荷马说英语，而不是说希腊文式的英语。因此，查普曼的翻译显然已成为一种个人的再创作，后人对此褒贬不一，仅仅从语言艺术来说，赞美者居多。莎士比亚说他笔笔神来，柯勒律治和布什（Douglas Bush）说即便荷马用英文写荷马史诗，也不过就是查普曼的译文那般模样。济慈对这位映入眼帘的"新星"更是赞不绝口，以为通过朗诵查普曼的译文就能

[①] 王佐良、何其莘，《英国文艺复兴时期文学史》，北京：外语教学与研究出版社，1996，第72页。

[②] Rudolf Sühnel. *Homer und die englische Humanität: Chapmans und Popes Übersetzungskunst im Rahmen der humanistischen Tradition.* Tübingen: Max Miemeyer Verlag, 1958.

感受到荷马史诗的魅力。[1]罗念生则有不同看法，认为"英国诗人济慈对查普曼翻译的荷马史诗那样恭维，但在我们今天看来，未免太花哨，太不像荷马的原诗歌"。[2]

蒲柏（Alexander Pope，1688—1744）既是大诗人，也以其优雅俊美的英译荷马史诗而名世，这两者之间必定存在着很直接的因果关系——他写诗用的就是"英雄双韵体"（the heroic couplet），而且把这种体裁发挥到了最高的艺术境界。[3]这位内秀的天才"是全部英国诗史上艺术造诣最高的一人"，在荷马史诗的翻译上也罕有其俦。"蒲柏对《伊利亚特》的翻译，以其充满精练的对比和激昂的感情——被视为对原著——即根据奥古斯都统治时期新古典主义理想所精练与改进的荷马史诗——极好的注解。"[4]蒲柏用雄健的辞令、铿锵的韵律和华美的节奏翻译出荷马史诗，对古典学界影响很大，对时代精神也改变不少。荷马让蒲柏对诗歌产生了渴望（itch），蒲柏则再现了荷马的辉煌，[5]在他的眼中，荷马史诗正是诗歌的基础（the very foundation of Poetry）。[6]

（2）摹仿。

这段时期纷纷涌现的个人创作的（民族）史诗，至少在形式上都师法荷马。如塔索（T. Tasso，1544—1595）的《被解放的耶路撒冷》

---

[1] Allardyce Nicoll. "Introduction." see his edition of Chapman's Homer. London: Routledge &Kegan Paul,1957, pp. xi-xiv。另参王佐良、何其莘，《英国文艺复兴时期文学史》，同前，第83-86页。济慈：《初读查普曼译的荷马》，收于《诗篇中的诗人》，同前，第2-3页。

[2] 罗念生，《论古典文学》，收于《罗念生全集》第八卷，同前，第216页。

[3] 参见吴景荣、刘意青，《英国十八世纪文学史》，北京：外语教学与研究出版社，2000，第92页以下。这种"英雄双韵体"是五音步，荷马史诗是六音步，但它们之间显然存在音韵学上的关联。

[4] 芬利主编，《希腊的遗产》，同前，第89页。

[5] Carolyn D. Williams. *Pope, Homer, and Manliness: Some Aspects of Eighteen-Century Classical Learning*. London: Routledge,1993, pp. 59, 164, passim.

[6] Alexander Pope. "Preface to Homer's *Iliad*, see *Classical and Medieval Literature Criticism*, p. 284. Cf. H.A. Mason. *To Homer Through Pope: An Introduction to Homer's* Iliad *and Pope's Translation*. London: Bristol Classical Press,1972.

（*Gerusalemme Liberata*），斯宾塞（E. Spencer，1552？—1599）的《仙后》（*Faerie Queene*），弥尔顿（1608—1674）的《失乐园》（1667）和《复乐园》（1671），克洛普施托克（F. Klopstock，1724—1803）的《救世主》（*Messias*）等，均有荷马史诗的痕迹。而莎士比亚尽管用现实主义手法和现代主义思想与荷马唱反调，说特洛亚战争"为来为去不过是为了一头王八和一个婊子，弄得彼此猜忌，白白流了多少人的血"，[①]但这显然也是变着法子宣扬荷马史诗——人们在莎翁的悲剧和历史剧中更清楚地看到了荷马的影子，但人们总是不把莎士比亚受惠于荷马这一史实当回事。[②]

我们且以这段时期最有代表性的弥尔顿《失乐园》为例，来看看荷马在近代诗歌中如何显灵。《失乐园》虽以圣经故事为题材，但它在形式上却无疑具有荷马史诗那种庄严、高昂和壮丽的气势，这当然和弥尔顿深厚的古典素养分不开。《失乐园》之所以是近代最杰出的史诗，不仅在于它对现实的深切关注（比如批评时局），更因为它结构宏大、语言精湛、朗朗上口，为此他不仅运用多音节词，而且构筑长长的诗段，在音韵上造成管乐奏鸣的效果。[③]

整个《失乐园》共有三个主题：特洛亚战争、亚瑟王传说和查理曼大帝（Charlemangne）反异教的战争，在这三个主题中，特洛亚战争最为重要，其余两个主题都是由之衍生出来的。该史诗的基本叙事形式直接上承荷马，同时兼收并蓄了维吉尔、16世纪意大利作家和英国的斯宾塞等人的诗学艺术。弥尔顿的目标是要调解历代对特洛亚战争的看法，他的理想就是要身兼荷马和维吉尔两人的长处。弥尔顿摹仿荷马史诗，其结果就是在史诗方面把从维吉尔到斯宾塞的诗人连成了一个前后一贯

---

① 莎士比亚，《特洛伊罗斯与克瑞西达》第二幕第三场，朱生豪译、何其莘校，引文见《莎士比亚全集》第2卷，南京：译林出版社，1998，第314页。
② Adrian Poole. *Tragedy: Shakespeare and the Greek Example*. Oxford: Blackwell, 1987.
③ 王佐良、何其莘，《英国文艺复兴时期文学史》，同前，第519页。

的整体。①

（3）研究。

荷马史诗的研究需要三个方面的准备，一是语言（即希腊文），二是出版原文荷马史诗，三是翻译。翻译已如上述，此不赘言。近代荷马史诗翻译和研究的基础当然是古典语言，当彼特拉克从希腊文把荷马史诗翻译成拉丁文时（1360），欧洲没人识得希腊语这种曲里拐弯的文字。到了 1396 年，Manuel Chrysoloras 开始在佛罗伦萨教授希腊文，并出版了第一部希腊语法。后来希腊文版的荷马史诗得以陆续问世，如 1488 年 Demetrios Chalkondyles 的初版，1504 年的 Aldine 版。借助于出版业的印刷革命，荷马史诗的译作拥有了空前广泛的读者，② 荷马史诗的研究队伍也由此形成。

这段时期的荷马研究所取得的最大成果是诗论，学者们深入研究荷马、贺拉斯和亚里士多德，尤其是在对荷马与维吉尔的比较中，发展了一种最初的独立的现代诗学理论。如维达（Vida, 1489—1566）所著《诗学》（poetica, 1527），意大利的斯卡利杰（J. C. Scaliger, 1484—1558）所著《诗学》，法国的布瓦洛·德普雷奥（N. Boileau-Despréaux, 1636—1711）所著《诗艺》（L'Art poétique, 1674），德国的戈特舍德（J. C. Gottsched, 1700—1766）所著《为德国人写的批判诗学试论》（Versuch einer kritischen Dichtkunst vor die Deutschen, 1730）等等，在荷马等古代诗人的滋养下，为各自的国家开辟了现代诗学理论的新路子。后来赫尔德、莱辛、歌德、席勒、洪堡（W. von Humboldt）和施勒格尔（F. Schlegel）等人更为成熟的诗论，即由此而来，同时也是他们更深入地研究古典文学的结果。

在这段时期的后半段，即 18 世纪中后叶，人们开始用历史的和语

---

① Lois Potter. *A Preface to Milton*（《弥尔顿导读》），北京：北京大学出版社，影印本，2005，第 102 页，另参第 97 页。

② 芬利主编，《希腊的遗产》，同前，第 89 页。

文学的方法来研究荷马史诗，取得了丰硕成果，同时也为现代人热衷的"荷马问题"奠定了基础，或者说产生了"荷马问题"的雏形。比如布莱克维尔（Thomas Blackwell）的《荷马生平著作考》(*Enquiry into the Life and Writing of Homer*, 1735)，伍德（Robert Wood）的《论荷马的原创天才》(*Essay on the Original Genius of Homer*, 1769)，以及 Abbé d'Aubignac 的 *Conjectures académiques ou Dissertation sur l'Iliade*（1715）等，甚至包括莱辛的《拉奥孔》(*Laocoön*)，据说都在一定程度上为人们寻找"历史的"荷马打开了方便之门，种下了现代"荷马问题"的病根。①

此外，这段时期荷马研究历程中，还有一件事情值得一提。法国古典学家 Jean-Baptiste Gaspard d'Ansse de Villoison（1750—1805）发现了荷马史诗的十世纪抄本，1788年出版，学术界称之为 *Venetus A* 或 *A-scholia*。该抄本的页边和字里行间满是亚历山大里亚以来的各种批语和评注，这是荷马史诗研究的丰富宝藏，为后来的研究开拓了一个广阔的空间。

从古代到近代，荷马史诗得以保存、编纂、流传和研究，对古典学的黄金时代、希腊化时期、中世纪和近代的文艺复兴及其以后的思想产生了不可磨灭的影响，要之即在于：

> 读得其法，这两大史诗几乎能解答人应该如何待人及人应该如何待神的任何问题。……这三个世界，即自然界、人界与神界，在诗中关系密切并存，职是之故，说有个荷马体系，不算牵强。这体系解释这个世界里几乎一切事物，给其中一切事物一个道理，并且解答这个世界里的人可以问到的几乎任何问题。②

古希腊人如"悲剧之父"埃斯库罗斯者在荷马面前自愧不如，说自

---

① Joachim Latacz. *Homer, His Art and His World*, pp. 7-8.
② 麦克里兰，《西方政治思想史》，彭淮栋译，海口：海南出版社，2003，第15页。

己的作品不过是"荷马盛宴的残渣"。近代如此风靡"荷马热",难道就比埃斯库罗斯高明么?不知道。唯一清楚的是"荷马好像'近代的'诗人,仿佛他就是生活在数月之前并且面目清晰的人物"。①

第四节 荷马问题

沃尔夫1795年发表的《荷马史诗导论》(*Prolegomena ad Homerum*)一文打开了荷马史诗研究的"现代"之门,同时也引发了现代人津津乐道的"荷马问题",而这就如同打开了一个潘多拉的魔盒,各种"主义"瘟疫和"学科"疾病肆虐着荷马史诗的肌体,荷马史诗命悬一线,差点魂归极乐岛(Elysium,《奥德赛》4.563)。"荷马问题"作为现代荷马研究的主旋律,即便不是荷马史诗的"葬礼进行曲",至少也是一首"临终弥撒曲"。

一、缘起

自古以来,人们对荷马和荷马史诗进行了全面深入的讨论、探究甚至批评,古人笔下的有些问题与现代人所探讨的所谓"荷马问题"看起来没什么区别,甚至在名称上直接以现代人乐此不疲的对象为书名。比如,伪赫拉克利特(Pseudo-Heraclitus)曾著《荷马问题》(*Quaestiones Homericae*),②亚里士多德也曾写过同名的著作。③但古人对荷马其人及荷马史诗研究的出发点和目的与今人大不相同,可以说古代并不存在现今意义上的"荷马问题",因此,"'荷马问题'显然是十九世纪的一项

---

① 梅西,《文学的故事》,熊建编译,北京:中国档案出版社,2001,第81页(此书译文需要校订);另参默雷,《古希腊文学史》,同前,第8页。

② H. J. Rose. *A Handbook of Greek Literature: From Homer to the Age of Lucian*, p. 15n.1. 归在赫拉克利特名下的这部著作很可能是廊下派(Stoa,音译"斯多阿",旧译"斯多噶")的作品。

③ 参亚里士多德,《亚里士多德全集》第十卷,同前,第98页。

发明，由时代的语文学这个行当、写作的浪漫主义观念以及历史主义所创制"。① 于是，我们便把沃尔夫之后荷马史诗研究的现代性特质落脚在对"荷马问题"的探讨上。

现代"荷马问题"虽滥觞于沃尔夫的古典语文学著作，但却不是沃尔夫的首创，甚至从根源上说，荷马问题并不肇始于沃尔夫——他只不过汇编了别人的成果，把十八世纪的时代精神表现得更加淋漓尽致而已。正是在这样一个不信天命、不怕鬼神、不敬祖宗的"不怕做不到，只怕想不到"的时代中，才会提出所谓的"荷马问题"，即，历史上是否真有荷马其人，荷马史诗出自一人之手还是集体创作的结晶，荷马史诗成于一时一地还是层层累积而成，《伊利亚特》和《奥德赛》是否为同一人所作，两部史诗的关系等等。归结起来，"荷马问题"把荷马及荷马史诗拉下了神坛，用"理性"（和历史）这个鞭子拷问其"真伪"——这正是启蒙运动的家法，也难怪在"荷马问题"之外，这个世纪还诞生了"苏格拉底问题"、出现了"《圣经》问题"（姑名之）。

在沃尔夫之前，新古典主义（neoclassicism）早已把荷马史诗放在了理性（继而是浪漫主义）的祭坛上，蒲柏的翻译已着此先声。与本特利（Richard Bentley，1662—1742）、维柯、卢梭不同，18世纪的评论家对荷马的"著作权"以及荷马史诗的"问题"作了非常不利于荷马的讨论，背离了传统的教导，也为荷马问题奠定了基础、提供了温床。上引布莱克维尔的《荷马生平著作考》（1735，德译本1766），和伍德的《论荷马的原创天才》（1769），就是荷马问题的理论先驱。后者强调荷马的生卒年月、生平大事和地理位置的准确性，就为"历史主义"地研究荷马史诗的现代方法开了先河。前者号召读者"身临其境"去想象荷马史诗所描绘的英雄世界，这看起来没有什么不对，但实际上却在试图将荷马史诗"历史化"。无独有偶，在布莱克维尔的影响渐渐漫布整个欧洲时，

---

① Frank M. Turner. "The Homeric Question." see *A New Companion to Homer*, p. 123.

领班神父 Robert Lowth 之类的圣经评论家则把希伯来《圣经》变成一个相似的历史世界。

历史意识的觉醒、语文学地位的上升以及现代学科的崛起,共同成就了"荷马问题",而沃尔夫的令名则主要依凭语文学这个现代性的最初法宝。他坦言,他的研究"不是利用荷马及其古代评注者的权威,而是所有历史的证据",于是他批评"古代大面积缺乏历史意识"。从他的历史主义出发,荷马史诗似乎就成了"陈芝麻烂谷子"(old wives' tales),"与诺亚方舟的故事是孪生姐妹"(a twin to the one about Noah)。① 就在这种极度膨胀的历史意识中,荷马史诗的神圣性被彻底消解,被还原成连"断烂朝报"都不如的道听途说,变成不合格的历史著作。

"荷马问题"从业者的一个重要法宝就是所谓的"原本"(ur-text)说,由于我们找不到荷马史诗的"原本",荷马史诗的真伪就颇成问题。沃尔夫的《荷马史诗导论》有一个长长的副标题"关于荷马著作原来的和真实的形式和它们各种各样的变化以及恰当的校订方法"(Concerning the Original and Genuine Form of the Homeric Works and Their Various Alterations and the Proper Method of Emendation),其追求目标显然就是荷马史诗"原来的和真实的形式",如果找不到这种形式,则荷马史诗显然出自多人之手,应该是历代史诗系列的汇总,而不是"荷马"史诗。沃尔夫利用当时颇为流行的魏格纳—赫顿"大陆漂移假说"来解释荷马史诗,只不过是反其意而用之。在这种理论看来,荷马史诗既不是荷马的"原创",后来又历经修订,早已面目全非,根本就谈不上什么"荷马"史诗了。

身为古典语文学家的沃尔夫还利用"知识考古学"(借福柯的术语),说明荷马史诗所描写的世界中不存在绘画,更不存在"书写"(ἐπιγράφειν)——而《伊利亚特》7.187 中的 ἐπιγράψας 不过是"刻"或"作

---

① F. A. Wolf. "Prolegomena to Homer." see *Homer: Critical Assessments*, V.1, pp. 23–24.

记号"的意思（相当于我国古代的"契"）。于是沃尔夫痛批古人，尤其是尤斯塔修斯，并坚持认为在荷马史诗中，"'书籍'无影，'写作'无踪，'阅读'无痕，'文字'无迹"。[1] 在沃尔夫看来，"荷马"不是一个专名，而是一个集合名词，包含了许多颂诗人在内，代表着一个天才辈出、才华横溢的黄金时代。退而言之，即便"荷马"曾是一个活生生的人，但我们对他也知之不多，我们仅仅知道，他并没有在任何完整的意义上写过《伊利亚特》和《奥德赛》。就算"荷马"不是一个空名，最安全的做法也至多是把他看作"荷马之子"所供奉的祖师爷而已，不过是一个传说中的人物，当不得真。[2]

如果说此前的新古典主义在荷马史诗的研究中最早偏离了正确的即古典学的航道，而布莱克维尔和伍德等人的研究继而连新古典主义中一息尚存的古典命脉也断送得干干净净，那么，由沃尔夫肇始的"荷马问题"则无疑将荷马史诗直接送上了现代性的"革命断头台"。在沃尔夫那里，荷马史诗的研究在很大程度上变成了古代是否存在写作技术的问题，其直接的后果就是，学者们可以为所欲为地处理西方文化的"圣经"，他们想用什么办法、什么理论、什么水平、什么趣味来研究荷马史诗都可以。就在这种"怎么都行"（Everything goes）的自由平等多元方法中，人们对写作模式、编纂过程和历史考古的兴趣急速升温，最终忘记了荷马史诗本身。"荷马问题"大行其道，不是荷马史诗本身的福气，而是语文学、考古学、人类学等学科的方法论的胜利："方法论"在现代的极度膨胀，以及形式对内容的绝对优势，正是现代学术的一个重要特征，也是思想贫乏的病根所在。

二、发展

沃尔夫的理论在德国学术界成为主流，后来者变本加厉对荷马史

---

[1] F. A. Wolf. "Prolegomena to Homer." see *Homer: Critical Assessments*, V.1, pp. 26-27.

[2] 参 Gilbert Murray. *The Rise of the Greek Epic*, p. 238；另参孙道天，《古希腊历史遗产》，上海：上海辞书出版社，2004，第15页。

诗横加切割。这种现代特有的研究模式从德国扩散到英、法等国，渐始泛滥而不可收拾。追本溯源，"沃尔夫的理论——如果能够叫做理论的话，就是现代荷马批评之母"。① 后来的"沃尔夫之子"（Wolfidae，仿 Homeridae［荷马之子］生造），如 K. Lachmann，G. W. Nitsche，G. Hermann，A. Kirchhoff，W. D. Geddes，George Grote 等，在沃尔夫的基础上，进一步把荷马问题推向极端。但就在这派理论占据绝对统治地位的时候，仍有一些痴心的荷马迷（可称"现代荷马之子"）坚守道统（如 Andrew Lang），从古典意义上认信荷马史诗。虽然这后一派势单力薄，但随着人们对"现代性"本质的认识不断深化，人们慢慢觉察到主流意识形态的弊端，开始同情并加入到后一派中。两派人士在思想的碰撞中，逐渐看清了问题之所在，于是开始互相借鉴、相互妥协、各自收敛，最后走向合流，"荷马问题"也随之淡出人们的视野，消弭在人们的觉悟中。这就是"荷马问题"的整体图景。

　　分解派。在学术史上，以沃尔夫为宗主的主流意见认为荷马史诗出自多人之手，于是他们开始对荷马史诗的内容和结构进行"分解"（Analysis），故而被称为"分解派"（Analyst）。② 这一派又可分为两种主要的学说，即"短歌说"（lay-theory）和"核心说"（kernel theory 或 nucleus-theory）。持"短歌说"者或认为荷马史诗由许多各自独立的片断缝合而成，比如 Lachmann 就认为《伊利亚特》像德国史诗《尼伯龙根之歌》一样，由十八首古老的短歌组成，其他人则认为《奥德赛》由"特勒马科亚"（Telemacheia，意即"特勒马科斯之歌"）和"尼基亚"（Nykia，意即"鬼魂篇"）等四五首独立的史诗拼凑得来。而持另一学说的大部分学者认为"荷马史诗"虽确有其实，但比现在我们看到的短得多，最早的荷马史诗只不过是《伊利亚特》和《奥德赛》的核心部分，后来者在此基础上不断添加、修订、删改，最终才形成今本荷马史诗的这般模

---

① Andrew Lang. *The World of Homer*, preface, p. v.
② 或作"分辨派"。下文的"unitarian"又作"统一派"。

样。这种理论被称为"核心说"。在他们看来,"阿喀琉斯纪"(Achilleid,意即"阿喀琉斯之歌")是《伊利亚特》的核心,其余故事为后人所加;"奥德赛"(意即"奥德修斯之歌")是《奥德赛》的核心,"特勒马科亚"和"尼基亚"则是他人所作。

在《伊利亚特》和《奥德赛》的关系问题上,这派人士认为前者更"荷马",后者在文风笔调、遣词造句、风格主题等方面与前者差距甚大,不可能出自同一人之手。如果前者都不能说是"荷马"所作,《奥德赛》就更是"伪作"了,或者压根儿就不存在荷马其人。分解派充分利用荷马史诗的"败笔""软肋"和"矛盾",[①] 试图通过把荷马史诗拆解成各个部分,来寻求其独立的"古代建筑材料",同时也为后来者拿着放大镜拼命寻找荷马史诗"不一致"之处的后现代作风敞开了大门。分解方法最直接的后果是破坏了荷马史诗的统一性,而这实际上就毁掉了荷马史诗的生命。[②]

整一派。就在分解派一统江山的局面下,传统的"整一"思想并没有完全销声匿迹,而是中流砥柱般顽强地捍卫着荷马问题的完整性和统一性,被学术界称为"整一派"(Unitarian 或 Unitarianism)。他们逆历史的"潮流"而动,坚决抵制当代人对荷马史诗鲁莽的修剪和拆毁,主张对现代人的历史消毒工作进行再消毒。这派"保守"之士坚信"大一统"(monolithic)的荷马,认信荷马的最高诗才,他们不相信冷冰冰的逻辑,反对用分析来亵渎(sacrilege),主张"心传"(the dictates of the heart)。他们与所谓的"时代精神"(Zeitgeist)格格不入,也反对以智识的方法来对待诗歌。[③]

早期的整一派以美国的 J. A. Scott、英国的 Sheppard 和德国的 Drerup 为代表,大骂荷马史诗的始作俑者、德国的大学者是书呆子(pedant)和笨蛋,他们深情款款地坚持荷马的"原创性",甚至不惜犯

---

① 关于荷马史诗的"败笔",参 Gilbert Murray. *The Rise of the Greek Epic*, pp. 243–244。
② Frank M. Turner. "The Homeric Question." see *A New Companion to Homer*, pp. 132–133.
③ E. R. Dodds. "Introduction: Homer." see *Homer: Critical Assessments*, V.1, pp. 9–10.

"极端武断"（beg a very large question）的错误，故而被称为"天真的整一论者"（naive unitarians）。[①] 后来情况发生了变化，分解派与整一派老死不相往来的局面，随着博学多才的整一论者、荷马史诗的版本权威 T. W. Allen 撰写《荷马史诗的起源与流传》（*Homer: the Origins and the Transmission*）而稍有缓解，[②] 整一论者开始慢慢正视并接受分解论者的某些结论，双方逐渐走向合流。

新分解派、新整一派。分解派和整一派各自的研究不断深入，逐渐发现了本派所短及别派所长，于是调整自己的观点并吸收对方的结论，形成了"新分解派"（neo-analyst）和"新整一派"（neo-utirarian）。这种合流让人联想到更为广阔的背景下的英美哲学与欧陆哲学的合流（convergence），甚至比哲学的合流还来得更加彻底，对此大家可以得出这样的印象：在这两派中那些老成持重的代表之间，其差别很大程度上已不过是用词不同而已——新分解派叫做"核心"或"原型"的，新整一派则称之为"原始资料"；新分解派称为"扩写"的，新整一派则把它叫做"校订"。长期困扰荷马研究的"分裂症"（schizophrenia）此时已被彻底克服掉了，双方开始互相学习，也不介意读点对方的著作。[③]

在双方从战争走向和平的过程中，维拉莫维茨（Ulrich von Wilamowitz-Moellendorff）功不可没。虽然他身处德国学术的大环境中，主要站在分解派一边，但与铁杆分解派颇有不同。维拉莫维茨走在两派中间，吸收、联合、改造了荷马之前许多诗人的作品，为荷马史诗的研究提供了重要的参照系。不同于分解派视荷马史诗为客观对象的研究风气，他的《〈伊利亚特〉与荷马》（*Die Ilias und Homer*, Berlin: Weidmann, 1916）对荷马史诗表现出了一种深沉而真实的情感，对《伊利亚特》的风格

---

① Ibid, pp. 10–11.
② 关于 T. W. Allen 对荷马史诗的编纂及其贡献，参 Michael Haslam. "Homeric Papyri and Transmission of the Text.", see *A New Companion to Homer*, pp. 89–100.
③ E. R. Dodds. "Introduction: Homer." see *Homer: Critical Assessments*, V.1, p. 12.

变化提出了许多新鲜而雅致的见解，从而"在交战的两派之间不经意（undesigned）建起了一座桥梁"。①

口头诗学派。美国人帕里求学于巴黎时，机缘巧合在南斯拉夫发现了活生生的游吟诗学的传统，于是就以此为参照系详细地分析荷马史诗中的诸神和英雄的绰号以及其他一些公式化的表达法（formula），得出结论说荷马史诗是由一位不识字的游吟诗人口头演唱出来，经人笔录整理而成，这一派就被称为"口头诗学派"。② 帕里－洛德的成果之所以被视为"革命"，就在于口头诗学理论转换了此前分解派和整一派的问题域，它不再问是否有荷马其人，有一个荷马还是一群荷马等等，而是问：谁在何时何地为何而听荷马史诗。③

"荷马问题"的这一转变看起来好像给荷马史诗带来了生机，仿佛为争论不休的分解与整一问题提供了"第三条道路"，但实际上其基本精神与新分解派渊源甚深。④ 许多学者认为口头诗学派把现代游吟诗人作为荷马的参照系，这种做法是不正确的，而应该在中世纪英国、法国、芬兰和德国的民族史诗中去寻找可比的素材。

凡此种种，适足以说明"荷马问题"的参与者都是在荷马史诗之外做研究，难怪人们逐渐意识到：现代荷马史诗研究除了荷马史诗本身外，什么都研究到了。

---

① ibid, p. 6. Cf. Frank M. Turner. "The Homeric Question." see *A New Companion to Homer*, p. 143. John L. Myres. *Homer and His Critics*. London: Routledge & Kegan Paul, 1958, pp. 223ff.

② 帕里的分析见氏著：*The Making of Homeric Verse: The Collected Papers of Milman Parry*. Oxford: Oxford University Press, 1970；专门谈诸神和英雄绰号，参该书第37–63页，或者参见 *Homer: Critical Assessments*, V.1, pp. 199–227。帕里的助手洛德在其《故事的歌手》中，详细地列举了这一派田野工作的成果。

③ V. D. Hanson and John Heath. *Who Killed Homer?* p. 15.

④ W. Kullmann. "Oral Poetry Theory and Neoanalysis in Homeric Research." see *Homer: Critical Assessments*, V.1, pp. 145–160. Cf. "Introduction: Homer and Oral Poetry Research." ibid, pp. 163–183.

三、实质

"荷马问题"是典型的现代学术个案,是现代精神的集中体现:历史意识的觉醒、个体观念的膨胀、主体精神的高扬以及学科分类的变化等等,可以说是现代思想的基本特质。在海德格尔等人看来,现代思想归根结底是一种科学主义:企图以科学的方法来解决一切问题,用科学的精神来清除传统的"迷信"以及宗教、神话等不确定性思想形态的"魅惑"(即韦伯所谓 disenchantment"祛魅"),从而达到一切都在"人"的掌控之中这一宏伟目标。

具体到"荷马问题"上,沃尔夫、施里曼和帕里等人试图用语文学、考古学和民俗学的方法来解决古典学领域的问题,这在某种程度上说,就是想以科学的方法一劳永逸地解决传统的争端——当然,这样一来也就同时把传统"解决"掉了。

从沃尔夫到洪堡再到后来大红大紫的"语言哲学",现代思想经历了一次大规模的"语言转向"(即所谓 Linguistic Turn)。传统的古典学研究方法让位于语文学这一科学"新贵",因为后者看起来似乎更有力道、更能说明问题。结果语文学的方法上升到最高地位,在某种程度上甚至取代了政治、宗教和古典学,成为解决一切问题的灵丹妙药。但我们知道,语文学也好,考古学也罢,对于荷马史诗来说其实都只不过是"形式"或外在的研究而已。

在整个现代学术体制之中,这种情形不独荷马研究为然,差不多是学界通病:以外在的研究代替内在的把握,关注形式远甚于关注内容。作为时代精神精华的哲学,就是如此。近代从笛卡儿到康德再到胡塞尔,对认识能力的关切,远远超过对"我们应该认识什么"这一实质性问题的关切。认识能力(比如理性)的限度成了哲学问题,而更为深刻的安身立命的真正哲学问题却被抛诸脑后。从这个意义上说,近代的理性哲学、德国的批判哲学、现代的现象学和分析哲学,差不多都是从外在的形式上保证知识的合法性和可靠性而已——但我们还是不知道"知识"

本身是什么。对此，维特根斯坦《逻辑哲学论》6.52那句话虽然还没能引起足够的重视，但说得太好了，这位被误认为是"分析哲学家"的天才说："我们觉得，即使所有可能的科学问题都得到了解答，我们的生存问题也还根本没有触及。"[1]

在文学领域中，"文学理论"泛滥成灾亦与"荷马问题"声气相通。文学理论讨论的是如何研究文学作品，但莘莘学子一拥而上都去研究文学理论，不仅闹搞得乌烟瘴气，甚至为了物竞新奇而不惜败坏学风、出卖人格。从根本上说，文学理论是文学研究的技术问题，而文学作品的学习、研读和涵泳，才是"文学"的正事，但现代的研究早已本末倒置、不知所云。

以荷马问题为例，沃尔夫的研究实际上用写作技术的问题取代了荷马史诗的古典教益，这种看似"自然""客观"和"中立"的研究，贯穿着现代科学精神，但同时葬送了荷马史诗本身，更孳生、鼓励和纵容了一种背叛经典、破坏传统的风气：革命就是有理。当荷马问题的从业者把荷马史诗大卸八块的时候，歌德、J. S. Blackie等人虽意识到这帮造反派数典忘祖、巧言乱众，但已无法阻止这股激荡的洪流"带着几个世纪积压下来的磨难和紧张，骚动着剧烈地向前，像一条直奔向干涸尽头的河流，不再回顾身后的一切，也害怕回顾"（尼采语），[2] 愈演愈烈，终于酿成了社会文化政治方面"虚无主义"的惨重后果。

与荷马史诗"同归于尽"的还有《圣经》，尤其是《新约》，此外还有柏拉图著作等传统经典。人们不再把《圣经》看成神圣不可亵渎（比如不可分析、不可解构）的教典，而是看成文学作品和历史著作，试图

---

[1] 维特根斯坦，《名理论》，张申府译，北京：北京大学出版社，1988，第88页。
[2] 歌德对沃尔夫的批评，参K. Reinhardt. "Homer and the Telemachy, Circe and Calypso, The Phaeacians." See *Homer: German Scholarship in Translation*. tr. by G.M. Wright and P. V. Jones, Oxford: Clarendon Press, 1997, pp. 218–219；另参Barbara Graziosi. *Inventing Homer: The Early Reception of Epic*, p. 51；关于Blackie的批评，见Frank M. Turner. "The Homeric Question." see *A New Companion to Homer*, p. 140。

把耶稣和苏格拉底还原成一个凡俗的肉体存在物。这样一来，对圣典的敬重和膜拜就下滑成文本分析、历史还原、知识考古等等之类的学术作业。其直接的后果是埋葬了古代史诗在文化上的权威地位，同时也就破坏了与此相连的整个传统思想的普遍价值，世风日下、精神陡降、世事变幻，终至不可收拾。①

近年来，人们在所谓的"后现代"领域中越来越感到不舒服，② 而且也逐渐认识到现代性危机的根源所在，慢慢体会到传统的伟大价值。再加上作为解构主义先驱的分解派亦随解构主义的烟消云散而尘埃落定，整一派亦无心恋战、懒得纠缠，且"一开始就颇为有限的口头诗学理论，已被逐渐克服"③——甚至连帕里的传人基尔克（G. S. Kirk）也认为真正的口头创作实际上至少在公元前7世纪末期就消亡了，④ 学者们纷纷开始宣布："荷马问题"与我毫不相干。⑤

除了专门研究这一阶段思想历程的少数学者外，人们已经不怎么谈"荷马问题"了。我们还是与国际接轨，直接去读荷马史诗吧。

---

① Frank M. "Turner. The Homeric Question." see *A New Companion to Homer*, p. 142. Cf. E. R. Dodds. "Introduction: Homer." see *Homer: Critical Assessments*, V.1, p. 9.

② John Peradotto. "Modern Theoretical Approaches to Homer." see *A New Companion to Homer*, p. 384.

③ Joachim Latacz. *Homer, His Art and His World*, p. 11.

④ G. S. Kirk. *The Songs of Homer*, p. 314.

⑤ Martin P. Nilsson. *Homer and Mycenae*, p. 210.

第三章 《伊利亚特》的内容与结构

"荷马史诗"是西方思想的"圣经",而《伊利亚特》则是这部异教圣典的"旧约",因为它宣讲了一种更为古老、质朴的信念,它离神明也最近——奥林波斯山的众神在特洛亚战争中和人打成一片,不仅间接影响战争进程,甚至直接参与战斗。相比而言,《奥德赛》虽也大谈命运不可违的相同主题,但神明在其中基本不起多大作用,人的要素成了突出的问题,而奥德修斯的漂泊既在到处宣扬神意和命运(即宋明理学所谓"随处可证天理"),同时也在弘扬人的智慧的力量以及审慎、节制和勇敢的德性。

颇为吊诡的是,我们把荷马史诗比作"圣经",似乎并无不当,但不管是把《伊利亚特》比作"旧约",还是把《奥德赛》比作"新约",其实都不恰当。如果稍有可比性,无非是说《伊利亚特》像旧约一样,时间上早于同一体系中的另外一个部分,如果稍有意义,则唯一表明两部史诗具有很大的区别。兹事体大,容另外申述。

从《伊利亚特》宏大的战争场面、无情的杀戮过程和刚毅果敢的战士精神来看,大家公认《伊利亚特》更"荷马式"(homeric)。其中,交战双方都裹挟了许多城邦-国家(city-state)在内,各加盟城邦遍布地中海东部沿岸地区,大至人种、民族、习俗,小到武器装备、衣着饰物,都各不相同,构成了一幅琳琅满目的风情画卷。对峙双方无论是以"同盟"还是以"协约"形式出现,都是超大规模的政治实体之间的较量,因此《伊利亚特》反映了上古时期(或古风时期)的政治结构、法律习俗、军事艺术等等。

按国学所谓"六经皆史"之说,《伊利亚特》这部经典当然从各方面记载了先祖的智慧和初民的情态——尽管这只是在"文学"而非"历史"的意义上刻画一种"真实"的场景。经典之所以为经典，就在于它积淀了祖辈对世界、社会（城邦）和人生的看法，这个丰富的宝藏历经时间和事件的考验和打磨，终于流传到我们手上，必然对我们的思考大有裨益，甚至应该成为我们时时参照的坐标。《伊利亚特》对政治、战争、生命、爱情、友谊的思考，对勇敢、荣誉、审慎的追求，至今依然鲜活如新。

第一节　各卷内容

亚历山大里亚图书馆的学者们在前人工作的基础上，用希腊文的二十四个字母把两部史诗各分成了二十四卷。我们现在不太清楚那时的分卷原则，但差不多可以肯定的是，各卷的划分没有什么"科学依据"。从现在的分卷情况来看，有的卷很长，有的卷太短，有的卷在事件进程中间分卷，把故事强行折断，有的卷本已讲完了一个小故事，却还附了一半另外的故事在这一卷中，如此等等。为什么会出现这种情况呢？我们现在只能推测这在当时可能出于偶然的原因（比如抄写员手边莎草纸的多少）。总之，对于荷马史诗（以及柏拉图等其他古人的著作），我们不能以现代的分卷规则来看待古书的"卷"——那只是一种自然"卷"。当然，各卷内容相对集中，我们从中也能理出些头绪来。[①]

第一卷前面 7 行是全诗的开场白，交待后面所发生的一切事情的原因：阿喀琉斯的愤怒（Μῆνιν）给阿开奥斯人（即广义的希腊人）带来了灾难。史诗一开始就向缪斯女神诉求，请文艺女神讲述那发生在特洛亚的故事——这是古代文学作品的套话。接下来，故事就从特洛亚战争

---

① 本节主要参考了以下著作：R. M. Frazer. *A Reading of The Iliad*. Lanham: University Press of America, Inc.,1993（此人也姓弗雷泽，但与《金枝》的作者不是同一个人，后者是大名鼎鼎的文化人类学家，全名 James George Frazer）；Mary Ellen Snodgrass. *Greek Classics: Notes*, pp. 28–45；Joachim Latacz. Homer, *His Art and His World*, pp. 108–119；H. J. Rose. *A Handbook of Greek Literature: From Homer to the Age of Lucian*, pp. 16–23。

第九年的某一天开始,说希腊联军统帅阿伽门农拒绝了阿波罗神的祭司克律塞斯的请求,惹怒了天神,阿波罗给希腊人降了瘟疫(8-52)。

到第九天时,天后赫拉让阿喀琉斯召集了一次高级会议,要阿伽门农根据预言释放女俘平息事态。但后者要求用阿喀琉斯的女俘来作为补偿,结果引起了这两位最高统帅之间的激烈争吵,要不是雅典娜暗中介入,阿喀琉斯差点杀掉了阿伽门农。最后,阿喀琉斯虽然屈从,但拒不参战,并来到海边向母亲流泪祈祷(351)。女神忒提斯听到儿子的遭遇后,跑到天父宙斯那里去求情。宙斯答应了忒提斯的请求,却引起了赫拉的妒忌,他们的儿子赫菲斯托斯居间调停,让争执消弭在欢乐的宴饮中。

第二卷的前半部分叙述希腊联军被神明骗入新的战斗中。宙斯为了惩罚不够哥们儿的阿伽门农,就给他托去了一个"有害的梦"(6),要他率军进攻,骗他说希腊联军马上就会攻占特洛亚。信以为真的阿伽门农在涅斯托尔的船上召集了高级军事会议,把他的梦说给阿尔戈斯(希腊本土,泛指希腊)人的领袖和头领听,他们相信了"阿开奥斯人中最高贵的人"阿伽门农(82)。然后各诸侯王召开了一次盛大的"公民大会",阿伽门农在会上故意用激将法正话反说,要大家撤退回老家。历经十年刀兵之苦的战士们纷纷准备卷铺盖回家,却被足智多谋的奥德修斯(受雅典娜的感应)挡了下来。其间发生了一件颇为滑稽的事情,就是"舌头不羁"的士兵、口没遮拦的煽动者特尔西特斯责骂统帅阿伽门农,被奥德修斯一阵修理,引起哄堂大笑(270)——据说这是希腊喜剧的源头。在见多识广的涅斯托尔的劝说下,士兵们又重新燃起了斗志。

这一卷后半部分(441-877)不厌其烦地罗列交战双方的阵容,看起来与全诗似乎有些不协调,疑为如实抄录的国家档案,也有人怀疑系后人所加。[①] 这桩公案是现代荷马研究讨论的一个重头戏。在我看来,

---

[①] 参 T. W. Allen. *The Homeric Catalogue of Ships*. Oxford: Clarendon Press, 1921。另参 Günther Jachmann. *Der homerische Schiffskatalog und die Ilias*. Köln: Westdeutscher Verlag, 1958。

交战双方的舰船和人员与整部史诗并非凿枘不入——这种详实而近于啰嗦的叙述风格在古代作品中可谓屡见不鲜，况且这对交待整个参战力量的组成、来源和对比有很强的说服力。在叙述过程中，作者还交待了两个方面的重要细节：此前的忒拜战争，以及宙斯派伊里斯（Iris）去通知特洛亚人，要他们准备迎战——神明的介入是特洛亚战争的主要动力。

第三卷主要讲帕里斯与墨捏拉奥斯的决斗。交战双方鼓噪着相互逼近的时候，公子哥儿帕里斯看到墨捏拉奥斯时，吓得"脸面发白"，赶紧退到人丛中，被赫克托尔一顿臭骂："不祥的帕里斯，相貌俊俏，诱惑者，好色狂"（39）。受到严厉批评的帕里斯干脆提出要和妻子的前夫单挑的建议，以两人的决斗代替两军的混战和厮杀。诗人笔锋一转，描写心情复杂的海伦在伊里斯的劝说下，同特洛亚国王普里阿摩斯来到城墙上观战。双方杀羊盟誓后，就开始决斗。帕里斯似乎只懂得弹琴跳舞（爱情而非婚姻的催化剂？），养尊处优的他哪里是挟怒而来的墨捏拉奥斯的对手，好在帕里斯有阿佛罗狄忒的保护。女神不仅把帕里斯救回了城里，还逼迫海伦回城去和帕里斯上床：城外杀声震天，城内却风光旖旎！

第四卷似乎应该成为《伊利亚特》的收尾，因为阿开奥斯人赢了，就该交接海伦及其财产，双方各自罢兵修好。但在神明的干预下，烽烟再起，一发不可收拾。奥林波斯山上的诸神开心地欣赏着这一切，眼见好戏就要收场，甚觉无趣，便开始讨论"我们是再挑起凶恶的战斗和可怕的喧嚣，/ 还是使双方的军队彼此友好相处"（15-16）。宙斯拗不过忿忿不平的妻子，便吩咐雅典娜下去重燃战火。特洛亚盟友潘达罗斯在雅典娜的教唆下，射伤了胜利者墨捏拉奥斯，激怒了整个希腊联军。由于"盟誓、羊血、纯酒的祭奠和我们信赖的 / 双方的握手都没有产生应有的效果"（158-159），阿伽门农检阅部队、鼓励士气之后，开始与对方展开了惨烈的战斗，双方尸积如山，血流成河。

第五卷全是描写残酷的战争场面，这一卷的主角是狄奥墨得斯（阿尔戈斯国王提丢斯之子)。在雅典娜的保佑之下,狄奥墨得斯成为了全体阿开奥斯人中最卓越的战士,他不仅杀死了无名小卒,打退了埃涅阿斯,干掉了潘达罗斯,还杀伤了爱神阿佛罗狄忒,后者在阿瑞斯的帮助下侥幸逃命,然后到母亲狄奥涅身边放哆。更有甚者,狄奥墨得斯不仅杀伤了战神阿瑞斯,还让这位勇猛无比的神明狼狈不堪地跑到天父宙斯身边去痛哭流涕告御状!在这场战争中,雅典娜、阿瑞斯、埃倪奥、阿佛罗狄忒、阿波罗和赫拉等神明亲自参与到战斗中来,分别援助交战的两方,"那可怕的战争已不是特洛亚人和阿开奥斯人/之间的事情,达那奥斯人甚至向天神挑战"(379-380)。英勇无畏的战士尽管知道同不朽的天神战斗不会有好果子吃,但他(们)不仅勇敢地教训女神,"你欺骗那些脆弱的妇女还觉得不够"(349),甚至毫不犹豫地向天神掷出了投枪,杀伤了永生的天神。当然,这一切同雅典娜不无干系,尽管她和其他神明最后都退出了这场"令人流泪的战争"(737)。

第六卷叙述特洛亚第一号英雄赫克托尔和他美丽善良的爱妻安德罗马克缠绵凄绝的诀别场面,这一描写历来被视为西方悲剧的源头。就在希腊联军节节胜利的时候,特洛亚最高明的鸟卜师赫勒诺斯(Helenus)建议兄长赫克托尔回到城里去求神,准确地说,就是求得雅典娜的怜悯——他们知道,特洛亚人灾难的主要渊薮就是这位智慧的女战神。赫克托尔采纳了这个颇为明智的建议。就在他离开战场回城求神的这当儿,战场上发生了颇为反讽的一幕:狄奥墨得斯(Diomedes)和格劳科斯(Glaucus,特洛亚盟军吕西亚人的首领)正准备厮杀,但在通报姓名时,却发现他们的祖上很要好,叙了一番旧之后,居然"跳下车来握手"(232)并互赠铠甲——就差点搓土为香,义结金兰了。

赫克托尔回到特洛亚城,首先拜见了母后赫卡柏(Hecuba),请母亲祭奉雅典娜。然后赫克托尔来到帕里斯的宫室里,激励他出战,海伦对这位威猛素著的大伯子谈到了自己的负罪和无辜(344-358)。赫克托尔最后碰到了怀抱幼子的安德罗马克,贤惠的妻子因为担心丈夫的安全,像疯子一样来找寻丈夫(389)。可恶的战争曾经夺去了安德罗马克在忒拜的家人，现在则快要夺去这个幸福家庭的几重亲情（429-430）。但身为特洛亚干城的赫克托尔却没有退路，他必须坚守自己的职责，维护自己的荣誉，明知必然灭亡，也只好勇敢地面对死亡（有似后来的阿喀琉斯）——"谁都逃不过他的注定的命运"（490）。安德罗马克只好"含泪惨笑"，一步一回头来到厅堂上"哀悼还活着的赫克托尔"（500）！

第七卷中单挑的双方变成了埃阿斯和赫克托尔。赫克托尔和帕里斯返回战场后，在雅典娜和阿波罗的激励下，向希腊联军叫阵，要求同对手单打独斗，一决生死。墨涅拉奥斯看到本方无人应战，就贸然请缨，但被阿伽门农和涅斯托尔拦住，最后大家决定抓阄，埃阿斯抽中这个生死未卜的凶签。这两位最勇猛的斗士势均力敌，谁也奈何不了谁，这时天色已晚，双方鸣金收兵，互致赠礼，"在友谊中彼此告别"（302）。涅斯托尔提议挖壕沟、垒高墙，以备无虞。特洛亚人则开会商议如何躲过眼前这一浩劫，聪明的安特诺尔主张交出海伦和她的财产，但帕里斯只同意交出双倍的财产。墨涅拉奥斯不同意对方任何妥协条件，坚持要赶尽杀绝，因为"人人知道，连蠢人也知道，/ 毁灭的绳索套在特洛亚人的脖子上"（401-402）。尽管如此，双方还是同意暂时休战，以便收尸和火化死者：场面甚是悲惨。就在阿开奥斯人通宵宴饮的时候，宙斯发出可怖的雷声，预示着更可怕的灾难即将来临。

第八卷中依然有神明参加，尽管宙斯在第二个战斗日一大早就召开大会，用威胁、惩罚和警告等手段禁止神明参战，自己也回到了伊达山。实力悬殊的双方又开始了战斗，"杀人者和被杀者的呻吟和胜利呼声 / 可以同时听见，地上处处在流血"（64-65）。宙斯的命运天平倾向了特洛亚人。狄奥墨得斯在乱军之中救了涅斯托尔一命。受到宙斯暗示的赫克托尔不放过这位沉稳老练、足智多谋的老人，并且自吹自擂，这下子激怒了一直站在希腊联军一边的赫拉。天后怂恿波塞冬加入阿开奥斯人的阵营，但后者慑于宙斯的淫威不敢应许。宙斯却在阿伽门农的呼求下反过来又支持希腊人，结果双方都得到了宙斯的激励，大家便更为勇敢地相互残杀，死伤累累，惨烈无比——难怪宙斯在女儿雅典娜眼中

"心胸不善,残忍为怀,邪恶成性"(360-361)。

胆大包天的赫拉和雅典娜决意违背宙斯的禁令,出面帮助希腊人:她们甚至披挂上宙斯的袍甲!宙斯派信使拦住了她们,在宙斯的威胁之下,她们只好让自己钟爱的凡人听天由命。这时宙斯召开了神明们的集会,会上赫拉、雅典娜同宙斯发生了争执,后者威胁要流放赫拉。与此同时,赫克托尔也在向部下发表演说,激励人们在风雨飘摇的时节同舟共济,只可惜这一切最后都是徒劳,因为神明们已经不接受他们的献祭了。

第九卷以下,阿喀琉斯又回到了史诗中。阿伽门农面对陷入"神降的惊慌"和"寒栗的恐怖"中有如惊弓之鸟的部下,痛哭流涕地发表了一通怨天尤人的讲话,再次主张撤兵回国。但他的话遭到了狄奥墨得斯和涅斯托尔的反对,劝他少安毋躁、慎言勇敢、广开言路、从善如流。涅斯托尔帮阿伽门农找到了问题的根源和解决办法:"我曾再三劝阻你,可是你却顺从 / 你的高傲的精神,不尊重天神所重视的 / 最强大的人,把他的荣誉礼物夺走,/ 据为己有;让我们想一想怎样挽救,/ 用可喜的礼物和温和的话语把他劝说。"(109-113)这个"最强大的人"即阿喀琉斯,而他的愤怒也在于"荣誉"被人夺走。阿伽门农承认自己做事愚蠢,答应归还布里塞伊斯,并许下重金和极其优厚的条件,甚至包括自己的女儿以及连城的嫁妆,低声下气、低三下四派出使节福尼克斯、埃阿斯和奥德修斯去向阿喀琉斯赔罪,请他出山解救危难。

使节们见到阿喀琉斯时,"发现他在弹奏请音的弦琴,娱悦心灵,……他借以赏心寻乐,歌唱英雄们的事迹"(186-189)。[①] 阿喀琉斯虽热情招待了两位好朋友,但对他们晓之以理、动之以情、诱之以利的说服却无动于衷。阿喀琉斯说了一大通话解释自己拒绝出战的原因:军队分配不公,自己无足轻重,阿伽门农无耻之极,生命重于财宝,人死

[①] 阿喀琉斯见到两位使节时,为什么"大惊"?是装样子,还是因为使者打断了阿喀琉斯十分投入的演唱,抑或阿喀琉斯一直就在等待他们的到来?

不能复生等等（阿喀琉斯早已从母亲那里得知了自己的命运）。[1] 阿喀琉斯的养父福尼克斯语重心长、苦口婆心劝他压住愤怒，不要因情绪而失去理智。但阿喀琉斯仍然对阿伽门农的侮辱耿耿于怀（647，另参387），不愿意接受阿伽门农的歉意，扬言要带领自己的人马离开特洛亚。奥德修斯回来报告说阿喀琉斯拒绝和解，有勇有谋的狄奥墨得斯鼓励大家奋勇自救，以待阿喀琉斯天良发现。

第十卷被认为是"伪作"，因为其语言、风格和情节都与全诗不合，剔除这一卷，无损于史诗的完整性。这一卷讲述奥德修斯和狄奥墨得斯夜探敌营，抓住了特洛亚人多隆，所以这一卷在学术史上又称为"多隆的故事"（Doloneia）。阿伽门农担心军队的命运而夜不能寐，去找涅斯托尔商量对策。他们一起叫醒了各诸侯国的国王，召开夜间议事会（另参柏拉图《法义》908a）。涅斯托尔提议趁夜色的掩护去敌营抓个"舌头"回来了解情况，最后决定派两位最有谋略和勇气的奥德修斯和狄奥墨得斯去执行任务。与此同时，赫克托尔也在盘算着同样的计策，外貌丑陋却腿脚灵便的多隆主动请命。但多隆一出门就被逮住，忙不迭地求饶，在对方的威逼之下一五一十地吐露军机，结果还是被杀死了。两位英雄得知新来的色雷斯人有一批好马，于是就向熟睡中的敌人猛扑过去，杀掉了色雷斯人的首领，盗走敌人的战马，而后凯旋。尽管这对即将到来的失败没有多大帮助，但无疑鼓舞了极其低落的士气，对于后来能够勉强抗住特洛亚人的进攻来说，当不无小补。

第十一卷是全诗的转折点，主要将领纷纷受伤，阿喀琉斯的替身和影子帕特罗克洛斯奉命出战，他的死亡使得阿喀琉斯幡然醒悟，终于在战斗中成就了一个英雄的千古美名。希腊联军之所以还能够同敌人勇猛

---

[1] 阿喀琉斯说："我的母亲、银足的忒提斯曾经告诉我，/有两种命运引导我走向死亡的终点。/要是我留在这里，在特洛亚城外作战，/我就会丧失回家的机会，但名声将不朽；/要是我回家，到达亲爱的故邦土地，/我就会失去美好名声，性命却长久，/死亡的终点不会很快来到我这里。"（410-416）这的确是凡人的两难选择，尤其是英雄面临的艰难抉择。

厮杀，仍然还是女神在起作用，只不过这次不是一向庇护希腊人的雅典娜，而是宙斯亲自派出的争吵女神厄里斯。女神"给每个阿尔戈斯人的心里灌输勇气，/ 使他们不知疲倦地同敌人作战厮杀。/ 将士们顷刻间觉得战争无比甜美，/ 不再想乘空心船返回可爱的家园"（11-14）。这完全是宙斯的安排，在战斗中，"克洛诺斯之子激起他们的不祥狂热，/ 再透过苍穹从天宇降下淫淫血雨，/ 决意把许多英勇的生命送往哈得斯"（53-55），为此，宙斯"使战斗保持均衡，双方互有杀戮"（337），否则就不好看了。当战斗双方像"一束束禾秆毗连倒地"，"制造呻吟的厄里斯看着心满意足"（73），同时天父"远离众神踞坐，欣喜自己的权能，/ 俯视特洛亚城池和阿开奥斯人的船只、/ 青铜的闪光、杀人的人和被杀的人"（81-83）。尊贵无比的神明看凡人角斗，赏死尸竞倒！

在神明如此安排下，阿伽门农身先士卒，奋勇搏杀，颇有赎罪的意味。宙斯则派信使伊里斯去通知赫克托尔，要他暂避阿伽门农的锋锐，直到后者受伤。一俟阿伽门农受伤退出战斗，赫克托尔则所向披靡。紧接着狄奥墨得斯和奥德修斯等主将先后受伤倒下，希腊联军哗啦啦溃退到营寨边，局势岌岌可危。这时的阿喀琉斯"站在自己宽阔的战船艄头，/ 观看那场艰苦的厮杀和悲惨的后退"（600-6011），他知道"阿开奥斯人终于要来到我膝前，/ 向我求情，情势迫使他们这样做"（609-610）。阿喀琉斯派帕特罗克洛斯去打听情况，碰到涅斯托尔。这位老人严厉批评"阿喀琉斯诚然勇敢，/ 但他对达那奥斯同胞不关心、不同情"（664-665），然后唠唠叨叨地叙述自己大公无私的往事，再利用旧情和同情心来打动帕特罗克洛斯，试图让他冒充阿喀琉斯参战。受到感动的帕特罗克洛斯答应了涅斯托尔无奈的请求，"就这样开始了他的不幸"（604）。

第十二卷主要讲双方围绕希腊人构筑的临时城墙展开争夺，这一卷被称作"攻城战"（Τειχομαχία）。这一卷首先预告了这道城墙的命运："当特洛亚人中的显贵人物都已死去，/ 阿尔戈斯首领有些活着，许多人故世,／普里阿摩斯的都城在第十个年头被摧毁,／阿尔戈斯人乘船回到可爱的故乡,／波塞冬和阿波罗便一起汇合众川流水,／合力冲毁达那奥斯人建造的壁垒。"(13-18),这实际上也是在预告整个"伊利亚特"(或伊利昂故事)的命运。这是后话,先按下不表。在接下来的几波战斗中,首先是波吕达马斯献计献策,然后是特洛亚将领阿西奥斯(Asius)率军攻打敌方左翼(1-194)。诗人没有直接描写这场战斗的惨烈,"我难以像神明那样把战斗——诵吟"(176),只是从侧面叙述道:"所有以前曾经帮助过／阿尔戈斯人战斗的众神明都不禁寒心。"(179-180),也就是说,战斗之激烈,足以让神明失色。后来赫克托尔攻打中间地段(195-289),宙斯的儿子吕西亚人的首领萨尔佩冬(Sarpedon)在城墙中部附近撕开了一个口子(290-429),赫克托尔攻破中央城门,希腊人惊惶失措地向后逃往船边。

第十三卷的战斗就在希腊人的船边展开,这些舰只既是他们最后的防线,也是他们最后的希望,如果船只被特洛亚人烧毁,他们就无法回家,也无一能够幸免于难。就在这个紧要关头,"对宙斯充满怨愤"的波塞冬来到了阿开奥斯人的营寨,化作先知模样鼓励他们,并赐给他们力量。在神明的干预下,希腊联军中的克里特首领伊多墨纽斯(Idomeneus)及其同伴墨里奥涅斯(Meriones)开始大放异彩。双方在希腊人的船边上演了一幅触目惊心的悲剧:"谁看到这样的场面欣喜而不悲痛,／那他真是一副无动于衷的硬心肠。"(343-344)战争对双方来说都是一场深重的灾难,表面看来好像是特洛亚人"劫掠"海伦而引起了这场无所谓正义不正义的战争(627),但真正的渊薮却是天上的神明,尤其是众神之父:

宙斯有心让特洛亚人和赫克托尔获胜,
增强捷足的阿喀琉斯的光荣声誉,
又不使阿开奥斯军队毁灭在伊利昂城下,
只满足忒提斯和她的倔犟儿子的心愿。

……
他们[按:指神明]就这样从两头把一根强烈敌视
和激烈厮杀的绳索拉紧,那绳索拉不断,
也解不开,却折断了无数将士强健的腿腱。(347-360)

第十四卷讲述了一幕发生在神明之间的喜剧,为残忍的杀戮减弱了几许悲怆的色彩。涅斯托尔看到自己的士兵们正慌乱地溃逃(14),便去找伤残的阿伽门农等人,企望"用思想帮助"战局。然而,不料阿伽门农面对反复无常的宙斯所安排的结局,说出了让人非常气馁的主意:逃跑。奥德修斯义正词严批评阿伽门农理智不健全、动摇军心,狄奥墨得斯则建议他们带伤巡查战场。波塞冬再次批评了阿喀琉斯,"现在阿喀琉斯的心/正在胸中狂喜,眼看着阿开奥斯人/惨遭屠戮,真没良心,一点也没有"(139-141),并给每个阿开奥斯人心中灌进巨大的力量,顽强地与特洛亚人作战。

接下来便是宙斯与赫拉之间的好戏了。赫拉决定用美人计迷住宙斯的心智,好让波塞冬明目张胆帮助希腊人,以改变战争局面。她先精心打扮了一番,然后骗得了爱神阿佛罗狄忒的魔法:爱情、欢欲和甜言蜜语,最后则贿得了睡眠神的支持。做好这些准备后,美丽的天后花枝招展、婀娜多姿、妩媚万方地来到伊达山宙斯的驻地,假装碰巧路过。但"宙斯一见她,强烈的情欲即刻笼罩住/他的心智"(294-295),马上就要同妻子"尽情享受欢爱"(313)。诡诈的赫拉借口光天化日之下不便亲热,诱使宙斯把自己裹在浓雾之中,天父就这样无忧无虑地被睡眠和爱情征服。当赫拉把宙斯诱惑进自己爱的怀抱时,睡眠神通知波塞冬大胆地行动。波塞冬不仅亲自率军战斗,甚至直接向赫克托尔开战(389-390)。在神明的帮助下,埃阿斯用石块打伤了赫克托尔,导致特洛亚人反胜为败,全军溃退。

第十五卷的战局又发生了戏剧性的变化,赫克托尔在宙斯的帮助下又杀了回来，并取得了更大的胜利。睡醒过来的宙斯看见特洛亚人溃不成军，发现上了当，对赫拉大加训斥。颇感委屈的赫拉在宙斯恩威并施的指责下，回到了奥林波斯山，企图煽动敢怒不敢言的众神对抗宙斯，要不是智慧女神雅典娜出手干预，鲁莽而暴烈的阿瑞斯差点当上出头鸟，神明之间也差一点爆发战争。宙斯然后命令波塞冬撤出战斗，波塞冬虽然满腔怒火，"强烈的痛苦侵袭着我的内心和灵智"（208），但还是作出了让步，因为这对大家"都有好处"（226）。宙斯派阿波罗去医治好赫克托尔，阿波罗在赫克托尔面前干脆自报家门，最终让后者死而复生。阿波罗还参加了赫克托尔领导的特洛亚军队，踢掉堤岸、填平壕沟、推倒壁垒，毁坏敌方工事（355-366），让对方"陷入恐慌，给赫克托尔和特洛亚人荣誉"（327）。战斗又重新进入白热化。

为战友治伤的帕特罗克洛斯看到这样的局面，感到忍无可忍，决定回去见阿喀琉斯，劝他投入战斗。战场上，势均力敌的赫克托尔和埃阿斯在一条船边僵持着。宙斯再次救了赫克托尔的命，"宙斯亲自在上苍充当他的保护人"（610）。受到鼓舞的赫克托尔和对方展开了殊死搏斗，视死如归（494-499）。希腊人虽然也知道"要作男子汉，心里要有耻辱感，/ 激烈战斗时你们要有羞耻心，/ 军人知羞耻，被杀的少，得救的多，/ 逃跑者既得不到荣誉，也不会得救"（561-564），但终归抵挡不住宙斯全面袒护的特洛亚军队，向船边节节败退，要不是涅斯托尔振臂一呼，特洛亚战争可能就结束了。最后，埃阿斯起到了中流砥柱的作用，在船边孤军奋战，终于等到了帕特罗克洛斯的出现。

第十六卷讲帕特罗克洛斯的故事，所以叫 Patrokleia。帕特罗克洛斯看到希腊人悲惨的景况，不禁泪流满面，不惜当面指责挚友，并请求穿上阿喀琉斯的甲胄代替他出战。阿喀琉斯不得不作出辩解，叮嘱帕特罗克洛斯几句后，看见埃阿斯快要支持不住，船只也燃起了熊熊烈火，便马上派帕特罗克洛斯出战。帕特罗克洛斯率领阿喀琉斯的部众增援即将垮掉的希腊联军，阿喀琉斯虽然没有亲自出马，但他知道"不能让他们（按指特洛亚人）夺船，把我们的退路截断"（128），于是赶紧集合队伍、巡行营帐、激励将士、发表演说，并亲自祈求宙斯不仅满足自己的惩罚阿尔戈斯人的心愿，也能保佑帕特罗克洛斯"率领全体同伴／安然无恙地返回到这些快船上来"（248）。只可惜，"天神允准了他一半心愿，拒绝了另一半"（250）。

代友出战的帕特罗克洛斯英勇无比，杀人如麻，最值得一提的便是杀死了宙斯的儿子萨尔佩冬。宙斯有心救儿子一命，但遭到了赫拉的反对：天命不可违，结果"宙斯也未能救助儿子"（522）。帕特罗克洛斯忘记了阿喀琉斯"穷寇莫追"的嘱咐，一直打到了特洛亚城下。就在昏天黑地、血雨腥风的杀戮之中（567，459），阿波罗出手了，他裹在浓雾中把帕特罗克洛斯打成重伤，后者又受到欧福尔波斯和赫克托尔致命的打击，终于不支倒地。帕特罗克洛斯临终前清楚地知道："是残酷的命运和勒托之子（按：即阿波罗）杀害了我。"（849）

第十七卷主要讲双方为争夺帕特罗克洛斯的遗体而进行的战斗。墨捏拉奥斯试图看护住帕特罗克洛斯的尸体，同欧福尔波斯大战数回合，最终将他杀死。赫克托尔在阿波罗的鼓励下，赶走了墨捏拉奥斯，夺下了帕特罗克洛斯身上穿着的那套本属于阿喀琉斯的精美铠甲，换下自己身上那一副，以此刺激对方。双方围绕着那具尸体展开了拉锯式的反复争夺，"把尸体拖来拖去"（395）。阿波罗再次加入战斗，接着雅典娜也参加进来。战斗一直昏天黑地地进行着（367-368），人和车马都被笼罩在浓重的迷雾里，埃阿斯甚至喊出这样绝望的话："父宙斯啊，给阿开奥斯人拨开这迷雾，／让晴空显现，让我们的双眼能够看见。／如果你想杀死我们，也请在阳光下。"（645-647）就在这种惨状下，就连宙斯也摇头叹息："在大地上呼吸和爬行的所有动物，／确实没有哪一种活得比人类更艰难。"（446-447）反复无常的宙斯又开始偏向阿开奥斯人，他们终于夺得了帕特罗克洛斯的尸体回营。

第十八卷讲阿喀琉斯因战友之死而变得成熟，母亲为了他能够参战而去求一套新的甲胄。阿喀琉斯听到帕特罗克洛斯的死讯，悲痛万分，他的母亲也深感命苦（54，431），因为她知道，阿喀琉斯同样大限将至。忒提斯告诉儿子"你注定的死期也便来临,待赫克托尔一死"(96),但阿喀琉斯义无反顾地英勇赴死,因为他幡然醒悟,深深自责。挚友的死让他认识到了自己的过错,并"愿不睦能从神界和人间永远消失,/还有愤怒,它使聪明的人陷入暴戾"(97-98),成熟之后阿喀琉斯意识到"我们必须控制心灵"(113),并说"我随时愿意迎接死亡,……如果命运对我也这样安排,我愿意/倒下死去,但现在我要去争取荣誉"(115,120-121)。母亲亦别无他法,只好成全儿子的高尚想法,唯一能够帮儿子的便是去求匠神为他打造一副新铠甲。

面对紧追不舍的敌人,阿喀琉斯遵从赫拉派出的信使的旨意,在营门放声大喊,吓得敌人仓惶逃窜。黑夜来临,阿开奥斯人赢得了喘息之机。波吕达马斯在特洛亚人的集会上,建议赫克托尔退回城里去,避免和复出的阿喀琉斯交锋,但执拗的赫克托尔没有听取这番金玉良言。另一头,已抱必死决心的阿喀琉斯发誓为挚友报仇。在天上,不幸的忒提斯求赫菲斯托斯给自己"那即将死去的儿子"制作一套盾甲。接下来诗人花了大量笔墨描绘那面美轮美奂的盾牌,上面绘制了日月星辰、婚宴诉讼、战斗场面、耕耘收获、歌舞放牧等等。

第十九卷讲阿喀琉斯彻底放弃了自己的愤怒,重新回到希腊联军中来,重新成为史诗的主角。待母亲拿来了精美的铠甲,阿喀琉斯便迅速召集大家开会,宣布同阿伽门农和解:"让既成的往事过去吧,即使心中痛苦,/对胸中的心灵我们必须学会抑制。"(65-66)阿伽门农也承认了自己的错误,当然其最终根源还在宙斯身上:他的长女阿特(Ἄτη)即祸害女神,"能使人变盲目,/是个该诅咒的女神;她步履轻柔,/从不沾地面,只在人们的头上行走,/使人的心智变模糊,掉进她的网罗"(91-94)。急于报仇的阿喀琉斯对阿伽门农赔偿的礼物似乎毫不在意,心里老想着"伟大的事情还未完成"(150)。但在奥德修斯的劝解下,疲惫不堪的军队休整了一天,以对死者致哀(282-351)。第二天,牙齿咬得咯咯响的阿喀琉斯顶盔贯甲,率军出征。这时他的神马克珊托斯(Xanthos)开口说话,告诉阿喀琉斯,这可是"壮士一去兮不复返",

但阿喀琉斯视死如归，毅然赴死。

第二十卷以下是全诗的高潮，也是十年特洛亚战争的总决战。宙斯召集诸神开会，解除以前的禁令，准许神明凭自己的喜欢下凡帮助交战的双方，"激起一场恶战"（31），甚至互相捉对厮杀：波塞冬与阿波罗、雅典娜与阿瑞斯、赫拉与阿尔特弥斯、赫尔墨斯与勒托、赫菲斯托斯与河神克珊托斯，杀得天摇地动，连冥王哈得斯都惊恐不已。等到神明都退出战斗后，两位英雄，阿喀琉斯和埃涅阿斯，就成了舞台核心了。双方先是一通嘴仗，然后就是一阵狠斗。力量稍逊一筹的埃涅阿斯差点被阿喀琉斯杀死，波塞冬救了他一命，这是因为埃涅阿斯注定要代替普里阿摩斯家族而成为特洛亚的统治者（306-308），而这一句话，就成了维吉尔《埃涅阿斯纪》的源头。阿喀琉斯与赫克托尔在雅典娜和阿波罗的帮助下，暂时都无法杀死对方。阿喀琉斯挥舞长枪，"为获得荣誉不断冲杀"（502）。

第二十一卷前半部分讲阿喀琉斯同河神的战斗，后面半截则叙述诸神之间的战斗，这部分叫做众神大战（Theomachia）。阿喀琉斯追袭敌人，特洛亚人像蝗虫一样纷纷掉进水里，尸体堵塞了克珊托斯河，真可谓"尸积如山，血流成河"。阿喀琉斯不仅不饶恕敌人，甚至讽刺说："就连这条优美、多银色漩涡的河流／也救不了你们，尽管你们经常用牛群／向它献祭，把单蹄活马丢进漩涡"（130-132）。这下激怒了克珊托斯河的神明斯卡曼德罗斯，于是开始了一场罕见的人河大战。河神卷起层层黑浪，差一点吞没阿喀琉斯。幸好波塞冬和雅典娜出面干预，赫拉叫赫菲斯托斯用火进攻河神。河神被烧得焦头烂额，投降求饶。火能克水，倒与我国五行说刚好相反。

就在这时，受到人间激烈战斗的感染，诸神之间也开始角斗，"宙斯高踞阿拉伯撒山顶听见呐喊，／高兴得大笑不已看见神明们争斗"（389-390）。这次捉对打架的是：阿瑞斯与雅典娜，雅典娜与阿佛罗狄忒，阿波罗与波塞冬，阿尔忒弥斯与赫拉，赫尔墨斯与勒托。随着打了败仗的阿尔忒弥斯跑到父亲那里去"痛哭流涕"（506），诸神也纷纷收兵回到奥林匹斯山。剩下的就是阿喀琉斯的独角戏了，他把整个特洛亚联军赶进了城。这时阿波罗怕阿喀琉斯打乱命运的安排，出手救了阿格诺尔，并幻化成阿格诺尔把阿喀琉斯引开，让特洛亚军民和特洛亚城暂时得以保全。

第二十二卷写赫克托尔之死。当特洛亚人像一群惊鹿逃进城里，"恶毒的命运却把赫克托尔束缚在原地，/把他阻留在伊利昂城外斯开埃门前"（5—6）。任凭父母苦苦哀求，让他避开阿喀琉斯，但赫克托尔决意同阿喀琉斯死拼，以挽救自己的过失：没有听从波吕达马斯的劝告，"因自己顽拗损折了军队，/愧对特洛亚男子和曳长裙的特洛亚妇女"（104—105），大有以死谢罪的意味。当赫克托尔同阿喀琉斯对阵时，不及交手就转身仓皇逃跑，就这样一追一逃绕城跑了三圈。但赫克托尔的命运天平已注定要滑向哈得斯，于是雅典娜出面幻化成他的兄弟，用狡计诱骗他停下来同阿喀琉斯拚搏。而赫克托尔很快就知道是"神明命令我来受死"，但也勇敢地垂死挣扎了一回。临死前，他预言帕里斯和阿波罗会把阿喀琉斯杀死在特洛亚的斯开埃城门前，只不过赫克托尔忘记了"民不畏死，奈何以死惧之"。

阿喀琉斯杀死了赫克托尔后，还对他的尸体百般凌辱：用马车拖着尸体绕城飞奔，给特洛亚人带来无尽的悲伤，整个城市陷入悲泣，到处是凄惨的哭声。最伤心的当然是赫克托尔的父母——他们在城墙上亲眼看见爱子死后还要受辱，至于尚未得到噩耗的妻子安德罗马克，则还在给可能凯旋的丈夫准备洗澡水：真所谓无定河边、春闺梦里！当她听到这个意料之中的消息时，"晦夜般的黑暗罩住了安德罗马克的双眼，/她仰身晕倒在地，立即失去了灵知"（466—467），然后便是一番孤儿寡母的惨状，不忍一一诉说。

第二十三卷讲希腊联军为帕特罗克洛斯举行葬礼和竞技，气氛稍为好转，对这前后所发生的悲剧来说，略有调节。阿喀琉斯在丧礼晚宴后，因为累乏在海边睡着了，帕特罗克洛斯的魂灵来到他身边，请求他"快把我埋葬，好让我跨进哈得斯的门槛"（71）。对希腊人来说，埋葬和葬仪是十分必要的,同国人"入土为安"之说遥相呼应。阿喀琉斯命人伐来木材火葬挚友,还为他杀人、马和狗陪葬,然后拣出战友的骨殖,装入金罐中葬于地下。又为纪念帕特罗克洛斯而举行了盛大的比赛(funeral games),有战车竞赛(257-652)、拳击竞赛(653-699)、摔跤(700-739)、赛跑(740-797)、比试武艺(798-825)、掷铁块(826-849)、比射术(850-883)和比投枪(884-897),最后一项未曾比试,由阿喀琉斯调解而成。

第二十四卷没有战斗,没有杀戮,也没有死亡,但却是一个比悲剧更悲剧的结局。竞技结束后,阿喀琉斯依然"愤怒地虐待神样的赫克托尔",把他的尸首拴在车后围着帕特罗克洛斯的坟绕行。阿波罗不仅保护了赫克托尔的遗体,还批评那些永生永乐的神"硬心肠、恶毒成性"(33),也批评阿喀琉斯"心不正直,他胸中的性情不温和宽大,/ 他狂暴如狮,……丧失了怜悯心,/ 不顾羞耻,……他竟自在愤怒中虐待那没有知觉的泥土"(40-54)。众神想怂恿赫尔墨斯去偷赫克托尔的尸体,但又惧怕赫拉和雅典娜,这两人对选美的事情仍然耿耿于怀(29-30)。最后宙斯派伊里斯命令正在"为儿子的命运痛哭"①的忒提斯来天庭受命,要他去劝阿喀琉斯接受赎礼,并归还赫克托尔的尸体。然后宙斯又派伊里斯去吩咐普里阿摩斯,要他单独一个人到阿喀琉斯那里去赎回儿子的遗体,并承诺让赫尔墨斯保护他。

普里阿摩斯拒绝了妻子和儿子们的劝阻,一个人带着赎礼去敌人的营地,"好像他是去送死"(328)。赫尔墨斯幻化成一个年轻的米尔弥冬人,领着普里阿摩斯跨过壕沟、经过垒墙、避开沿路的守军,径直来到阿喀琉斯面前,"抱住他的膝头,/ 亲那双使他的许多儿子丧命的杀人手"(478-479),并以阿喀琉斯父执的身份请他高抬贵手。两个同样可怜的人都怀念亲人,哭在了一起,真有《红楼梦》中所谓"千红一哭,万艳同悲"的味道。阿喀琉斯怜悯老人,将心比心,使劲安慰普里阿摩

---

① 哭活人,另参特洛亚妇女对活着的赫克托尔的哀悼,6.500。

斯，并意识到这一切悲剧都是神和命运使然："神们是这样给可怜的人分配命运，/ 使他们一生悲伤，自己却无忧无虑。"（524-525）心细的阿喀琉斯吩咐侍女给赫克托尔洗尸体，并招待普里阿摩斯。两个敌对十年的不共戴天的仇人，就这样惺惺相惜："达尔达诺斯之子普里阿摩斯不禁对 / 阿喀琉斯的魁梧与英俊感到惊奇，/ 看起来好似天神。阿喀琉斯也对达尔达诺斯之子普里阿摩斯的态度 / 与谈吐感到惊异。"（629-633）。阿喀琉斯安排普里阿摩斯在自己营帐中睡觉休息，并主动提出休战："你给那神样的赫克托尔举行丧葬仪式，/ 想花多少天？我自会停战，制止军队。"（657-658）

普里阿摩斯在赫尔墨斯的劝导下，提前回去，整个特洛亚城万人空巷，都出来哀悼赫克托尔，安德罗马克、赫卡柏和海伦则一一哭诉。最后特洛亚人为赫克托尔举行了葬礼。[①]

第二节　环形结构

即便以今天的眼光来看，《伊利亚特》都算大部头的鸿篇巨制。作者把如此多的人物、用具、兵器和如此多"古往今来"的故事编排进一个文本之中，让人在叹为观止的时候，也深觉难以把握。但如果我们掌握了它的基本结构，便会把这部史诗读"薄"，对于诗人的意图也会有提纲挈领的理解。

荷马具有高超的写作技艺，对于旷日持久的事件，他并没有把其中的点点滴滴都写进去，而是围绕着一个"有整一性的行动"来编织他的史诗。[②] 在亚里士多德的眼中，荷马的天赋才能之所以高人一等，就因为：

[①] 关于《伊利亚特》各卷的内容，参本书附录。
[②] 亚里士多德，《诗学》1451a，中译文见《罗念生全集》第一卷，同前，第43页。

他没有企图把战争整个写出来,尽管它有始有终。因为那样一来,故事就会太长,不能一览而尽;既是长度可以控制,但细节繁多,故事就会趋于复杂。荷马却只选择其中一部分,而把许多别的部分作为穿插,例如船名和其他穿插,点缀在诗中。[1]

亚里士多德对荷马的才能赞不绝口,[2]认为他高于同侪良多,还在于荷马史诗在情节安排上的完整性:

显然,史诗的情节也应像悲剧的情节那样,按照戏剧的原则安排,环绕着一个整一的行动,有头、有身、有尾,这样它才能像一个完整的活东西,给我们一种它特别能赋予的快感。[3]

荷马的《伊利亚特》正符合亚里士多德的理论标准:首先它有"一个整一的行动",小而言之,是阿喀琉斯的愤怒及其平息的过程,大而言之是十年的特洛亚战争;其次它也有头、有身、有尾,像一个完整的活生生的整体。[4]

一、三分法

后人便根据亚里士多德的理论把《伊利亚特》分成三部分,只不过不同的人有不同的三分法。R. M. Frazer 把它分成:第 1 至 10 卷为第一部分,第 11 至 18 卷为第二部分,第 19 至 24 卷是第三部分。C. R. Beye 的分法则较为平均:第 1 至 8 卷构成"开端",第 9 至 17 卷构成"中

---

[1] 亚里士多德,《诗学》1459a,中译文见《罗念生全集》第一卷,同前,第 96 页。
[2] 关于亚里士多德对荷马史诗的激赏,另参 G. F. Else. *Plato and Aristotle on Poetry*. Chapel Hill: The University of North Carolina Press,1986, 尤其 pp. 163ff。
[3] 亚里士多德,《诗学》1459a,中译文见《罗念生全集》第一卷,同前,第 96 页。
[4] 另参 C. R. Beye. *Ancient Epic Poetry: Homer, Apollonius, Virgil*. Ithaca: Cornell University Press,1993, p. 116.

部",第 18 至 24 卷构成"结尾"。S. L. Shein 则把 1 至 7 卷看作是《伊利亚特》的"头",8 至 17 卷为"身",18 至 24 卷是"尾"。① 这些划分方法大同小异,都是为了更好、更方便和更准确地理解原著精义。这与自然卷的划分方法不一样,自然卷通常是按照夜幕降临、黎明来到或者戏剧场景的转换为分卷原则,而三部分的划分方法则是以故事的整体框架为着眼点。

大体说来,第一部分交待作战双方,把希腊人和特洛亚人描写成侵略者和守卫者。这一部分还交待了场景和主要人物:年轻气盛的阿喀琉斯,胆怯而易泄气的最高统帅阿伽门农,明智审慎而啰啰嗦嗦的老人涅斯托尔,年轻力壮、有勇有谋的狄奥墨得斯,少言寡语的中流砥柱埃阿斯;在特洛亚方面主要介绍了国之"干城"赫克托尔,他热爱妻儿、保家卫国,视死如归,但他的力量和智慧似乎都不如对手。

如果以"英雄业迹"(aristeia)为全书的轴线,那么这一部分的核心就是狄奥墨得斯的战功,它包含了传统的英雄观念:为荣誉而战的勇气、敬重首领的忠义以及敬畏神明的虔诚,其中,视荣誉为生命,甚至高于生命的价值观就是"英雄"的主要内核(详下)。当然,这种忠勇并非匹夫之勇,而是有勇有谋、节制审慎、进退得宜的阳刚之气。比如说,尽管狄奥墨得斯在雅典娜的指点和帮助下打伤了阿瑞斯和阿佛罗狄忒,但他后来颇为明智地从阿瑞斯面前退却了(5.600-606),并且避免了阿波罗的强烈愤怒(5.444),这样就维持了自己凡夫俗子的身份,没有因僭越而给自己招来杀身之祸。所以说狄奥墨得斯的战功或壮举成功地表现了一种传统的英雄形态,这种形态在道德上并不深沉,但形成了一种经久不衰的模子和价值。尽管狄奥墨得斯的名头远远没有阿喀琉斯响亮,他这种英雄形态也长期为后人所忽视,但这种英雄的光亮"简约而明亮,经过了大海的洗礼;在狄奥墨得斯身上,没有额外的悲剧性结

---

① 分别参考 R. M. Frazer. *A Reading of The* Iliad. Lanham: University Press of America, Inc.,1993; C. R. Beye. *Ancient Epic Poetry: Homer, Apollonius, Virgil.*, p. 116; Seth L. "Schein. The Iliad: Structure and Interpretation." see *A New Companion to Homer*, p. 349。

果。他的［英雄业迹］是那种没有思想的英雄模式，是没有绝对失败的胜利"。①

全诗第二部分是一个"史诗式的战争故事"（Beye语）。第一部分为第二部分的主要事件打好了基础，也以各种各样的方式预示和预告了这些事件，可以说是第一部分的自然延伸。但第二部分却并非第一部分的翻版，而是有着自己的主题和特征。由于阿喀琉斯离心离德，希腊联军渐渐失去优势，赫克托尔和特洛亚人不断取得成功，对手岌岌可危，最后代友出战的帕特罗克洛斯死于非命。凡此种种，就提出了一些道德问题和理智问题，这些问题超越于第一部分，也超越于诗歌传统中的其他任何东西，因此这一部分特别地"伊利亚特"。②

众家英雄在上一部分纷纷登台亮相，而在这一部分则各个建功立业。阿伽门农、墨涅拉奥斯、伊多墨纽斯以及特洛亚主将赫克托尔等人都展示了自己的勇武，一个个轮番上阵斩将夺旗，扬名立万，甚至老态龙钟的涅斯托尔也靠智计而大放异彩。当然，这一部分最扣人心弦也最与众不同的是帕特罗克洛斯的"英雄业迹"。上一部分中狄奥墨得斯的英雄业绩首先是为己的因而是传统式的，这一部分帕特罗克洛斯勇猛征战却不是为了自己，他作为阿喀琉斯的"影子"或另一个"自我"，他穿上阿喀琉斯的征袍出战，正是"为佩琉斯之子［按：即阿喀琉斯］夺取光荣"（16.471）。最终，帕特罗克洛斯的死换来了阿喀琉斯的觉醒，为第三部分作好了铺垫。

第三部分的主角是阿喀琉斯，这位怒气冲天的大英雄如梦初醒，终于摆脱了情绪的困扰，勇敢地走向死亡，成就自己不朽的命运——尽管他后来在阴间颇有悔意（《奥德赛》11.489ff.）。这一部分的主题又与前面两个部分大有不同：尽管也有残酷的打打杀杀，阿喀琉斯甚至

---

① C. H. Whitman. *Homer and the Heroic Tradition*. Cambridge: Harvard University Press,1958, p. 167.

② Cf. Seth L. Schein. "The *Iliad*: Structure and Interpretation." see *A New Companion to Homer*, pp. 349–350.

在杀死赫克托尔后侮辱其尸体,但总体来说,这一部分更多休战时期,但正是战争笼罩着的暂时平静让整部史诗的悲剧达到高潮。活死人与死人的关系,不死的神仙为即将死去的儿子所作出的徒劳努力,年迈的老人与不共戴天的仇人的"亲密接触",为纪念死人而举行的带有节日欢庆气氛的体育比赛,未亡人绝望的心灵和黯淡的前途,阿喀琉斯的蓄意"自杀"——杀死赫克托尔就意味着自己生命的终结,诸如此类的场景和情节上的张力都给这一部分增添了无以复加的凝重和感伤。

与此前两个部分的残酷杀戮相比,这一部分急转直下,有了完全不同的内容:和解。阿喀琉斯同阿伽门农的和解如果仅仅算得上化解了"人民内部矛盾"的话,他与普里阿摩斯的和解则完全是消除了你死我活的"敌我矛盾",两个苦命人因死亡而走到了一起。特洛亚不可避免要走向毁灭,但史诗却没有提到这一点,仅仅以赫克托尔的葬礼收场,在这个意义上,可以说双方的和解是彻底的,因为大家都意识到了战争的残忍性和无理性:没有胜利者,只有失败者。

在这种三分法中,希腊联军在第一部分呈上升势头,在第二部分呈下降趋势,在第三部分又重新占得上风,其走势有如"N"字,颇有跌宕起伏的感觉。

二、环形结构

近半个多世纪以来,学者们发现荷马史诗《伊利亚特》和《奥德赛》具有一种严密而奇特的"环形结构"(ring composition)。最早使用这个术语的是 W. van Otterlo,他于 1948 年在其著作的书名中便突出了这个后来广为流行的研究方法。[①] C. H. Whitman 随后将这个理论发扬光

[①] W. van Otterlo. *De Ringcompositie als Opbouwprincipe in de epische Gedichten van Homerus*. Amsterdam: Noord-Hollandsche Uitg. Mij.,1948。但 "Ring Composition" 这个术语最早似乎当算:*Untersuchungen über Begriff, Anwendung und Entstehung der Griechischen Ringcomposition*. Amsterdam,1944。

大，把环形结构说运用到全书的每个角落，大到整体，小到每卷，甚至数行诗歌中似乎都可以找到某种环形、对称的几何结构，真可谓"环环相扣"。后来 D. Lohmann 对这个理论做了一些修正、完善和细化，使之上升到形态学的高度。① 从此，"环形结构"这个概念便成为荷马史诗研究的主导方法。

所谓"环形"，是指在荷马史诗中，当相同或相似的要素、看法或概念，在故事的开头和结尾处都出现了，这种重复就是一个"环"。当该单元中一系列元素先是以某种顺序出现，如 A-B-C……，然后又在结尾处以相反的顺序再现，即……C-B-A，这就是一系列的"环"。② 因此，"'环形结构'是指在一段话或一段故事开头处重复了主题，在这一段的末尾有时一字不差（verbatim）有时用或多或少相似的语言再重复一遍，这样一来就构成并凸现为一种离散的诗体"。③

下面我们由大到小逐一说明。先看全"环"或整"环"。

整个《伊利亚特》本身就是一个最大的环：第一卷和第二十四卷相似对称，第二卷和第二十三卷相似对称，第三卷和第二十二卷同样相似对称，如此推导，每一卷都有"姊妹卷"。甚至全书的时间安排都存在着这种环形结构：④

---

① D. Lohmann. *Die Komposition der Reden in der* Ilias. Berlin: de Gruyter & Co.,1970。该书的第 12-40 页被译成了英文，以 "The 'Inner Composition of the Speeches in the *Iliad*" 之名收录于 *Homer: German Scholarship in Translation.* tr. by G.M. Wright and P. V. Jones, Oxford: Clarendon Press,1997, pp. 71-102。

② Elizabeth Minchin. *Homer and the Resource of Memory: Some Application of Cognitive Theory to the* Iliad *and the* Odyssey. Oxford: Oxford University Press,2001, p. 182；另参 C. H. Whitman. *Homer and the Heroic Tradition*, pp. 253,97ff。

③ Seth L. Schein. "The *Iliad*: Structure and Interpretation." see A *New Companion to Homer*, p. 347.

④ 以下分析和图表大多采自 C. H. Whitman. *Homer and the Heroic Tradition*，第 255 页以下，不另一一注明。

```
1—9—1—12—1—1—1—1—出使—1—1—1—1—12—1—9—1
 第一卷    |  |  |  |        |  |  |  |   第二十四卷
         战 埋 筑 小        大 战 埋 竞
         斗 葬 墙 战        战 斗 葬 赛
```

在全书的环形结构中，第一卷和第二十四卷的呼应对称构成了最出名的"环"。第一卷中的主要场景是：

  A 拒绝克律塞斯，瘟疫和火葬用的柴堆

  B 主要将领的聚会和争吵

  C 忒提斯与阿喀琉斯，安慰他并答应带信给宙斯

  D 忒提斯与宙斯，后者接受了英雄的请求

  E 诸神吵吵闹闹的聚会，赫拉反对宙斯

第二十四卷中的主要场景则是：

  E 诸神的争执，尽管有所变化，赫拉仍是敌对阵营的首领

  D 忒提斯与宙斯，得知由于阿喀琉斯虐待赫克托尔的尸体，诸神已不再支持他

  C 忒提斯与阿喀琉斯，安慰他并给他带来宙斯的信息

  B 阿喀琉斯与普里阿摩斯，宽宏大量归还赫克托尔的尸体（与第一卷自私地占有克律塞伊斯形成对比，这里的友善、和解与第一卷的敌对和争吵刚好相反）

  A 赫克托尔的葬礼

C. H. Whitman 为此设计了让人一目了然的简洁图表（上半部分为第一卷的内容，下半部分为第二十四卷的内容，虚线表示插曲）：

第二卷和第二十三卷都由两个大的部分构成，其中，前面部分叙述得较为密集，而后半部分都是不厌其烦的枚举。第二卷的主题是集会与名录，第二十三卷的主题则是葬礼与竞技，由此看来，第二卷第二部分篇幅不短

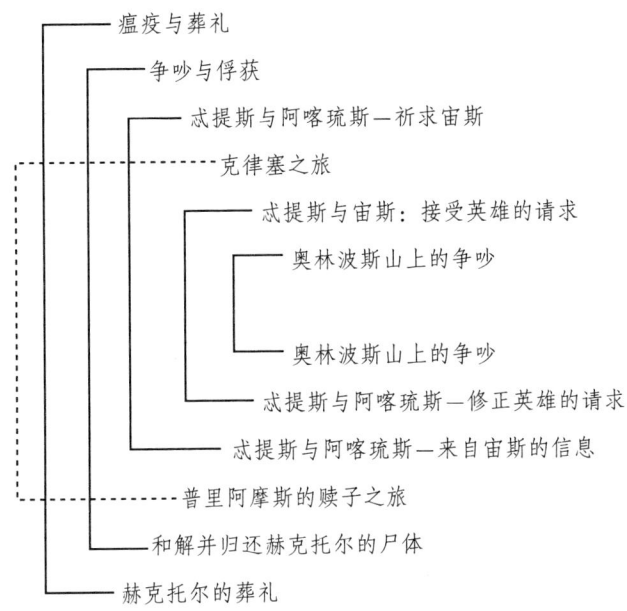

的啰嗦文献，其实不是"伪作"：它既客观地交代了诗歌的文学要素（地点、人物等等），也表达了作者对故乡的山川河流的深情眷恋。同时，这两卷之间还存在着极为微妙的"倒映"关系：第二卷充斥着欺骗、诡计、无序和暴力，第二十三卷则满是赏心悦目的游戏：体育竞技本来就是战争的绝佳替代品，可以释放人性恶的本能，满足人们追求荣誉的精神需要。

《伊利亚特》数卷之间还可以构成一些大"环"：主要有两个，即第三卷到第七卷组成的环，和与之相对应的第十八卷到第二十二卷所组成的环，这些中环又由规模稍小的环组成。第一个大环（即第三卷到第七卷）没有谈到宙斯的计划，也几乎未曾涉及"愤怒"这一主题，它主要讲述的是英雄的内涵（在这一部分中，作者有意突出了两对夫妇之间的区别：合法夫妻赫克托尔和安德罗马克，放荡情侣帕里斯和海伦）。在这个大环中，第三、四卷与第六、七卷对应，而第四、五、六卷又是一个环中环。我们且看第一个大环的对称结构：

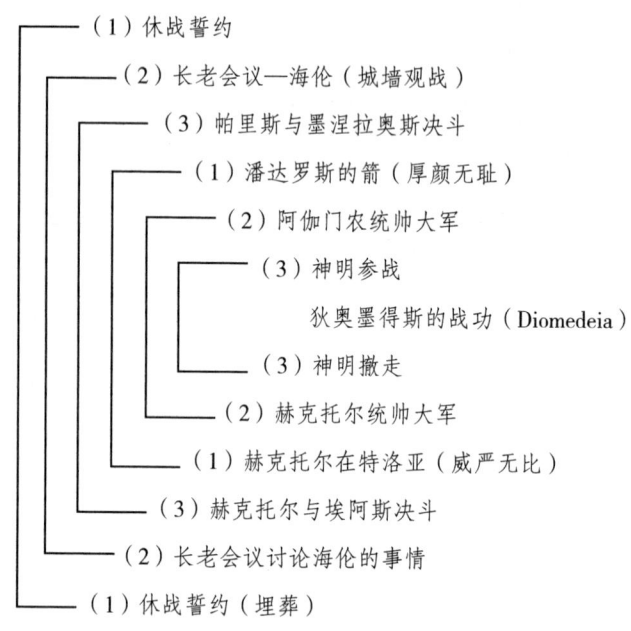

两卷之间也有环形结构（如第十八卷和第十九卷），且以第二十卷和第二十一卷为例：

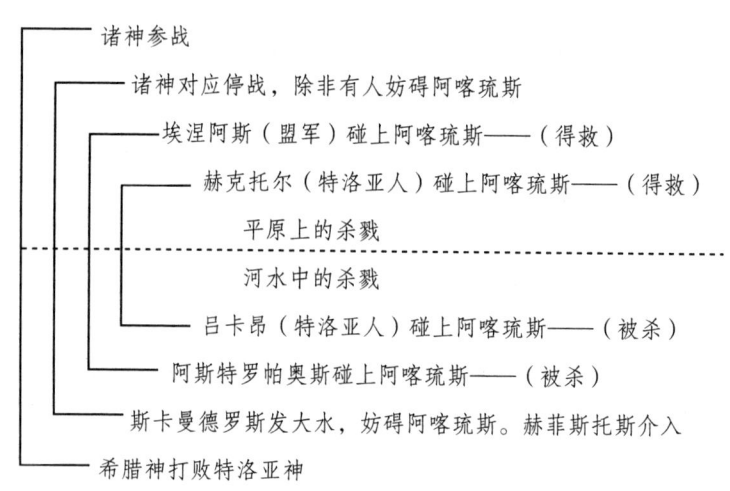

环形结构甚至可以跨卷，比如 4.457–6.237：[①]

    A 4.457-538：杀死七人，轮番为特洛亚人和阿开奥斯人
   B 5.1-83：杀死七人，全部出自阿开奥斯人之手
  C 5.84-143：潘达罗斯射伤狄奥墨得斯
  D 5.144-165：杀死八人，一次两人，都出自狄奥墨得斯之手
  5.166-296：狄奥墨得斯杀死潘达罗斯
 E 5.297-310：狄奥墨得斯打伤埃涅阿斯
5.311-430：狄奥墨得斯打伤阿佛罗狄忒
 E1 5.431-518：狄奥墨得斯攻击埃涅阿斯
  D1 5.519-626：杀死八人，轮流出自两个特洛亚人和三个阿开奥斯人之手
   C1 5.627-669a：特勒波勒摩斯被杀，萨尔佩冬受伤
    B1 5.669b-678：杀死七人，都出自奥德修斯之手
     A1 5.679-710：杀死六人，都出自阿瑞斯和赫克托尔之手
      5.711-849：阿瑞斯杀死佩里法斯
5.850-909：狄奥墨得斯打伤阿瑞斯
 6.1-72：11 个阿开奥斯人杀死 15 人
 6.73-236：狄奥墨得斯与格劳科斯

每卷也是一个独立的环，比如第八卷：

[①] 参 Seth Benardete. *The Argument of the Action*. Chicago: The University of Chicago Press, 2000, p. 50。

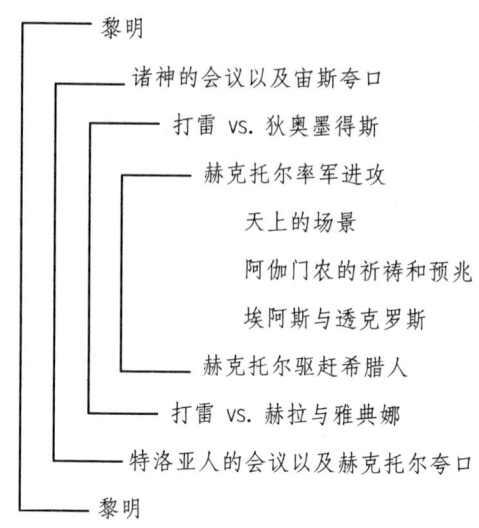

半卷也构成一个小环，比如第二卷和第二十三卷的前半部分：

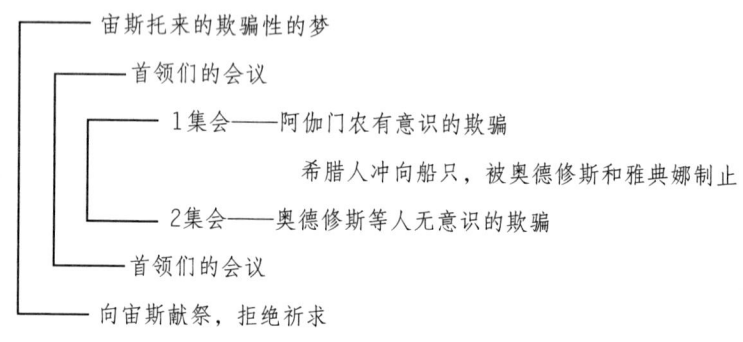

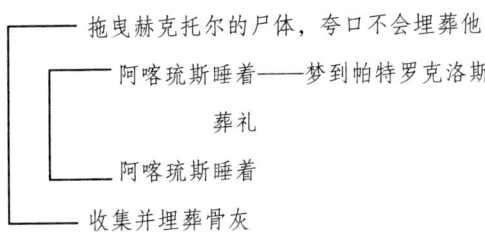

甚至每一次谈话都是一个微型的环，比如涅斯托尔回顾自己年轻岁月时直陈的表白（1.259-274 和 7.129-160）。我们且来看狄奥墨得斯在 6.127-143 中的话语：[1]

A	第 127 行	威胁：不幸的父亲的儿子们才来碰我的威力
B	第 128 行	但是如果你是一位永生的神明
C	第 129 行	我可不愿同天神作战
D	第 130-131 行	因为吕库尔戈斯同天神对抗，也没有活得长
E	第 132-139a 行	详细阐述这个范式
D1	第 139b-140 行	他短命，因为他为全体有福的神明所憎恨
C1	第 141 行	所以我不愿同永生永乐的神明斗争
B1	第 142 行	但如果你是凡夫俗子……
A1	第 143 行	威胁：你就走近来，快快过来领受死亡

再来看阿喀琉斯在 24.599-620 对普里阿摩斯所讲的话，这是前者劝后者吃点东西时的说辞：

---

[1] 参 D. Lohmann. "The 'Inner Composition' of the Speeches in the *Iliad*." see *Homer: German Scholarship in Translation*, pp. 71-2. 该文还分析了 5.800-813, 23.306-348, 2.23-34, 5.815-824, 14.42-51, 15.502-513, 24.253-264, 23.378-394, 23.570-585, 17.19-32, 7.124-160, 23.69-92, 23.272-286, 23.457-472, 18.254-283, 14.83-102, 8.5-27, 22.99-130, 21.553-570, 11.404-410 等。

① 你儿子已获释，明天黎明时你就会看到他，把他运回去（24.599-601）
② "现在让我们想一想进餐的事"（24.601）
③ 甚至尼奥柏也想起要吃东西
④ 尼奥柏的故事（24.603-612）
③ 她想起吃东西的事（24.613）
② 因此我们俩也该想想吃东西的事（24.618-619）
① 你明天把儿子运回伊利昂，再哀悼他吧（24.619-620）[①]

当然，环形结构也不全都是对称的，有少量的环会出现一定程度的变形，有的环形结构相对松散，也有的表现得十分模糊，需要用心分析才会发现（例略）。有的环形结构不是轴对称，而是平行关系。我们且以第二十二卷为例：[②]

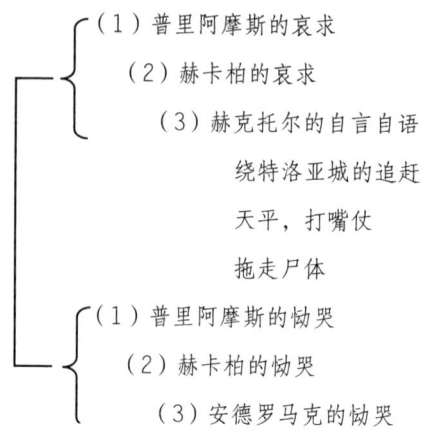

此外，环形结构还有外环套中环、中环套内环的现象，环环相套，

---

① 同上，第73页；另参 Seth L. Schein. "The *Iliad*: Structure and Interpretation." see *A New Companion to Homer*, p. 347。

② C. H. Whitman. *Homer and the Heroic Tradition*, p. 274。关于环形结构的平行关系或"平行结构"，另参 D. Lohmann. "The 'Inner Composition' of the Speeches in the *Iliad*." see *Homer: German Scholarship in Translation*，第91页以下。

交叉成环，不一而足。可以说整个《伊利亚特》（包括《奥德赛》）的每一卷乃至每个细微的场景都有一种环形结构，这在今天看来似乎十分奇怪，但在史诗时代，却似乎不足为奇。那么，这种环形结构是怎么来的？有什么样的功能，最终究竟是怎么回事呢？

三、作用与实质

其实从西塞罗以来，人们就发现了荷马以相反的顺序回到以前曾提到过的事情上，由此形成今天人们所说的"环"，人们甚至常常把这种结构同倒置（hysteron proteron）的修辞手法相比较。从上述分析我们可以看到，这种环形结构具有几何对称性质，而且这种对称非常完美，甚至有"可怕的对称"（fearful symmetry）之说。现在，研究者们花大力气来比较荷马史诗与几何艺术的相似性。[1] 从这一点我们可以大体知道，荷马史诗的环形结构与几何学的兴起颇有关系。在那个时代，几何学已经非常发达，我们从当时的陶器、瓦片等金石材料的图案上就可以发现这一点。

而且在当时的诗歌形式中，这种几何形式的对称结构运用得十分普遍，甚至在当今一些民族口传史诗中仍然找得到这种结构，荷马只是在当时较为流行的诗人中技高一筹罢了，环形结构实则不是荷马的独创。反过来说，荷马娴熟地利用了前人流传下来的艺术工具，把一个个小故事串成了一圈圈让人眼花缭乱的环，显示出高超的诗才。

环形结构对于史诗的演唱者和作者来说，具有很大的作用，可以帮助他记住故事情节，吸引观众的注意力，控制事件的进展，平衡篇章的布局，使得史诗更有美感。对于史诗的听众来说，这种结构也能够帮助

---

[1] Whitman 的上引书中列出了以下参考文献，抄录如下，以供研究之用：W. Schadewaldt. *Homers Welt*, pp. 130ff.；R. Hampe. *Die Gleichnisse Homers und die Bildkunst seiner Zeit*（Tübingen,1952）；F. Martz. *Geschichte der griechischen Kunst*（Frankfurt,1950），第一分册第一卷，第 98 页以下；B. Snell. *Die Entdeckung des Geistes*（Hamburg,1946），pp. 21ff；F. Stählin. "Der geometrische Stil in der *Ilias*"，Philologus 78（1923），280ff.；J. N. Myres. *Who Were the Greeks*? pp. 511ff。最好的分析当数 J. A. Notopoulos, "Homer and Geometric Art"，Athena（1957），65ff。

他们更简洁地把握其内容，使之在不断的重复中回忆前面所提到的相似情节，能够从总体上理解人物的性格以及事情的前因后果，从而让史诗更易为人接受，效果也更加突出。从大的方面来说，环形结构具有两个功能或作用：助忆与论证。

（1）助忆

《伊利亚特》中如此繁复的内容，如果不用一种特殊的有效方法来组织，那么无论对作者（演唱者）还是听众来说，都是一个十分困难的事情：不仅记不住故事情节，无法了解整体意义，更无法欣赏其美妙之处。在古代，人们大多靠记忆来传达、交流和思考，这就要求语言简洁、生动、形象，内容也需要多次重复（在今天，情形亦颇类似）。

环形结构可以帮助演唱者（诗人）回忆起前面所说的内容，并通过这种回忆逐渐收缩话题，以免成为不着边际的"散打评书"。故事必然会有所发展，即从 A 到 B 到 C，如果不加控制就会流于散乱，失去中心议题，演唱者也记不住故事内容，无法维持表演行为。环形结构通过巧妙安排史诗的材料，让说、听双方都能通过重复而有效地记住所要表达的东西。[1] 可以说，每一个小型的环就是一个独立的题目，围绕这个题目又可以附加一些相应的环在外面，因此这些环就是史诗的"砖瓦"（building-brick）。[2] 这种环形结构符合心理学的原则，甚至如福勒所说，环形结构"在口头和笔头创作上，也许是最明显的，在心理学上也是最自然的组织材料的方式"。[3] 环形结构符合认知心理学原理，经济、对称、

---

[1] 关于环形结构与记忆的关系，重点参考 Elizabeth Minchin. *Homer and the Resource of Memory: Some Application of Cognitive Theory to the* Iliad *and the* Odyssey. Oxford: Oxford University Press, 2001, 各处。

[2] D. Lohmann. "The 'Inner Composition' of the Speeches in the *Iliad*." see *Homer: German Scholarship in Translation*, p. 87.

[3] R. Fowler. *The Nature of Early Greek Lyric: Three Preliminary Studies*. Toronto: University of Toronto Press, 1987, pp. 61–62; cf. Elizabeth Minchin. *Homer and the Resource of Memory: Some Application of Cognitive Theory to the* Iliad *and the* Odyssey, p. 183.

简洁，当然就好记忆。

（2）论证

叙述者在特定场合下不可能面面俱到涉及故事的每一个细节，环形结构可以让叙述者在返回此前场景的同时，对前面未曾交代清楚的东西做一些补充工作，使故事更加完善。这对论述层次和突出主题来说，都是十分必要的，而且还能强化中心思想。

环形结构的这种补充功能可有多种形式：变化（以避免机械的重复）、强化、更正、变换话题、前后相续、详细阐释、概述等。[1] 仅仅从几何对称的形式来看，环形结构就是一种封闭的完整系统，这种形式让叙述行为和神话内容沿着一个特定的方向前进，相关材料可以互补，从而增强诗歌的完整性。[2] 这种补充实际上就起着论证的作用。

在《伊利亚特》中，这种古老的倒置手法扩展成了一种广泛的系统，远远超越了任何单纯的助忆功能，成为一种十分完美的谨严结构。同时，这种结构本身就在传递着作者的基本观念：几何图形代表着古典的追求，那就是"理性"。在古代，这种"洋葱皮"（onion skin）式的层层结构是一种高明的艺术原则，具有很强的抒情效果，也具有很大的感染力。几何学的兴起代表着人类的理性能力发展到一个新的高度，因此《伊利亚特》形式上的理性结构实际上折射出它所要宣扬的中心观念：理性精神，反对给人带来灾难的"愤怒"。"从这个意义上说，《伊利亚特》也是理性的。"[3] 于是我们不禁要进一步追问：这种理性的环形结构所框住的内容究竟要表达些什么思想？

---

[1] D. Lohmann. "The 'Inner Composition' of the Speeches in the *Iliad*." see *Homer: German Scholarship in Translation*, p. 85.

[2] Seth L. Schein. "The *Iliad*: Structure and Interpretation." see *A New Companion to Homer*, p. 348.

[3] C. H. Whitman. *Homer and the Heroic Tradition*, pp. 101, 98, 255, 249.

第四章 《伊利亚特》的多重主题

荷马史诗篇幅浩大、场面恢宏，涉及希腊古风时期社会生活的方方面面，堪称文明滥觞时期的"百科全书"，我们能够从中挖掘出不同的主题，乃至于无穷无尽、源源不绝，实在不足为奇。比如饱受纳粹迫害的宗教哲学家薇依（Simone Weil，1909—1943）在二战硝烟中研究《伊利亚特》时，就以女性独特而细腻的视角对特洛亚战争进行了严厉的批判。在她眼中，体现在勇武中的那种力量（force）不过是要把人变成一种物（thing），战争的终极秘密就是把战士等同于火、血、风、兽、树、水、沙等自然界中需要外界力量施暴才能运动的东西，战争充满恐怖、悲伤、屠戮、耗竭和湮灭[1]——整个特洛亚战争其实就是一场大屠杀（holocaust），难怪她认为"这场战争是希腊人的原罪，是他们的悔恨。在这种悔恨中，刽子手们值得部分继承他们的受害者灵感"[2]。真可谓"仁者见仁、智者见智"。本文仅选取三个最大的主题来看待《伊利亚特》对我们的教诲。

第一节 愤怒

《伊利亚特》的开篇序曲如是说："女神啊，请歌唱佩琉斯之子阿喀

---

[1] Simone Weil. *The Iliad or the Poem of Force* (a critical edition). ed. and tr by James P. Holoka, New York: P. Lang, 2003。节选入 Quentin Anderson & Joseph A. Mazzeo (eds.). *The Proper Studies: Essays on Western Classics*. New York: St Martin's Press,1962，尤其参见第4, 18-19, 21, 26 节等。另参中文版，薇依，《柏拉图对话中的神》，吴雅凌译，北京：华夏出版社，2017 年。

[2] 薇依，《在期待之中》，杜小真、顾嘉琛译，北京：三联书店，1994，第 161 页。

琉斯的／致命的愤怒，那一怒给阿开奥斯人带来／无数的苦难，把战士的许多健壮英魂／送往冥府，使他们的尸体成为野狗／和各种飞禽的肉食，从阿特柔斯之子、／人民的国王同神样的阿喀琉斯最初在争吵中／分离时开始吧，就这样实现了宙斯的意愿。"（1—7）其中就包含了我们所要研究的三个主题：愤怒、神明（宙斯）和英雄（阿喀琉斯、阿伽门农）。

史诗开篇第一个词"愤怒"（$M\tilde{\eta}νιν$），[1] 就已经交代了全诗的第一个主题——在西方经典文本中，第一个词似乎都特别重要。[2] 学界普遍认识到，"全书的主题并不是那座城池以及为之进行的斗争。其主题根本不是任何外在的事件，而是发生在一个人身上的进程：愤怒"。[3] 在史诗中，阿喀琉斯因愤怒而退出战斗，致使阿开奥斯人全面退却，结果间接导致代他出战的密友帕特罗克洛斯的死亡，阿喀琉斯再次因为愤怒而杀死赫克托尔，最后在死亡面前悟出了一些道理，愤怒最终得以平息。除此之外，诗歌中还写到了阿伽门农的愤怒、阿波罗的愤怒，以及宙斯的愤怒等等（可谓人神共"怒"）。因此，我们大体可以说，全诗围绕"愤怒"展开，或者说，推动剧情发展的正是凡人和神明的愤怒。

阿喀琉斯和阿伽门农为了一个女俘差一点大打出手，最后失意的阿喀琉斯愤然退出了日益艰难的战斗，真可谓"冲冠一怒为红颜"，一直到战友为了他而牺牲。我们从这个过程中大致可以明白所谓"愤怒"的含义。从词源学上看，公元前2世纪的荷马史诗编者阿里斯塔库斯（Aristarchus）把愤怒（$μῆνις$, mēnis）和动词"持续"（$μένω$, menō）联

---

[1] 这个词比较难以处理，在英语中大都译成 wrath，该词同时也含有 rage 的意思，只有在不考虑其微妙内涵的情况下才译成 anger。本文曾试图把它译成"忿怒"，以区别其他表示相似情绪的词语，如"愤怒"。

[2] 比如《奥德赛》的第一个词是"[凡]人"，讲的是一个凡人回家的故事。柏拉图《王制》（旧译《理想国》）第一个词是"下降"，而全书就是一个下降到洞穴的过程。《法义》（旧译《法律篇》）第一个词是"神"，全书（尤其第十卷）阐述的正是"神法"。

[3] Joachim Latacz. *Homer, His Art and His World*, p. 77。Leonard Muellner 则说："《伊利亚特》的主题不是阿喀琉斯本人，而是阿喀琉斯的愤怒。"（*The Anger of Achilles: Mênis in Greek Epic*. Ithaca: Cornell University Press, 1996, p. 1）Muellner 这本书对"愤怒"主题进行了全面的讨论，在学界颇有影响。

系起来，定义为"持久的怨恨（κότος）"，后来中世纪学者尤斯塔修斯在评注《伊利亚特》时也采用了这一说法。①

在内容上最早对此提出理论看法的是亚里士多德，他在《修辞学》第二卷第二章中这样写道：

> 愤怒的定义可以这样下：一种针对某人或他的亲友所施加的为他们所不应遭受的显著的轻慢所激起的显著的报复心理所引起的有苦恼相伴随的欲望。……愤怒中也有快感相伴随，这是由于有希望报复，因为认为自己能达到自己追求的目的，是愉快的事。②

亚里士多德进一步解释了阿喀琉斯之所以发怒的原因：阿伽门农侮慢了他，而阿伽门农之所以侮慢阿开奥斯人中的头号英雄，就在于"侮慢者之所以感到痛快，是由于伤害别人，可以显示自己比别人优越。……扫别人的面子，是一种侮慢"。③ 荣誉背后的根基是"优秀"（arete），大家都想成为最优秀的人，结果难免冲突。

阿喀琉斯为什么会发怒？就在于阿伽门农对他施加了他自己所不应遭受的侮慢，他们两人的冲突之关节点，其实不在一个女奴，而在于"力"的较量，只不过一个是权力，一个是力气，正如 Benardete 所说，"他们之间的冲突是权威和力量的冲突，是天赐禀赋与继承而来的才能之间的冲突"，④ 也就是权杖与长矛之间的不和——阿伽门农对自己的力量极度缺乏自信，当然就只好依靠权杖了。他对阿喀琉斯的侮慢，的确如亚里士多德所说，无非是想"显示自己比别人优越"，所以才蛮不讲

---

① Leonard Muellner. *The Anger of Achilles*, p. 2。关于该词的详细考证，参该书的附录："The Etymology of Mēnis"，pp. 177–194。

② 《罗念生全集》第一卷，同前，第 209 页。关于亚里士多德论"愤怒"，另参 David Konstan. "Aristotle on Anger and the Emotions: the Strategies of Status." see *Ancient Anger: Perspectives from Homer to Galen.* Cambridge: Cambridge University Press, 2003, pp. 99–120。

③ 同上，第 210 页。

④ Seth Benardete. *The Argument of the Action*, p. 31.

理地一错再错抢走阿喀琉斯的尊严和荣誉。"愤怒"是伊利亚特剧情的"固定低音"（basso ostinato，Latacz 语），贯穿全诗始终。它的出现就意味着合理合法的界限被打破，受害者的荣誉受到了冒犯，这在荷马笔下的英雄身上，就等同于生命的权力被无理地剥夺了。

究其实质，阿喀琉斯的愤怒当然不（仅仅）是为了美貌的床伴——果如是，则未免太小觑希腊的"英雄"了。一开始，阿喀琉斯面对阿伽门农拒绝交换克律塞伊斯而给阿开奥斯人造成的瘟疫和死亡，主动召集将士开会（1.54），商讨对策，并在会上鼓励鸟卜师直言相告。当真相明了之后，阿喀琉斯劝阿伽门农释放阿波罗祭司的女儿，以平息神怒，还答应给阿伽门农三倍四倍的补偿。不料阿伽门农却胡搅蛮缠，说这是阿喀琉斯欺骗他，强索阿喀琉斯的战利品布里塞伊斯作补偿，如此狼心狗肺（1.225），难怪阿喀琉斯愤愤不平。

表面看来双方不过是争风吃醋，实际上则是阿伽门农夺去了阿喀琉斯的荣誉礼物（γέρας），扫了后者的面子（ἠτίμησεν，1.356），侮辱了阿喀琉斯的尊严，把他"当作一个不受人尊重的流浪汉"（9.648）。[①] 阿喀琉斯的母亲忒提斯亦明白这一层道理，所以才请求宙斯"重视"（τίμησόν，1.505）她的儿子。所有这一切，其实都围绕着一种基本的价值标准：荣誉（τιμή）——这正是希腊英雄珍若生命的东西，容不得半点侵犯。"荷马笔下的英雄们之所以打仗，并非出于后来的中世纪的骑士动机，而是为了保持各自的地位和猎取荣誉——荣誉是个抽象的概念（这种情况在荷马史诗中很罕见），但可以用物质财富来量化。"[②] 布里塞伊斯就是用来量化荣誉的尺度，而荣誉又成了失意者最让人同情的愤怒借口，将来也是治疗绝望和愤怒的灵丹妙药。

对荷马笔下的英雄来说，荣誉具有至高无上的地位：双方甚至可以不计较个人得失、不理会公共正义，更不管是否犯了众怒。交战双方不

[①] 另参亚里士多德《修辞学》第二卷第二章，中译见《罗念生全集》，同前，第210页。
[②] 格兰斯登，《荷马史诗》，见芬利编，《希腊的遗产》，同前，第80页。

管谁取胜,大家都能赢得荣耀,为此他们可以分享敌人的成功,甚至可以在被杀中找到某种满足。① 荷马如是描绘道:"他们是这样在激烈的战斗中拼命厮杀;/你不知道提丢斯的儿子[指狄奥墨得斯]参加哪一边,/阿开奥斯人这边或特洛亚人那边。"(5.84-86),参加哪一边似乎并不重要,要的就是荣誉。剥夺他人的荣誉就等于抽掉了他的生存根基,也就破坏了伦理规范的基础。荣誉是英雄最本质的规定性:

> Timē[荣誉]对作为社会现象的希腊自我观念及认同观念来说,乃是十分根本的。它依赖于个体用来承受和保护诸多社会关系的自我意象,也依赖于其他相关人员对那种意象的承认;……这样的话,timē 的焦点就是 Goffman 所谓的"神圣的自我"(sacred self),也就是人们热切希望能得到他人认可的宝贵的自我意象"。②

因此,女俘布里塞伊斯成为一种象征,代表着阿喀琉斯的荣誉,也代表着自我的完整性,③ 夺走了她,也就将阿喀琉斯劈成了两半。

但史诗作者并没有说阿喀琉斯的愤怒就是合理的,相反,荷马以悲剧情节来深刻批评了阿喀琉斯不顾大局的自私行为。诚然,在这场事故中,阿伽门农责任最大,他很早就承认自己"和阿喀琉斯为一个女子的缘故/用敌对的言语互相攻击,是我先发怒;/要是我们议事商谈,意见一致,/特洛亚人的灾难就不会片刻推迟"(2.377-380),阿伽门农承认自己愚蠢,顺从了自己恶劣的心理(9.115,116,119)。但阿喀琉斯拒绝接住阿伽门农抛来的橄榄枝,长期袖手旁观,并且幸灾乐祸(11.600-601,609-610),这样一来,阿喀琉斯的愤怒就变质了。

从某种意义上说,《伊利亚特》既表示了作者对阿喀琉斯深深的同

---

① Seth Benardete. *The Argument of the Action*, p. 44.
② D. L. Cairns. "Ethics, Ethology, Terminology: Iliadic Anger and the Cross-cultural Study of Emotion." see *Ancient Anger: Perspectives from Homer to Galen*, p. 40.
③ 参 C. H. Whitman. *Homer and the Heroic Tradition*, p. 186。

情，也毫不客气地严厉批评了这位任性妄为的大英雄。史诗第一卷第二行第一个字 οὐλομένην［毁灭性的，破坏性的，中译本为"致命的"］，就已经表明了作者的立场：这个语义双关的词总是表达一种希望，"但愿它会被灭掉"。[①] 荷马借涅斯托尔之口批评负气观望的阿喀琉斯，说他的勇敢"却只属于他自己"（11.763），批评"阿喀琉斯诚然勇敢，/ 但他对达那奥斯同胞不关心、不同情"（11.664–665）。挚友帕特罗克洛斯也不禁哀叹："无益的勇敢啊，如果你现在不去救助 / 危急的阿尔戈斯人，对后代又有何用处？/ 硬心肠的人啊，你不是车战的佩琉斯之子，/ 也不是忒提斯所生，生你的是闪光的大海，/ 是坚硬的巉岩，你的心才这样冷酷无情意！"（16.31–35）要知道，英雄的勇敢（andreia）、贵族的卓越（aretē）和每个人都梦寐以求的荣誉（timē）都必须在行动中、在战斗里、在相互扶持中体现和获得。就连海神波塞冬都看不过意了，他批评阿喀琉斯"袖手旁坐空心船边胸中怀怨"（14.367），还诅咒他："阿喀琉斯的心 / 正在胸中狂喜，眼看阿开奥斯人 / 惨遭屠戮，真没有良心，一点也没有。/ 愿他这样死去，愿天神让他遭殃。"（14.139–142）

当然，在血的教训面前，阿喀琉斯终于幡然醒悟，意识到自己已经成为"大地的负担"，并在自责中深刻认识到（18.107–113）：

> 愿不睦能从神界和人间永远消失，
> 还有愤怒，它使聪明的人陷入暴戾，
> 它进入人们的心胸比蜂蜜还甘甜，
> 然后却像烟雾在胸中迅速鼓起。
> ……
> 但不管心中如何痛苦，过去的事情
> 就让它过去吧，我们必须控制心灵。

[①] Glenn W. Most. "Anger and Pity in Homer's." see *Ancient Anger: Perspectives from Homer to Galen*, p. 50 & n.1.

阿喀琉斯在悲剧面前慢慢地变得成熟起来，知道"让既成的往事过去吧，即使心中痛苦，／对胸中的心灵我们必须学会抑制"（19.65–66）。阿喀琉斯找到了自我，又回到了社会生活中，此前分裂的神性与人性在一种更高的境界上统一了起来。阿喀琉斯成了自己的主人，而非情绪的奴隶，理性战胜愤怒，或者说情感与秩序融合无间，实现了古典文化的最高理想，他像耶稣一样，在他人和自己的死亡中"成了"。①

《伊利亚特》并不是宣扬款爷耍大牌的做法，恰恰相反，荷马是在批评暴戾，赞美节制审慎的理性精神，这种精神在古希腊叫做逻格斯（logos），只有在这种清明理智支配下的行动才可以叫做勇敢，而勇敢背后还有更高的标准，那就是高尚。亚里士多德说：

> 人也是愤怒时就痛苦，报复时就快乐。但是，出于这样的情形的人尽管骁勇，却算不得勇敢。因为他们的行动不是出于高尚［高贵］，出于逻格斯，而是出于感情。②

当然，荷马和亚里士多德更不喜欢逆来顺受的窝囊废——那种人与"英雄"格格不入，也不符合古希腊尚武崇德的文化风格。英雄嘛，哪能没有一点脾气？要紧的是愤怒的目标要高贵（所谓"义愤"是也），程度要适中。如此这般的愤怒不仅不是一种毁灭性的力量，而且还可能是一种赤裸裸的推动力（naked impetus）呢！③《伊利亚特》始于侮辱、轻慢和愤怒，并一再从中得到前进的燃料（refuel）。④ 亚里士多德也认可愤怒的合法性：

---

① C. H. Whitman. *Homer and the Heroic Tradition*, pp. 181ff.
② 亚里士多德，《尼各马可伦理学》1117a，同前，第 85 页。
③ C. H. Whitman. *Homer and the Heroic Tradition*, p. 240.
④ Donald Lateiner. "The *Iliad*: an Unpredictable Classic." see *The Cambridge Companion to Homer*. Cambridge: Cambridge University Press, 2004, p. 15.

> 在怒气方面,也是存在着过度、不足与适度。……在两种极端的人之中,怒气上过度的人可以被称为愠怒的,这种品质也可以称为愠怒;怒气上不足的人可以被称为麻木的,而这种品质也可以称为麻木。①

只可惜,荷马史诗笔下的英雄时代结束后,人类似乎日渐麻木,直到如今,进化成麻木不"仁"了。

荷马在史诗中还借"愤怒"这一主题宣传与之相对的另一面:怜悯。整个《伊利亚特》逐渐从愤怒走向怜悯:表示各种"愤怒"的词汇在全书中大约114次,前五卷就有42次,占总数的36%,表示"怜悯"的词汇在全诗中共出现约56次,前五卷只有5次,占总数的9%;而在最后五卷中,"愤怒"一词降到12次,占10.5%,"怜悯"则上升到28次,占50%。② 到了最后一卷,脱胎换骨的阿喀琉斯用悲悯之心消解了颇有自恋倾向的愤怒,不仅怜悯自己人,而且对敌人普里阿摩斯也关爱有加,第二十四卷乃至全诗都是怜悯心的胜利。③

只不过在永恒的现实中,阿喀琉斯"愿不睦能从神界和人间永远消失"的理想似乎很难实现,因为它与人的有限性完全相悖。在《伊利亚特》中,愤怒似乎无处不在,诗人以大量不同的方式来表达,如语言上的威胁、侮辱、抱怨,以及行动上的暴力和杀人。④ 就连神明也"一片怨怒",大家对宙斯敢怒不敢言,宙斯对赫拉等神明也常常大发雷霆,难怪有学者认为"重建 mēnis [愤怒]意义的一个最佳位置,不是史诗的开端

---

① 亚里士多德,《尼各马可伦理学》1108a,同前,第 51 页。
② Glenn W. Most. "Anger and Pity in Homer's *Iliad*." see *Ancient Anger: Perspectives from Homer to Galen*, p. 51& n.1.
③ ibid, p. 71.
④ D. L. Cairns. "Ethics, Ethology, Terminology: Iliadic Anger and the Cross-cultural Study of Emotion." *Ancient Anger: Perspectives from Homer to Galen*, p. 40.

处,……而是中间的一个扩展段落",即第 15 卷开头中了妻子"美人计"的宙斯对赫拉的雷霆之怒。① 争吵、战争、不睦似乎是永恒的,在荷马笔下,争吵女神"是杀人的阿瑞斯的妹妹和伴侣,她起初很小,/ 不久便头顶苍穹,升上天,脚踩大地"(4.442-443)。赫拉克利特亦云:"战争是万物之父,亦是万物之王。它证明这一些是神,另一些是人;它也让一些人成为奴隶,一些人成为自由人。"② 争吵不睦可谓"顶天立地",让人无从逃于天地之间。

"愤怒"之所以是永恒的,还有一个更重要的原因:神明的安排。阿伽门农如下的说法也许不是推脱责任:"是宙斯、摩伊拉和奔行于黑暗中的埃里倪斯,/ 他们在那天大会上给我的思想灌进了 / 可怕的迷乱,使我抢走了阿喀琉斯的战利品。/ 我能怎么办?神明能实现一切事情。"(19.87-90)从根本上说,阿伽门农与阿喀琉斯的争吵,乃是宙斯一手安排的。对于全诗的悲惨剧情来说,阿喀琉斯的愤怒只是其中很微小的部分。③ 要知道,在《伊利亚特》中,最先发怒的不是阿伽门农,也不是阿喀琉斯,而是阿波罗(1.44)。《伊利亚特》实际上是从阿波罗的愤怒开始的。④

这些居住在奥林波斯山上永生永乐的不死者,究竟算哪路神仙?

第二节 神明

荷马笔下的"神"与后来普世宗教中的"神"大相径庭,它本身就

---

① Leonard Muellner. *The Anger of Achilles*, p. 5。当时宙斯中了妻子的美人计。柏拉图在《王制》中对此颇有微词:"当其他诸神,已入睡乡,他[指宙斯]因性欲炽烈,仍然辗转反侧,瞥见赫拉浓妆艳抹,两情缱绻,竟迫不及待露天交合,……对年轻人的自我克制有什么益处呢?"(郭斌和、张竹明译文)

② 赫拉克利特,残篇 53。中译见苗力田主编,《古希腊哲学》,北京:中国人民大学出版社,1989,第 41 页。

③ G. S. Kirk. *The Songs of Homer*, pp. 352-353.

④ Leonard Muellner. *The Anger of Achilles*, p. 96.

是民间传说的产物,至多可以算诗人的想象:

> 希腊的宗教不是由祭司、先知,或是圣人以及任何其他离普通的现实生活很遥远、具有特别神性的人创造发展起来的;而是由诗人、艺术家和哲学家发展起来的,所有的这些人都本能地相信思想和想象是自由的,而且他们所有的人都是经营世事的希腊人。希腊人没有权威性的圣经宝典,没有教规,没有十诫,没有教条。他们根本不知道正统教义是什么东西。他们也没有神学家来为"永恒"和"无限"下一个神圣不可侵犯的定义,他们总是表达或暗示它。①

以基督教或别的什么宗教教义来看,荷马史诗中的神毋宁说是仅仅高于凡夫俗子的"人",甚至可以说荷马就是无神论者。

但我们却不能因此作出如下简单的半对半错的结论:

> 希腊人的神当然就是荷马描写的奥林波斯山上的众神,他在《伊利亚特》中描写的在奥林波斯进行的那些觥筹交错、歌笑喧阗的聚会却不是宗教性的就会。他们的品性颇为不端,他们的尊严也并非没有问题。他们互相欺骗;他们和凡人打交道的时候狡诈多变;他们有的时候像是叛逆者,有的时候像是淘气的孩子,只有其父宙斯的威吓才能使他们循规蹈矩。在荷马笔下,他们都很令人愉快,但谈不上任何教化作用。②

这个说法除了最后一句外,都是正确的,但如果就此否认神明在"大体上说来是天真的,甚至是孩子气的"希腊人身上毫无教化之功,却未免太过偏激,因为任何民族,包括希腊人,都不是"对道德行为处

---

① 汉密尔顿,《希腊精神》,葛海滨译,沈阳:辽宁教育出版社,2003,第213页。
② 同上,第212页。

之漠然"。

我们如何来看待这群高高在上的"超人"？

一、神明与命运

几乎所有的文明对人世艰难都有不同程度的认识：凡人是一种十分可怜的生物，《伊利亚特》对此即有精辟的概括，人"正如树叶的枯荣，人类的世代也是如此。/ 秋风将树叶吹落到地上，春天来临，/ 林中又会萌发，长出新的绿叶，/ 人类也是一代出生，一代凋零"（6.146-149，另参 21.464-466）。宙斯对人世无常亦感触颇深："在大地上呼吸和爬行的所有动物，/ 确实没有哪一种活得比人类更艰难。"（17.446-447，另参《奥德赛》17.130-131）因此，向往极乐世界的神明，就成了凡夫俗子聊以安慰苦难的"精神鸦片"。在严格意义上的宗教教义中，神明是全知、全能、全善的，生活在永恒的幸福中。

但在荷马史诗里，神明虽然强大、不死、欢乐，却也并非无忧无虑，更不是心想事成，甚至还有特别无能的时候。战神阿瑞斯以前曾被人用索子捆起来，在铜瓮里待了十三个月，弄得筋疲力尽（5.383ff），后来又被狄奥墨得斯打伤，甚至差点"死亡"，最后只好跑到父亲宙斯那里去"痛哭流涕"（5.871）。赫拉曾被赫拉克勒斯射中过右乳，"使她受够无法形容的沉重痛苦"（5.394），这位无比尊贵的天后还曾被天父宙斯吊起来过（15.18），并且时常遭到宙斯的叱骂。瘸腿的赫菲斯托斯就是因为出面救母亲而被父亲摔下天庭，成了残废（1.590, 18.395）。而最命苦的要算忒提斯，本来差一点嫁给宙斯，就因为预言说她会生一个比父亲更强大的儿子，结果被迫屈尊嫁给了凡人佩琉斯，而她后来又时时为苦命的儿子阿喀琉斯悲痛万分（如 18.54）。凡此种种，谁说神明无比幸福呢？

再说，荷马笔下的神明也不能为所欲为。且不说战神阿瑞斯、爱神阿佛罗狄忒（在雅典娜的干预下）居然打不过凡人，就连出手救自己亲生儿子一命，也是不能够，这真所谓神明也"爱莫能助"。阿瑞斯和忒提斯救不了儿子，至高无上的万能神宙斯也救不了儿子萨尔佩冬（16.522）。阿佛罗狄忒能够救帕里斯一命，却无法给他带来胜利。我们常叹"人力有时而穷"，在荷马史诗里，居然也可以说"神力有时而穷"。[①] 老成睿智的涅斯托尔说"甚至鸣雷神宙斯都无法把它逆转"，这个"它"是什么东西，为什么如此厉害？

荷马说，是"命运"（μοῖρα）。在荷马史诗中，真正支配人的生死祸福的似乎不是那些在天上飞来飞去的神明，而是"命运"，这个词在《伊利亚特》中虽然只出现过48次，但其分量着实不轻："人一生下来，不论是懦夫还是勇士，/ 我认为，都逃不过他的注定的命运。"（6.489-490），因此人几乎都是死于"命运"之手，而不是死于哪路神仙的法宝。在《伊利亚特》里，命运总是和死亡相关，唯一的稍许例外是3.182中的复合词 μοιρηγενές [生来好运]。命运女神实际掌握着生杀大权，帕特罗克洛斯都知道，"是残酷的命运和勒托之子 [按：即阿波罗] 杀害了我"（16.848）。

命运是不祥的。当诗人说"陷入命运的罗网"（4.517），那就意味着快终结了。"命运引导他"（5.613），是把他引向死亡。诗人干脆直接说："不祥的命运将要借助丢卡利昂的 / 显赫的儿子伊多墨纽斯的投枪把他赶上。"（12.116-117）

命运是毁灭性的。"命运已经降临"（22.303）时，一切都该了结。因此命运似乎是邪恶的，"是恶运（μοῖρα κακή）把他引向这个死亡的终点"（13.602；22.5译作"恶毒的命运"），所谓"残酷的命运"（μοῖρ' ὀλοή），其意实是"毁灭性的命运"。命运总与死亡相生相伴，如果说"强大的命运 / 和死亡已经站在你身边"，或者说"黑色的死亡和强大的命运降到他眼前"（5.83），或是"死亡和强大的命数已经向你靠近"（24.132），差不多就等同于"死亡和命运追上了他"（17.478，另参22.436，17.672）。

[①] C. H. Whitman. *Homer and the Heroic Tradition*, p. 233.

命运是强大的，人、神都不能抗拒。"强大的命运"（μοῖρα κραταιή）[1]是《伊利亚特》中一只看不见的手，为此中译本有的地方干脆把这个词组译成"不可抗拒的命运"（5.629 等）。稍有不同者在于"命运"一词大写，指命运女神（24.209；19.410 音译作"摩伊拉"）。命运究竟有多强大？

人逃不过命运，那是理所当然的事情（6.489-490），英勇威武如神明的阿喀琉斯"命中也注定将死在富饶的特洛亚城下"（23.80），就连"强大的赫拉克勒斯也未能躲过死亡，/ 尽管克洛诺斯之子宙斯对他很怜悯，/ 结果他还是被命运和赫拉的嫉恨征服"（18.117-119）。甚至神明也拗不过命运：宙斯看到自己的儿子萨尔佩冬将死，亦有此一叹，"可怜哪，命定我最亲近的萨尔佩冬将被……杀死"（16.433-444）。命运乃是天地大法，如果宙斯救了萨尔佩冬，其他的神明也将从激烈的战斗中救出自己的儿子（16.445-447），或者救出自己恩宠的英雄，这样一来，可就天崩地裂、混乱不堪矣。所以宙斯无法让"一个早就公正注定要死的凡人……免除悲惨的死亡"（16.441-442）。这也是女神忒提斯守着亲爱的儿子干着急的原因。

这个无所不能的"命运"是什么？

在古希腊语中，表示"命运"的这个词 Moira，其基本意思是指"份额"，往往和介词 κατά［根据、按照］连用，表示恰如其分，多译作"正确""没错""精妙""一点不差"，如 1.286，8.146，9.59，10.169，15.206，23.626，24.379 等。在希腊文化中，每个人分得的一份是早就注定了的，这就是命运；或者说人在生下来时，命运女神就在为他搓线（24.209-210，另参 20.128），线的长短是注定的。一个人的"命运"或"份额"决定了他死亡的时间。《伊利亚特》第九卷中的一处文字游戏就已经交代了"命运"这个词的两层意思，"那待在家里的人也分得同等的一份"（ἴση μοῖρα，9.318），紧接着就是"死亡对不勤劳的人和非常勤劳的人一视同仁"（9.320-321），这里对人一视同仁的死亡（κάτθαν' ὁμῶς）

---

[1] 5.83，5.629，16.334，16.853，19.410，20.477，21.110，24.209 等。

就是人的命运，也就是每个人都注定了的那一份。[1]

既然"一切都有天注定"，还要神明来干什么？换个说法：命运女神和宙斯究竟是一种什么样的关系？这个问题在学界引起了争议，大体上有三种看法：命运等于神明（如宙斯）的意愿；命运高于神明，神明仅是命运的工具；命运和神明是两种不同的宗教原则。[2]大多数学者都不太赞同第一种理论，但又认为第二理论站不住脚："如果有一种特殊的命运之力，那它就必定是最高的力量。在这样的情形下，神明的力量就有些靠不住了，因为他们如果归根结底受命运控制，且仅仅是执行命运的判决，那么神明就不是世界的真正主宰了。"[3]其实这种说法有一种宗教教义的先入之见，在荷马史诗中，神明并非不是世界的主宰，只不过不是唯一的主宰罢了（甚至还不是最高的主宰）。这种二极并立的世界模式在古代并不罕见：笔者一直不知道玉皇大帝和如来佛哪个更大。

在荷马笔下，命运高于神明，同时命运通过神明的活动来实现，并且同神明一起产生作用。除了上述事例可以说明宙斯等神明也不得违反命运去干自己想干的事情外，特别能说明命运高于神明的例证当数《伊利亚特》中多次出现的"天平"。"天平"（τάλαντον），音译为"塔兰同"，古希腊的重量和货币单位，后引申为称重的"天平"，《伊利亚特》中以这个意思出现过4次，都表示"命运"。赫克托尔"明白了宙斯的天平的倾向"（16.658），意思就是说赫克托尔明白了自己的命运。最能说明问题的有两个地方：

> 神和人的父亲平衡一架黄金的天平，
> 在秤盘上放上两个悲伤的死亡命运，

---

[1] Richard P. Martin. *The Language of Heroes: Speech and Performance in the* Iliad. Ithaca: Cornell University Press, 1989, p. 221n.17.

[2] E. Ehnmak. "The Gods and Fate." see *Homer: Critical Assessments*, V.2, p. 359, 或氏著 *The Idea of God in Homer*. Uppsala: Almquist & Wiksells Boktryckeri, 1935, p. 74.

[3] ibid.

> 分属驯马的特洛亚人和披铜甲的阿开奥斯人,
> 他提起秤杆,阿开奥斯人的注定的日子往下沉。
> 特洛亚人的命运升到辽阔的天空。
> 他从伊达山鸣放大雷,把闪亮的电光
> 送到阿开奥斯人的军中,他们看见了,
> 感到惊异,苍白的恐惧笼罩着他们。(8.69-77)

当宙斯看见命运天平称量的结果后,就按照命运的指示或启示行动:威胁阿开奥斯人,暂时帮助特洛亚人——尽管特洛亚最终要遭到毁灭。在这场行动中,真正做主的不是宙斯,而是命运,宙斯似乎必须按照命运天平的结果行动。

另一个地方与此类似,但据说最能清楚地表明神明的作用或命运的含义:[1]

> 天父取出他的那杆黄金天平,
> 把两个悲惨的死亡判决放进秤盘,
> 一个属阿喀琉斯,一个属驯马的赫克托尔,
> 他提起秤杆中央,赫克托尔一侧下倾,
> 滑向哈得斯,阿波罗立即把他抛弃。(22.209-213)

"悲惨的死亡判决"直译应为"注定了的死亡的厄运"。在这个场景中,赫克托尔气数已尽,注定要死,太阳神阿波罗本来一直都在帮助特洛亚人,刚才还向赫克托尔灌输了最后一次力量,看到称量结果后,二话没说,"立即把他抛弃"。"天平"就是宙斯如何行事的指南,是神明与命运的桥梁。正如神明用飞鸟等兆头给凡人以暗示,命运就通过"天平"来指导神明。

---

[1] C. H. Whitman. *Homer and the Heroic Tradition*, p. 229.

在《伊利亚特》中，宙斯在命运面前也许稍为有点作为，毕竟他可以"终于让天平的杠杆向一边倾斜"（19.223）。但这句模棱两可的话似乎并没有赋予宙斯以多大权限，最多可以说宙斯与命运共同起作用。当阿伽门农说，"是宙斯、摩伊拉和奔行于黑暗中的埃里倪斯，/他们在那天大会上给我的思想灌进了/可怕的迷乱，使我抢走了阿喀琉斯的战利品。/我能怎么办？神明能实现一切事情"（19.87-90），即表明宙斯、"摩伊拉"（Μοῖρα，"命运女神"）和"埃里倪斯"（Ἐρινύς，"复仇女神"）在共同起作用。仅仅在把"命运"也看作（女）神的时候，才能笼统地说"神明能实现一切事情"。但真正起主导作用的无疑是命运，或者说命运才是真正的神，尽管它抽象、玄乎、空灵、超验，但正是这种精神性的力量逐渐演化成了后来的理性"神"（详下）。

命运是神明活动的边界，但在这个范围内，神也拥有更大的地盘。在《伊利亚特》中，神明直接操纵战争的胜负、凡人的生死和普通人的日常生活。宙斯曾如是说："现在让我们考虑事情怎样发展，/我们是再挑起凶恶的战斗和可怕的喧嚣，/还是使双方的军队彼此友好相处。"（4.14-16）一切好像掌握在宙斯的手中。但总体而言，在与"命运"相关的方面，他们的任务是维护和实施命运，比如波塞冬直接干预战斗，叮嘱埃涅阿斯不要与阿喀琉斯对抗，要他一碰上阿喀琉斯便立即退却，"免得违背命运提前去哈得斯的居所"（20.336）。神明阻止帕特罗克洛斯，不让他攻下特洛亚城，那是因为"尊贵的特洛亚城未注定毁于你的枪下"（16.708）。阿波罗还"担心达那奥斯人或许会违背命运，当天便把光辉的城市的围墙摧毁"（21.516-517），其目的显然是要维护命运：他们归根结底主要是命运的守护神。当然，我们也不能因为命运而否认神明的能力，可以说这似乎是两种不同的信念。

如果一定要在命运和神明之间比个高下，则当然是命运取胜。还有一个细节值得一提，在荷马笔下，几乎每一位神明都有较多的绰号（比如宙斯就有61个绰号），唯独"命运女神"没有绰号或尊号，[①]无法从中看出命运女神的往事和来历。这位女神（后来才发展成为命运三女神）非常神秘，大有见首不见尾的意味。其实，命运女神"是不受宙斯主宰的古代圣神之一。命运女神和后来的命运三女神是仅有的敢于违抗宙斯旨意的神祇。宙斯继克洛诺斯主宰一切后，她们仍然不断颁布她们自己的发令"。[②]命运女神不是宙斯系统的奥林波斯神，可以想象，在宙斯取得统治权以前，命运女神的地位一定比在宙斯时代要高得多。因此，荷马史诗中的命运女神是一个古老神话系统的遗留，并且在古希腊文明的进程中，逐渐上升为天地的主宰，或者说，荷马之后的作品中的宙斯，更多地具有了抽象的命运的含义：命运和宙斯逐渐合二为一了。

这种思想走势在《伊利亚特》中就已现端倪，"当战争涉及赫拉以及雅典娜与帕里斯的争吵时（4.31-32，24.27-30），神明是最终的权威；但当战争从帕里斯那里转移开，并代表着对荣誉的渴望时，神明似乎就没有多大必要了"。[③]神明逐渐从战争中淡出，其作用也逐渐淡化，在《奥德赛》中愈加无足轻重了，或者说嬉笑玩闹的神明变得正经起来，变成了严肃、理性、赏善罚恶的神。到了后来，对神明的信仰与对命运的信仰互相合并，并从这种融合中产生了这样一种观念：命运不仅出自神明，而且也受神明控制。在整个古典时期，这种综合乃是希腊思想世界的主流，并且把一个永恒的问题留给了后世：如果只相信命运，就容易导致怀疑主义；如果一味相信神明，宿命论就没有安身立命之地。[④]

荷马思想显然也不例外，也存在着神明和命运的潜在冲突。对此较

[①] J. H. Dee. *The Epithetic Phrases for the Homeric Gods*. New York: Garland Publishing, 1994.

[②] 齐默尔曼，《希腊罗马神话辞典》，张霖欣编译，西安：陕西人民出版社，1987，第256页。

[③] Seth Benardete. *The Argument of the Action*, p. 47.

[④] E. Ehnmak. "The Gods and Fate." see *Homer: Critical Assessments*, V.2, pp. 362-363.

为稳妥的看法,就是把命运和神明调和起来:

> 当两个英雄进行决斗时,宙斯称量他们两人的命运,看看哪个英雄必须得死。有时宙斯考虑是否拯救一个特定英雄的命运;但是他从不实际违反命运的安排。他也不被迫屈从命运而与他考虑好的决定作对;他考虑好的决定总是最终与命运相一致。①

神明的决定恰好同命运相符合,所谓"英雄所见略同"是也。赫拉的话似乎可为佐证:"让他们[凡人]按照命运的安排,一个死亡,/一个生存;让大神在他的心里考虑,/怎样对双方的人作出适当的判决。"(8.429-431)后来神马克珊托斯开口告诉阿喀琉斯,"你命定的期限已经临近,/那是因为……大神和强大的摩伊拉"(19.409-410),它把宙斯和命运相提并论,似乎表明宙斯和命运本来融合无间,或者说宙斯就是命运。总之,不管是可见、易认识的神明(13.72,15.490等),还是抽象而不可见的命运,世界上总存在着超越性的依据,我们的生活才不至于掉入深渊。

尽管荷马的神同后来的伊壁鸠鲁、廊下派的观点大不相同,而且即便后来这些更为虔敬的宗教观在正信的理论看来,仍然是无神论,② 但我们仍然可以从宇宙神-奥林波斯神-城邦神的发展脉络中看到荷马的影子。荷马史诗对命运的强调,打开了后世形上宗教或理性宗教的大门。③ 在神明与命运的问题上,我们可以用希罗多德的话来概括荷马的这一"原创"思想:

---

① 欧文,《古典思想》,同前,第20页。
② 比如狄德罗、达朗贝尔等人在《百科全书》中就如此认为,参 Giulia Sissa and Marcel Detienne. *The Daily Life of the Greek Gods*. tr. by Jane Lloyd, Stanford: Stanford University Press, 2000, p. 14。
③ C. H. Whitman. *Homer and the Heroic Tradition*, p. 248.

> *Τὴν πεπρωμένην μοῖραν ἀδύνατά ἐστι ἀποφυγεῖν καὶ θεῷ.*
> 任何人都不能逃脱他的宿命，甚至一位神也不例外。①

一切皆有定数，而在命运之外，还有神明：如此天网恢恢，你敢乱来么？凡人皆有死，所以才会有人重于泰山，有人轻于鸿毛。如果没有与命运相伴的死亡，这个世界将很快毁灭——那就已经不仅仅是某个张三李四的死亡了。从古典学的意蕴来看，正是"必死的命运赋予了《伊利亚特》众英雄悲剧性的高度和尊严"。②

二、神明与凡人

照理说，神是全善的，因此会帮助受苦受难的好人，惩罚作威作福的坏人，最低限度也不能让无辜的受害者雪上加霜——这是任何宗教教义的基石："神义论"（theodicy）。但荷马笔下的神明似乎全不是这么回事。荷马笔下的神明当然也有正义的一面，但更多调皮捣蛋，甚至邪恶毒辣的另一面。我们在阅读荷马史诗时，必须随时记住荷马笔下神明的这两面性，否则誉之者不计其丑，毁之者无视其美。

《伊利亚特》一开始交代了全诗的经络：阿喀琉斯与阿伽门农的争吵以及前者的愤怒给双方（其实不仅仅是阿开奥斯人）带来了许多苦难。但紧接着诗人就进一步追问，"是哪位天神使他们两人争吵起来"（1.8），这里就定下了神人关系的基调。整个特洛亚战争其实起因于天界的选美比赛，后来种种迹象又都表明，这场战争是神明之间的战争，他们决意要毁灭特洛亚，同时又让许多希腊人送命，例如："克洛诺斯的两个强大的儿子就这样／各自给英勇的将士们筹划可怕的苦难。"（13.345-346）这真应了中国那句老话：神仙打架，凡人遭殃。

就连受害一方的国王普里阿摩斯都知道，战争不是因海伦而起的，

---

① 希罗多德《历史》，I.91.2-3，同前，第 47 页。直译应为"注定的命运是不可能逃脱的，对神也一样"。

② 格兰斯登，《荷马史诗》，见芬利编，《希腊的遗产》，同前，第 81 页。

他对这位因美丽而无辜的女人说:

> 在我看来,你没有错,
> 只应归咎于神,是他们给我引起
> 阿开奥斯人来打这场可泣的战争。(3.164-166)

这里的"过错"(αἰτίη),主要指灾难性的原因(如 19.410;另参柏拉图《法义》624a2)。海伦自己也清楚这一点,她虽然卑微地说自己"成了无耻的人、祸害的根源、可怕的人物",是因为自己的无耻和帕里斯的糊涂才导致这场可悲的战争,颇有自责、自悔、自伤之意(另参 3.125-128),但她接着说,"是宙斯给我们两人带来这不幸的命运"(6.357)——其目的似乎是为了"日后我们将成为后世的人的歌题"。

敌对阵营中的伊多墨纽斯也说:"我看没有哪个人有错,……显然是强大的克洛诺斯之子喜欢这样。"(13.222-226,另参 11.55)阿喀琉斯杀死了赫克托尔后,对孤身前来赎取儿子尸体的普里阿摩斯说:"神们是这样给可怜的人分配命运,/使他们一生悲伤,自己却无忧无虑。"(24.524-525)阿喀琉斯的意思是说:杀死你儿子可不是我的错,错在神明。① 阿伽门农也以非常强硬和坚定的口吻表白:他和阿喀琉斯那场一再受人责备的争吵,其实"根本不是我的过错"(ἐγὼ δ' οὐκ αἴτιός εἰμι,19.86)。② 后来克珊托斯河神被赫菲斯托斯烤得死去活来时,用相同的语式透露了一点点天机,"我的过错远不及/所有其他站在特洛亚人一边的天神"(οὐ μέν τοι ἐγὼ τόσον αἴτιός εἰμι ὅσσον οἱ ἄλλοι πάντες, ὅσοι Τρώεσσιν ἀρωγοί,21.370-371),言下之意就是:其他神明更是罪大恶极。

奥林波斯山上的神明纷纷漂洋过海来到特洛亚这块热闹非凡的土地

---

① 这种似乎不合逻辑的说法在笔者生活中也有类似的情况,记得孩提时代逢年过节,家里杀鸡杀鸭,祖母总要在一旁大声地念:"天杀你、地杀你,不是我杀你"。

② 这里用了强调性的"ἐγώ"[我]和"εἰμι"[是]。罗念生、王焕生把这句话译作"但那件事不能唯我负咎"。

上,指挥、帮助双方军队。凡人潘达罗斯说狄奥墨得斯"这样狂暴,不会没有神大力帮助,/一定有永生的神站在他旁边"(5.185-186)。神明甚至直接参与战斗,狄奥墨得斯就和三位神明阿瑞斯、阿佛罗狄忒和阿波罗直接交过手;阿波罗直接出手打伤了帕特罗克洛斯(16.790ff);宙斯、雅典娜等神明都曾欺骗过凡人,如此等等。这方面的例子可谓不胜枚举,几乎每一场战斗,甚至每一个场景中都有神明的介入和干预。

对于这些永生的神明来说,特洛亚战争其实是他们的战争。[①] 他们在战争中泄私愤(如赫拉和雅典娜)、报私仇(如波塞冬,13.206ff)、看热闹,全不拿人当人看,翻手为云、覆手为雨,不断挑起战斗,甚至"克洛诺斯之子从伊达山顶俯瞰战场,/他使战斗保持均衡,双方互有杀戮"(11.336-337),并且与兄长波塞冬"从两头把一根强烈敌视/和激烈厮杀的绳索拉紧,那绳索拉不断,/也解不开,却折断了无数将士强健的腿腱"(13.358-360)。结果血流成河、尸积如山,"谁看到这样的场面欣喜而不悲痛,/那他真是一副无动于衷的硬心肠"(13.333-334)——但有些神明恰恰就有这样"一副无动于衷的硬心肠",不仅如此,他们还乐于从中得到享受。如果神明是热心肠的话,那也是为了更好地导演一出人间悲剧。我们就以神明高高在上看人类角斗为切入点,分析荷马史诗中独特的神人关系。

当凡人在为一些莫名其妙的原因,像梦游者一样糊里糊涂厮杀的时候,真正的肇事者却"遥望着特洛亚人的都城,/高举金杯互祝健康,彼此问候。……她们坐在远处观望,很开心"(4.4-9;另参7.60-61),或者"坐在顶峰上面,光荣得意,/遥望特洛亚城和阿开奥斯人的船只"(8.51-52)。赫克托尔被阿喀琉斯追得丧魂落魄时,不仅有特洛亚人和阿开奥斯人在两边观战,而且还有天上的神明们在"观看这一切"(22.166)。当交战的双方"有如割禾人互相相向而进",这些凡夫俗子则纷纷像"一束束禾秆毗连倒地"时,"制造呻吟的厄里斯看着心满意足"!

---

① Giulia Sissa and Marcel Detienne. *The Daily Life of the Greek Gods*, p. 15.

这时天父宙斯"远离众神踞坐,欣喜自己的权能,/俯视特洛亚城池和阿开奥斯人的船只、/青铜的闪光、杀人的人和被杀的人"(11.66-83)。甚至神明之间也忍不住手痒,干脆自己打起来,这时"宙斯高踞阿拉伯撒山顶听见呐喊,/高兴得大笑不已看见神明们争斗"(21.389-390):神明们是这场无谓战争、包括诸神之战(Θεομαχία)的旁观者。

宙斯甚至允许神明直接参与制造人间的悲剧,尽管他自己不出手:"我自己将留下在奥林波斯山谷高坐,/观赏战斗场面,你们其他神可以/前往特洛亚人和阿开奥斯人军中,/帮助他们任何一方,凭你们喜欢。"(20.22-25)神明才是这场持久战的挑起者和参与者。

对于这群"无动于衷的硬心肠"的神明,对于他们的没心没肺(heartlessness),甚至连古人都感到震惊。[1]在这些古人中,就有克莱门,他站在基督教的立场上批评希腊人:

> 你们所崇拜的诸神是残忍而敌视人类的,他们不但非常喜欢人类的疯狂,而且十分欣赏人类的残杀。他们有时候从运动场上的武装竞技中寻找快乐,有时候又从战场上的殊死拼杀中寻找快乐,为的是不放过任何一次机会,用人类的鲜血填满他们的肚子。[2]

克莱门这一席话虽然刻薄了一点,却让人无从辩驳:荷马笔下的众神本来就把凡间的特洛亚当成了他们取乐的角斗场,这些神明与其说是宝相庄严的菩萨,不如说是古罗马时代享乐纵欲的豪门,用一个生造的术语来看待神人关系中的神明,那就是"超级贵胄"(supernobleman,比较 superman)。

这种理解对于哲学家和神学家来说,认识不够深刻、反省还不到位,他们实在看不惯荷马史诗中那些嬉皮笑脸的神明。在哲学家和神学

---

[1] J. Griffin. "The Divine Audience and the Religion of the *Iliad*." *Homer: Critical Assessments*, V.2, p. 443.

[2] 克莱门,《劝勉希腊人》,同前,第53页。

家眼中,荷马赋予神明一切东西,"包括人的那么多耻辱和谴责,/奸淫、彼此欺诈和盗窃"。①而在柏拉图笔下,荷马更是败坏青年的罪魁祸首(而不是苏格拉底),他一辈子自始至终对荷马展开了猛烈的批判,力图在他所处时代礼崩乐坏的前提下建立一套新的文教规矩。柏拉图批评神的堕落:

> 如果他们(指凡人)或他们的祖先作了孽,用献祭和符咒的方法,他们可以得到诸神的赐福,用乐神的赛会能消灾赎罪;如果伤害敌人,只要花一点小费,念几道符咒,读几篇咒文,就能驱神役鬼,为他们效力,伤害无论不正义还是正义。"(《理想国》364b5-c5)

人们可以用一些小恩小惠"把诸神收买过来"(365e)。②荷马"最荒唐莫过于把最伟大的神描写得丑恶不堪"(377e6-7),比如"诸神之间明争暗斗的事情"(378b8-c1),难怪柏拉图要把这一类诗人赶出城邦(另参《法义》909b)。

而欲置荷马于死地而后能为基督教立身的克莱门则把荷马史诗中的神明描写得更加不堪,在他看来,神明中的头号人物也不过如此,其余更不足论:

> 他是多么精明的宙斯啊!他是预言家,是旅客的保护神,是哀告声的倾听者,是仁厚慈爱的神,是所有神谕的作者,是罪行的保护者!不,他应该叫做不义之徒、放荡之徒、非法之徒、卑贱之徒、非人之徒、凶恶之徒、拐骗之徒、好色之徒、风骚之徒。不过

---

① 克塞诺芬尼,残篇11。中译文见苗力田主编,《古希腊哲学》,同前,第85页。
② 郭斌和、张竹明译文。荷马史诗《伊利亚特》中相应的文字是:"人们用献祭、可喜的许愿,/奠酒、牺牲的香气向他们诚恳祈求,/使他们息怒,人犯规犯罪就这样做。"(9.499–501)

当他是十恶之徒的时候,当他是一个人的时候,他还是有生命的;而现今,即使你们的传说,在我看来也已经陈腐不堪了。……勒达死了;天鹅死了;雄鹰死了。……是的,宙斯死了(不用为此伤心)。①

"宙斯死了"这句振聋发聩的话回荡在近两千年的思想史中,经过历代高人(如笛卡儿、康德、法国启蒙家、达尔文等)的提升,最后放大成了尼采"上帝死了"的旷野悲鸣。

如果以为荷马笔下的神明就只有这么丑陋的一面,②那么"荷马是希腊人的宗教"这一千年定论就无从说起了。其实,上面对神人关系的描述显然存在着后世宗教理论的"偏见"或"前见",而且过分夸大其词。同样的话语,用不同的方式说出来,效果大不相同;同样的材料,用不同的方式排列起来,含义大相径庭。这不是在为相对主义辩护,恰恰相反,多层面、多角度地看待问题,正可以避免相对主义和绝对主义。

在《伊利亚特》中,神明绝少亲手杀死凡人,阿波罗仅仅是把帕特罗克洛斯打伤了,即便把他打死了,也不过执行命运的安排而已:帕特罗克洛斯早就注定要用自己的死亡来唤醒仍束缚在情绪中的阿喀琉斯。如上所述,宙斯以下的大多数神明其实都不过是"命运"的棋子而已。

荷马笔下的神明其实相当温柔,与此前的神话传说以及此后文学作品中的神明相比起来,算是文明得多了。对此前的神明观来说,这不能不说是一种进步;③对于后来者来说,荷马的神明显然高明一些。具体而言,荷马笔下的神明与人牲(human-sacrifice)无关,不血食(blood-

---

① 克莱门,《劝勉希腊人》,同前,第45-46页。具有严格正信立场的克莱门在荷马史诗中看不到美(同一著作,第76页),似乎不足为奇:路子不同,眼界各异。
② 神明的丑陋表现,莫过于在战事极吃紧时,选美冠军阿佛罗狄忒胁迫、斥骂海伦,要她上帕里斯的床(3.143-147)。
③ 当然,从自然神到人性神的转变,是否是一种进步,还需要细致的讨论。赫丽生对此就持怀疑态度(参氏著,《古希腊宗教的社会起源》,同前,第445页)。

sacrifice)，①更不嗜血（blood-thirsty）。②对于人世间的苦难，并非每位神明都长着"一副无动于衷的硬心肠"，他们对那些面临毁灭的凡人也多有慈悲怜悯之心：赫拉怜悯向众神大声祈祷的阿开奥斯人（8.350，另参 5.561，9.172，），波塞冬"看见阿开奥斯人在船舶前遭屠戮动恻隐"（15.44）。化用孟子的话说，则真所谓"恻隐之心，神皆有之"。宙斯看见自己的儿子萨尔佩冬就要死去，也"顿生恻隐"（16.431），这倒是"神之常情"；这位威严素著的"人神之父对赫克托尔充满怜悯之情"（15.12）；他看到阿喀琉斯的战马在悲悼驭者帕特罗克洛斯之死时，不禁可怜起这匹忠心耿耿的畜生来（17.441-442）；当凡人们哀悼战友时，这位似乎只会给人带来灾难的"克洛诺斯之子心中怜悯他们的悲怆"（19.340）；凡人在走投无路时，"最好向宙斯伸出手，这样求他怜悯"（24.301），宙斯本是乞援人的保护神。

  上面数落的神明的不是，其实是在表明战争的残酷，是在批评战争的发起者，是在反思神明与命运的关系。在荷马的描写中，战神阿瑞斯其实是一个蠢蛋和懦夫。对神和人来说，战争也许是一项责任，但不是一种快乐。③因此荷马并不是宣扬战争的残酷，而是把这种避之唯恐不及的灾难和悲剧摆在我们面前，以为后世警鉴，正如伯纳德特所说："《伊利亚特》和《奥德赛》都是关于受难的"，当然，即便如此，"《伊利亚特》中也无人死于痛苦"。④神明实际上并没有对人做出什么伤天害理的事情，即便神明在第二十一卷中纷纷加入战斗，出现了所谓的"诸神之战"（theomachia），却不是要与人为敌，他们自己互相捉对厮杀，只不过是为了取乐而打打闹闹而已！这正是神明的生活原则：悠闲、轻松、快乐，与那些严肃的伦理想象似乎并无关系。

---

  ① Andrew Lang. *The World of Homer*, pp. 113, 210, 216.
  ② J. Griffin. "The Divine Audience and the Religion of the *Iliad*." see *Homer: Critical Assessments*, V.2, p. 451.
  ③ Andrew Lang. *The World of Homer*, p. 28.
  ④ 伯纳德特，《弓弦与竖琴——从柏拉图解读荷马》，同前，第1页。

在《伊利亚特》中，神明关心凡人（20.21），爱护英雄（13.52），逐渐摆脱了意气用事的毛病——神明甚至还替凡人工作：波塞冬为普里阿摩斯之父拉奥墨冬修建一条绕特洛亚的城墙，阿波罗则为拉奥墨冬放牛（21.443-449，另参 7.452-453）。神明赏罚分明，维护正义，惩恶扬善（3.351-3，4.160）——整个特洛亚战争就是对不义的特洛亚人（尤其帕里斯）实施的惩罚，因此神明永远都是凡夫俗子信赖——且不说"信仰"——的对象。在阿伽门农眼中，天地神就是正义的维护者："宙斯、伊达山的统治者、最光荣伟大的主宰啊，/ 眼观万物、耳听万事的赫利奥斯啊，/ 大地啊，在下界向伪誓的死者报复的神啊，/ 请你们作证，监视这些可信赖的誓言"（3.277-280）；或者相信"父亲宙斯不会帮助赌假咒的人"（4.235），才把一切都托付给宙斯神（17.515）。这帮看起来似乎无法无天的赳赳武夫"信赖的是众神的预兆和宙斯的佑助"（4.408，另参 7.102，12.241，24.224）。这正说明神明对人的重要性，也足以说明荷马史诗为什么是希腊人的宗教。

至于说神明喜欢看热闹，其实也没什么大不了，那也是"人之常情"——他们本来就与人非常相像，准确地说，荷马笔下的神明其实就是人间那帮英雄的父祖，即便本身不是英雄，也践行着英雄的价值观。如果英雄是"半神"，那么神明就是英雄中的英雄。荷马的神明是部族的神祇，是国家的宗教——全体希腊人都信奉的宗教，而国家以英雄为脊梁，因此荷马的宗教是英雄的宗教。这些神明卷入了凡人的生活，他们爱凡人、怜凡人，却也乐于看热闹，但"这些神明就其观看（contemplation，又作思辨）凡人打仗来说，也只不过分享着那些英雄本人的趣味（taste），与诗人的观众情趣相投而已"。① 英雄的伦理当然不同于懦夫的生存借口，我们怎么能够用麻木不仁者的理念去衡量那些英雄般的神明呢？尽管神明也保护乞援者，但他们主要不是弱者的希望，

---

① J. "Griffin. The Divine Audience and the Religion of the *Iliad*." see *Homer: Critical Assessments*, V.2, p. 452, cf. p. 455.

荷马笔下的神明是强者的后盾，是英雄的同盟。

荷马笔下的神人关系之所以在思想史中显得十分独特，就在于荷马的神明是人间的神，离凡人很近，不说"同呼吸"，至少也是呼吸之声相闻。荷马的神明不是高高在上遥不可及的超越理性的形上神（metaphysical gods），他们是崇奉英雄、热爱生活、欣赏卓越、追求伟大的希腊人中的一支——最理想的一支。荷马是第一个用形上术语来描写这种生活观念的人，[①]而他笔下的神人关系就是这种生活观念的最佳体现：生活本来就有喜有悲，但无论如何都要追求高人一等的境界。

三、神明的本质

在荷马笔下，神和人之间关系十分复杂，我们且借助神人同形来进一步理解神人关系，并试图最终读懂荷马史诗（尤其《伊利亚特》）中神明的本质：这些吃喝玩乐、生动活泼而且具有七情六欲的神明，究竟是怎样一种存在物？要之，"Andres［人们］和theoi［神们］处于同一种秩序，他们也许各有不同的级别，却彼此相等（commensurate）"，[②]人、神当然有别，却属于同一个序列，可以用同一种标准来衡量。这样的人、神关系如此亲密，在世间宗教中，的确难得一见。我们首先就要搞清楚神明与人如此相像的原因与实质。

从发生学的角度来说，神明与凡人长相相类、性情相似、语言相通、心灵相应，简直就是"性相近、习相远"，终成所谓"神人同形说"（anthropomorphism），其实由来有自。亚里士多德有一段十分理性的总结可为参照：

> 我们远古的列祖把他们世代相承的认识以神话的形式递遗于后裔，说这些实体（星辰）是诸神，神将全自然的秘密封存在列宿之

---

① C. H. Whitman. *Homer and the Heroic Tradition*, p. 241.
② Seth Benardete. *The Argument of the Action*, p. 18。andres与anthropi的区别，见该书第16页。

中。以后因维护礼法、劝诫民众以及其他实际的作用，神话形式的传说被逐渐扩充；他们以人或某些动物的形态叙拟诸神，他们更由此而踵事增华，竟为附丽。但人们若将后世的附会删除，俾古初的本意得以明示于其间——他们识得了原始本体为诸神，人们当不能不惊心于此意，毋乃灵感之所启发，故能成此不朽之嘉言；并回想着每一学术，每一技艺，一代代或立或亡，或传或失，而这些观念恰像荒谷遗珍一直为我们保全到如今。只有这样看法，我们才能明了我们祖先和早期思想家们的信念。①

亚里士多德同荷马一样，没有把宗教、神学和神话当回事，用哲学的理性方法来探究神话和神学的发生过程，他所说"以人或某些动物的形态叙拟诸神"（ἀνθρωποειδεῖς），就是我们今天用来概括希腊神学的标准术语"神人同形论"。在亚里士多德看来，从天体神到人性神再到理性神，这是一种进步，或者是一种具有教化功能的发明，可以影响大众，这种诗学"灵感之所启发"乃是一种特别有用的权宜之计。②

静态地就史诗本身而言，荷马等人把神明描写成人的形状，把神明的社会刻画成凡间的城邦组织形式，那是为了神人之间互为参照、相得益彰，因为神明的世界总是镜像着凡人的状态，③神明除了不会死亡以外，其余与人无异，也有"怨憎会""爱别离"和"求不得"等苦楚：这无非是要告诉凡人，神仙都如此，凡人还有什么好"愤愤不平"的？另一方面，神明的外表与凡人相似、习惯相近、爱好相同，这就把凡人与神明联系在了一起，尤其把英雄及其价值观同神明捆绑兜售，从而使英雄主义有了神圣的根基，"形成了希腊世界英雄力量与绝对存在根深

---

① *Metaphysica*, 1074a38-b14，中译文见吴寿彭，《形而上学》，北京：商务印书馆，1959，第253页。
② Giulia Sissa and Marcel Detienne. *The Daily Life of the Greek Gods*, p. 82.
③ Joachim Latacz. Homer, *His Art and His World*, p. 91.

蒂固的联系"。① 神明还为英雄们提供一种追求的理想："对于接受荷马的道德观的人来说，诸神提供了一种明确的、有吸引力的理想；确实，它是这样一个有吸引力的理想，以致一个凡人不能达到它，除非他足够幸运而成为一个神，就像赫拉克勒斯那样。但他可以认识到它是一个理想，并尽他所能去达到它。"② 神明造就了英雄世界，"神明就是英雄世界的匠作（artisan）或诗人，是荷马本人的诗歌的基本成分"。③ 总之，凡人是不完满的，与神相比，在美貌和力量都有所欠缺，正是在与神的比照下我们才能更好地了解人间生活之所是；反之，神明为了理解自己的本性和福分，又必须反观人类。④ 神人同形说归根结底是为英雄世界奠定超越性的基础。

从思想史的角度来说，神人同形说是远古混沌世界到清明哲学世界的中转站。人形神比半神半兽的敬拜对象（即"恩尼奥托斯半神"）更能表达人们对世界的秩序和社会的理解。

> 在善于思考的崇拜者对所尊奉的神加以理想化后，把神描绘成一种富有野蛮活力的野兽，这似乎是一种堕落。因此，**神必须具有人的形象，而且是最美的形象；同时他要具备人的智慧，最高的智慧。他不能受苦，不会失败，也不会死去；他永远得到人们的祝福，而且长生不老。**这种观念只是向有意识的**哲学**迈出了一步，在这种哲学思想里，神是不会有人类的任何弱点、任何情感（愤怒或者嫉妒）的，总之，他除了完美无缺以外，没有任何别的特性，而且永远如此。⑤

---

① C. H. Whitman. *Homer and the Heroic Tradition*, p. 222.
② 欧文，《古典思想》，同前，第 18 页。
③ Seth Benardete. *The Argument of the Action*, p. 38.
④ J. Griffin. "The Divine Audience and the Religion of the *Iliad*." see *Homer: Critical Assessments*, V.2, p. 445.
⑤ 赫丽生，《古希腊宗教的社会起源》，同前，第 10 页。

尽管克塞诺芬尼、柏拉图等人从哲学的角度对荷马史诗提出过严厉的批判，但奥林波斯神所代表的"反省、鉴别、清晰"的精神，其实就是哲思的滥觞。至于朗吉努斯说荷马把英雄变成了神，又把神变成了英雄（《论崇高》9.7），大约就在于"神必须具有人的形象"。因此，创造神人同形说的希腊人用理性的思想创造出了他们的神明。希伯来人说上帝根据自己的形象创造了人，而希腊人则根据自己的形象创造了神明。[1]

至此，我们差不多已经广泛地清理了"神明"概念的方方面面，那么，荷马笔下的神明的内核或本质究竟如何呢？

荷马笔下的神明十分独特，与人们崇拜的偶像有所不同，与其他诗人笔下的神明也泾渭分明，在人类的生存状况及其直接原因之间，建构起了一种想象性的张力。[2] 荷马笔下的神明更多的是文学角色，是诗人的想象，而不是真正的宗教——尽管古希腊人把它当作了宗教。[3] 甚至宙斯在史诗中所说的话（比如 17.201–208）都还不是给世界颁布法律，而毋宁说是在阐述诗歌的法则。[4]

更广泛地说，荷马史诗是艺术，荷马的神明也是艺术的产物：

> 我们把希腊人的神想象、描绘成拟人神，即"具有人的形状和相貌"。这个蹩脚的词含义过于狭窄，它给人更多的是艺术方面的联想，而不是宗教的联想。希罗多德所用的那个词 $ἀνθρωποφύης$ ［具有人性的］的含义更广，因而更合适"。[5]

---

[1] John E. Rexine. "The Concept of the Hero." see *Approaches to Teaching Homer's* Iliad *and* Odyssey. New York: The Modern Language Association of America, 1987, p. 72.

[2] C. H. Whitman. *Homer and the Heroic Tradition*, p. 239, cf.238.

[3] J. Griffin. "The Divine Audience and the Religion of the *Iliad*." see *Homer: Critical Assessments*, V.2, p. 457.

[4] C. H. Whitman. *Homer and the Heroic Tradition*, p. 243.

[5] 赫丽生，《古希腊宗教的社会起源》，同前，第 445 页。按：希罗多德的话见《历史》1.131.4，原文为 "$ἀνδρωποφυέας$"。

荷马笔下的奥林波斯诸神已经是公元前 5 世纪希腊全盛时期最好的艺术乐于表现的美丽存在物，此后很久的作品中的神明都保持着这份美丽。①

归根结底，正如蒲柏所云：

> 但从哲学或宗教的观点来看，无论有什么理由可以指责荷马的文学手段（machinery），它们（按：指《伊利亚特》和《奥德赛》）在诗学上都是如此完美，人类打那时就非常乐于跟随之。……时过境迁、宗教变化，但他的神明直到今天却还是诗歌的神明。②

也就是说，荷马史诗中的神是英雄的神、诗人的神，是诗人和英雄辈出的希腊人的神。荷马史诗所以是希腊人的宗教。那么，我们又该如何看待这种独特的"宗教"呢？

用今天的眼光来看，荷马更多地提倡理性精神（比如史诗的几何结构），似乎是反宗教的。比如说，在怪、力、乱、神风行天下的时代，荷马史诗却没有提到巫术，也没有死者崇拜的现象：

> 荷马史诗标志着集体思维和巫术仪式正在消亡——如果说还没有死亡的话，它表明当时人们的理性主义和个人主义的思维方式发展到了跟伯里克利时代的情形不相上下的水平。荷马对宗教抱着一种怀疑的态度，这和爱奥尼亚人的宗教观是一样的。③

但是，对荷马史诗如此"现代化"的理解，不过是"对神学一种了

---

① Andrew Lang. *The World of Homer*, p. 115.
② 转引自 W. B. Stanford 为其编注的《荷马史诗奥德赛》所写的"导言"，见 *Homer: Odyssey*, London: Bristol Classical Press,1996, p. xiv。
③ 赫丽生，《古希腊宗教的社会起源》，同前，第 323-324 页；另参第 92 页。

无趣味的误解"（A tasteless misconception of theology）。① 而克塞诺芬尼、柏拉图、克莱门等人对荷马宗教观的批评虽然不无道理，却是一种为了哲学或基督教而作的故意曲解。广义地说，荷马史诗当然也是宗教，只不过是一种"生活的宗教"。这一点可以在后人的说法中得到印证，荷马逝世约四百年后，修辞学家阿尔基达马斯（Alcidamas）如是写道，"《奥德赛》是人间生活的一面明亮的镜子"，而我们今天对荷马的回响也等同于拜占庭的阿里斯托芬的态度，这位荷马史诗的著名编校者在研究了米南德（Menander）后，如此感叹道："啊，荷马，哦，生活，你们谁摹仿了谁？"②

荷马笔下的神明虽然是诗学想象的产物，但这些意象却是从生活可见的经验中抽象提取出来的，是贴近现实生活的精神指导系统，"希腊人对生活和世界具有宗教情怀，在此意义上，这样一种看法［按指荷马史诗的神学观］显然是宗教性的。如果它在教义方面有所不足，然而，就其本是对可知经验的无限应答（illimitable responsiveness）来说，希腊的多神教是所有宗教中最伟大的宗教"。③ 有人甚至认为荷马笔下的神明热爱正义、保护弱小，因此"荷马的宗教在伦理上是一种非常好的宗教"。④

当然，荷马史诗从根本而言还不是宗教，而是故事或神话。在古希腊语中，神话即口传的故事。荷马不是在宣扬后世那些"正规"（或"正统"）宗教的教义，他是在讲故事，讲那些"绝地天通"之前的美丽传说。用海德格尔的公式来概述荷马史诗，则可谓：

神话，而非神学……

---

① Giulia Sissa and Marcel Detienne. *The Daily Life of the Greek Gods*, p. 13.
② Rick M. Newton. "The Aristotelian Unity of Odysseus's Wandering." see *Approaches to Teaching Homer's* Iliad *and* Odyssey, p. 142.
③ C. H. Whitman. *Homer and the Heroic Tradition*, p. 248.
④ Andrew Lang. *The World of Homer*, p. 124.

第三节 英雄

荷马史诗是英雄的史诗。一般来说,"史诗"主要是描写伟大人物的英勇、刚毅、侠义、战功、智慧以及由此而带来的传诸后世的巨大荣耀,因此,几乎任何史诗的主题和主角都是英雄。荷马史诗当然也不例外,《伊利亚特》是英雄的颂歌,歌唱战斗英雄(当然与今天我们的含义大不相同);《奥德赛》也是对英雄的纪念,只不过奥德修斯以智慧和审慎来同神明、妖怪、风暴和觊觎者作斗争。①

现代西语(比如英语)的"英雄"(hero)一词就来自于荷马史诗,《伊利亚特》开篇就用上了这个词:阿喀琉斯的愤怒把许多英雄的($ἡρώων$,拉丁拼法为 heroon)高贵勇敢的($ἰφθίμους$)灵魂($ψυχὰς$)送往哈得斯(1.3–5)。该诗第二卷琳琅满目的"舰船名录"则是一份详尽的"英雄谱":荷马史诗中交战的双方都是英雄,"敌人"特洛亚人也是英雄(如 6.63),甚至阿波罗都称呼埃涅阿斯为英雄(20.104),就连哭哭啼啼的安德罗马克也当得起英雄的美誉,佩涅洛佩更是丝毫不输于奥德修斯。

《伊利亚特》中大量出现的"英雄"一词本身就说明了它自身的主题,而那些英雄的言行则进一步诠释了它的内涵。在诗歌中,"英雄"一词常常与人名连用,如英雄马卡昂(4.200)、英雄勒伊托斯(6.35)、英雄拉奥墨冬(7.453)、英雄墨诺提奥斯(11.771)、英雄欧律皮洛斯(11.819,11.838)、英雄伊多墨纽斯(13.346,13.439)、英雄帕特罗克洛斯(17.137,17.706,23.151,23.747)。当然,最大的英雄阿喀琉斯乃是"英雄中的豪杰"(18.55–6,18.436–7,23.824)。② 此外,诗人还

---

① 关于《奥德赛》,参 W. B. Stanford. "The Untypical Hero." see *Homer: Critical Assessments*, V.4, pp. 190–205.

② 另 参 13.428,13.575,16.751,16.781,18.325,21.163,22.298,23.893,23.896,24.474,24.574。罗、王译本很多地方都漏掉了"英雄"一词,如 6.63 等。

直接用"英雄"一词代替具体的人名。①

英雄是一种什么人呢？

阿伽门农是英雄（ἥρως，1.102，7.322，13.112），而在阿伽门农的口中，达那奥斯的英雄（ἥρωες）就是战神阿瑞斯的仆人（或侍从，6.67，15.733，19.78），就好比伟大的诗人就是缪斯的侍从一样。英雄是一个往昔的种族，比现在的人更加强壮、更为英勇，这类豪侠之士现在则已经消亡了。在赫西俄德的"五代说"中，英雄属于第四代：

> 克洛诺斯之子宙斯又在富有果实的大地上创造了第四代种族，一个被称作半神的神一般的比较高贵公正的英雄种族，是广阔无涯的大地上我们前一代的一个种族。不幸的战争和可怕的厮杀，使他们中的一部分人丧生。有些人是为了俄狄浦斯的儿子战死在七座城门的忒拜－卡德摩斯的土地上；有些人为了美貌的海伦渡过广阔的大海去特洛亚作战，结果生还无几。但是，诸神之父——克洛诺斯之子宙斯让另一部分人活下来，为他们安置了远离人类的住所，在大地之边。他们无忧无虑地生活在涡流深急的大洋岸边的幸福岛上。②

赫西俄德《工作与时日》中的这段话交代了荷马以来人们对英雄的传说——荷马史诗中也多次提到忒拜的故事，而《伊利亚特》讲的正是赫西俄德所谓"为了美貌的海伦渡过广阔的大海去特洛亚作战"的故事。这段话也说明了英雄的一些特质，而这种英雄观念一直贯穿整个希腊思想。

首先，"英雄"（ἀνδρῶν ἡρώων，《工作与时日》159，下同）虽然某些方面比不上前面的黄金时代、白银时代和青铜时代的人，但比"现在"

---

① 如 3.377，5.308，5.327，6.61，7.120，8.268，10.154，11.483，13.164，13.788。
② 赫西俄德，《工作与时日 神谱》，同前，第6页。

的黑铁时代,[1] 则又好得多,他们毕竟是"神样的种族"(ϑεῖον γένος),而且他们在某些方面还比前朝人物更正义和尚武(δικαιότερον καὶ ἄρειον,158)。在荷马史诗中,这种人也已经绝迹,在荷马笔下,前一代的英雄比现在的人力气大得多(5.302-304,12.381-383,12.447-449,20.285-287)。柏拉图所谓"从早先的英雄(ἐξ ἀρχῆς ἡρώων)到今天的人类"(《理想国》366e1-3)云云,还维持着这种谱系的划分。在柏拉图笔下,英雄是一个今天的人们遥遥追怀的往昔伟大种族(γενῶν,《希琵阿斯前篇》285d6-7)。[2]

其次,英雄是宙斯所创造,而有的英雄则是神明的后裔,因此英雄也是"半神"(ἡμίθεοι, 160)。荷马在《伊利亚特》中也把这些英雄看成是"半神的种族"(ἡμιθέων γένος ἀνδρῶν, 12.23)。所谓"半神",在希腊文化中也就是神明与凡人生的孩子(如阿喀琉斯)或后代(如阿伽门农)。荷马直接把英雄称为"集云的宙斯的儿子和孙子"(5.630)。在柏拉图那里,英雄是一种上古人物,足以与神明相提并论(《理想国》377e1-2,378c5;另参《法义》818c1-2),柏拉图甚至直接把英雄等同于神明

---

[1] 赫西俄德对黑铁时代的描述可与今天对比,故不嫌劳费,照录如下:

我但愿不是生活在属于第五代种族的人类中间,但愿或者在这之前已经死去,或者在这之后才降生。因为现在的确是一个黑铁种族:人们白天没完没了地劳累烦恼,夜晚不断地死去。诸神加给了他们严重的麻烦。尽管如此,还有善与恶搅和在一起。如果初生婴儿鬓发花白,宙斯也将毁灭这一种族的人类。父亲和子女、子女和父亲的关系不能融洽,主客之间不能相待以礼,朋友之间、兄弟之间也将不能如以前那样亲密友善。子女不尊敬瞬即年迈的父母,且常常恶语伤之,这些罪恶遍身的人根本不知道畏惧神灵。这些人不报答年迈父母的养育之恩,他信奉力量就是正义;有了它,这个人可以据有那个人的城市。他们不爱信守誓言者、主持正义者和行善者,而是赞美和崇拜作恶者以及他的蛮横行为。在他们看来,力量就是正义,虔诚不是美德。恶人以恶语中伤和谎言欺骗高尚者。忌妒、粗鲁和乐于作恶,加上一副令人讨厌的面孔,将一直跟随着所有罪恶的人们。羞耻和敬畏两女神以白色的长袍裹着绰约多姿的体形,将离开道路宽广的大地去奥林波斯山,抛弃人类加入永生神灵的行列。人类将陷入深重的悲哀之中,面对罪恶而无处求助。(张竹明、蒋平译文)

[2] 《希琵阿斯前篇》的 Paul Woodruff 的英译本见 J. M. Cooper(ed.). *Plato: Complete Works*. Indianapolis: Hackett Publishing Company, 1997, p. 903。

的儿子（ϑεοῦ παῖδά τε καὶ ἥρω, 391d1-2）。今天的人（也就是黑铁时代的人）与神明无干，怎么样都算不得英雄。这些英雄既然是神明的后裔，当然就会处处受到神明的养育和眷顾，这样的情形在《伊利亚特》中数不胜数。①最有名的当然是雅典娜对奥德修斯那种母亲般的呵护（μήτηρ, 23.783）。

最后，英雄的主要特点是"尚武"（ἀρείων，即忠于战神 Ἄρης），英雄就等于战士（5.747，15.230 等），是"战士"的同义词。品达也把英雄与好战士（ἡρώων ἀγαϑοὶ πολεμισταί，即勇敢的战士，《伊斯特摩斯赛会颂》第 5 首第 26 行）等同起来。② 英雄的尚武精神有时候甚至可以不计得失（5.84-86），他们对力量的赞美远甚于对美德的追求——这正是柏拉图批评荷马的地方：大英雄阿喀琉斯拖着赫克托尔的尸首绕帕特罗克洛斯的坟墓疾走，并将俘虏杀死放在自己朋友的火葬堆上，"这个英雄的性格竟如此混乱，他的内心竟有这种毛病：卑鄙贪婪与蔑视神、人"（《理想国》391b5-c6）。但这种行为对于尚武好斗、快意恩仇的英雄来说，似乎不存在伦理上的困境——毕竟还有神明保护着赫克托尔的尸首，使之不致腐烂和损毁（23.185-187；24.19-21）。

我们似乎可以有保留地认为：英雄有英雄的规范，战士有战士的伦理。当然，这种现象本身并不能证明自己的合理性，荷马只是记述了一种现实。荷马对史诗故事进行了全景式的描述，表达了神明和英雄的许多看法，但从未以自己的名义说话。较为稳妥的看法是，英雄需要宏大的心智和愤怒，③ 因为他们尚武。英雄与我们不是一路人，就连神明之间也觉得不打打架，似乎是很没面子、最丢人（αἴσχριον, 21.437）不过的事情。至于英雄，他们的价值观更在于"没有一个正直的人不重视在战

---

① Seth Benardete. *The Argument of the Action*, p. 18.

② 英文译作 soldier-heroes，见 *Pindar's Odes*, tr. by R.A. Swanson, Indianapolis: The Bobbs-Merrill Company, Inc.,1974, p. 195。陈中梅译本第 154 页注释 3 说："在荷马史诗里，heros 并不具备太多高、大、全的色彩——他是一位壮士，一个有身份、地位，并在战场上拼搏或拼搏过的男子。"

③ Donald Lateiner. "The *Iliad*: An Unpredictable Classic." see *The Cambridge Companion to Homer*, p. 16.

斗中立下的功劳"（6.521-522）。

这些尚武的上古半神、神明眷顾的英雄究竟有些什么特异之处，或者说他们矢志追求的东西是什么呢？我们在此仅撮要举出三个方面。

一、优秀

所谓"英雄"，就是出类拔萃的人。名词 ἥρως［英雄］衍生词 ἡρώεσσιν 就是"超群出众"（2.483，2.579）或"英勇作战"（13.346）的意思，英雄的特点就是要"在英勇方面"（ἡρώεσσιν）"出类拔萃"（μετέπρεπον，23.645）。[①] 在《伊利亚特》中，阿喀琉斯是阿开奥斯人中最优秀的一员（ἄριστον，1.244，1.412，16.274），狄奥墨得斯（5.103，5.414，9.54）、阿伽门农（2.82）、赫克托尔（21.279，24.242）等都是最优秀的人。[②]

在他们所受的教育中，英雄"永远做最优秀的人，超越其他将士"（11.784），即便在体育竞技场上，也要成为最优秀的人（23.802）——后一种优秀的观念成了品达的源泉。对于英雄来说，不仅自己要是一个最优秀者，其对手也要最优秀：赫克托尔也向最优秀的阿开奥斯人提出挑战（7.50，7.285），就连文弱的公子哥儿帕里斯挑战的也居然是"阿尔戈斯人当中全体最优秀的人"（3.19-20）。古希腊人的基本观念就是：

> 要永远成为世上最勇敢最杰出的人，
> 不可辱没祖先的种族。（6.208-209）

这既是英雄的目标，也是所有尊贤敬祖的民族共同追求的目标。为了父祖的荣耀，不守雌、不居下，争相出头，为的就是要永远成为世上最优秀的人。在荷马笔下，神力有时而穷，其实就是为了突出英雄的优

[①] 罗、王本译为"辉煌的光阴"，陈中梅译本为"在豪杰中闪光"。
[②] Gregory Nagy. *The Best of the Achaeans: Concepts of the Hero in Archaic Greek Poetry*, pp. 26ff.

秀与卓越。①

追求"优秀"（aristos），乃是古希腊人的基本信念：所谓 aristocracy [贵族政体]，当然是最好的政体，因为它由最优秀的人（aristeus）治理——在古希腊语中，ἄριστος 是形容词 ἀγαθός 的最高级，意思是"最好的，最勇敢的，最高贵的，最优秀的，最有道德的，最贤良的"。试想，由这帮"英雄"来统治，何愁不天下大治？"优秀"，也就成了古希腊百科全书式教育的理念。②

二、勇敢

英雄们最大的具体特征是英勇。从我们的角度来说，勇敢既是英雄的特质，也是他们追求的目标。"英雄"用作形容词时，意思就是勇敢、英勇（13.92，13.629，19.34）。英雄具有"旧时代的无比勇敢的精神"（5.806），这种勇敢的"精神"就是希腊语中十分难缠的 θυμός（thumos）。英雄"勇敢坚忍、心雄如狮"（θυμο-λέοντα），也就是说，英雄的心或精神（θυμός）要像狮子（λεόντειος）一样"勇敢坚忍"（θρασυμέμνονα，5.639）。在奥德修斯看来，"勇敢的战士在任何险境都坚定不移，/无论是进攻敌人，还是被敌人攻击"（11.409–410）。这种"坚定不移"就是柏拉图所说的"坚持"（σοτηρίαν，《理想国》429c5），因为"最勇敢、最智慧的心灵最不容易被任何外界的影响所干扰或改变"（381a3-4）——尽管柏拉图笔下的"勇敢"与荷马所说的勇敢有所不同，荷马直接把"英雄"用作了"勇敢"的代名词，而柏拉图的"勇敢"（ἀνδρεία）却是由"（男）人"（ἀνήρ）演化而来，主要指男子气（英文多译作 manliness 或 courage）。③
而要在精神上保持这种让人歌颂的品质，则必然有一种伟大的信念在背

---

① Emily Kearns. "The Gods in the Homeric Epics." see *The Cambridge Companion to Homer*, p. 64.
② Werner Jaeger. *Paideia: The Ideals of Greek Culture*, pp. 32–34。
③ W. T. Schmid. *On Manly Courage: A study of Plato's Laches*. Carbondale: Southern Illinois University Press, 1992, pp. 56, 58, 113.

后起支撑作用,[①] 因信而勇（比较基督教的"因信称义"），则上升为"高贵勇敢"（ἰφθίμους, 1.3，11.55，16.620）。

当然，"兵来将挡、水来土掩"似乎算不得勇敢，莽撞冒失也不是勇敢。英雄们清明理智、无私无畏（clarity and purity），而且进退有度（motion and rest）、能屈能伸（action and endurance）。[②] 另外，英雄不仅善于动手，也不拙于动口：英雄乃是"会发议论的演说家，会做事情的行动者"（μύθων τε ῥητῆρ᾽ ἔμεναι πρηκτῆρά τε ἔργων, 9.443）。真正的勇敢是直面无法避免的结果却又义无反顾地尽自己的责任和义务，*知其不可而为之*，为了正义、道义、荣誉和胜利，英勇赴死，义无反顾。英雄是勇敢的，这种勇敢可用伯利克勒斯的话概括说："真正勇敢的人无疑应属于那些最了解人生的灾患和幸福的不同而又勇往直前，在危难面前不退缩的人"。[③]

在《伊利亚特》中，许多人尽管心里害怕，但仍然坚持自己的位置，或不让敌人抢走战友的尸首，或保护船只不被敌人烧毁，或为了荣誉而自不量力挑战强手等等。其中，有两个人最算得勇敢，那就是赫克托尔和阿喀琉斯。赫克托尔知道特洛亚的军队无论是在数量上还是质量上都远远不如对手，也早知道"有朝一日，这神圣的特洛亚和普里阿摩斯,/还有普里阿摩斯的挥舞长矛的人民/将要灭亡"，但他的心也不容许他像个胆怯的人逃避（6.441ff）。而阿喀琉斯同样明知自己一旦杀死赫克托尔，自己的死期也便来临，但他勇敢的心也不容许他苟且偷生，而是"随时迎接死亡"，为了替战友报仇而"愿意倒下死去"（18.79-126）。这种精神为苏格拉底所激赏，并且自己也成为阿喀琉斯式的勇敢的

[①] 柏拉图曰："勇敢的人无论处于苦恼还是快乐中，或处于欲望还是害怕中，都永远保持这种信念而不抛弃它。"（429c9-d1，郭斌和、张竹明译文）

[②] C. H. Whitman. *Homer and the Heroic Tradition*, pp. 199,166.

[③] 修昔底德,《伯罗奔尼撒战争史》II.vi.40，徐松岩、黄贤全译，桂林：广西师范大学出版社，2004，第100页。

英雄。①

　　英雄为什么这么勇敢呢？如果以今人之心（理学）度英雄之腹，则必有由头，除了上文所谓信念外，本章第一节所讨论的"荣誉"也是重要的心理动因。勇敢与荣耀往往相生相伴：勇敢起主导作用的一个突出特征就是好胜和爱荣誉（φιλο-νικίαι καὶ φιλο-τιμίαι，柏拉图《理想国》548c6-7）。英雄的羞耻感（αἰδώς），也就是对荣誉的评价——怯懦是一种耻辱（17.337），所以必须勇敢：

　　　　朋友们，要做男子汉，心里要有耻辱感（αἰδῶ），
　　　　激烈战斗时你们互相要有羞耻心，
　　　　军人知羞耻，被杀的少，得救的多，
　　　　逃跑者既得不到荣誉，也不会得救。（15.561-4，5.529-32）

　　当激烈的战斗已经展开时，如果"让心灵充满惭愧和羞耻"（13.122），就能抵挡敌人的进攻，这既能救得自己的命，还能得到荣誉。
　　当涅斯托尔看到兵败如山倒的阿开奥斯军队时，急切地对他们请求道："朋友们啊，你们要勇敢，心中对他人／要有羞愧和责任感。你们应该想到／自己的妻子和儿女，自己的财产和双亲，／无论他们现在是活着还是已去世"（15.661-665）。结果他的话"激起了每个人的勇气和力量"，止住了溃败之势，挽救了危急的局面，②真所谓"知耻近乎勇"。对人有害也有益的羞耻（24.44），成了胜利的保证、生命的依据、道德的根基和荣誉的源泉。③

---

　　① 见《苏格拉底的申辩》28b-d。另参 Michael Clarke. "Manhood and Heroism." see *The Cambridge Companion to Homer*, p. 16; 另参 Richard Hunter. "Homer and Greek Literature，"同一著作，第 248-249 页。
　　② Seth Benardete. *The Argument of the Action*, pp. 24-25.
　　③ Douglas L. Cairns. *Aidōs: The Psychology and Ethics of Honour and Shame in Ancient Greek Literature*. Oxford: Clarendon Press,1993, pp. 48-146. Cf. Bernard Williams. *Shame and Necessity*. Berkeley: University of California Press,1993.

三、荣耀

英雄们之所以尚武、勇敢、追求卓越，那是因为这些品质可以为他们赢得名声或荣耀（κλέος），其中，战争就是军功章的生产基地（5.3, 5.273, 6.124, 6.446, 17.16, 17.131），体育馆是桂冠的摇篮。英雄们追求的是"光荣名声会传扬遐迩如黎明远照"（7.451，另参 7.458），向往自己的"名声可达天际"（8.192），羡慕别人的"声名将会在天底下的世人中播扬"（10.212）。正如西格尔所说：

> 传统的战士捍卫自己的 kleos，把 kleos 视为自己宝贵财产，并会骄傲地夸耀他的名字、种族、出身和他自己的故乡，就如在《伊利亚特》6.150-211 中，格劳科斯遇见狄奥墨得斯时所做的那样。[1]

上古希腊的英雄们如此爱惜自己的名声，有的干脆在自己或孩子的名字中表达这种追求或愿望，比如 Πάτρο-κλος（帕特罗克洛斯），以及刚好与此相反的 Κλεο-πάτρα（克勒奥帕特拉，在荷马史诗中只出现过一次，即《伊利亚特》9.556），意思就是"祖辈的荣耀"。而 Ἡρακλέης（赫拉克勒斯），则显然是为了突出"赫拉的荣耀"。由此我们似乎可以同样推想，希腊著名政治家 Περίκλεος（伯里克勒斯，前 495–429），字面意思就等同于 περι-κλεής [名声远达四方的]，我们甚至可以直接把这位伟人在著名的葬礼演说中所表达的理想同他的名字联系起来，那就是"为了（περι-）荣耀（κλέος）"。

这里所说的 κλέος，主要意思是"名声、荣耀、光荣业绩"，此外还有"传闻、消息"的意思（2.486, 11.21, 11.227, 13.364），这两层意思合起来就显示出与本章第一节所说的 τιμή [荣誉] 的区别来：κλέος 是

---

[1] Charles Segal. *Singers, Heroes, and Gods in the* Odyssey, Ithaca: Cornell University Press,1994, p. 93。

身后供人们传唱的（6.358），而 τιμή 则是当下的评价、尊敬和荣誉；后者相当于英语的 honor，前者则等同于英语的 glory；[1] 前者受人崇拜，后者则在史诗中传唱，"kleos 已经作为一种史诗的传统固定下来了。这个传统本身可以用来思考、检验和批评"，[2] kleos 这个词本身就用来指史诗传统本身。[3] 尽管 κλέος 与 τιμή 之间小有区别，但它们都是英雄最本质的规定性，代表着"神圣的自我"（sacred self），也就是人们热切希望能得到他人认可的宝贵的自我意象。[4] 英雄主义的含义就是对尊严和自我意义的寻求。[5]

所以，在生命与荣誉之间，英雄宁肯选择后者，为了荣誉，宁死不辱（8.150）。阿喀琉斯明明知道，人死不能复生，但毅然决然地为了名声而放弃了生命：

> 我的母亲、银足的忒提斯曾经告诉我，
> 有两种命运引导我走向死亡的终点。
> 要是我留在这里，在特洛亚城外作战，
> 我就会丧失回家的机会，但名声将不朽；
> 要是我回家，到达亲爱的故邦土地，
> 我就会失去美好名声，性命却长久，
> 死亡的终点不会很快来到我这里。（9.410-416）

阿喀琉斯重新顶盔贯甲为友报仇时，对告诫他不要出战的神马说：

---

[1] Gregory Nagy. *The Best of the Achaeans: Concepts of the Hero in Archaic Greek Poetry*, p. 119.

[2] Charles Segal. *Singers, Heroes, and Gods in the Odyssey*, p. 89.

[3] Gregory Nagy. *The Best of the Achaeans: Concepts of the Hero in Archaic Greek Poetry*, p. 97.

[4] D. L. Cairns. Ethics, Ethology, "Terminology: Iliadic Anger and the Cross-cultural Study of Emotion." see *Ancient Anger: Perspectives from Homer to Galen*, p. 40.

[5] C. H. Whitman. *Homer and the Heroic Tradition*, p. 193.

"克珊托斯，你预言我死？这无需你牵挂！/ 我自己清楚地知道我注定要死在这里。"（19.420-421；另参 22.365-366，18.329-332）阿喀琉斯才会有如此豪情：大丈夫死则死耳，何足道哉（21.110）！

英雄们何以如此珍视人的荣耀呢？英勇的人的荣耀（κλέα ἀνδρῶν ἡρώων，9.524-525）或英雄的名声（κλέος ἥρωος，品达《伊斯特摩斯赛会颂》第 6 首 25-26 行），其实是"不朽的名声"（κλέος ἄφθιτον，9.413），英雄们追求的是"名声永不朽"（7.91），[①] 说穿了，就是追求不朽。凡人终有一死，英雄也不例外，但摆脱这种必死的命运却是英雄乃至普通人梦寐以求的目标。换言之，如前所述，英雄是离神最近的人，荣誉就是他们摆脱终有一死的命运而向神靠拢的动力，是英雄进入天国的门票。

在荷马笔下，英雄们追逐的是个人的荣耀，因此颇有个人英雄主义的味道，这与古希腊（尤其雅典）崇尚个体完善的精神是相通的，与后来古罗马隶身国家、献身神明的集体主义思想略有不同。荷马强调个人成就的观点直接影响后世西方的价值观念，形成了西方人文传统的基础，荷马史诗就成为了个体性 arete［德性］理念的先驱。[②] 个人的荣耀是英雄们最关注的东西，但这并不意味着他们就没有一种担当和责任感。个人英雄主义虽是荷马史诗的主流，其间却也涌现出了许多可歌可泣的精诚合作、为国捐躯的动人传说。正是这种道义和侠义精神、这种对家邦的荣耀感和廉耻感（aidōs）让孤军奋战、寡不敌众的赫克托尔勇敢地站在了敌人面前，[③] 在他看来"为国捐躯并非辱事"（15.496）。英雄正是以责任和道义见称的。

英雄是短暂与永恒之间的一座桥梁，是城邦和家庭的栋梁（6.441-465），他们的超越性追求就像一棵参天大树，一旦这棵树繁花盛开，它

---

① κλέος οὔ ποτ' ὀλεῖται，直译可为"荣耀不会消失"。

② John E. Rexine. "The Concept of the Hero." see *Approaches to Teaching Homer's* Iliad *and* Odyssey, p. 73.

③ C. H. Whitman. *Homer and the Heroic Tradition*, p. 171. Cf. Richard P. Martin. *The Language of Heroes: Speech and Performance in the* Iliad, p. 98.

所由之成长而出的人类的土壤就会展现出新颖的、意想不到的美丽来。①
伯里克勒斯在著名的"葬礼演说"中对英雄的品质作出了如此高度的评价：

> 这些人之所以能赢得这一切，是由于他们的勇敢精神，他们的责任感，他们在行动中有一种强烈的荣誉感；你们也一定会意识到，在一项冒险事业中，任何个人的失败都不会使他们觉得城邦使他们灰心丧气，他们反而会尽可能地把他们最光荣的东西奉献出来。他们无一例外地把生命奉献出来，这使他们每个人都获得了永世常青的声誉。至于坟墓，它不只是安葬他们遗骸的地方，而且是存放着他们荣誉的最崇高的圣地，它将永远铭刻在人们心中，人们一有机会就将在这里缅怀他们的行为或业绩。因为英雄们把整个大地作为他们的坟墓，甚至在远离家乡的土地上，那里的墓志铭不是铭刻于记功柱上，而是以不成文的文本铭记于人们的心中，成为每个人心目中的圣地。这些人应当成为你们的榜样，他们认为幸福是自由的成果，而自由是勇敢的成果，他们从不在战争的危险面前有所退缩。②

不管这些英雄是上古的半神，抑或仅仅是我们这个黑铁时代那些出类拔萃的凡夫俗子，他们有强烈的荣誉感、责任感，把自己最宝贵的生命奉献出来了——阿喀琉斯知道"人的灵魂一旦通过牙齿的樊篱，/就再夺不回来，再也赢不到手"（9.408-409）。也不管他们是为了一己的殊荣或身后的令名，抑或是父祖的荣耀、臣民的幸福，建有如此丰功伟绩的英雄难道不值得我们崇拜吗？

在古希腊，"英雄"是其传统宗教中一个十分古老、明确而神圣的概念，英雄崇拜与神明崇拜并行，由古代的祖先崇拜演化而来，后来则

---

① ibid, p. 214.
② 修昔底德，《伯罗奔尼撒战争史》II.vi.43，同前，第102页。

成为了较发达的城邦文化的一个重要组成部分。① 在品达笔下,"英雄受到人们的顶礼膜拜"（ἥρως... λαοσεβής,《匹提亚赛会颂》5.95）。而在希罗多德的记述中,神明崇拜与英雄崇拜的双轨制绝佳地体现在赫拉克勒斯身上,这位力大无比的英雄虽是大神宙斯的儿子,却是一个凡人,于是希腊人在腓尼基的推罗那为赫拉克勒斯建了两座神庙,希罗多德说:"我的意见则是:修建和奉祀赫拉克勒斯的两座神殿的希腊人,他们的做法是十分正确的;在一座神殿里赫拉克勒斯是奥林波斯的神,人们是把他当作不死之神而向他呈献牺牲。但是在另一座神殿里,人们是把他当作一位死去的人间英雄来奉祀的。"② 而到了柏拉图那里,英雄崇拜则上升到国家意识形态的高度,在他看来,英雄崇拜乃是礼法之所需:统治者必须"给每个团体赋予一个神或一个精灵甚或某个英雄"（ϑεὸν ἢ δαίμονα ἢ καί τινα ἥρωα, 柏拉图《法义》738d2）,并且在赞美神明之后,还要赞美精灵和英雄（《法义》801e2–3）,英雄也忝列神明、精灵之末座。

英雄是什么样的人? 西方人对他们的老祖宗如是评价道:

> 荷马笔下的所有英雄都是彻头彻尾的凡人,但也拥有卓越之处——arete [德性],这使他们与众不同。……他们意识到了自己的凡人之身和必死性。他们知道自己的局限。他们知道如何运用凡人身体上和智慧上的资源来对付问题。他们感到了某种英雄般的孤独,同时也知道自己作为凡人而必须在人类社会中起作用。他们知道苦难是人类与生俱来的感受,而且他们也不回避面对不得不面对的东西。他们为人的行为和性格提供了可资学习、欣赏甚至摹仿的榜样。荷马笔下的英雄吸引着我们,因为我们在他们身上认识到自己的凡人身份,也认识到那种凡人身份的充分可能性。③

---

① 参希罗多德,《历史》1.168, 2.50。
② 希罗多德,《历史》2.44.18–21, 王以铸译本, 上册, 第130页。
③ John E. Rexine. "The Concept of the Hero." see *Approaches to Teaching Homer's* Iliad *and* Odyssey, p. 76.

第五章 《奥德赛》的内容与结构

如果说《伊利亚特》这首英雄史诗背后有一个漫长的文学传统为依据的话,《奥德赛》的故事情节则找不到十分直接的原型,因此更具有"原创性",[1] 故而被人认为是西方文学史上第一部最优秀的作品。荷马史诗之前的传说大多只讲到特洛亚的陷落,很少讲到凯旋的英雄们在路上的遭遇,至于英雄诗系中那篇《归返》(*Nostoi*),在普罗克洛斯的《文选》中归在了 "Troizen 的 Agias"(或 Hagias)名下,[2] 显然是后人为了补足荷马史诗的故事而"杜撰"的。《奥德赛》虽与《归返》在情节上有一点点牵连,但无论从文学性还是思想性来说,它都远远高于后者。《奥德赛》所宣扬的智慧、审慎与和解,与《伊利亚特》相比,越来越人性化和哲学化,所以在哲学界(乃至广义的思想界)都更受学者们青睐。[3] 我们且来分析这部被誉为西方第一部浪漫传奇的史诗——当然,这首先需要清楚它和《伊利亚特》的关系。

第一节 两诗异同

随着文艺复兴以来"德先生"和"赛先生"主掌人世大法,"主体性"精神的不断高扬,现代思想中刮起了一股强劲的"疑古"风潮,在他们眼中,古人落后、愚昧、迷信、简单、盲从、专制,如此等等。在荷马史诗领域里,这种现代性精神突出表现为怀疑甚至否认荷马其人的存在,颠覆荷马史诗的经典权威性,其理由就在于这两部史诗错误成

---

[1] C. H. Whitman. *Homer and the Heroic Tradition*, p. 285.
[2] H. J. Rose. *A Handbook of Greek Literature: From Homer to the Age of Lucian*, p. 50.
[3] V. D. Hanson and John Heath. *Who Killed Homer?* p. 193.

堆、败笔连连、逻辑混乱，诸如此类。据他们"富有成效"的考证，《伊利亚特》和《奥德赛》不是成于一时一地一人之手，而且这两部史诗各自也不够统一，同样不是传说中的某一个盲诗人所作。

这种意见一度主宰着荷马史诗的研究，但随着现代性精神的极度膨胀，到所谓"后现代性"像寓言中的青蛙吹破自己的肚皮时，人们发现疑古人士虽取得了一定的成果，却无法给前途带来真正可靠的指向，相反，传统的经典倒是不断闪烁着美丽的光辉。具体到《伊利亚特》和《奥德赛》的关系问题上，大部分学者逐渐认同了亚里士多德以来的传统看法：这两部史诗乃是同一人所作——这是讨论两诗异同的前提。①

其实，《伊利亚特》和《奥德赛》之间的比较研究（这算不算"比较文学"？）古已有之，两千多年来已有不计其数的成果问世。亚里士多德认为：

> 荷马……的两首史诗各有不同的结构，《伊利亚特》是简单史诗兼苦难史诗，《奥德赛》是复杂史诗（因为处处有"发现"）兼"性格"史诗；此外，这两首诗的言辞与"思想"也登峰造极。②

在亚里士多德的眼中，《伊利亚特》情节简单，其中死人无数，充满苦难，而同样出自荷马之手的《奥德赛》则更复杂，它主要讲的是"性格"（ἠθική）。ἠθική这个词指"居处""习惯"，引申为"性格"，进一步引申为"伦理"（ethic），因此我们可以把亚里士多德的话理解为，《伊利亚特》讲战争，《奥德赛》谈伦理。

公元1世纪时朗吉努斯对这两首史诗的评价似乎成为了人们普遍接受的观点，朗吉努斯认为，描写豪气干云、金戈铁马战争场面的宏伟史

---

① 参 Walter Burkert. "The Song of Ares and Aphrodite: On the Relationship between the *Odyssey* and the *Iliad*." see *Homer: German Scholarship in Translation*, p. 250 篇幅颇长的注释 1。
② 亚里士多德,《诗学》1459b12–16，中译文，见《罗念生全集》第一卷，同前，第 99 页。

诗《伊利亚特》成于荷马"生机勃勃的鼎盛之年"（ἐν ἀκμῇ πνεύματος），而沉稳老到、如歌如诉的《奥德赛》则是荷马老年（γήρως）时所作（《论崇高》9.13.1-4）。十八世纪伟大的神学家和古典语文学家本特利的看法则更为有趣，荷马的《伊利亚特》是为男人写的，而《奥德赛》则是写（唱）给女人看（听）的。一个世纪以后，巴特勒（Samuel Butler, 1835—1902）接过了这种看法，甚至干脆认为《奥德赛》出自一个女子之手，《伊利亚特》基本上是男人的戏，而女人在《奥德赛》中则扮演着重要的角色。[1] 当然，这种一家之言也有人不买账。[2]

现代语文学的研究成果认为，《伊利亚特》先于《奥德赛》，近年人们利用电脑对两部史诗进行分析，也证实了这个观点。但这并不能说明两部史诗出于不同作者之手，因为它们即便在创作时间上的差距也非常有限——把《奥德赛》放到非常晚的时期，这乃是一个"不经济的假设"（Whitman 语），至于其他相同之处，那就更多了。

两部史诗同属一个非常成熟的文化系统，以同样的方式全面综合地反映着相同的思维方式、生活理念和文明样式。这两部史诗描写的是青铜时代地中海文明的状况，也许与当时的历史景况不尽相同——它们毕竟是文学作品，但历史学家也能在两部史诗中找到相同的历史背景和重要的历史素材。

两部史诗采用的都是当时十分流行的六音步"英雄格"，语言风格和语言习惯也完全一致——甚至有一些句子几乎一模一样：如《伊利亚特》14.314（"现在让我们躺下尽情享受爱欢"），还有 3.441（"你过来，我们上去睡觉，享受爱情"）几乎完全等同于《奥德赛》的 8.292（"亲

---

[1] R. Bentley. *Collected Works*, ed. A. Dyce. London: F. Macpherson, 1838; cf. S. Butler. *The Authoress of the Odyssey*. London: Jonathan Cape, 1897, pp. 6, 11; cf. Barbara Clayton. *A Penelopean Poetics: Reviewing the Feminine in Homer's Odyssey*. Lanham: The Rowman & Littlefield Publishing Group, Inc., 2004, pp. 1-2。另参格兰斯登，《荷马史诗》，见芬利编，《希腊的遗产》，同前，第 78 页。

[2] Michael Silk. "The *Odyssey* and its Explorations." see *The Cambridge Companion to Homer*, p. 41.

爱的，快上床吧，让我们躺下寻欢爱"），其共同内容都是"爱"（《伊利亚特》的用语是 φιλότητι，《奥德赛》是 φιλη）、"上床享受"（汉译虽有不同，两部史诗中的这三处希腊文完全一样：τραπείομεν εὐνηϑέντε）。再如《伊利亚特》20.34–35（ἠδὲ Ποσειδάων γαιήοχος ἠδ' ἐριούνης Ἑρμείας）就几乎"克隆"了《奥德赛》8.322–323（ἠλϑε Ποσειδάων γαιήοχος ἠλϑ' ἐριούνης Ἑρμείας），两者意思完全相同（震地神波塞冬来了，广施恩惠的赫尔墨斯来了），仅在用语上有非常细微的差别。此外，两首史诗中还有一些句子只字不差，连重音和省音都相同，如《伊利亚特》14.212 与《奥德赛》8.358（οὐκ ἔστ' οὐδὲ ἔοικε τεὸν ἔπος ἀρνήσασϑαι，我不能也不该拒绝你的请求）。[①] 而《伊利亚特》14.447 也与《奥德赛》18.131 完全相同（πάντων ὅσσα τε γαῖαν ἔπι πνείει τε καὶ ἔρπει，大地上呼吸和爬行的所有生灵中）。

在两部史诗中，神明和英雄的绰号、代称、头衔等公式化的语言完全相同，写作手法也完全相同。这种写作手法就是从某一个角度和侧面去构建史诗的整一性：

> 唯有荷马在这方面及其他方面最为高明，他好像很懂得这个道理，不管是由于他技艺或是本能。他写一首《奥德赛》时，并没有把奥德修斯的每一件经历，例如他在帕耳那索斯山上受伤，在远征军动员时装疯（这两桩事的发生彼此间没有必然的或可然的联系），都写进去，而是环绕着一个像我们所说的这种有整一性的行动构成他的《奥德赛》，他并且以同样的方式构成他的《伊利亚特》。[②]

---

① 参 Walter Burkert. "The Song of Ares and Aphrodite: On the Relationship between the *Odyssey* and the *Iliad*." see *Homer: German Scholarship in Translation*, pp. 255–258.

② 亚里士多德，《诗学》1451a22–30，中译文见《罗念生全集》第一卷，同前，第 43 页。略有改动。关于整一性，参《论古典文学》中对"整一律"的讨论，见《罗念生全集》第八卷，第 177 页以下。

亚里士多德这段话最后一句中的"同样"（ὁμοίως）一词，已经表明了这两部史诗在古人心目中的关系。我们把亚里士多德的话进一步具体化：虽然特洛亚战争打了十年，但荷马却只写了最后几十天；同样，奥德修斯的返乡历程也用了十年工夫，但《奥德赛》只写了最后几十天，而把过去九年的事情穿插、倒叙在其中。

从故事情节上看，这两部史诗都围绕着特洛亚传说展开，都是在争夺一个女人，《伊利亚特》争夺的双方是墨涅拉奥斯（和他的盟友）—帕里斯（和特洛亚人），争夺的对象是绝世佳人海伦；《奥德赛》争夺的双方是奥德修斯—求婚者，争夺的对象是秀外慧中的佩涅洛佩。这种"争夺新娘"的故事在古代文明（包括后来的一些民间传说）中可谓屡见不鲜。

两者的相同之处还有不少，总之，两者"都有着世界性的（ecumenical）深度，都试图在它们的体系中引入大量的特洛亚神话，而又不直接纠缠于情节中；两者都是复杂的、里程碑式的和回顾性的；两者在雅典艺术方法上有着巨大的共性，生动、明晰和微妙……这些基本的相似性指向相似的诗学关怀和思想的创造时间"。[①]

当然，这两部史诗的差异也是巨大的。

《奥德赛》有明确的价值取向，而《伊利亚特》的价值观则要模糊得多。《奥德赛》最终结局是一出"大团圆"的好戏，《伊利亚特》则要苍凉得多：它以阿喀琉斯的愤怒开始，以赫克托尔的葬礼结束（24.804）。《伊利亚特》更"荷马"，也就是更加英雄化，《奥德赛》则更"哲学"。它们之间的区别大致如下。

首先，结构上有所不同。

《伊利亚特》按时间顺序依次讲述故事，而且这些故事在逻辑上环环相扣：不是一件事情接着另一件事情，而是一件事情引起另一件事情。《奥德赛》则运用了倒叙和穿插的手法，每一件事情相对独立成篇。《伊利亚特》结构更加紧凑，而《奥德赛》则显得相对松散，甚至让人

[①] C. H. Whitman. *Homer and the Heroic Tradition*, pp. 286-287.

初读时有些摸不着头脑。当然,《奥德赛》这种"形散而神不散"的结构与其复杂的内容正相匹配。

两首史诗叙述方式的区别在于,从叙事学(Narratology)的角度来说,《伊利亚特》是"全知"的作者对事件进行全景式的描述,而《奥德赛》则更多地让主人公自己讲述事件的来龙去脉,其间穿插着其他风格种类略有不同的故事,因此,《奥德赛》的结构比《伊利亚特》复杂得多。[1] 尽管《奥德赛》中也有所谓几何图形般的"环形结构",但远远不如《伊利亚特》那么明显和彻底:后者在严格的轴对称结构中出现所谓 hysteron proteron [倒置] 的现象。《奥德赛》中即便偶尔有这种结构,也大多"敷衍了事"或"摇摆不定"(totter and reel)。[2] 如果说《伊利亚特》的情节按照 ABC 的方式发展,《奥德赛》的结构则差不多是 BAC。[3] 而结构的变化则预示着诗人、观众和世界的变化,也意味着荷马对世界、人生、社会等等方面有了新的认识。[4]

其次,人物和场景也有区别。

《伊利亚特》中的主要人物几乎都是成年人,大多都是武士——极少数女子也堪称英雄(如安德罗马克、海伦、赫卡柏、卡桑德拉),就连侍寝的女俘也大多豪迈过人,不输须眉(如"黄金的阿佛罗狄忒般的布里塞伊斯"为死去的帕特罗克洛斯哭诉的场景,19.282ff)。而《奥德赛》中老弱病残、三教九流、男男女女都有:从老朽悲苦的拉埃尔特斯到豆蔻年华的瑙西卡娅,从王公贵胄到流浪乞丐,从归途中的小人物到山洞中的巨无霸,从海外仙客到冥府鬼魂,从英武善战的奥德修斯到忠心耿耿的奶妈欧律克勒娅,从踌躇满志的特勒马科斯到花天酒地的女仆,从

---

[1] G. S. Kirk. *The Songs of Homer*, p. 355. W. A. Camps. *An Introduction to Homer*. Oxford: Clarendon Press, 1980, pp. 2–4.

[2] C. H. Whitman. *Homer and the Heroic Tradition*, pp. 287, 294.

[3] Michael Silk. "The *Odyssey* and its Explorations." see *The Cambridge Companion to Homer*, pp. 43–44.

[4] C. H. Whitman. *Homer and the Heroic Tradition*, p. 290.

妖魔鬼怪到盲人歌星，从城邦显贵到乡村牧奴，如此等等，可谓社会万花筒、人间千面图。

描写特洛亚战争的《伊利亚特》，其场景几乎完全局限在特洛亚城及其周围（好比一个固定摄影棚里所拍的"室内剧"），除此之外的少量场景都与人无关：神明聚集的奥林波斯山和伊达山。而《奥德赛》的场景转换则特别频繁：从特洛亚到伊塔卡，从皮洛斯到斯巴达，从哈得斯到费埃克斯，从洛托法戈伊人的地方到卡吕普索的驻岛，从基尔克的陆地到海上塞壬的身边，从天上偷情者的床榻到地上久别重逢者的婚床，从城里的王宫大厦到乡间奴隶的破屋，从血腥的山妖水洞到香郁的海国瀛州，从波涛汹涌的大海到宁馨芬芳的仙境，如此等等，可谓上古"蒙太奇"、后世"乌有乡"。

复次，主题上各有侧重。

我们从词汇和词频统计上即可看出两部史诗在主题上的区别。《伊利亚特》以 μῆνις［愤怒］一词开头，而《奥德赛》的第一个词则是 ἄνδρα［人］。"愤怒"是英雄的气质特点，因此《伊利亚特》更多的是歌颂"英雄"。而《奥德赛》第一个词即已定下了全诗主题的基调：人定胜天。再看词频："人"（仅以 ἄνθρωπος 为例）在《奥德赛》中共出现了 118 次，在《伊利亚特》中则只有 70 次；而"英雄"在《伊利亚特》中出现了 73 次，在《奥德赛》中仅有 40 次。其余表示"人"的词汇如 βροτός［有死者］、ἀνήρ［男人］和 φώς［凡人，此词与"光"（φῶς）仅重音不同］，在《奥德赛》中的频率也远远大于《伊利亚特》。[①] 上古力大无穷的英雄虽然还出现在后来的故事中，但已基本不起作用了。而且神明在《奥德赛》中所起的作用不说微不足道，至少远远不能同《伊利亚特》中左右局势的神明们相比。因此，从《伊利亚特》到《奥德赛》的过程是从英雄到凡人的过程，是"走下神坛"的过程，也是英雄世界覆亡的过程：人类从此进入平凡的时代。

---

① Seth Benardete. *The Argument of the Action*, p. 19.

与此相应，如果说《伊利亚特》宣扬的是"力"（广义而言就是尼采所说的 macht，薇依所说的 force），那么《奥德赛》弘扬的则是"智"：富有审慎智慧的奥德修斯战胜了力大无穷的库克洛普斯人。《伊利亚特》的英雄主义和浪漫主义也让位给《奥德赛》的现实主义、自然主义和理性主义（如果可以这么说的话）。《伊利亚特》中的英雄气概代表着人性的理想化方面，而《奥德赛》中绝望、幽默、辛劳则使人性更加全面和圆满。阿喀琉斯在《伊利亚特》中靠勇气创造了他的自我，奥德修斯则在《奥德赛》中用冒险、选择、坚毅和行动创造了他的世界。奥德修斯以知识为武装（而不是赫菲斯托斯给他锻造的神圣的铠甲），同各种艰难险阻进行了卓越的斗争，最终取得了胜利。[1] 这是西方文明经过上古"中世纪"（即公元前12到公元前8世纪）漫长的雪藏孕育后，在古希腊"文艺复兴"中怒放的思想之花。

最后，伦理宗教观念有所变化。

以宙斯为首的众神明在《伊利亚特》中可谓风光无限：呼风唤雨、为所欲为、好事干尽、坏事做绝——墨涅拉奥斯仰天呼唤："天父宙斯，没有别的天神比你更坏事。"（3.365）《伊利亚特》中的神明们在奥林波斯山上觥筹交错、推杯换盏，过着无忧无虑的神仙日子，同时似乎也无任何道义感和责任感。但《奥德赛》中的神明却"文静""文明"得多，更像正义的化身，甚至是"用哲学净化过的世界良知"（耶格尔语）。宙斯在《伊利亚特》中是神人的绝对权威，但在《奥德赛》中却委屈地为自己辩护道："可悲啊，凡人总是归咎于我们天神，/ 说什么灾祸由我们遣送，其实是他们 / 因自己丧失理智，超越命限遭不幸。"（1.32）

在《奥德赛》中，宙斯等神明还在天上观看，但已经不是为了取乐看热闹，而是守望着道德和正义。如此，他们终于赢得了在凡人心中的地位，老人拉埃尔特斯面对邪不压正的局面，在胜利后发出由衷的赞叹："父宙斯，神明们显然仍在高耸的奥林匹斯。"（24.351）

---

[1] C. H. Whitman. *Homer and the Heroic Tradition*, pp. 290–298.

至于神明们所引起的那场灾难重重的战争——这种灾难甚至延续到战后很久一段时间(至少十年),《奥德赛》也给予了深刻的反思。在《奥德赛》中,作者借奥德修斯和得摩多科斯之口以悲伤和悔恨的心情回顾了整个特洛亚战争——尽管回顾者赢得了这场战争。[1] 所以,《奥德赛》与《伊利亚特》尽管一脉相承,但在伦理宗教观念上也大有变化:

> 《奥德赛》的作者已经达到了这样一个高度,在这个高度上,神明神话中那些任性妄为之举已然不见了;在伦理反思的影响下,发生了一场分裂,一边是神明"更纯粹"的观念,另一方面是与宗教无关的虚构甚或是历险小说。[2]

面对《伊利亚特》和《奥德赛》的复杂关系,我们可以张开想象的翅膀,猜测它们可能代表着西方文明一次重大的发展历程,也可能是西方文明中的两极或内部两种小传统在互相冲撞,还可能是人类思想中相互缠绕着的混沌材料——荷马对这些材料进行了天才的整理,更可能是没有任何实质区别的对世界同根同种的感悟——只不过后人把这些感悟做了不同的分类而已,结果看起来好像就有了鸿沟。无论我们如何分析《伊利亚特》和《奥德赛》的关系,都无法改变这个千百年来人们共同的信念:它们合在一起才使"荷马史诗"这个概念得以成立,不管这两部史诗有多少异同之点,它们都是养育西方文明乃至全人类思想的伟大源泉和"源初母液"。

第二节 主要内容

与《伊利亚特》一样,《奥德赛》第一卷前面 10 行也是全诗的"序

---

[1] W. A. Camps. *An Introduction to Homer*, p. 3.
[2] C. H. Whitman. *Homer and the Heroic Tradition*, p. 262.

曲",诗人在其中向缪斯祈求:"请为我叙说,缪斯啊,那位机敏的英雄……"这短短的几行序诗,就已经定下了全诗的基调,浓缩了全诗的故事情节。这个基调就是:"他们亵渎神明,为自己招灾祸。"(1.7)奥德修斯"摧毁特洛亚的神圣城堡后又到处漂泊,/见识过不少种族的城邦和他们的思想;/他在广阔的大海上身受无数的苦难"(1.2-4)云云,无非就是要证明:善恶祸福,咎由自取（έοικότοι, 1.46, 意即"合适",另参 4.239)。

尽管《奥德赛》的叙述场景变化多端,让人云里雾里,但全诗的故事情节似乎很简单,亚里士多德概括说:

> 《奥德赛》的情节（λόγος）并不长。有一个人在外乡,有一位神老盯着他,只剩下他一个人了;他家里情形落到了这个地步:一些求婚者耗费他的家财,并且谋害他的儿子;他遭遇风暴,脱险还乡,认出一些人,亲自进攻,他的性命保全了,他的仇人尽都死在他手中。①

这个"人"是奥德修斯,史诗以此命名（意为"奥德修斯的故事"或"奥德修斯之歌",意同《伊利亚特》中的 Diomedeia、Doloneia 或《奥德赛》中的 Telemacheia）,那位老盯着他的"神"就是波塞冬（一般编本都直接说是波塞冬老盯着他）。

第一卷开头就讲神明们趁波塞冬不在时,商量让那位"深深怀念着归程和妻子"却"被高贵的神女卡吕普索,神女中的女神,/阻留在深邃的洞穴,一心要他做丈夫"(1.13-15)的人实现回归的梦想,而"这时,其他躲过凶险的死亡的人们/都已离开战争和大海,返抵家乡"(1.11-12)。这时奥德修斯的保护神雅典娜极力怂恿宙斯放奥德修斯,并以阿伽

---

① 亚里士多德,《诗学》1455b16-23,中译文见《罗念生全集》第一卷,同前,第73页。

门农遭害以及其子奥瑞斯特斯替父报仇的事情为例,说明放他回去对求婚人实施惩罚的必要性和正当性:在特洛亚之后,重新赢得世人对神明的信任和尊敬(比较:奥斯威辛之后,我们该如何生活?)。

雅典娜奉命来伊塔卡劝导奥德修斯的儿子特勒马科斯外出寻父,叙述场景马上就转到了伊塔卡,其主人公也变成了特勒马科斯,所以讲儿子寻父故事的前面四卷就叫"Telemacheia"(特勒马科斯之歌)。这对于全诗讲述奥德修斯归返的主题来说,不仅不矛盾或偏题,反而有欲擒故纵、欲说还休的一波三折之功效(详下)。雅典娜幻化成奥德修斯的旧友,来到伊塔卡时,看到景况十分混乱,且岌岌可危。年轻的少主特勒马科斯虽然无法懂得为什么"母亲不拒绝他们令人厌恶的追求,/又无法结束混乱,他们任意吃喝,/消耗我的家财,很快我也会遭不幸"(1.249–251,另参 16.126–128),但在雅典娜的激励和指导之下,也颇为动心。这时,歌人费弥奥斯正在"歌唱阿开奥斯人由雅典娜规定的从特洛亚的悲惨归程",思念丈夫的佩涅洛佩不忍卒听,要歌人停止演唱,特勒马科斯第一次顶撞母亲,表明"过错不在歌人,而在宙斯,全是他/按自己的意愿赐劳作的凡人或福或祸"的凡俗观念——这正是雅典娜此行欲挽救的对神义论十分不利的局面,特勒马科斯借此还表明自己的阳刚、成熟和权力:"因为这个家的权力属于我。"(1.359)

第二卷描写的是故事的第二天,朝气蓬勃的太子接受了雅典娜的建议,准备初试锋芒,召集公民大会,急切想发表演说(2.36),向包括求婚人在内的伊塔卡王公贵族讲明了自己家里的不堪景象。求婚人则把责任推到了无比工于心计的佩涅洛佩(2.121)身上,并且胡搅蛮缠一通之后,让特勒马科斯的第一次主动出击无功而返。雅典娜再次鼓励特勒马科斯外出寻父,并且亲自陪伴这位未来的国君出航。

第三卷讲发生在皮洛斯岛上的故事。特勒马科斯来到老英雄涅斯托尔的岛上,为的是打听漂泊在外的父亲的消息,也好让自己在人世间博得美好的声誉(3.77–78)。涅斯托尔道出了特洛亚战争的秘密是"追求财富"(3.106),然后讲到了许多英雄的归返,而这些故事则多半摇摆在神义和神不义之间。尤为关键的是藏着丰富智慧的涅斯托尔谈到了奥瑞斯特斯报父仇（而不提弑母）的故事，为奥德修斯－特勒马科斯杀死求婚人寻找判例或事实依据。涅斯托尔还建议特勒马科斯去斯巴达问墨涅拉奥斯。这一卷以祭祀开始，又以祭祀结束。

第四卷的场地转到了拉克岱蒙。特勒马科斯在涅斯托尔的儿子佩西斯特拉托斯的陪伴下，来到了墨涅拉奥斯金碧辉煌堪比宙斯寓所的王宫（4.72-75），那里正在举办婚宴。墨涅拉奥斯讲述自己带着海伦归返时游历各国、聚敛财富的过程，并为悲惨、危难和艰苦的特洛亚战争懊悔不已（4.97-99）。这时绝世美女海伦出来了，她一眼就认出特勒马科斯乃是奥德修斯的儿子，对战争也进行了反思："阿开奥斯人为我这个无耻人，/前往特洛亚城下，进行激烈的战争。"（4.145-146）战争给很多人带来了苦难，也给特勒马科斯等人带来很多"后遗症"，"大家忍不住哭成一片"（4.183）："哭""泪"贯穿全诗，几乎成了诗歌的第一主题。待海伦拿来忘忧汁止住了大家的悲伤后，她给大家讲起了著名的木马计的故事。"心如铁石"的奥德修斯凭智慧成就了木马计，赢得了这场战争。

墨涅拉奥斯第二天讲起了他归返的趣事，还借老海神之口讲了小埃阿斯、阿伽门农归返的故事，提到了卡吕普索滞留或"隐藏"奥德修斯的事情——在古希腊语里，"卡吕普索"（Καλυψώ）来自于动词 καλύπτω，意思就是"遮盖"。

这一卷625行以下的故事则转到了伊塔卡，求婚人密谋要杀死勇敢外出干了件大事情的特勒马科斯。佩涅洛佩知情后，亦不主张求助于城外果园中凄凉度日的老英雄拉埃尔特斯。就在佩涅洛佩不知所措的时候，雅典娜给她托来了好梦。

第五卷以下才是真正意义上的"奥德赛"，即奥德修斯的故事。虽然在第一卷中宙斯已决定放奥德修斯回家，但其真正的实施却是数天之后。雅典娜再次替奥德修斯说好话，说他爱民如子（5.12）。赫尔墨斯奉命来到卡吕普索美轮美奂的岛屿，看到铁石心肠的奥德修斯"正坐在海边哭泣，像往日一样，/用泪水、叹息和痛苦折磨自己的心灵"（5.82-

83；另参151-158）。其间穿插了几个仙女"思凡"的故事。奥德修斯拒绝了女神长生不老、永不衰朽的提议，义无反顾再次经历苦难。卡吕普索别无他法，只好送来了斧头、布匹等工具，助他做筏。余怒未消的波塞冬看见后，便搅起了风暴，打破木筏，让奥德修斯漂流在海上。在危急时刻，女神伊诺救助了他，雅典娜与河神也帮了他一把，他才死里逃生来到了一个陌生的岛上。

第六卷到第十二卷的故事发生在费埃克斯人的岛上。雅典娜首先托梦给该岛青春可人的公主瑙西卡娅，要她到河边去洗涤衣物，以备婚期，其实是为了让她把奥德修斯带回来，开始奥德修斯最后一站苦尽甘来的飘零历程。在瑙西卡娅和雅典娜的帮助下，奥德修斯来到了费埃克斯王阿尔基诺奥斯的宫殿。

第七卷是奥德修斯苦难历程的一个转折点：他受到了王后阿瑞塔的青睐。费埃克斯人的文明颇为发达（7.44-45），环境优雅（比较卡吕普索的岛屿）、物产丰饶、男航女织，宛如人间仙境。但自从这位"身受无数苦难"（1.4）的英雄到来之后，这一切似乎都很快会改变。奥德修斯一上来就让这帮不谙世事的化外之民以为是神明，而他后来说自己拒绝了卡吕普索优厚的生活条件毅然回国时，也足以让费埃克斯人刮目相看，只是他们未曾留心：他的许多不幸，都是拜波塞冬所赐（7.270-271），这足以说明奥德修斯对他们来说可是不祥之人，因为波塞冬正是费埃克斯人的祖先。

第八卷中有三场歌咏和一场竞技，既贯通了奥德修斯所经历的前后故事情节，又用一个偷情的好玩故事安抚了奥德修斯伤痕累累的心，并让他在竞技中重新找回了武士的感觉，为以后回到伊塔卡"还我河山"或重振朝纲，举行了一次颇为有效的彩排。乐善好施的费埃克斯人虽不知眼前这位神样的中年成熟男人是何许人，却也已决定送他回家。在宴饮时请来了歌人得摩多科斯，"神明赋予他用歌声／愉悦人的本领，唱出心中的一切启示"（8.44-45）。盲歌人首先唱颂了特洛亚战争，奥德修斯听得泪涟涟，掩面哭泣。阿尔基诺奥斯发现后，提议竞技，他自以为费埃克斯人"在拳击、角力、跳远和赛跑上超越他人",但他们很快就发现这位陌生人身手不凡,便只好改口说自己好文治、舞蹈和享乐而不长于武功(8.248-249)。

接下来歌人便唱起了阿瑞斯和阿佛罗狄忒偷情,被后者的丈夫跛脚的赫菲斯托斯设计抓住的故事。这个纯属愉悦性的故事其实也传递着史诗的基本信念:智慧可以战胜力量。这个故事也说明:并不匹配的婚姻早晚要出事,这似乎既在暗示帕里斯和海伦的露水姻缘,也表明埃吉斯托斯与克吕涅墨斯特拉的短暂奸情,更预示着那些求婚人不祥的结局:"天哪,一位无比勇敢的英雄的床榻,/却有人妄想登上,尽管是无能之辈。"(4.333-334)

歌人唱完后,费埃克斯人纷纷向奥德修斯赠礼,甚有赔礼道歉的意味。最后歌人又唱起了特洛亚木马的故事。奥德修斯抑制不住心里的悲怆,阿尔基诺奥斯问他是什么人,同时吹嘘自己聪明的无人驾驶船,以及那个古老的预言:如果他们送奥德修斯回家,那么"费埃克斯人精造的船只总会在/送客返航于无期迷漫的大海时被击毁,/降下一座大山把我们的城邦包围"(8.567-569)。但这一切似箭在弦上,不得不然耳。

第九至十二卷是奥德修斯亲口叙述的历险故事。在费埃克斯人的强烈要求下,奥德修斯踌躇再三后,对这帮生活悠闲过着神仙日子的方外之民大吹大擂了一番。奥德修斯离开伊利昂后,第一站来到了基科涅斯人的伊斯马罗斯城,先洗劫了该城,后被打跑。第二站来到了洛托法戈伊人的国土,这里的人们虽无恶意,但他们的洛托斯花可以让人忘却回家乡之事。奥德修斯好不容易把同伴们拽走,却又来到了库克洛普斯人的岛屿。

库克洛普斯(意为"圆目巨人")似乎是一群被宙斯赶跑的野人,他们身材高大,不种植庄稼,没有议事的集会,也没有法律。他们居住的荒岛天然优良、风景惬意却隐伏杀机。奥德修斯虽然对这位素未谋面的强大对手充满好奇,但也预感到有不妙的事情发生("预感可能会遇到一个非常勇敢,/又非常野蛮、不知正义和法规的对手",9.214-

215），提前准备好了一种厉害的烈酒。这个库克洛普斯人叫作波吕斐摩斯，他的山洞有序、齐整，似乎规规矩矩，其实却无法无天："须知库克洛普斯们从不怕提大盾的宙斯，/ 也不怕常乐的神明，因为我们更强大。"（9.275-276）

奥德修斯的智慧阻止他冒失地杀死洞中的巨怪，否则挪不开洞口巨石的他们也得完蛋。待奥德修斯进献烈酒，在冒失的波吕斐摩斯醉醺醺时，说自己名叫"无人"（Οὖτις）。奥德修斯等波吕斐摩斯睡去后，用烧红的木段钻瞎了他的眼睛。其他库克洛普斯人应声前来帮助时，就发生了一幕著名的故事。波吕斐摩斯回答："朋友们，无人用阴谋，不是用暴力，杀害我。"（9.408）而他的朋友们则把"无人"理解成了"没有人"（μή τίς），就没有进洞来看看。第二天，奥德修斯及其同伴躲在羊肚皮下顺利逃了出来。

第十卷的故事主要发生在基尔克所居的艾艾埃岛。他们先来到风王艾奥洛斯的岛上，风王赠他一口袋风。奥德修斯一行已几乎回到家乡，都可以看见故乡的炊烟了，但同伴不信任奥德修斯，趁他睡着时，打开了口袋，就被皮囊中的风吹回了艾奥洛斯那里，后者意识到这帮人受神明憎恶，便不再帮他们了。他们只好自己划船，来到了莱斯特律戈涅斯人那里，其情形虽与后来登陆费埃克斯人之岛相仿佛，结果却大不相同：遭到土著巨人的猛烈攻击后，奥德修斯的船队只有一艘逃了出来。

他们来到基尔克的驻岛后，派出去探察的同伴都被基尔克变成了畜生。奥德修斯责无旁贷前去救人，在赫尔墨斯的帮助下，用一种摩吕草解除了基尔克的魔法，双方言归于好。一年后，基尔克建议奥德修斯到冥府哈得斯去求问前程。奥德修斯说服了同伴后，便渡过宽阔的奥克阿诺斯，来到了哈得斯。

第十一卷的主人公大多是哈得斯中的鬼魂，故这一卷又被称为Nykia（鬼魂篇）。奥德修斯首先见到的是刚刚去世的同伴的魂灵，要求"入土为安"。奥德修斯见到的第二个魂灵则是母亲，只是奥德修斯暂时不想相见，是要等特瑞西阿斯现身。这个忒拜的著名盲预言家在地狱中居然认出奥德修斯,并开始预言奥德修斯的前途和晚年。奥德修斯不懂得灵魂,徒劳地想和母亲的魂影拥抱。母亲告知了家乡的情况,说明了自己的死因:思念儿子过度(11.202-203),还告诉他灵魂的本质:"一旦人的生命离开白色的骨骸,/魂灵也有如梦幻一样飘忽飞离。"(11.221-222)接下来是一群巾帼英雄,这些人或者与神明有染,或者悲惨万分(如俄狄浦斯的母亲埃皮卡斯特),或者有不幸的婚姻,或者子女不幸。

奥德修斯暂时打住,突然从回忆中走出来,明目张胆地索要(甚至勒索)礼物,阿尔基诺奥斯虽然指桑骂槐、暗中讥讽,却又无可奈何:奥德修斯毕竟是"死"过一次的人。奥德修斯紧接着继续讲述他在地狱中见到的阿开奥斯英魂更表明了他的英勇往昔,只不过他所见到的那些英魂与特洛亚战争时期的英雄已大不相同,其间的差别岂止是人鬼殊途、幽明两世而已,这是对特洛亚战争的深刻反思。阿伽门农因悲惨的死亡而放声痛哭,阿喀琉斯则更愿意"好死不如赖活",宁肯"被雇受役使"也不愿意得那劳什子虚名,大埃阿斯仍然怒气冲冲。

奥德修斯接下来见到了一些神明或半神:米诺斯、奥里昂、提梯奥斯、坦塔洛斯、西绪福斯、赫拉克勒斯,一半享福,一半受苦。最伟大的英雄赫拉克勒斯"两眼噙泪",对那些让他扬名立万的英雄事迹颇为不屑,视之为"苦差事"(11.622),这对《伊利亚特》所宣扬的英雄观可谓有力的反击。

第十二卷的场景又回到基尔克的驻岛。奥德修斯殡葬了同伴后,基尔克又详细指点他回归的路程以及遇到危险时如何应对。接下来他们就到了塞壬的海岛附近,奥德修斯按照指点提前把同伴的耳朵堵上,也把自己捆在桅杆上,尽管塞壬们千方百计施以诱惑,最后总算安全过关了。奥德修斯又闯过了吞吐海水的卡律布狄斯以及吃人的斯库拉这两关,损失了六个同伴,来到了太阳神赫利奥斯的岛屿。奈何同伴们命限已到,忍耐不住饥饿(似乎未可厚非),杀了太阳神的牛来吃,遭到宙斯的惩罚,全船除奥德修斯以外,无一幸免。奥德修斯被狂风吹回了卡律布狄斯和斯库拉那里，但凭借智慧，安然逃过，来到了卡吕普索的岛屿。

第十三卷以下的故事则发生在伊塔卡岛上。费埃克斯人向奥德修斯赠送了他们难以负担的厚礼，并把这位志得意满的漂流人舒舒服服地送回了伊塔卡。但费埃克斯人却遭了殃：宙斯让波塞冬惩罚了自己的后裔。奥德修斯醒来认不出自己的故土，雅典娜幻化前来指点，与生性多疑的奥德修斯斗智，他们分别在神明中和在凡人中"以睿智著称"（13.299）。雅典娜沿用木马计，让奥德修斯化装进城。

第十四卷的地点在伊塔卡城外。奥德修斯先去忠仆牧猪奴那里，发现那位老实巴交的仆人还在殷殷怀念主人，诅咒造成特洛亚战争的海伦（14.68-69）。在他眼中，主人奥德修斯比自己的故乡、父母还更亲，他相信这位英勇无比的主人一定会回来。奥德修斯对他撒谎说自己是克里特人，好战而不好农事（比较荷马与赫西俄德），在地中海游历时曾听到过"奥德修斯"的消息，奥德修斯编造的故事有真有假。奥德修斯考验仆人，讲述故事，发现此人是自己打回老巢的可靠力量。

第十五卷讲述奥德修斯归返宝座所需的另一支力量：特勒马科斯。雅典娜托梦给特勒马科斯，要他急速回家，因为家里形势岌岌可危。雅典娜还要他绕开求婚人的埋伏，直接去城外牧猪奴欧迈奥斯那里，去跟父亲汇合。特勒马科斯连忙辞别墨涅拉奥斯，经涅斯托尔的国土，带着一个游荡的预言者特奥克吕墨诺斯回到伊塔卡。而在伊塔卡岛上，审慎的奥德修斯还在试探牧猪奴（15.304）。欧迈奥斯讲述了自己的身世。特勒马科斯回来了，万事俱备，只等相认。

第十六卷是第一次亲人相认。特勒马科斯回到伊塔卡后，受到欧迈奥斯的热情招待。牧猪奴虽然没有直接点明，但佩涅洛佩"一直泪水不断盈眼睑，/伴她度过那一个个凄凉的白昼和黑夜"（16.38-39），这一切似乎都是特洛亚战争造成的间接伤害。这时雅典娜前来示意他们父子相认，并把奥德修斯变回了原样。待奥德修斯一句"我就是你父亲"（16.188）出口，父子俩泪流满面，放声痛哭。两人稍为镇静下来后，便开始布置如何反攻倒算。这边求婚人伏击特勒马科斯的计划落空后，感到情势紧急必须下手了。佩涅洛佩则出面叱责这帮厚颜无耻的求婚人。

第十七卷的地点终于转移到奥德修斯矢志不移要归返的伊塔卡王宫。特勒马科斯先回家，劫后重逢的母亲哭泣着迎接了这位"甜蜜的光明"（17.41，另参 16.23），特勒马科斯也向母亲讲述了自己寻父的经过。这时奥德修斯装扮成一个乞丐，来到了这群无忧无虑而不知死期将近的求婚人中间。奥德修斯在进城的路上碰到牧羊奴墨兰透斯，被这个忘恩负义的仆人踢了一脚，奥德修斯顾全大局而隐忍未发，"我的心灵坚忍，因为在海上，在战场，/ 我忍受过无数不幸"（17.284-285）。奥德修斯刚见到阔别二十年的家犬阿尔戈斯，这条老狗认出主人后，马上就故去了。雅典娜鼓励奥德修斯向求婚人行乞，"好知道哪些人守法，哪些人狂妄无羁"（17.363）。结果发现安提诺奥斯尤其可恶，他竟然用搁脚凳打奥德修斯，但特勒马科斯和奥德修斯都忍了，暂时任由"他们穷凶极恶，/ 狂傲、强横的气焰直达铁色的天宇"（17.564-565），直到黄昏来临。

第十八卷仍然描写奥德修斯忍辱负重，等待时机以求爆发。这时来了一个真乞丐、地头蛇，求婚人便怂恿这两个"乞丐"角斗，好看笑话。奥德修斯三思之后，为避免暴露身份，只是轻轻教训了那个乞丐。奥德修斯对敌人展开了政治攻势：一切皆有神定，因此"一个人任何时候都不可超越限度，/ 要默默地接受神明赐予的一切礼物"（18.141-142）。这时雅典娜给守空房、懒梳妆的佩涅洛佩仔细打扮了一番。尽管这位王后生不如死，却也仪态万方，富有魅力，她批评求婚人违背习俗（18.275-280）。就在宴席上，忘恩负义的女仆当面侮辱主人。雅典娜让求婚人越陷越深，尽管欧律马科斯没有击中奥德修斯。

第十九卷主要讲奥德修斯与佩涅洛佩的交谈，以及他被奶妈欧律克勒娅认出。奥德修斯开始试探自己分别多年的发妻。奥德修斯开场对佩涅洛佩的恭维似乎说明了伊塔卡二十年无人统治的秘密：佩涅洛佩就是执法公允的国王（19.109）——尽管她因为思念丈夫而几乎没有什么外交活动（19.134-135），而且此时已山穷水尽，不得不改弦再嫁。

奥德修斯在佩涅洛佩的一再追问下，不得不编造谎言来搪塞，"他说了许多谎言，说得有如真事一般"（19.203，另参《神谱》第 27 行），当然间或也说说真话，惹得妻子哭成泪人儿，奥德修斯也强忍悲伤。佩涅洛佩几次诅咒"可憎的恶地伊利昂"（$\dot{\epsilon}\pi o\psi\acute{o}\mu\epsilon\nu o\varsigma\ K\alpha\kappa o\acute{\iota}\lambda\iota o\nu$，19.260，19.597, 23.19）。奥德修斯只是对妻子暗示自己可能已经回来了，却向奶妈展示了能证明自己身份的伤疤，被老仆认出来了。接着史诗讲述了这个伤疤的来历，也说明"奥德修斯"一名之为"愤怒"的原因，只不过这个被外公起名为"愤怒"的人其实理智得很。他为了不让奶妈泄密，几乎扼住了她的喉咙。女主人丝毫未曾注意到这一切，讲到自己度日如年、寝食难安的惨况，并说自己只好选择比武招亲。当然，这对于勇力过人的奥德修斯来说，可谓求之不得。

第二十卷讲奥德修斯继续忍耐。他见到有些女仆和求婚人鬼混，心里怒不可遏，但也强忍了下来，他知道正是"智慧"（$\mu\tilde{\eta}\tau\iota\varsigma$）让他逃出了波吕斐摩斯的洞穴。奥德修斯同样在考虑：杀死对手后，如何保全性命？雅典娜说：有我在，别怕。而佩涅洛佩在一旁痛苦万分，但求一死。第二天，大家忙碌着似乎在准备节日庆典。可恶的牧羊奴再次羞辱主人，而忠诚的牧牛奴却怀念着主人，等待他归来，后者无疑是奥德修斯可靠的同盟军。土老财求婚人用牛蹄砸奥德修斯。待特勒马科斯说要嫁母，求婚人"大笑不止，直笑得双颔变形，/ 吞噬着鲜血淋淋的肉块；笑得他们双眼噙满泪水，心灵想放声哭泣"（20.347-349），预言者说，他们这是恶贯满盈了（20.370）。求婚人吃了最后一顿晚餐。

第二十一卷和第二十二卷是全诗的高潮，讲述奥德修斯恢复自我，杀死敌人，夺回王宫。比赛安弦射箭似乎是佩涅洛佩独立想出的主意，奥德修斯那把弓承载着赫拉克勒斯不守客谊的故事，暗示那帮同样不守客人本分的求婚者的命运。特勒马科斯第一个上前试一试自己的力气，差一点就能成功了。其他求婚人虽然既用火烤又涂猪油，但仍然安不上弦，更不必提拉弓。奥德修斯先向两位忠仆表明了身份，取得他们的帮助。在佩涅洛佩的首肯下，奥德修斯试着给弓安弦。这时，特勒马科斯把佩涅洛佩支走，然后吩咐仆人关上厅门。奥德修斯轻易给弓安上弦，"有如一位擅长弦琴和歌唱的行家，轻易给一个新制的琴柱安上弦"（21.406-407），弓弦发出美好的声音，有如燕鸣，而宙斯的响雷则是求婚人的丧钟。

第二十二卷是《奥德赛》中唯一表现史诗的"英雄"气概的画卷。奥德修斯首先射杀了正在畅饮而毫无防备的求婚人中罪大恶极的安提诺奥斯，其他人还以为那是误杀。看到奥德修斯回来了，求婚人的首领欧律马科斯自知理亏，请求奥德修斯宽恕，并提议已经归来赔偿，还道出了求婚的目的："如此热衷于此事并非真渴望成婚，/ 而是另有他图，克洛诺斯之子未成全：/ 他想做人烟稠密的伊塔卡地区的君王。"（22.50-53）但奥德修斯拒绝赔偿（比较墨涅拉奥斯拒绝特洛亚人的赔偿，《伊利亚特》7.400-401），力求赶尽杀绝（似乎是为特勒马科斯登基扫清道路，不留后患）。奥德修斯逐一射杀了求婚人，特勒马科斯前来相助，双方展开了激斗。雅典娜再次幻化前来助阵，帮助杀敌，并现出真身威慑求婚人。奥德修斯有如雄狮一般取得了胜利，并认为求婚人咎由自取、罪有应得。特勒马科斯遵嘱处死了不忠的女仆，等打扫完战场之后，好戏也差不多该收场了。

第二十三卷是夫妻相认、破镜重圆的美好结局。当老奶妈告诉佩涅洛佩说奥德修斯已经回来且已杀死了求婚人时，佩涅洛佩以为是在开玩笑，半信半疑之间，也只敢相信"或许是哪位天神杀死了高傲的求婚者"（23.63）。即便见到久别的丈夫时，也只是"久久默然端坐"，两口子相对无言，冷静至极地相互考验。奥德修斯首先处理了杀死如此多伊塔卡显贵这一棘手的事情，然后接受了妻子关于婚床的考验。夫妻最后终于相认，雅典娜亦颇解风情。到这一卷第296行，即"他们欢欣地重新登上往日的婚床"，《奥德赛》的故事似乎就圆满结束了，许多学者也认为以下至二十四卷乃是后人伪作。但不少学者认为伊塔卡岛上的事情还没完，死者的家属肯定还会找这对患难夫妻的麻烦。而且尤为重要的是，雅典娜着手重建的新型人神关系还没最终完成。①

奥德修斯向佩涅洛佩简要地复述了他回国的经历，然后在雅典娜的授意下，准备去乡下看望老父，求得和解与帮助。

最后一卷安顿了死人和活人，在和解中完成了这一出漫长的戏剧。首先是赫尔墨斯把求婚人的魂灵带到哈得斯，他们碰到了阿伽门农和阿喀琉斯，谈到了阿喀琉斯的葬礼（另参《小伊利亚特》）。这是在比较三种死亡：阿喀琉斯流芳百世的死，阿伽门农毫无意义的死，以及新来的求婚人罪有应得的死。求婚人万万没有料到："可是他[奥德修斯]虽在自己的家宅，却忍受这一切，/控制住自己的心灵，任凭人们打击和凌辱。"（24.162-163）他们太低估了智慧的力量——就好比波吕斐摩斯。而阿伽门农对佩涅洛佩再次赞不绝口（24.191ff，另参11.445-446）。

奥德修斯一行来到拉埃尔特斯的田庄，这位习惯考验人的英雄打算先试探一下老父的立场。奥德修斯先戏弄了父亲几句，然后对父亲连篇撒谎，惹得父亲悲苦难当，最后当奥德修斯证明自己的身份说自己回来了时，拉埃尔特斯不禁欢呼苍天有眼。求婚人的家属前来找奥德修斯，新账老账一起算（24.426-429），尽管他们中有人认识到这事全是求婚人的"恶行造成"（24.455）。宙斯和雅典娜决定让双方缔结和平和友谊。拉埃尔特斯也发少年狂，杀死了领头闹事的人。在雅典娜和宙斯的制止下，"战斗的双方重又为未来立下了盟誓"（24.546），一个新的世界，一个新的王国，一个新的英雄，一种新的信念，由此就建立起来。

第三节　基本结构

奥德修斯在第九卷至第十二卷中对往昔的回忆，使得《奥德赛》的结构似乎出现了断裂或错置，让人一下子觉得情节有些迷糊，分不清奥

---

① 参伯纳德特，《弓弦与竖琴》，同前，第 27 页；另参第 188 页。

德修斯的历险从哪里到哪里了。但如果我们撇开这一段情节极其复杂的回忆，就会发现《奥德赛》的结构实际上也是线形发展着：奥德修斯从卡吕普索的驻岛（同时描写伊塔卡岛上的事情），来到了费埃克斯人的地盘（在这里回忆当年从特洛亚到卡吕普索驻岛之间的许多地方和人物），然后回到伊塔卡。从时间进程上来说，其基本顺序大致如下：①

第一天：神明集会；雅典娜在伊塔卡会见特勒马科斯（第一卷）。

第二天：伊塔卡人集会；特勒马科斯准备出行（2.1-398），他当晚驶离（2.399至末尾）。

第三天：特勒马科斯到达皮洛斯听涅斯托尔讲故事（3.1-403）。

第四天：特勒马科斯离开皮洛斯去斐赖（3.404-490）。

第五天：特勒马科斯的斯巴达之旅，在墨涅拉奥斯宫中受款待（3.491-4.305）。

第六天：特勒马科斯待在斯巴达听墨涅拉奥斯讲故事。

在伊塔卡：发现特勒马科斯离去了。求婚人阴谋设伏杀死他（4.625-786）。夜晚佩涅洛佩做梦；阴谋者出发（4.787至末尾）。

第七天：神明第二次集会。赫尔墨斯通知卡吕普索放奥德修斯回家（5.1-227）。

第八至十一天：奥德修斯造了一条木筏（5.228-262）。

第十二至二十八天：奥德修斯安全航行（5.263-278）。

第二十九天：波塞冬掀起风暴让奥德修斯遭海难（5.279-387）。

第三十至三十一天：奥德修斯在圆木上漂流到了费埃克斯人的国土斯克里埃（5.388至末尾）。

第三十二天：雅典娜派瑙西卡娅来到奥德修斯睡觉的近处。他

---

① W. B. Stanford. *Homer: The Odyssey*, Books I-XII. London: Bristol Classical Press, 1996, pp. x-xii.

们相遇。奥德修斯在阿尔基诺奥斯的宫中受到热情的款待（第六至七卷）。

第三十三天：费埃克斯人用酒食、歌舞和竞技来招待奥德修斯（第八卷）。那天晚上，奥德修斯复述了他此前从特洛亚到斯克里埃之间的历险：基科涅斯人、洛托法戈伊人、库克洛普斯人、艾奥利埃岛、莱斯特律戈涅斯人、基尔克、哈得斯、塞壬、斯库拉、卡律布狄斯、太阳神的牛、风暴、卡吕普索的驻岛（第八卷至 13.17）。

第三十四天：奥德修斯从费埃克斯人那里驶离，回到伊塔卡（13.18-92）。

第三十五天：奥德修斯着陆，与牧猪奴在一起（13.93 至第十四卷末尾）。特勒马科斯从斯巴达到斐赖（15.1-188）。

第三十六天：特勒马科斯到达皮洛斯并乘船回家（15.189-300）。奥德修斯与牧猪奴在一起（15.301-494）。

第三十七天：特勒马科斯逃脱了求婚人的伏击，在伊塔卡登陆，并与奥德修斯和牧猪奴在一起（15.495 至第十六卷末尾）。

第三十八天：奥德修斯装成乞丐，来到宫中求婚人中间。他打败了一个乞丐对手，与佩涅洛佩说话，被老奶妈认出（第十七到十九卷）。

第三十九天：弓箭比赛。杀死求婚人（第二十卷至 23.240）。当晚，佩涅洛佩终于接受了奥德修斯，此人真是她丈夫（23.241-346）。

第四十天：求婚人的灵魂去到哈得斯；奥德修斯去见父亲；雅典娜在奥德修斯和求婚人的家属之间建立和平（23.347 至全诗末尾）。

这四十天中，实际叙述的只有十六个白天和十八个夜晚，其余只是一笔带过（《伊利亚特》总共五十一天中实际叙述了十五个白天和五个夜晚）。《伊利亚特》场景大多集中在特洛亚及其周围，而《奥德赛》的故事则主要发生在"三岛两宫"，即奥古吉埃、斯克里埃和伊塔卡，以及涅斯托尔和墨涅拉奥斯的王宫。

按照发生地点或行为集群，《奥德赛》的结构可以划分为五个部分：（1）奥德修斯回来之前的伊塔卡（第一至二卷）；（2）特勒马科斯外出到皮洛斯和斯巴达寻父（第三到四卷）；（3）奥德修斯乘木筏从奥古吉埃到斯克里埃（第五卷）；（4）奥德修斯在斯克里埃岛上与费埃克斯人一起，回忆他来到此地以前的事情（第六至十二卷）；（5）奥德修斯在伊塔卡（第十三至二十四卷）。当然，也有人根据故事情节而把《奥德赛》分成六个部分，即每四卷为一个单元。[①]

再进一步浓缩，《奥德修斯》的结构可以划分为三个部分：（1）特勒马科斯的故事（第一至四卷）；（2）奥德修斯战后的流浪（第四至十二卷）；（3）奥德修斯返家后夺回宝座。归根结底，《奥德赛》具有一种两重结构：整个史诗前半部分（即第一至十二卷）讲述奥德修斯归返以前的事情，各路神仙、诸侯、敌友等等，纷纷出场，可以把这一部分视为奥德修斯归返前的准备以及归返本身（nostos）。后半部分（即第十二至二十四卷）则叙述奥德修斯归返后，如何成功地实现其归返的目的。[②]

《奥德赛》的结构虽然不如《伊利亚特》那样具有十分严格的几何式环形结构，但环形结构也是《奥德赛》的文本形式特征（由此足见《伊利亚特》和《奥德赛》的亲缘关系），比如奥德修斯在费埃克斯人那里叙述的故事：[③]

---

① Stephen V. Tracy. "The Structures of the *Odyssey*." see *A New Companion to Homer*, pp. 365–368.

② 参 Joachim Latacz. *Homer, His Art and His World*, pp. 140–1。

③ G.W. Most. "The Structure and Function of Odysseus' Apologoi." see *Homer: Critical Assessments*, V.3, p. 490.

第五章　《奥德赛》的内容与结构·197

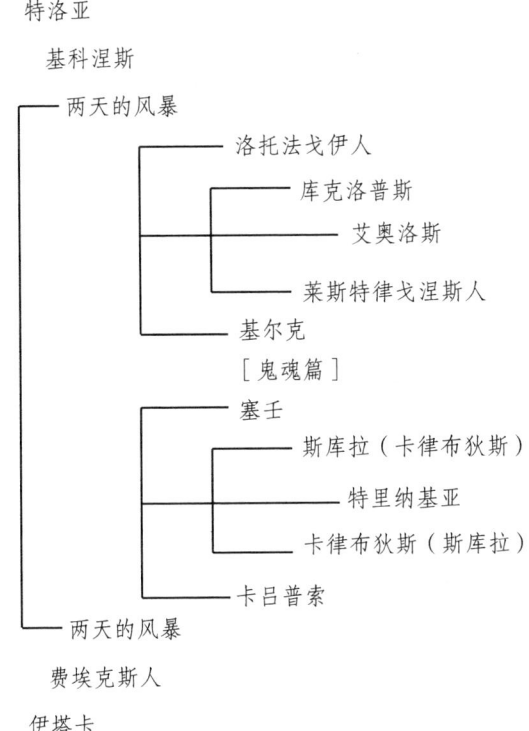

环形结构还存在于篇幅较小的对话和叙述中。比如第十一卷171行到203行，奥德修斯在哈得斯询问他母亲，她是如何死的，父亲现状怎样，他的儿子特勒马科斯如何了，妻子佩涅洛佩是否改嫁。而奥德修斯的母亲回答顺序则正好相反：妻子，儿子，父亲以及她自己的死因。同样，第二十一卷前434行也是一个严密的环形，这部分的主题有关弓箭，其结构如下：

a. 佩涅洛佩与弓（1-79）
b. 欧迈奥斯把弓交给了求婚人并受到斥骂（80-100）
c. 特勒马科斯（101-139）

d. 勒奥得斯与安提诺奥斯（140-187）
　　　　相认（188–244）
　　d. 欧律马科斯与安提诺奥斯（245-272）
　　c. 奥德修斯（273-358）
　　b. 欧迈奥斯在斥骂声中把弓交给了"乞丐"（359-379）
　　a. 奥德修斯与弓

　　同样，《奥德赛》中也有大环套小环、外环包内环的结构。就以表示更新和净化（或净罪）的"沐浴"来看，史诗中多次出现的洗澡场景实际上围绕着一个核心展开，其扩展之后的复杂环形结构大致如下。①

　　a. 特勒马科斯的沐浴（第三卷）
　　　1. 雅典娜（371）
　　　2. 涅斯托尔和儿子们（386-387）
　　　3. 沐浴与比喻（464-469）
　　　4. 旅行（477-497）
　　b. 奥德修斯的沐浴（第六卷）
　　　1. 与瑙西卡娅相遇（127-197）
　　　2. 沐浴与衣服（224-228）
　　　3. 雅典娜美化奥德修斯以及扩展的比喻（229-235）
　　　[第二次沐浴（第八卷）
　　　2. 衣服与沐浴（449-456）
　　　1. 与瑙西卡娅道别（457-468）]
　　c. 佩涅洛佩（第十八卷）
　　　1. 拒绝沐浴（178-179）

---

① Stephen V. Tracy. "The Structures of the *Odyssey*." see *A New Companion to Homer*, pp. 371ff.

2. 雅典娜让她入睡并美化她（187-196）
    3. 奥德修斯前往特洛亚时的离别故事（257-271）
  c. 奥德修斯（第十九卷）
    1. 拒绝沐浴（336-348）
    2. 欧律克勒娅为他洗脚（386-392，467-471）
    3. 奥德修斯的故事，他的出生与伤疤（393-466）
  b. 奥德修斯的沐浴（第二十三卷）
    2/3. 雅典娜对他的美化以及扩展的比喻（153-163）
    1. 与佩涅洛佩的相认与团圆（166-296）
  a. 拉埃尔特斯的沐浴（第二十四卷）
    4. 隐喻性的旅行（345-355）
    3. 沐浴（365-367）
    1. 雅典娜对他的美化（368-371）
    2. 多利奥斯和儿子们（387）

其中 C—C 是内环，B—B 是中环，A—A 是外环，它们对于史诗主题和内容的重要性也随之递减。在这个环形结构中，我们也可以发现《奥德赛》基本结构的另一个显著特点，那就是"平行"。《伊利亚特》虽然也有这种结构特点，但远远不如《奥德赛》那么依赖于如此多的平行（甚至有些重复）的故事群。简要地说，《伊利亚特》的结构主要是"环形"（abc，cba），而《奥德赛》的结构特点则在于"平行"（abc，abc）。这种结构上的区别似乎很能说明一些问题。

这种平行结构既是全诗的总体结构，也是很多相似场景的内在结构。我们如果把全诗分成两个大的部分，即第一至十二卷讲奥德修斯的流浪，这是第一部分，第十三到二十四卷为第二部分，讲述奥德修斯回家后的行动，那么这两个部分之间的结构基本上是平行的。如前所述，我们甚至可以进一步把这两个部分按照每四卷一个单元进行划分，则更能看出这种半几何图形式的结构来：

a. 第一至四卷

　　伊塔卡

　　雅典娜与特勒马科斯

　　求婚人未能奉行恰当的待客之礼

　　特勒马科斯航行到皮洛斯和斯巴达

　　求婚人密谋杀死特勒马科斯

b. 第五至八卷

　　到阿尔基诺奥斯宫殿的旅程

　　与年轻人之间的冲突和竞赛

　　隐性的比武招亲（公主）

　　不为人知的奥德修斯的身份

c. 第九至十二卷

　　奥德修斯表明自己的身份并变成一个歌手

　　向费埃克斯人讲述他的历险

　　赢得王后阿瑞塔的支持

　　地狱、母亲、特洛亚英雄

a. 第十三至十六卷

　　伊塔卡

　　雅典娜与奥德修斯

　　欧迈奥斯模范的待客之礼

　　特勒马科斯从斯巴达和皮洛斯回来

　　奥德修斯和特勒马科斯筹划杀死求婚人

b. 第十七至二十卷

　　到奥德修斯宫殿的旅程

　　与乞丐打斗并与求婚人发生冲突

　　隐性的比武招亲（王后）

　　不为人知的奥德修斯的身份

c. 第二十一至二十四卷
   奥德修斯向求婚人表明自己的身份并变成一个弓箭手
   赢得他的王后的信任
   向佩涅洛佩重述他的历险
   地狱、特洛亚的英雄、父亲

上述故事又可以分成几个系列：伊塔卡系列（第一至二卷，4.625-847），斯克里埃系列（5.282-第八卷），艾艾埃系列（第九至十二卷），斯克里埃系列（13.1-187）以及最后的伊塔卡系列。在这几个系列或故事群中，既有环形的特点，更有平行的结构。[1] 先看环形结构：

A1：伊塔卡系列（第一至四卷）
　B1：斯克里埃系列（5.282 至第八卷）
　　C1：艾艾埃系列（第九卷至 11.332）
　　　插话（11.333-382）
　　C2：艾艾埃系列（11.383 至第十二卷）
　B2：斯克里埃系列（13.1-187a）
A2：伊塔卡系列（13.187b 至第二十四卷）

但这些系列同时又是平行的，比如就其中的人物来说，在艾艾埃岛上是奥德修斯、基尔克和同伴们，在斯克里埃岛上是奥德修斯、瑙西卡娅/阿瑞塔和费埃克斯的选手，在伊塔卡岛上是奥德修斯、佩涅洛佩和求婚人，都是同一个男人、一个女人和一群男人。我们甚至可以把这些平行的故事概括成一个大型的叙述模式：[2]

---

[1] Bruce Louden. *The Odyssey: Structure, Narration, and Meaning*. Baltimore: The Johns Hopkins University Press, 1999, p. 28.
[2] ibid, pp. 2–25.

正如此前所预言的一样，奥德修斯来到一个岛上，迷失了方向，不知道自己的位置。一个帮助他的神仙出现了，指导他如何去接近一个有权有势的女人或女神，这个女性角色控制着奥德修斯回家路途下一阶段的通道，并向他指出一帮年轻人会给他带来的潜在困难。奥德修斯的身份是秘密的（因为接近那个女性很危险），他接近这位女性，发现一个人最初对他表示怀疑、冷漠甚至敌意。这位女性考验他，奥德修斯成功通过考验后，赢得她的同情和支持，获准进入回家的下一个阶段。要等到她充满敌意地向他提供沐浴后，他们之间才能明白无误地相互理解。此外，奥德修斯此时得享与这个女人的性爱和（或）婚姻。然而，奥德修斯和那群年轻人之间发生了冲突。这些年轻人用各种方式辱骂奥德修斯，亵渎了神圣的禁令。每一帮年轻人的首领其姓名中都有一个相似的词头"欧律-"，如此前所预言的一样，这帮青年人后来的死亡都是一位愤怒的神明安排的。神明的介入限制了死亡和毁灭的范围。

奥德修斯从特洛亚回来时所带的那帮手下与佩涅洛佩身边的求婚人正好对应，卡吕普索的岛屿与基尔克的岛屿也是平行关系。除了前面所讲的全诗的平行结构（即每四卷一个单元，每三个单元为一个大的群体，与后面的故事恰成平行）以外，有些规模较小的叙述单元的内部结构也是平行的。我们且以奥德修斯的地狱经历为例：[1]

    a. 埃尔佩诺尔（51-83）33 行
       奥德修斯先说话
       埃尔佩诺尔讲他自己卑微的死亡，要求埋葬，因为使奥德修斯想起佩涅洛佩和特勒马科斯而让他的请求更加令人

---

[1] Stephen V. Tracy. "The Structures of the *Odyssey.*" see *A New Companion to Homer*, pp. 375-377.

心酸。
b. 特瑞西阿斯（90-151）62 行
　特瑞西阿斯先说话，问奥德修斯怎么会来这里
　谈起奥德修斯家中的情况
　谈起奥德修斯的将来
c. 安提克勒娅（152-224）73 行
　安提克勒娅先说话
　奥德修斯徒劳地试图拥抱她
　因奥德修斯而死
d. 妇女名录（225-327）

插话（328-384）

a. 阿伽门农（387-446）80 行
　奥德修斯先说话。
　阿伽门农涉及自己不体面的死亡并提到了奥德修斯妻子和儿子
b. 阿喀琉斯（467-540）74 行
　阿喀琉斯先说话并问奥德修斯怎么会来这里
　想知道自己家中的情况
　奥德修斯提起在特洛亚时的往事
c. 埃阿斯（543-565）23 行
　埃阿斯静静地站着，所以奥德修斯必须说话
　奥德修斯徒劳地试图交谈
　因奥德修斯而死
d. 男人名录（568-627）

此外，几对父子、夫妻关系，即阿伽门农与奥瑞斯特斯，拉埃尔特斯与奥德修斯，奥德修斯与特勒马科斯，佩琉斯与阿喀琉斯的关系；

阿伽门农与克吕涅墨斯特拉，墨涅拉奥斯与海伦，奥德修斯与佩涅洛佩，等等，基本上都是平行的。赫尔墨斯欣赏卡吕普索岛上的美景，则与奥德修斯欣赏费埃克斯人岛上的美景相互对应。凡此种种，不一而足。

第六章 《奥德赛》与古典政治哲学

荷马史诗是上古社会的"百科全书",记载了古人的爱恨情仇和喜怒哀乐,表达了古风时期人们对宇宙、社会和人生的看法。我们且选取一个独特的视角进入这个美妙的思想世界。如果说《伊利亚特》是上古英雄传奇的结晶,因而更多地具有想象的特质的话,那么,《奥德赛》则更多的是日常生活的画卷——其中名目繁多的怪人野仙只不过是这幅图画的装饰而已。即便是在传说中的费埃克斯人那里,作者也着力描写那种男耕女织、吃喝拉撒、谈情说爱、花天酒地的平常生活,比如"母亲坐在炉灶边,正同女仆们一起,/纺绩紫色的羊绒;她遇见父亲正出门,/前去与杰出的王公们一起参加会议"(6.52-54;另参7.108-111)。《伊利亚特》很少涉及人伦日用等"庸俗"的方面,但《奥德赛》却处处从一些最低级最不可或缺的东西出发,向上寻找普遍的道理。

《奥德赛》的基本主题是奥德修斯(以及特勒马科斯,甚至包括地狱鬼魂)的自我认识过程,而他的自我认识又必须以对世界的认识为基础,从这个意义上讲,《奥德赛》中至少包含了哲学的萌芽:荷马史诗中仅有一次的"性质"($\varphi\acute{\upsilon}\sigma\iota\varsigma$)一词就出现在《奥德赛》中(10.303)。奥德修斯的地狱之旅是一个典型的隐喻,表示他对人的灵魂(或魂灵)本质认识的过程,而多灾多难的回家路途,则是他对智慧的认识过程。毫无疑问,《奥德赛》中那位机敏过人的主角处处以"智慧"取胜逃生,这部史诗宣扬了一种"爱智慧"的精神,这不就是我们所说的"哲学"么?

当然,《奥德赛》的哲学不是后来越来越抽象的形而上学,毋宁说是一种源于生活、高于日常、能够助人安身立命的政治哲学。我们且截取其中一两个角度来讨论这种古典的思想方式,而这个维度至今似乎尚无人涉足。

第一节 生存

奥德修斯为什么要放弃"神仙眷侣"一般的生活,放弃长生不老的日子,反而要历经艰辛,舍命相搏,以求回到伊塔卡,乃至"一心渴望哪怕能遥见从故乡升起的 / 缥缈炊烟,只求一死"(1.58-59)?这是困扰如我辈者众多凡夫俗子的一个疑问,甚至也是《奥德赛》是否成立的一个关节点。

我在此不敢贸然乱解,只是推想足智多谋的奥德修斯拼命要离开卡吕普索和基尔克,肯定有他的道理。笔者看来看去,终于看到一条可能的理由,就是强行拘留奥德修斯做丈夫达七年之久的卡吕普索无意中透露出来的那段控诉:"神明们啊,你们太横暴,喜好嫉妒人, / 嫉妒我们神女公然同凡人结姻缘, / 当我们有人为自己选择凡人做夫婿。"(5.108-110)结果,黎明女神爱上了奥里昂,德墨特尔爱上了伊阿西昂,其结局都非常悲惨,奥里昂被阿尔忒弥斯射死,而伊阿西昂则遭宙斯的雷劈。

所以,卡吕普索尽管"对他一往情深,照应他饮食起居, / 答应让他长生不死,永远不衰朽"(5.135-136),但依然让这位叱咤风云的英雄奥德修斯终日以泪洗面(5.82-84,5.152ff)。虽然卡吕普索"一直用不尽的甜言蜜语把他媚惑,要他忘记伊塔卡"(1.55-56),但奥德修斯也许听过那些思凡仙女给凡间丈夫带来灾祸的故事,这位明智审慎的"哲人"清楚地知道,卡吕普索和基尔克那里的生活再好,也不是他这个凡夫俗子能够消受得了的:"岛上有成荫绿树、鸟语花香、清泉奔泻,雪松和白杨发出阵阵浓郁的香气,还有卡吕普索美妙的歌声,这里似乎不是凡人能待的地方。"[①]

[①] 伯纳德特,《弓弦与竖琴》,同前,第41页。另参拙著《宫墙之门》,北京:华夏出版社,2005,第210页。

基尔克知道这一点，所以没有强留奥德修斯。"生存"大概是每个人首先需要考虑的事情。因此，

> 离开卡吕普索，在一定程度上表明了这位英雄的凡人身份与其凡俗的肉身性是不可分割的。与柏拉图和基督教关于永恒而无形灵魂（*psuchē*）的观点相比，自我的本质在这里取决于靠饮食、呼吸和睡眠来维持的生命的能量。如同奥德修斯在其漂泊过程中不断抱怨的那样，永远与他形影不离的是要求颇高的肚皮（*gastēr*），实际上就是他既爱又恨的变动不居的自我（ego）。[①]

从神仙境地出发，回归凡俗的自我，是英雄首先需要完成的一个自我实现的过程，在这个过程中，生存既是自我的目标，也是为实现这个目标而必须维持的一种状态。

奥德修斯刚爬上费埃克斯人的岛屿时，已几乎山穷水尽，赤身裸体躲进一处有如兽穴的树丛中，"潮湿的疾风的寒冷气流吹不透它们，/太阳的明亮光线难射进，雨水打不穿，/橄榄树的繁茂枝叶纠缠得如此严密"（5.478-480，另参 19.440-443），疲惫不堪地"把自己埋进残叶里"（5.491）睡觉。但面对娇弱的公主，奥德修斯却"有如生长荒野的狮子，/心里充满勇气，任凭风吹雨淋，/双目眈眈如烈火，走进牛群或羊群，/或者山野的鹿群，饥饿迫使它去袭击/羊群以果腹，甚至进入坚固的栏圈。/奥德修斯也这样走向美发的少女们，/不顾裸露的身体，情势逼迫不得已"（6.130-136）。阿尔基诺奥斯的王宫就是"坚固的栏圈"，终于被奥德修斯攻破（瑙西卡娅和阿瑞塔这两个女人是这个堡垒最脆弱的环节，奥德修斯知道从什么地方进攻最容易得手）。而这里的反差如此之大，可见生存的紧要性：什么礼义廉耻，等穿好衣、填饱肚子再说吧。

[①] Charles Segal. *Singers, Heroes, and Gods in the* Odyssey, p. 16.

因为"无论什么都不及可憎的腹中饥饿／更令人难忍，它迫使人们不得不想起，／即使他疲惫不堪，心中充满了愁苦，／它们仍命令我吃喝，忘却曾经忍受的／一切痛苦和不幸，要我果腹除饥饿"（7.216-221）。

生存至上的原则可以落实到肚皮之上，奥德修斯颇有感触地说道：

> 对于世人，没有什么比飘零更不幸，
> 但为了可恶的肚皮，人们不得不经受
> 各种艰辛，忍受游荡、磨难和痛苦。（15.443-445）

或者说：

> 肚皮总需要填满，怎么也无法隐瞒，
> 它实在可恶，给人们造成许多祸殃，
> 正是为了它，人们装备坚固的船只，
> 航行于喧嚣的海上，给他人带去苦难。（17.286-289）

而奥德修斯同伴们之所以命丧黄泉，也在于"饥饿折磨着他们的空肚皮"（12.332），他们才铤而走险杀了太阳神的牛来充饥，尽管他们也答应祭奠、建庙和多献祭，但这一切似乎都没有作用，他们注定要灭亡。"任何死亡对于不幸的凡人都可憎，／饥饿使死亡的命运降临却尤为不幸"（12.341-342），这帮无法无天的人似乎罪有应得，但也值得同情。奥德修斯也由于可憎的肚皮而遭安提诺奥斯的打击，所以肚皮"实在可恶，给人们造成许多不幸"（17.474），只好为了可憎的肚皮而挨拳头（18.54）。

所以在《奥德赛》中，才会有如此多的笔墨描写吃喝，除了求婚人毫无道理地大吃大喝以耗费主人的钱财（实则为了逼迫佩涅洛佩出嫁）外，其他场景中的吃喝似乎都十分正当：这颇能表现乐善好施的古风。从第一卷开始，《奥德赛》几乎每一个场景的开头都是描写酒肉吃喝，这与《伊利亚特》形成了鲜明的对比，后者大量地描写杀人和被杀的惨境，用数十种不同的词汇描写死亡，以大量的篇幅来歌颂 aristeia［英勇，战功］，很少提到吃喝。只有到了最后，杀人不眨眼的头号英雄阿喀琉斯劝敌人普里阿摩斯吃东西："甚至那美发的尼奥柏也想起要吃东西，/ 尽管她的十二个儿女——六个女儿 / 和六个年华正茂的儿子都死在厅堂里。……神样的老人，我们也因此该想想 / 吃东西的事。"（《伊利亚特》24.602—619）这与《伊利亚特》的主旋律似乎有些不协调，但这种变奏曲却正是《奥德赛》的主调。正邪双方都首先需要"满足喝酒吃肉的欲望"，① 都需要食物饮料（1.191，6.209，6.246，6.248，10.176，12.320，13.72，15.490），至于佩涅洛佩担心儿子而"点食未进，滴水未沾"（7.788）的情形毕竟是暂时的——就连神明（包括库克洛普斯）也要吃吃喝喝，只不过他们吃喝的是"神食"（ἀμβροσία）和"神液"（νέκταρ）而已（5.93，5.199，9.361）。

　　活着当然不是为了吃喝，但离开吃喝却根本无法生存。这个道理虽然上不得大雅之堂，却是庙堂主事者无法回避的事实，也是奥德修斯这位伊塔卡国王一直遵循的基本法则。我们不必把人类高尚的生存下降到动物的水平，但我们却不能忽视人世中那些所谓"低贱"的东西，一味阳春白雪恐怕容易出事。古典政治哲学追求高贵，也不回避低贱的基础：唯有直面那些上不了台面的东西，才能有所超越。追求"形而上学"的时候，尤其不能忽视其埋在地表下的看不见的基础。② 我们无意于把生存还原成"果腹"而果腹、为"吃喝"而吃喝，就像海德格尔把人的生存还原成负面的情绪一样，但海德格尔把"形而上学"的研究建立在基本生存论上的这种路向，还是值得赞赏的。不管"烦"也好"畏"也

---

　　① 1.150，3.67，3.473，4.68，8.72，8.485，12.308，14.454，15.143，15.303，15.501，16.55，16.480，17.99，17.603 等。《奥德赛》中这种句子出现的频率差不多是《伊利亚特》的两倍。

　　② 据笔者浅见，亚里士多德《形而上学》中就没有出现"酒""肉"和"食物"字样，这也许是其论题使然。

好，不管"吃"也罢"喝"也罢，它们所指向的目标无论如何都不是小事。古典政治哲学的一个重要特征便在于不仅不丢弃甚至还十分看重低贱的东西，虽然它追求卓越（aristos）和德性（arete）。但后来的形而上学家却慢慢地丢弃了这个宝贵的传统，醉心于思辨的游戏，渐行渐远，终于缥缈无依。

第二节 权力

由于历史的原因，国朝学界曾对尼采那部遗著的书名争论不休：Die Wille zur Macht 究竟译成"权力意志"还是译成别的什么（比如"冲撞意志""强力意志"等），成了一个大问题。其实如果广义地理解"权力"一词，上述争论似乎就可迎刃而解了：尼采的那部政治哲学著作当然是谈"权力"。在希腊语中，"权力"（κράτος）一词另有"力量""强力""统治""权威"和"战胜"等含义，用在政治哲学领域，当然可作"权力"解。这位古典语文学家对荷马以降的古典思想熟稔于心，对于古典政治哲学所宣扬的"权力"（而非"权利"，这是一个现代观念）思想了解得十分透彻，[①] 离开尼采的学养来谈尼采，其结果恐怕已不再是"尼采"而是"自说自话"矣。

"权力"（κράτος）一词在《伊利亚特》中出现的次数虽比《奥德赛》更多，但除了一处外（宙斯的"权力至高无上、不可企及"，9.25），其余大多作"力量"和"胜利"解。在《奥德赛》中，却有多次直接为"权力"之意，而且作者还通过大量的细节描写来讨论古典政治哲学的这个重要概念。

《奥德赛》讲的就是"权力"。奥德修斯千辛万苦归返伊塔卡，其首

[①] 参 Nietzsche. "The Greek State" 和 "Homer on Competition"，均见于《道德的谱系》，北京：中国政法大学出版社，2003，影印本，第 176—194 页。关于尼采对荷马的解读，参 James I. Porter. "Homer: the History of an Idea." see *The Cambridge Companion to Homer*, p. 333.

要的目标当然是重新夺回自己的权力,而其归返的次要目标——宣扬新的信仰并代表宙斯-雅典娜对不义者进行"末日审判"——也是权力的一种表现:重新设定(或指派)人类的生活准则,这本身就是"权力"的绝佳诠释。在古希腊,权力积淀在 nomos[习俗、法律]中,而这个词的基本意思就是"分配"(或"指派")。① 宙斯在荷马史诗中权力最大,他的权力就体现在:"奥林波斯的宙斯亲自把幸福分配给 / 凡间的每个人,好人和坏人,按他的意愿。"(6.188–9)整个《奥德赛》讲述的就是重新分配社会资源,重新构筑生活规则,重建人伦秩序,这就是我们所理解的"权力"。

一、特勒马科斯

初涉人世的特勒马科斯开始有了权力意识的觉醒,他意识到"这个家的权力属于我"(τοῦ γὰρ κράτος ἔστ' ἐνὶ οἴκῳ, 1.359),特勒马科斯经过一番历练后(因为"独子多娇惯",16.19),再次向母亲重复了这句话(21.353),其间的含义自是大不相同,他知道没有哪个比他更有权力决定自己的家事了(21.345)。这位年轻的王储为此可能已经等待了好多年,早就随时准备位登大宝,并对求婚人发表了不太成熟的就职演说,或者说对此进行了彩排:"如果宙斯把权力赋予我,我当然会受领。/ 难道你认为统治者是人间最坏的东西?/ 当国王其实并不是坏事,他的家宅 / 很快会富有,他自己也会更受人尊敬。"(1.390–393)这是特勒马科斯对权力的粗浅认识,是一个涉世未深的青年人对权力的直观感受。

特勒马科斯坐在了父亲的宝座上(2.14),要继承父亲的权力,但最终还是没能拿住权杖(2.80)。特勒马科斯的权力彩排虽然流产了,不过他却终于走出了迈向权力之旅的第一步,他认识到了这样一个险恶的事实:"在四面环海的伊塔卡还有许多其他的 / 阿开奥斯王公,不论年

---

① 参柏拉图,《法义》631e, 714a1–2, 831a1。另参拙著,《宫墙之门》,同前,第 99 页。

轻或年长，/在奥德修斯死去后谁都可能当国王。"（1.394-396）

这也是那108个身世显赫的王公（当然也有土老财）前来求婚的原因，据他们自己招认："如此热衷于此事并非真渴望成婚，/而是另有他图，克洛诺斯之子未成全：/他想做人烟稠密的伊塔卡地区的君王。"（22.50-53）他们前来求婚当然不（主要）是为了那位风韵犹存的半老王后，而是那个可以使自己的家宅很快就会更加富有、自己也更受人尊敬的权力宝座。早在《奥德赛》开始时，求婚人的首领就已经明确地对特勒马科斯说："愿克洛诺斯之子不让你成为四面环海的/伊塔卡的统治者，虽然按出身是父辈遗传。"（ὅ τοι γενεῇ πατρώϊόν ἐστιν, 1.387）有鉴于此，求婚人才会密谋杀害这个竞争对手。当特勒马科斯退求其次，要当一家之主（而未涉及王位）时，求婚人的首领欧律马科斯迫不及待地回答说："特勒马科斯，这一切都摆在神明的膝头，/谁将在环海的伊塔卡作阿开奥斯人的君王；你自然会拥有你家的产业，作你家的主人。/绝不会有人前来对你违愿地施暴力，/夺你的家产，只要伊塔卡还有人居住。"（1.400-404），此人的傲慢自负和狼子野心已跃然纸上。

二、奥德修斯

这时我们不禁会想起这样一个让人十分惊讶的问题：他们双方为什么有机会争夺王位？答案似乎很简单：因为王位空缺。但进一步追问就会发现有些问题不好解释：这个由四个大岛屿和若干小岛组成的不大不小的王国，为什么二十年间无人统治，居然还能（照常）运转？

伊塔卡虽有王后，但这位精明的王后似乎没有直接行使国王的权力（就连"垂帘听政"的痕迹似乎都找不到）；城邦虽有长老（γέροντες），但他们"再也没有聚集在一起，开会议事，/自从神样的奥德修斯乘坐空心船离去"（2.26-27）。尤为让人百思不得其解的是：乡下还住着前任国王、老英雄拉埃尔特斯，王后佩涅洛佩既不向这位直系亲属求助（虽曾有过这种念头，被奶妈稍一劝阻，也就罢了，参4.735-757），而后者也不前来帮忙管理国家、驱赶蠹虫，只是凄楚无奈地困在茅舍等死。奥德修斯离开伊塔卡时把全部家事委托给老仆，也不交给父母（当时母亲还健在）。老父虽已迟暮，却也是英雄（1.189等），而且还是经验丰富的统治者。

其中当然牵涉到权力问题。奥德修斯的归返似乎是为了父母，"任何东西都不如故乡和父母更可亲"（9.34），但从他离开伊塔卡时的权力闲置（悬置）以及归来后对老父的戏弄和考验（24.216ff）来看，这对父子似乎不是那么和睦。拉埃尔特斯早年"积得如此多财富"（2.102，19.147，24.137），却只身在乡下贫病无依，极度悲伤（15.357），完全不思饮食，只是流泪哭泣，日渐皮肉消瘦骨嶙峋（16.143–145），从某种程度上说，是被奥德修斯（变相地）放逐了。佩涅洛佩不请拉埃尔特斯帮忙，大概也是怕"引狼入室"。至于说奥德修斯终于同老父和好（仅此而已），那也是因为老迈的父亲对他已经没有威胁——而且还愿意归顺自己。

那么，伊塔卡人是靠什么来维系权力真空的社会呢？从史诗本身来判断，奥德修斯在伊塔卡统治期间，可谓"爱民如子"（2.47），也许正是奥德修斯的仁政以及人们对他的感恩戴德维持着这种十分奇怪的社会状况。在佩涅洛佩看来，奥德修斯"从未对人们做事不义，说话不公正，/ 尽管这是神圣的国王们的素常习惯，/ 在人们中间憎恨这个人，喜爱那个人"（4.690–692），奥德修斯的统治似乎公正公平。在"看守内阁总理"门托尔眼中，甚至在雅典娜看来，奥德修斯行的也是仁政：

> 今后再不会有哪位执掌权杖的国王仁慈、
> 亲切、和蔼，让正义常驻自己的心灵里，
> 他会是永远暴虐无限度，行为不正义，
> 如果人们都把神样的奥德修斯忘记，
> 他曾经统治他们，待他们亲爱如慈父。（5.8-12，2.230-4）

从史诗的许多方面来看，奥德修斯在伊塔卡实施着一种民主政制

（或温和的君主制），统治者爱民如子，老百姓安居乐业，伊塔卡人生活在幸福的国度里，那里很适合年轻人成长。但时过境迁，人们对奥德修斯的仁政的记忆渐渐淡漠，也逐渐失去了对奥德修斯的感恩戴德之情，而一个遗忘了感激之情的民族是不大可能记住其责任的，[①]所以才会有那么多人明目张胆前来问鼎。

正是奥德修斯的仁慈、亲切、和蔼与正义使得人们在长达十六七年的时间里，苦苦地替奥德修守住他从拉埃尔特斯那里继承而来的巨大家业——一个几乎完全失去了政治生活的国家。这就是学术界对上述问题的解答，但这种定论在我看来似乎还是缺乏说服力，要知道，尽管该定论的证据来自荷马史诗本身，但诗人往往会把谎言说得跟真的一样。[②]

我们可以在奥德修斯与费埃克斯人的权力关系上看待奥德修斯的性格，由此可得知奥德修斯在伊塔卡实施的究竟是仁政还是暴政。

众所周知，奥德修斯登陆费埃克斯人岛屿的过程，实际上就是回归伊塔卡的预演。该岛的文明程度、地形地貌、果园清泉、王宫格局、生活方式、人员结构等等方面，都与伊塔卡惊人地相似。奥德修斯从瑙西卡娅入手（有如回到伊塔卡后先联络特勒马科斯），再征服最高权力的实际操控者王后阿瑞塔（参6.313-315；另比较佩涅洛佩），最后战胜一帮年轻人，获得巨大胜利。这两个王宫中发生的故事大体相同，唯一的区别在于一个流血，另一个则根本看不到硝烟而已。

史诗中丝毫看不出奥德修斯与费埃克斯人的紧张搏斗，但就在一些言语交锋中，奥德修斯让对方知道了自己的厉害，从而获得控制权，大获全胜：这当然是权力斗争的结果。费埃克斯人避世独居，天真烂漫，乐善好施（8.32-33），好文治而不谙武功（8.246-249），虽曾饱受库克洛普斯人欺凌，但他们搬离那些野蛮的生番已好几代，武备废弛，无法想象战争的可能性。所以当奥德修斯让对方误以为自己就是幻化的神明，

[①] 伯纳德特，《弓弦与竖琴》，同前，第13页。
[②] 赫西俄德，《神谱》27，中译文见《工作与时日 神谱》，同前，第27页。

并稍为透露自己从"天"而降（即来自卡吕普索的岛屿，7.241ff）的信息后，便逐渐控制了这个文明程度相当高的早慧民族。

奥德修斯在听歌人演唱特洛亚战争的故事时，偷偷掩袂哭泣，刚好（能够）被费埃克斯王阿尔基诺奥斯发现，很难说这不是奥德修斯欲擒故纵之计。有所察觉的阿尔基诺奥斯决定用拳击和角力等方式考验一下这位不速之客，结果被奥德修斯战胜，只好承认自己不长于打斗。一方面，他们赶紧用一出喜剧来冲淡紧张的气氛，实际上也是在安抚这位无法战胜的对手，另一方面赶紧赔"礼"（$\delta\omega\varrho\omega$）道歉（$\alpha\varrho\varepsilon\sigma\sigma\acute{\alpha}\sigma\vartheta\omega$，8.396–397）。$\alpha\varrho\varepsilon\sigma\sigma\acute{\alpha}\sigma\vartheta\omega$ 原形是 $\alpha\varrho\acute{\varepsilon}\sigma\varkappa\omega$，意为"赔偿、安慰、使高兴、讨好谄媚、逢迎"，仅仅从该词的这些含义中，就能体会出他们之间的权力关系。

结果，费埃克斯人甚至比"赔了夫人又折兵"还要屈辱得多。从欧律阿洛斯的镶银铜剑，到阿瑞塔的一箱子贵重礼品，似乎还远远不能抚慰这位胃口颇大的雄狮（6.130）。等奥德修斯讲完他那些耸人听闻的归返故事后，费埃克斯人只好倾其所有，还搭上民族的半毁灭，来"送瘟神"（对他们而言）。试想，奥德修斯连哈得斯都敢去闯，谁还惹得起这个不折不扣的"亡命之徒"？奥德修斯并没有直接威胁对方，他只是向费埃克斯人讲述自己亡命天涯的故事，"奥德修斯尽可能把话说得平淡无奇，好似在说如果他全副武装，就会把费埃克斯人全部消灭。奥德修斯的话语肯定在费埃克斯中间引起了恐惧和敬畏，奥德修斯已把他们震得噤若寒蝉，他们已从阿尔基诺奥斯现在抚慰奥德修斯的努力中，猜测到了那种恐惧和敬畏"。[①]

阿尔基诺奥斯没有把话挑明，只是赶紧分派大家向奥德修斯进献尽可能多的礼物（11.339）。至于说他所谓"只要我还活着，/ 仍然统治着喜好划桨的费埃克斯人。……因为我是此国中的掌权人"（$\tau o\tilde{v}\ \gamma\grave{\alpha}\varrho\ \varkappa\varrho\acute{\alpha}\tau o\varsigma$

[①] 伯纳德特，《弓弦与竖琴》，同前，第68页。

ἔστ' ἐνὶ δήμῳ，11.353）①云云，已经让"权力"（κράτος）一词变得有些酸溜溜的了。他接下来对奥德修斯虚情假意的话语很难说是吹捧还是讥讽：

> 尊敬的奥德修斯，我们见到你以后，
> 便认为你不是那种骗子、狡猾之徒，
> 虽然这类人黑色的大地哺育无数，
> 那些人编造他人难以经历的见闻，
> 但你却有一幅高尚的心灵，言语感人。你简直有如一位歌人，巧妙地叙述
> 阿开奥斯人和你自己经历的可悲苦难。（11.363-369）

阿尔基诺奥斯这番话语明摆着是无可奈何，不过是指桑骂槐聊以泄愤而已，现在奥德修斯把"可悲苦难"转嫁到这帮无忧无虑的无辜者身上。

奥德修斯则干脆直接向对方提条件，甚至就是明目张胆地勒索礼物，并且只是说费埃克斯人赠送礼物会使"所有的人会对我更加敬重"（11.360），丝毫没有提到当时的习俗：赠送礼物是为了给赠送者（而不是被赠者）传颂美名，而且也绝少有客人向主人主动索要礼物。换言之，这对费埃克斯人来说，不是讹诈又是什么？特别值得注意的是，奥德修斯正是在讲述他在哈得斯的"死亡"之旅的中间部分，停下来向对方索要礼物的：以死相胁。

费埃克斯人最后向奥德修斯"赠送"了他们难以负担的"厚礼"（13.15），比他在特洛亚所能获得的"战利品"（ληΐδος，意即"被俘获的"）还要多（13.137-138），从某种意义上说，奥德修斯从费埃克斯人那里获得的巨大财富，当然也是"战利品"。而奥德修斯最大的胜利，或者

---

① 比较特勒马科斯 1.359 中的话语，只有一字之差。阿尔基诺奥斯这句话最末一词是"国"（δήμῳ，或"人民"），而特勒马科斯说的则是"家"（οἴκῳ）。

说费埃克斯人最惨重的损失则在于整个国家都被怒气冲冲的波塞冬用大山围住，从此与世隔绝（13.177）。

由此观之，我们很难想象如此刚毅决绝的奥德修斯当年会对伊塔卡人民实施仁政。就人性而言，要让他们记住皇恩浩荡是很困难的，而如果先把他们"震得噤若寒蝉"使之变得呆若木鸡（就像费埃克斯人一样）后，让他们记住"恐惧和敬畏"，倒是一件更容易的事，他们会愿意为此付出一切（想一想后来马基雅维利的教导）。从奥德修斯对付费埃克斯人的阴柔智术中，我们不难猜想当年奥德修斯对伊塔卡人看起来同样和风细雨而实则狠辣无比的"仁政"究竟是怎样一番景象。

三、佩涅洛佩

奥德修斯的这种"君南面术"与佩涅洛佩在权力运作上的"太极功夫"可谓旗鼓相当，这对夫妻本来在智慧上就堪称棋逢对手。

我们可以从佩涅洛佩的审慎与精明来推想，伊塔卡二十年空缺王位的现状虽不是她造成的，却是由她暗中精心维持着的，因为这种局面对于她和她未成年的儿子来说，那是再好不过了。佩涅洛佩不便亲自走到前台直接进行统治，儿子又无法承担起治国的重任，她也不放心让拉埃尔特斯回来摄政（担心这位前国王会来一次光荣革命），面对国中如此多觊觎王权的贵族，她无法控制局势。而尤为可怕的是，奥德修斯带走了大量的青壮年到伊塔卡参战，不少人已经战死，还有很多人至今生死未卜，佩涅洛佩拿什么来补偿这些子弟兵的家属，用什么来安抚那些怨声载道的臣下呢？就连奥德修斯避居卡吕普索那里都不过是为了躲避国人的责难，[①] 佩涅洛佩就更没有理由强出风头了。

佩涅洛佩在王宫深处施展其圆转柔韧的太极功夫，小心翼翼地不去触动各方都非常敏感的神经，深居简出，不闻不问，艰难地维系着这种十分奇特的现状，等待奥德修斯回来，或者等待特勒马科斯长大。当这

---

① 伯纳德特，《弓弦与竖琴》，同前，第 13 页。

种局面再也维持不下去的时候,她又用上了"乾坤大挪移"的心法:她把人们的注意力从城邦或国家那里转移到家事上来。

  佩涅洛佩 20 年的全部努力就是要保住儿子的王位,最后几年,她又凭自己的魅力让众多求婚者神魂颠倒,并让家庭而非城邦似乎危如累卵,以此分散他们对继承的注意力。特勒马科斯对此一无所知。当别人直接问他召开集会是否出于政治的原因,他否认了(2.30-32)。因而,特勒马科斯对他母亲的怨恨很难说就比对求婚者的怨恨更少些。对特勒马科斯来说,他有权继承王位这一实质性问题,表现为他对自己身世的怀疑(1.215-16)。[①]

年轻的特勒马科斯无法理解他母亲所做的一切,还以为自己"孤身一人,难以与一群人抗争"(20.313),殊不知,母亲在暗中艰难地维持着他的权力:的确,"因为年轻人往往缺少应有的智慧"(7.294)。[②] 在特勒马科斯眼中,"双重的灾难降临我家庭"(2.45),求婚人即将"把我的家彻底毁灭,把财富全部耗尽"(2.49),但"母亲不拒绝他们令人厌恶的追求,/又无法结束混乱"(1.249-250 等处),这让雄心勃勃的太子心急如焚。殊不知,这一切正是佩涅洛佩着意的安排:以财富换时间、以空间换道义。

求婚人已经意识到了某些不对劲的事情:"她〔佩涅洛佩〕一直在愚弄阿开奥斯人胸中的心灵。/她让我们怀抱希望,对每个人许诺,/传出消息,考虑的却是别的花招。"(2.89-91)尽管求婚人威胁要持续不断地滥用客谊原则耗费奥德修斯的财富和积蓄,但佩涅洛佩隐忍不发,她知道那帮人前来求婚的目的,她在无声的反击中用巧妙的方法牢牢地

---

 ① 伯纳德特,《弓弦与竖琴》,同前,第 10 页。
 ② 关于"年轻"的评述,另参柏拉图,《王制》378a-d, 409a8;《法义》664e4-6 等。

牵制住了对手。佩涅洛佩最后看起来似乎快要失败了，她已经答应并且开始实施比武招亲的程序，但焉知她心里没有自己的老谋深算：这帮求婚人可远远比不上那些向海伦求婚的大英雄——他们早就答应无论谁娶到海伦，都不仅不许与这位幸运儿为敌，反而要帮助这对幸福的新人。但在散漫不羁的求婚人之间似乎不存在这种"君子协定"，那么，佩涅洛佩就用得上"二桃杀三士"的计策——当然，这只是猜想而已。

第三节 明智

如果说《伊利亚特》宣扬的是"武力"，那么《奥德赛》弘扬的则是"智力"。面对重重困难，奥德修斯"凭我的勇敢、机敏的智谋和聪明的思想"（12.211，另参 20.21），得以逐一战胜之。奥德修斯的归返主要不是靠武力，而是靠智力，正如卡吕普索所云，"智慧和权能决定一切"（5.170），奥德修斯的胜利表明智力对武力无可比拟的优越性。但《奥德赛》所说的"智慧"还不是后世那种高深莫测的脑力游戏，毋宁说是面对错综复杂的现实所体现出来的聪明和审慎，更接近"明智"的含义。"智慧"多有形而上学内涵，而"明智"则显然更具政治哲学意味。

一、词章

在《奥德赛》中，没有后来人们疯狂热爱的那种智慧（即"哲学家"所爱的那种 sophia），也找不到 $\sigma o\varphi ί α$ [智慧] 一词。诗人以来表示"聪明""审慎""思想"的词汇主要是 $\nu ό o\varsigma$（合拼为 $\nu o\tilde{\upsilon}\varsigma$，即古希腊哲学术语"努斯"）、$\nu ό \eta \mu a$（二十世纪为现象学激赏）和 $\varphi \rho έ\nu \epsilon\varsigma$、$\varphi \rho \epsilon σ ί\nu$ 或 $\varphi \rho έ\nu a\varsigma$，以及它的派生词，如 $ἐ\pi ι\varphi \rho o σ ύ\nu \eta$，$\varphi \rho o\nu έ\omega\nu$ 等。

史诗中用得较多的是 $\nu ό o\varsigma$，该词表示思想（1.3，10.329，11.177，18.136，19.326）、计谋（4.256，5.23，22.215）、想法（19.42）、聪明（1.66）、旨意（5.103，5.137）、理智（2.281，5.190，18.332，18.392）、智慧（4.267，7.73，10.494，20.366，24.164）、智力（2.124）、主意

（7.263，13.255，13.381，14.490，24.479）、意愿（3.147）、心灵（1.34，2.92，718.283，18.381，24.474）、心思（19.479，21.205）等。"努斯"这个词在荷马史诗中主要用来说明相对抽象的思想，但还远远达不到后来阿那克萨戈拉所说的作为宇宙推动力的水平，仍然是指比较具体的"想法"或"意向"，至多可理解成较为抽象的思维方式或思想态度。[①]

νόημα 则指心计（2.121）、念头（2.363，15.326）、思绪（7.36）、思想（7.292）、心愿（8.559，17.403）、主意（14.273）、心智（18.215，18.220，20.346）、意图（23.30）。史诗中大量用到的是该词的动词形式，指"考虑""想出（主意）"等。这个词在荷马史诗中不是抽象的思想或悟性，更不是现象学家所钟爱的"概念"，它同 νόος 较为接近，但更多地具有动词的意味。

φρένες 或其派生词出现得也十分频繁，该词本是一个医学术语，指人体胸腹隔膜（9.301就用的这个原始义项），[②]古人以为那里司职思考方面的事情，有如我国"心之官则思"的说法，便引申为"心"和"思"。其动词 φρενόω，意思是"规劝、教训"，其目的当然是"使清醒""使聪明"。它与前两者不同之处在于更多地指反复琢磨，颇有"三思而后行"中的"思"的含义（《奥德赛》中亦多次出现"反复思忖"字样，如9.420），当然强调的是清醒、审慎和明智，虽与后来柏拉图所谓 σωφροσύνη［审慎］或亚里士多德的 φρόνησις［明智］尚有不同，但已不难看出它们之间的源流关系，至少在荷马的 φρε- 或 φρο- 中，已然能够找到以柏拉图为代表的古典政治哲学家所崇尚的那种"明智"思想萌芽的消息。

二、选择

奥德修斯过关斩将一路而来的胜利，不能笼统地说是"智慧"或"智力"的功劳，应该把这笔账准确地算在"明智"的头上。"明智"的前

[①] W. B. Stanford. *Homer: The Odyssey*, Books I–XII, p. 207.
[②] ibid, p. 286.

提是选择，这与存在主义的"选择"理论大有不同。只有在"选择"中才能体现或实现"明智"，因此与存在主义的"非决定论"不讲标准或正当性而只谈其被迫性的选择不同，荷马史诗的"选择"有标准、有参照、有目标。

从思想方法上说，现实生活中很难有逻辑或数学意义上的线形模式，社会存在、人的思想意识和个体周遭情形往往非常复杂，我们首先需要认识这一切，然后作出正确或正当的选择。从某种意义上说，奥德修斯归返过程既面临着最重大的选择——成仙还是做人，也面临着对这一关键选择的进一步认识：人在神鬼之间，终有一死，必须奋斗以克服无穷无尽的生存障碍，在许许多多的可能性面前必须作出"明智"的选择。

人生总在选择中，而我们所面临的选择往往十分困难，也许左右都不是，最终不过"两害取其轻"而已。这里没有什么高深的道理和学问，只是在多种可能性中选一个"更有利"或"更合适"（$\kappa\acute{\epsilon}\rho\delta\iota o\nu$，5.474 等）的路来走罢了。

奥德修斯两次诀别神仙生活（即基尔克和卡吕普索），这本身就是一种抉择，接下来又面临着无数的选择。当他面临两难的选择时，有时是神明如雅典娜给他出主意（5.427），更多的时候是自己独立思考，选择更合适的方案（5.474，6.145，10.153，24.239 等）。其中颇能说明"明智"的例子当数奥德修斯遇到真乞丐时所作出的选择：

> 睿智的神样的奥德修斯这时心思忖，
> 是对他猛击，让他立即倒地丧性命，
> 还是轻轻击去，只把他打倒在地。
> 他考虑结果，认为这样做更为合适：轻轻打击，免得阿开奥斯人认出他。（18.90-94）

而最能体现奥德修斯智慧或明智的则是如下选择：

> 这时我英勇无畏的心里暗自思虑，
> 意欲上前袭击，从腿旁拔出利刃，
> 刺向他的胸膛，隔膜护肝脏的地方，
> 用手摸准；但一转念又立即停顿。
> 若那样我们也必然和他一起遭受
> 沉重的死亡，因为我们无法挪动
> 他堵在高大洞口作门的那块巨石。（9.299-305）

这符合所谓的"生存"法则，因为杀死波吕斐摩斯本身并不是目的，从他手中逃生，才是最终鹄的。正如奥德修斯后来的反思：智慧让他逃出了独目巨怪的巢穴（20.21），这里的"智慧"（$μῆτις$）不是哲学意义上的 sophia，它指"机智""巧计"等，更接近于我们所说的"明智"。

选择可谓无所不在，其他人也概莫能外，如特勒马科斯（15.204）、菲洛提奥斯（20.223）和费弥奥斯（22.338）：就连神明似乎也必须选择（24.475–476）。

三、克制

选择要有目标，为此目标又必须有所克制。不能随心所欲地选择，而是"要控制自己的心灵"（20.266）。在荷马史诗中，作者虽然没有用到后来广为流传（尤其柏拉图的著作中）的 $σωφροσύη$，但其基本道理却与后世主张别无二致。$σωφροσύη$ 这个古典政治哲学的重要术语，既表示明智清醒，同时也有谨慎克制的含义，在某种意义上我们可以简单地说，克制等同于明智。

荷马史诗用来表示"克制"的词汇是 $τλαίην$（"忍耐"，亦作"坚持"，1.288、2.219、3.209、6.190、10.52、20.223 等），《奥德赛》多次出现的这个术语正可以充分表示奥德修斯的"明智"。上引奥德修斯缩手不杀波吕斐摩斯，其实就是一种"克制"。当属下趁他睡着时偷偷打开风口袋，船只又被吹离了即将到达的故土，懊恼不已的奥德修斯"勇敢的心灵反复思索，/ 是纵身离开船只，跃进海里淹死，/ 还是默默地忍耐，继续活在世上。/ 我决定忍耐活下去，掩面躺在船里"（10.50-53）。奥德修斯知道，对于这帮已经有权力革命意识的同伴来说，不管是杀死他们还是跳海自杀，都无济于事，所以对惹下了弥天大祸的手下连一句责备的话都懒得说。

后来奥德修斯遭自己牧羊奴欺负时，"心中不禁思虑，/ 是立即扑过去用拐棍剥夺他的性命，/ 还是抓住脚把他举起，用脑袋砸地"，但奥德修斯"终于克制住自己的怒火"（17.233-238）。奥德修斯为了不暴露身份，躲在暗处给敌人猛然一击，忍受了许多屈辱：求自婚人击打，受自己仆人的气。其中最能体现他铁石心肠的忍耐之功，[①]则是当他看到自己的女仆同求婚人鬼混时所表现出来的果敢和坚忍，他对自己如是说：

> 心啊，忍耐吧，你忍耐过种种恶行，
> 肆无忌惮的库克洛普斯曾经吞噬了
> 你的勇敢的伴侣，你当时竭力忍耐，
> 智慧让你逃出了被认为必死的洞穴。（20.18-21）

奥德修斯在家中的情形克隆了他在波吕斐摩斯洞中所遭遇的情况，同样地克制住自己的怒火。他的怒火在于他视那些仆人如同己出，"有如雌狗守护着一窝柔弱的狗仔"（20.14），而佩涅洛佩更是待她们如"亲生儿女"，抚养她们，给她们称心的玩具（18.322-323）。奥德修斯的"情感竭力忍耐，听从他[指心灵]吩咐，可是他本人仍翻来覆去激动不安"（20.23-24）。真国人俗语所谓：忍字头上一把刀。

其实，奥德修斯的绰号或特点就是"忍耐"。史诗中出现过 37 次之

[①] 奥德修斯的铁石心肠还体现在他极力压制久别重逢的情感，看到妻子哭得泪人儿一般时，"奥德修斯心中也悲伤，怜惜自己的妻子，/ 可他的眼睛有如牛角雕成或铁铸，/ 在睫毛下停滞不动，狡狯地把泪水藏住"（19.210-212）。

多的 *πολύτλας*（5.171 等），① 既可理解为"历尽艰辛"和"多灾多难"等，也可以理解为"多次忍耐"或"忍受过许多东西"，这种克制的历练才造就了他不同凡响的智慧名声（13.296-299）。可以说，他那"足智多谋"或"许多智慧"（*πολύμητις*）的绰号，就是靠"多次忍耐"（*πολύτλας*）造就的，更简单地说，智慧就是忍耐，因为这是导演着整个《奥德赛》剧情的智慧女神雅典娜（宙斯也是智慧神，参 16.298）的教导：

> *σὺ δὲ τετλάμεναι καὶ ἀνάγκῃ.*
> 你必须忍耐。（13.307）

而多次忍耐的奥德修斯不仅自己忍耐，也嘱咐儿子要学会这种重要的生存手段："要是他们［求婚人］在我们的家中对我不尊重，/ 你要竭力忍耐，尽可眼见我受欺凌，/ 即使他们抓住我脚跟，把我拖出门，/ 或者投掷枪矢，你见了也须得强忍。"（16.274-277）

结果，奥德修斯展开了敌人意想不到的行动，一大群求婚人在措手不及之间被奥德修斯等四人收拾得干干净净。这帮毫无智慧的家伙当然无法想象："他虽在自己的家宅，却忍受这一切，/ 控制住自己的心灵，任凭人们打击和凌辱。"（24.162-163）死不瞑目的求婚人在阴间才意识到，是奥德修斯的克制导致了他们的死亡，只不过他们对明智的这个维度的认识来得太晚了。

从上述例子我们可以进一步了解"克制"的本质。克制是为了"让一切保持分寸更适宜"（7.310），因为"事事都应合分寸"（15.71，另参14.433）。而这种分寸，就是理智的表现。

四、理智

《奥德赛》颇为强调"智慧"（*μῆτις*），其主人公奥德修斯的尊号就

---

① 王焕生译本为"多难"或"历尽艰辛"等，陈中梅译本为"历经磨难"等。

是"多智慧"或"足智多谋"（πολύμητις），这两个词汇在史诗中共出现了近百次。此外还有其他相近的词汇如"理智"，这个表示人的理性能力的词汇"努斯"（νόος）在诗中出现了约50次（还有另外的词汇也表示"理智"和"智慧"）。难怪人们把《奥德赛》看作西方哲学思想的滥觞：的确，《奥德赛》这部文学著作比《伊利亚特》更"哲学"。

（1）我们先来看"努斯"。从上述分析我们已得知，理智就是有分寸，没有分寸（μηδ' αἴσιμα）就是糊涂（βλάπτει, 21.294）。[1] 那么，什么叫"分寸"？在《奥德赛》中，用的是 αἴσιμα 和 ἐναίσιμος，后者是前者的派生词，都与 αἶσα 同根。[2] αἶσα 指命运、应得（大写即为命运女神），αἴσιμα 也指命中注定的东西，引申为"适当的、应得的"，转义为"分寸"。在史诗中，大约有以下含义：周全（2.122，7.299）、理所当然（22.46）、分寸（23.14）、命定的（15.239，16.280）、合适的（8.348）、适宜的、相宜（18.220）、正直的，引申为：按照规定（17.321）、遵纪守法（17.363）、知理明义（10.383）。到最后，理智就和正义挂上了钩（5.190）。

荷马史诗中的"分寸"虽然还不是普罗泰戈拉和柏拉图更为抽象的"尺度"（μέτρον）或"分寸"（μετρίων，《王制》450b5）概念，但已足以说明古典政治哲学这个根本的要求。其实，连常乐的神明们都赞赏人们公正（δίκην）和合宜（αἴσιμα）的事业（14.83-84），那么，合宜的分寸就上升到了神圣的境界。奥德修斯之所以胜利、同伴之所以丧命、求婚人之所以失败，大概就在于是否具有把握分寸的那种理智或智慧（比如求婚人滥用客谊）。

（2）我们再来看看奥德修斯与独目巨怪波吕斐摩斯之间的那个著名的"智慧"（μῆτις）游戏。奥德修斯虽说处处克制，没有先杀死波吕斐摩斯，但要战胜这位巨无霸，还要耍点"大聪明"才行。

---

[1] 直译为"妨碍""使分心""使走入邪路""蒙蔽"和"伤害"等。
[2] W. B. Stanford. *Homer: The Odyssey*, Books I–XII, pp. 240, 241, 211.

奥德修斯用酒把波吕斐摩斯灌醉后,"用亲切的话语"告诉他说自己名叫"无人"（Οὖτις, 9.366）。奥德修斯不知道对方已经晓得有一个叫做奥德修斯的人注定要来弄瞎他（9.507-512），也不知道对方的脾气习性,但他有预感,"预感会遇到一个非常勇敢,/ 又非常野蛮、不知正义和法规的对手"（9.213-215）——这似乎是理智的升华,所以他带上了十分厉害的酒,同时还向对方隐瞒了自己的名字。就在误打误撞中,他报的那个名字鬼使神差地再次救了他的命。当奥德修斯和同伴们钻瞎波吕斐摩斯的眼睛,巨怪的惨叫声引来其他库克洛普斯人时,发生了一场有趣的对话,他们问:"是不是有人想强行赶走你的羊群,/ 还是有人想用阴谋或暴力伤害你?"（9.405）波吕斐摩斯回答说:"朋友们,无人用阴谋,不是用暴力,杀害我。"（9.408）其他人一听,说,"既然你独居洞中,没有人对你用暴力",那么他们推测波吕斐摩斯可能是生病了,就叫他向他父亲波塞冬求助,然后纷纷散去。如果他们进洞来实际察看一下,奥德修斯等人就死定了。

在这场对话中,发生了词义的双关转换,并由此引出了智慧的问题。其他库克洛普斯人问话中的"是不是"（ἦ μή τίς……; ἦ μή τίς）,由连词 ἦ,否定词 μή 和不定代词 τίς 构成,后面两个词组合意思为"没有人"。波吕斐摩斯回答的是"无人"（Οὖτις）,这个词同样是由否定词 οὔ 和不定代词 τίς 组合而成,就被其他库克洛普斯人稀里糊涂而又合理合法地转换为意思相近的"没有人"（μή τίς, 9.410）。他们的错误在于把不定代词当成了专名（proper name）,当然,这是"足智多谋"的奥德修斯故意安排的陷阱。

但"没有人"（μή τίς）这个表达法具有双关的含义,当它们合拼在一起并改变重音的时候,就表示"智慧""计策"或"心灵"（μῆτις）——这恰恰是奥德修斯的长项,所以其他库克洛普斯人的话在某种意义上没有错:正是智慧的化身奥德修斯用计策（μῆτις）蒙骗了他们（9.414）,"奥德修斯就是'无人'的双重形式 outis 和 mētis 的合体","理性就在这个计划中宣扬着自己的本质"。①

（3）不理智后果又会如何呢？我们且从反面来理解智慧的巨大作用。在这次胜利大逃亡中，介于智慧者与无名小卒之间的"无人"还算不上一种否定因素，奥德修斯带来的起到巨大辅助作用的酒对波吕斐摩斯来说，才是防不胜防的杀手锏。波吕斐摩斯后来意识到奥德修斯和同伴们先"用酒把我的心灵灌醉"（δαμασσάμενος φρένας οἴνῳ, 9.454），②导致"心灵"或"理智"（φρένας）失去作用，才会有此大败。回想当时，波吕斐摩斯不假思索三次连连喝干奥德修斯递上来的烈酒，的确"冒失""糊涂""没头脑"（ἀ-φραδίῃσιν, 9.361），这与φρήν（隔膜→心胸→心灵→理智）关系太大了，亦充分见得"明智"于人生死攸关的重要性。

由此可见，古典政治哲学虽关注喝酒吃肉、饮食男女等低级的东西，但亦知道这些东西的局限，故并不为之张本。以酒为例，荷马明确地说，酒能乱性，对人有害（τρώει），即，"甜蜜的酒酿使你变糊涂，酒酿能使/人们变糊涂，如果贪恋它不知节制"（αἴσιμα, 21.293-294）。这种教诲又回到了前面我们所说的"分寸"或"节制"（αἴσιμα）上来。颇具讽刺意味的是，这个道理出自不知天高地厚的求婚人安提诺奥斯之口。这位仁兄还讲了一个酒精使人失去理智（ὁ δ' ἐπεὶ φρένας ἄασεν οἴνῳ, 21.297）的故事：的确，不节制和无理智会给人带来不幸或厄运（κακὸν, 21.304，比较9.454波吕斐摩斯的反思）。

理智或思想太重要了，这也是奥德修斯这位见多识广的聪明人从正面告诉我们的道理，因为他"见识过不少种族的城邦和他们的思想"（νόος, 1.3）。难怪他即便饮下了基尔克的迷魂药，"可你胸中的思想（νόος）却丝毫没有被折服"（10.329），所以基尔克即判断出，"你显然就是那足智多谋的奥德修斯"，这里的"足智多谋"就是史诗1.1中曾

---

① 伯纳德特，《弓弦与竖琴》，同前，第4、96页。
② 直译为：我的心胸被酒制服了。

出现过的 *πολύτροπον* ［机敏］。①

智慧的力量是无穷的，理智的效用不可低估。不幸的是，波吕斐摩斯就低估了智慧的力量，他虽知道某个奥德修斯会来弄瞎他的眼睛，但他"一直以为那会是位魁梧俊美之人，/ 必定身体强壮，具有巨大的勇力（*μεγάλην ἐπιειμένον ἀλκήν*），/ 如今却是个瘦小、无能、孱弱之辈，/ 刺瞎了我的眼睛，用酒把我灌醉"（9.513-516）。就在力量与智慧的巨大反差中，我们看到，波吕斐摩斯不懂何者为"大"（*μεγάλην*），因为他只相信"体力"（*ἀλκήν*）。

第四节　诗与哲学

从《伊利亚特》到《奥德赛》，神明的看法改变了，作者的立场也发生了变化。雅典娜对奥德修斯说："我不能在你身陷困境时放弃你，/ 因为你审慎、机敏而又富有心计。"（13.331-332，译文有所改动）她之所以处处维护奥德修斯，就因为奥德修斯像她：智慧、审慎、机敏而又富有心计："你我两人 / 都善施计谋，你在凡人中最善谋略，/ 最善辞令，我在所有天神中间 / 也以睿智善谋著称。"（13.296-299）神明（以及荷马）不再喜爱孔武有力，而是更青睐聪明、理性、智慧。②"智囊"（Brains）取代了"肉囊"（Brawn）而成为人们追求的目标。③

《奥德赛》主人公的名字虽然是"愤怒"，但此公却异常理智，这恰好与《伊利亚特》所宣扬的"愤怒"主题相映成趣。"奥德修斯"这个名字是他外公奥托吕科斯所起，当时这位精于盗窃和咒语的老人"曾经

---

① 该词颇为模棱两可，既可指"多方游历"，也可指"足智多谋""办法多""鬼点子多"。参 W. B. Stanford. *Homer: The Odyssey*, Books I–XII, p. 206.
② Joachim Latacz. *Homer, His Art and His World*, p. 151.
③ 伯纳德特，《弓弦与竖琴》，同前，第 60 页。

对许多男男女女怒不可遏（όδυσσάμενος）"，①于是就给外孙起名为 Ὀδυσεύς（19.406-409）。这个词来自动词 ὀδύσσομαι，意思是憎恨、愤怒（其变位形式 ὠδύσαο 出现于 1.62，意为"憎恨"）。②但奥德修斯这位"愤怒"（或"被人憎恨"）的英雄却处处压制住自己的怒火，靠"明智"而一步步走向胜利。《奥德赛》大量宣扬的这种智慧虽然还不是哲学（φιλοσοφία）中的"智慧"（σοφία），但无疑已经在诗歌中表达了某种形式的"哲学"。史诗《奥德赛》中的哲学也许不失为一种更为原始、更为根本的生活方式，用今人的话来说，《奥德赛》的哲学也许是本真意义上的"元哲学"（metaphilosophy），即古典政治哲学的萌芽。荷马史诗就是西方文明史的"哲学的突破"（philosophical breakthrough）。③

在古人对荷马史诗的解读中，产生了柏拉图所谓"哲学与诗歌的某种古老论争"（παλαιὰ μέν τις διαφορὰ φιλοσοφίᾳ τε καὶ ποιητικῇ，《王制》607b5）这一著名命题，至今仍为学界津津乐道。对此，我们不打算强作调人，只是想简单地作点梳理。

在柏拉图以前一个多世纪中，有两位哲学家，即克塞诺芬尼和赫拉克利特，对荷马史诗展开了猛烈的攻击，这就是所谓哲学与诗歌的"古老"论争。这些批评家不仅要求诗歌（荷马史诗）要有娱乐性，还要求诗歌同时还必须在道德和宗教问题上、在善恶问题上以及在今生和来世

---

① 《伊利亚特》6.138；8.37，468；13.292；1.62；《奥德赛》5.340，423；19.275，407。

② W. B. Stanford. *Homer: The Odyssey*, Books I-XII, p. 206；另参伯纳德特，《弓弦与竖琴》，同前，第 52-53 页。关于 Odysseus（奥德修斯）与拉丁语中的 Ulixes（Ulysses，尤利西斯）的关系，以及"奥德修斯"不是希腊名字，而是从爱琴海地区前希腊时代的民族那里借用而来的，参 Joachim Latacz. *Homer, His Art and His World*, p. 136。

③ 韦伯（Max Weber）、帕森斯（Talcott Parsons）等人所谓"哲学的突破"（philosophical breakthrough），指在公元前一千年以内，希腊、以色列、印度和中国四大古代文明先后对构成人类处境之宇宙的本质产生了一种理性的认识，开始对人类处境本身及其基本意义有了新的理解（另参拙著，《西方社会文化的现代转型》，重庆：重庆出版社，2001，第 44 页）。关于雅斯贝斯相关的"轴心时代"理论，参氏著《历史的起源与目标》，魏楚雄等译，北京：华夏出版社，1989，第 8 页。

的问题上具有启蒙之担当和功效。① 荷马史诗当然达不到如此的高标准严要求，结果就被哲学家们说得一无是处，不仅要把荷马赶出奥林匹亚赛会，还要鞭打已经死去的荷马。

古人对荷马史诗的解读好像都是"哲学"的解读。但我们从克塞诺芬尼和赫拉克利特对荷马的攻击来看，其实还谈不上什么"哲学与诗歌的古老论争"，因为戏台子上只有哲学家而没有诗人，上述攻击不过是哲学家单方面对诗人展开的论争，诗人没有、也无法进行答辩。我这样说并不是在为诗人开脱，事实上，源初的思想与后人的理解之间永远会存在差异甚至论争，但前人无法、也不必对后人的新看法负责。

在哲学与诗的论争中，我们往往只听到哲学家的看法，因此我们必须兼听诗人的意见，这场论争的判决也许才会更加公正——尽管它永远不可能有最终的判决。这方面我们只需要听听公元前1世纪的诗人思想家贺拉斯的评论就足矣（更何况有些哲学家对荷马也赞不绝口呢，如西塞罗、菲洛等）。贺拉斯在给 Lollius Maximus 的书简中如是说：

> Troiani belli scriptorem, Maxime Lolli,
> Dum tu declamas Romae, Praeneste relegi.
> Qui quid sit pulchrum, quid turpe, quid utile, quid non,
> Planius ac melius Chrysippo et Crantore dicit.（Epist. I.2.1-4）
>
> 马克西姆啊，当你在罗马发表演讲时，我却在普列奈斯特阅读特洛亚战争的作者[的书]，他在何谓美好、何谓低贱、何谓有益以及什么不是[美好、低贱和有益]等方面，比克吕西波斯和克兰托尔说得更清楚明白，也说得更好。②

---

① R.B. Rutherford. "The Philosophy of the *Odyssey*." see *Homer: Critical Assessments*, V.4, p. 271.

② 参 Joseph Farrell. "Roman Homer." see *The Cambridge Companion to Homer*, p. 269。普列奈斯特，罗马东面拉丁区的古城，有古罗马命运女神和天地女神的神殿。"美好"（pulchrum，原形 pulcher），又作"美丽""高尚"；"低贱"（turpe），又作"耻辱""丑陋"。

克吕西波斯（公元前280—前206），希腊哲学家，对廊下派（Stoics,）学说进行了系统的阐述，与芝诺一起创立了雅典的斯多阿学园。"克兰托尔"（盛于公元前4至3世纪），希腊哲学家，对柏拉图和亚里士多德的著作多有阐释（今已佚）。贺拉斯的意思很明确：荷马史诗比哲学家还更懂"大哲学"。而哪些是美好、低贱和有益以及哪些不是，这正是政治哲学所关心的核心问题。在贺拉斯看来，荷马史诗，尤其《奥德赛》，不仅可以满足人们的好奇心、虚荣心以及在狡诈的诡计和谎言方面让人感到愉快，而且它还弘扬智慧、审慎和忍耐。[①] 因此，从贺拉斯的角度来看，荷马实际上就是哲学的创始人，"他不仅被自己人[按：即希腊人]，也被罗马人视为哲学、伦理学说之父"。[②]

其实，在柏拉图那句名言中，$\delta\iota\alpha\varphi o\varrho\grave{\alpha}$[论争]一词值得关注，在这个语境中当然是"论争"之意，但它也另有"不同""区别""不和""争执"的意思，其引申含义为"与众不同""卓越""出众"，再进一步引申，就变成了"优点"和"益处"。由此看来，柏拉图虽然在《王制》中对诗人大加鞭策，但就该用语来说，哲学与诗歌之间并不具有剑拔弩张的火药味，柏拉图似乎反倒在主张：哲学和诗歌各有与众不同的优点，不能厚此薄彼。也正因为各有千秋，它们都是人类思想中的顶尖要素，所以才会有所碰撞。

巴门尼德的哲学不就是用诗歌写成的么？文采飞扬的柏拉图对话其实也是无韵的诗歌，[③] 如果考虑到他对雅典思想社会状况的深入刻画以及对理想境界的不懈追求，那么，我们甚至可以把柏拉图的著作看成思想

[①] R.B. Rutherford. "The Philosophy of the *Odyssey*." see *Homer: Critical Assessments*, V.4, p. 272.

[②] John A. Scott. *Homer and His Influence*. New York: Cooper Squater Publishers, Inc.,1963, p. 161.

[③] 这在学界几乎已经定论。比如，可参 Eric Voegelin. *Order and History*, Baton Rouge: Louisiana State University Press,1957, V.3, p. 228。

领域的"荷马史诗"。人们常说,柏拉图是哲人中的荷马,而荷马则是诗人中的柏拉图,诚然,诚然。

柏拉图虽接过了"哲学与诗歌的某种古老论争"这一论题,但他并没有像克塞诺芬尼和赫拉克利特那样彻底否定荷马的地位。柏拉图笔下的苏格拉底"从小就对荷马怀有某种的热爱和敬畏之心"($φιλία\ γέ\ τίς\ με\ καὶ\ αἰδὼς\ ἐκ\ παιδὸς\ ἔχουσα\ περὶ\ Ὁμήρου$,《王制》595b9–10),承认自己透过荷马的眼光($θεωρῆς$)看东西时,也能感受到那种思想的魅力($κηλῆ$,《王制》607c8-d1)。在柏拉图眼中,荷马虽有千般不是,终归是一位真正的诗人,即"最优秀和最神圣的诗人"($τῷ\ ἀρίστῳ\ καὶ\ θειοτάτῳ\ τῶν\ ποιητῶν$,《伊翁》530b10),希腊人的教师爷($τὴν\ Ἑλλάδα\ πεπαίδευκεν$,《王制》606e2)。

在哲学与诗歌的论争之中,柏拉图亦认可了诗歌的重要作用,而这种作用也是由来已久,"岂不闻古人遗教?古人以诗赋瑰词达奥旨,其微言大义,众莫能晓"(《泰阿泰德》180c7-d1,严群译文),[①] 这种"遗教"($πρόβλημα$,即 problem,问题)可谓"古已有之"($παρὰ\ μὲν\ τῶν\ ἀρχαίων$),是我们从古人那里"继承"($παρειλήφαμεν$)过来的财产。这种遗教就是:

$οὐ\ μόνον\ ἡδεῖα\ ἀλλὰ\ καὶ\ ὠφελίμη\ πρὸς\ τὰς\ πολιτείας\ καὶ\ τὸν\ βίον\ τὸν\ ἀνθρώπινόν\ ἐστιν.$

[诗歌]不仅让人愉悦,而且对政制和人的生活都大有好处。(《王制》607d8-9)

这是柏拉图要把诗人从城邦中驱逐出去的前提:正是因为诗歌对政制(politeia,即城邦的管理)和人生的巨大好处,需要把诗人赶出去,

---

① 见《泰阿泰德 智术之师》,北京:商务印书馆,1963。"微言大义",原文为 $ἐπικρυπτομένων$,意思是"隐藏、掩饰、伪装"。

像奥德修斯那样经过审慎、机敏、理性和明智的历练，重新回到城邦来最大限度发挥其作用。正如伯纳德特所说："施特劳斯注意到，从城邦中被逐出的诗人肯定会作为一个神回来，这个神是永恒'理念'的诗人。……把诗人从城邦中驱逐出去，只是为了把他们转变成城邦的缔造者。"① 所以，"柏拉图对荷马名为抨击，实为赞扬。他［荷马］的'杜撰'已经成为经典，并且越来越难以抗拒。而在柏拉图的另外一篇对话录《伊翁》里，歌人（职业的史诗吟诵者兼评论者）伊翁便说到，荷马史诗是他演绎过的作品中唯一从未令其反感的诗篇"。②

这个道理似乎不难理解：诗歌（ποίησις）本身就是一种"制作"或"使成为"（ποιέω），具体到社会生活中，就是制造社会政治秩序、成就个人美好生活，这不恰恰也是政治哲学的目标么？所以，哲学与诗歌之争的结果就是政治哲学。

柏拉图对荷马的"批评"，一方面是"为我所用"，也就是利用荷马史诗来说自己的主张。③ 从这一方面来看，亚历山大里亚学者阿莫尼乌斯（Ammonius）所写的《柏拉图受惠于荷马》（Plato's Debt to Homer），应当说还是有根有据的。④ 至于朗吉努斯在《论崇高》中的评价则更见得一种强烈的感情色彩，在他看来："柏拉图从荷马的源泉中给自己引来了万千溪流。"（Πλάτων, ἀπὸ τοῦ Ὁμηρικοῦ κείνου νάματος εἰς αὑτὸν μυρίας ὅσας παρατροπὰς ἀποχετευσάμενος, 13.3.3-4）⑤ 这个看法十分有趣，最后一个动词 ἀποχετευσάμενος 意为"挖渠引水"，似有盗窃之嫌，即是说柏拉

---

① 伯纳德特，《施特劳斯的〈城邦与人〉》，见《施特劳斯与古典政治哲学》，同前，第570页。
② 格兰斯登，《荷马史诗》，见《希腊的遗产》，同前，第68页。
③ Richard Hunter. "Homer and Greek Literature." see *The Cambridge Companion to Homer*, p. 248.
④ 阿莫尼乌斯（Ammonius，卒于公元520年），全名阿莫尼乌斯·赫尔米阿，亚历山大里亚学园的山长。而非另一个阿莫尼乌斯，即阿莫尼乌斯·萨卡斯（Ammonius Saccas，约175—250），新柏拉图主义创始人普罗提洛的老师。
⑤ 另参 Robert Lamberton. "Homer in Antiquity." see *A New Companion to Homer*, p. 37.

图的思想即便不是对荷马的剽窃,至少也有相当的源流关系。这个词在柏拉图著作《法义》中也出现过一次,其语境恰好可以旁证这种源泉关系——只不过其位置发生了颠倒:"仿佛我们有引自几个源泉的许多溪流,有的引自泉水,有的源出山洪,都流下来汇成一座湖泊。"(736b)荷马虽是源泉,柏拉图则是汇集山泉和山洪于一身的湖泊。

另一方面,柏拉图对荷马史诗"口诛笔伐",大约是因为智术师们滥用荷马史诗,已经让荷马史诗臭名昭著。柏拉图的针砭其实是为了通过"消毒"来挽救荷马史诗的生命。柏拉图等人肯定早就充分认识到这样一个简单的事实,《伊利亚特》和《奥德赛》为后人的行为和道德判断提供了强大的模式,这种模式还可以根据情势的变化而作出有效的解释。① 荷马塑造了一个颇有政治智慧的形象:奥德修斯,他虽然不是柏拉图笔下的哲人王(philosopher-king),但荷马无疑通过他而已经开创了一个伟大的传统:

> 他[奥德修斯]不是理想的统治者,而毋宁是后世政治哲学创始人的原型。②

---

① 参 Richard Hunter. "Homer and Greek Literature." see *The Cambridge Companion to Homer*, pp. 246-249。这一节的标题即是"Homer and Plato"。
② Patrick J. Deneen. "The *Odyssey* of Political Theory." see Leslie G. Rubin(ed.). Justice v. *Law in Greek Political Thought*. Boston: Rowman & Littlefield Publishers, Inc.,1997, p. 84.

结语：西方文明之父

公元5世纪，罗马最著名的史诗作者Nonnus用六音步写了一部四十八卷本的长诗 *Dionysiaca*，讲述狄奥尼索斯神的印度之旅，他在这部史诗中明确地把荷马看作后世所有文学形式的题材源泉和风格范本，认为荷马是西方文明的"父亲"（πατρὸς Ὁμήρου, *Dionysiaca* 25.265）。[①] 这种评价与此前的柏拉图、西塞罗、贺拉斯和朗吉努斯的看法相近，与Nonus之后的尤斯塔修斯的意见更是如出一辙：

> 有一个古老的说法，所有的河流、所有的源泉和所有的水井都是从奥克阿诺斯（Ocean，海洋）那里涌出来的。同样，大多数——如果不是所有——伟大的语言溪流，都是从荷马那里涌出来，流向了圣人们。[②]

而在朗吉努斯那里，"荷马"已经成了一种评价标准，向荷马看齐的人似乎才值得称道。在朗吉努斯眼中，Archilochus 和 Stesichorus 非常"荷马"，而只有希罗多德"最荷马"（μόνος Ἡρόδοτος Ὁμηρικώτατος ἐγένετο，《论崇高》13.3.1）。在后人看来，柏拉图是"哲人中的荷马"（Homerus Philosophorum），伊索是"寓言家中的荷马"（Homerus Fabularum），索福克勒斯是"荷马式的悲剧家"（Homericus Tragicus），而萨福则是"女荷马"（the female Homer）。[③] 照此推理，莎士比亚、托尔斯泰则分别都是"剧作家中的荷马"和"小说家中的荷马"。这已能

---

① Richard Hunter. "Homer and Greek Literature." see *The Cambridge Companion to Homer*, p. 235.

② Dennis Poupard (et al. eds.). *Classical and Medieval Literature Criticism*, p. 274。

③ John A. Scott. *Homer and His Influence*, p. 94.

充分说明荷马作为西方文明之父的地位。

荷马之为西方文明之父,首先体现在对古希腊文明全方位的影响。所有希腊的艺术、社会和文学都把荷马史诗看作其背景和源泉,荷马笔下的人物已经成了希腊社会组织的重要成员,而荷马的价值观依然成为城邦生活的基础。尽管《伊利亚特》和《奥德赛》含有大量想象的成分,甚至是诗人虚构的结果,但亦丝毫不妨碍荷马史诗成为道德、历史、神学或哲学所效法的标准。荷马不仅是史诗的代名词,而且也是许多领域的开创者。在希罗多德和许多希腊人眼中,荷马是历史(学)的创造者。人们也把荷马看作演说、修辞、辩论的祖师爷。甚至自然科学家也把荷马视为医学和博物学的先祖。荷马化身万千,融入希腊文明几乎每一个领域中,滋润着这个伟大文明的每一个细胞。荷马史诗是一个巨大染缸,辉煌灿烂的希腊文明乃至整个西方文明都经过了荷马史诗的熏染。[1]

古罗马的文学是从摹仿(甚至嫁接)荷马开始的,但荷马对古罗马的影响绝不仅仅限于文学领域,甚至罗马皇帝有时也把荷马史诗挂在口边。撇开荷马对维吉尔的巨大影响不谈(见前),历史学家恩尼乌斯(Ennius,前239—169)相信荷马曾对他显灵,而他自己的创作似乎是在荷马的神灵附体的情况下完成的。而西塞罗作为一名"荷马迷"或"荷马狂"(Homeric enthusiast),从希腊文翻译了荷马史诗的断片,在自己的论著和书信中对荷马史诗也是赞不绝口。在西塞罗(和菲洛)看来,荷马因为自己杰出的贡献而把那个普通的名称"诗人"据为己有,使其成为一个专名。在古典时期,人们把荷马的肖像铸在钱币上,用荷马来命名日子,为纪念他而举办节庆。艺术家们用各种材料来刻画荷马及其笔下的人物和场景。

据说荷马的影响也深入到基督教之中,且不说新约福音与荷马史诗的相似关系,[2] 早期基督教发现有必要把自己的信仰和荷马史诗联系起

---

[1] Richard Hunter. "Homer and Greek Literature." see *The Cambridge Companion to Homer*, pp249, .241. Cf. John A. Scott. *Homer and His Influence*, pp. 31, 93, 159–164.

[2] 比如可参 Dennis R. MacDonald. *The Homeric Epics and the Gospel of Mark*. New Haven: Yale University Press, 2000。

来，于是他们把耶稣的诞生、生平和死亡改写成诗歌，而这些诗歌差不多就是从荷马那里借鉴而来的。①

后来在文艺复兴时期，荷马的才能得到重光。如果我们照字面理解，Renaissance 之为"文艺"复兴，而荷马史诗又是文艺之冠，那么 15 世纪西方对古人的景仰，差不多就（主要）是对荷马的复兴。这个简单的推理虽然很不严密，但荷马对希腊人的影响以及通过希腊人对近现代人的影响，可能怎么估计都不为过。比如，但丁、彼得拉克、薄伽丘、Bernardo de Nerli 以及弥尔顿、莎士比亚、乔伊斯等人，都纷纷表示自己对荷马的感恩之情。

这就是本书开始所设问题"为什么要读荷马"的答案。荷马与我们同行。他不仅造就了希腊民族，也通过希腊人进一步造就后世文明的方方面面，荷马史诗已经成为全世界人民的共同财富。我们且不说"天不生荷马，万古长如夜"，但我们且要牢牢记住：荷马是西方文明之父，或者换个说法，荷马是西方文明的奶妈，她用甘甜的乳汁滋养着人类文明。正如罗马帝国初年的一个也叫赫拉克利特（因与古希腊著名哲学家同名，故又被学术界称作 Peudo-Heraclitus）的评论家所说：

> 我们最初还是幼儿时，就是荷马照料的，他好似一名奶妈。当我们还在襁褓之中时，就是靠他的诗句来喂养，他的诗句就好像母亲的乳汁。待我们长成青年，我们就把青春花在他身上，我们一起度过了富有活力的成人期。即便到了年老，我们还会在他身上找到乐趣。如果把他搁置一旁，我们很快就会如饥似渴，要再次走向他。对人们与荷马来说，有且仅有一个终点，那就是生命本身的终点。②

有如一句革命口号：生命不息，荷马不止。因为，荷马已经成为我们生命的一部分，是精神世界的"维生素"。

---

① John A. Scott. *Homer and His Influence*, p. 99.
② ibid pp. 98–99.

附录一

《伊利亚特》的场景

郑漫 译

〔译自 Joachim Latacz. *Homer, His Art and His World*. tr. by J. P. Holoka, Ann Arbor: University of Michigan Press, 1996, pp. 108–119〕

	第一卷	
	序曲	1–12a
战争进入第九年（2.295）	一、阿喀琉斯与阿伽门农的争吵：背景	12–52
	1. 克律塞斯在阿伽门农面前——他的请求遭拒绝	12b–32
	2. 克律塞斯在海边：他向阿波罗祈祷报复阿开奥斯人	33–43
第一天	3. 阿波罗送来瘟疫	44–53
第一至九天	瘟疫	
第十天（1.54）	二、争吵及其后果	54–492
	1. 阿开奥斯人首领大会（ἀγορή, agorē）	54–187
	2. 争吵险些升温至杀死国王阿伽门农的地步	188–194a
	3. 雅典娜的介入：阻止杀死国王；涅斯托尔试图调停，归于失败；阿喀琉斯做出部分让步；阿伽门农给阿喀琉斯派去传令官	194b–326
	4. 传令官与阿喀琉斯、帕特罗克洛斯在一起；他们带走了布里塞伊斯	327–348a
	5. 阿喀琉斯和忒提斯在海边：阿喀琉斯的祈祷（407–412）	348b–430a

第十一天（477）	6. 奥德修斯派去的使节在克律塞	430b–476
	7. 使节从克律塞归来	477–487
	8. 阿喀琉斯的愤怒（μῆνις, mēnis）	488–492
	缺少包括宙斯在内的神明们及埃塞俄比亚人身影的 11 天	
第二十一天（493）	三、忒提斯的请求，宙斯的诺言，众神集会（ϑεῶν βουλή, the ōn boulē; 493–611）	
	1. 忒提斯和宙斯：她的祈求；宙斯承诺会满足她的请求	493–533a
	2. 宙斯和赫拉的争吵	533b–570
	3. 赫菲斯托斯调停他那争吵不休的父母；众神嘲笑赫菲斯托斯（Homeric laughter）；众神欢宴；神明们就寝	571–611
第二卷		
	阿开奥斯军队所面临的考验（διάπειρα, diapeira）；舰船名录	
第二十二天前夕（1.605）	一、宙斯给阿伽门农托梦："出击！"	1–47
	二、阿开奥斯元老们的集会（βουλή, boulē）；阿开奥斯军队的集结	48–483
	1. 阿伽门农试探性的演讲：军队吵吵闹闹地解散，回到了船上；雅典娜和奥德修斯的介入；军队重新集结	48–210
第二十二天，即战争的第一天	2. 特尔西特斯出现；试图煽动军队哗变	211–278
	3. 奥德修斯，涅斯托尔和阿伽门农发表稳定军心的演讲	279–393
	4. 军营中的祭祀品和早餐	394–483

	三、舰船名录（阿开奥斯各军攻击序列）	484–785
	四、宙斯派向特洛亚人众神的信使伊里斯：特洛亚军队向前挺进	786–815
	五、特洛亚舰船名录（特洛亚人及其盟军前进顺序）	816–877
第三卷		
	休战——在城墙上观战（τειχοσκοπία, teikhoskopia）	
	一、请求休战，并为此做准备：这场战争的结果取决于墨涅拉奥斯和帕里斯之间的一场决斗	1–120
	1. 两军交战	1–14
	2. 帕里斯和墨涅拉奥斯	15–37
	3. 赫克托尔和帕里斯的谈话；赫克托尔和墨涅拉奥斯达成的关于休战以及后者与帕里斯之间的决定性决斗的协议	38–120
	二、观战于城墙上，海伦在城墙上为普里阿摩斯辨认阿开奥斯的众英雄（teikhoskopia）	121–244
	三、阿伽门农和普里阿摩斯缔结停战协议	245–313
	四、墨涅拉奥斯和帕里斯二者间的决斗：帕里斯在极端危险之时，被阿佛罗狄忒拯救	314–382
	五、阿佛罗狄忒强将海伦带至败将帕里斯的床边	383–448
	六、结局：阿伽门农宣布胜利属于墨涅拉奥斯，归还海伦和窃去的财物，支付赔偿金	449–461
第四卷		
	潘达罗斯射箭	
	一、破坏停战	

	1. 众神的集会：决定——延续战争且毁灭特洛亚；宙斯派雅典娜到特洛亚人那里去——引诱特洛亚人破坏休战协议	1–73
	2. 潘达罗斯的箭在雅典娜的指引下射伤墨涅拉奥斯	74–147
	3. 阿伽门农为他的兄弟墨涅拉奥斯忧心忡忡；医生马卡昂治疗伤者	148–219
	二、阿伽门农检阅集合起来的阿开奥斯大军（ἐπιπώλησις, epipōlēsis）	220–421
	三、战争开始	422–544
	1. 军队向前挺进并交战：决斗（在一个更大的范围内举例说明战斗：挑选战将的方法）；阿波罗鼓励特洛亚人，雅典娜却帮助阿开奥斯人	422–516
	2. 进一步的决斗导致战斗的白热化	517–544
第五卷		
	狄奥墨得斯的英雄事迹（Διομήδους ἀριστεία）	
	一、阿开奥斯人在雅典娜的影响下获得优势	1–453
	1. 狄奥墨得斯的战功	
	（1）狄奥墨得斯的英雄业迹，直到他被潘达罗斯之箭所伤	1–113
	（2）狄奥墨得斯与埃涅阿斯及潘达罗斯的单挑，并刺伤阿佛罗狄忒	114–418
	2. 雅典娜嘲笑阿佛罗狄忒；阿波罗解救埃涅阿斯	419–453
	二、特洛亚人趁雅典娜不在之时在阿瑞斯的领导下占先	454–710
	1. 特洛亚人在阿瑞斯和赫克托尔的帮助下恢复元气	454–626

	2. 吕西亚人萨尔佩冬和罗得岛（属阿开奥斯）的特勒波勒摩斯单挑；赫克托尔更多的英雄业迹	627–710
	三、赫拉和雅典娜的介入，她们都支持阿开奥斯人	711–846
	四、狄奥墨得斯竟然刺伤战神阿瑞斯	847–906
	五、赫拉和雅典娜回到奥林波斯	907–909
第六卷		
	对话（ὁμιλία, homilia）	
	一、战争：决斗；许多特洛亚人倒下了；涅斯托尔竭力主张追杀特洛亚人	1–72
	二、赫勒诺斯和赫克托尔之间的对话；前者的建议："回到城里去安排妇女们献祭雅典娜"	73–118
	三、吕西亚首领格劳科斯和赫狄奥墨得斯相遇	119–236
	四、赫克托尔在城里（ὁμιλία, homilia）	237–529
	1. 赫克托尔与母亲赫卡柏在一起	237–311
	2. 赫克托尔与弟弟帕里斯和弟妹海伦在一起	312–369
	3. 赫克托尔与妻子安德罗马克和幼子阿斯提阿那克斯在一起	370–502
	4. 赫克托尔和帕里斯一同返回战场	503–529
第七卷		
	阿开奥斯城墙的营造	
	一、特洛亚人挺进	1–16
	二、赫克托尔和埃阿斯之间的决斗（难分胜负，礼貌性的互赠礼物）	17–312

	三、众首领（βουλή, boulē）在阿伽门农的营帐中集会；讨论结果：请求休战以埋葬死者（并趁机围绕舰队建立城墙）	313-344
	四、特洛亚军队在雅典卫城（Acropolis）集结（ἀγορή, agorē）；结论：赞成阿开奥斯人的提议，另外，愿意归还偷来的财物（不包括海伦）	345-380
第二十三天（7.381）	五、休战并且下葬死者；阿开奥斯人拒绝了特洛亚人的妥协	381-432
第二十四天（7.433）	六、阿开奥斯人建造了一座城墙［波塞冬和宙斯在奥林波斯山上观看：波塞冬可能会在阿开奥斯人离开后毁掉这座城墙（事先的争吵）］	433-464
	七、阿开奥斯军营中的晚餐；宙斯掷雷——预示着一场鏖战	465-482
	第八卷	
	战争暂时停歇（κόλος μάχη, kolos makhē）	
第二十五天（8.1），即战争的第二天	一、众神大会：神明们将不再参与到战争中去；宙斯前去伊达山	1-52
	二、战争的第二天	53-565
	1. 非决定性的战斗	53-67
	2. 宙斯于正午的介入（称量衡量双方的命运［κηροστασία, kērostasia］）：特洛亚人占优	68-77
	3. 特洛亚人在赫克托尔的率领下进攻；宙斯将狄奥墨得斯送回	78-197
	4. 战争的进展状况激怒赫拉；阿伽门农对宙斯的祈求；战争形式的转变	198-252
	5. 阿开奥斯人出击	253-315
	6. 赫克托尔将阿开奥斯人打退	316-349

	7. 宙斯预先阻止了赫拉和雅典娜无视他的禁令去介入战争并帮助阿开奥斯人的企图	350—484
	8. 夜幕降临,战争暂告一段落;特洛亚人于第一时间在他们的城墙外安营;阿开奥斯人处于悲惨的困境	485—565
	**第九卷**
	给阿喀琉斯派去使者（Λιταί, Litai）	
第二十六天前夜（8.486）	一、阿开奥斯人的集会	1—181
	1. 军队集结：危急关头（ἀπορία, aporia）	1—88
	2. 长老们（γέροντες, gerontes）在阿伽门农营帐中提出的建议（βουλή, boulē）	89—181
	二、被派去阿喀琉斯处的使者没有完成使命（奥德修斯、福尼克斯以及埃阿斯的劝说没有改变阿喀琉斯的想法）	182—688
	三、宣布阿喀琉斯的拒绝以及阿开奥斯人的反应	669—713
	1. 奥德修斯宣布阿喀琉斯的应答	669—691
	2. 愤怒的狄奥墨得斯解散集会；召集人马准备第二天的战斗	692—713
	**第十卷**
	多隆的故事（Δολώνια, Doloneia）	
	一、双方都计划夜探敌情	1—339
	1. 阿开奥斯人准备侦察敌营	1—298
	2. 特洛亚人多隆准备侦察敌营	299—399
	二、多隆与狄奥墨得斯、奥德修斯相遇；多隆被杀	340—468

	三、狄奥墨得斯和奥德修斯在特洛亚军营中的行动	469–525
	四、狄奥墨得斯和奥德修斯回到阿开奥斯军营中	526–579
第十一卷		
	阿伽门农的战功（Ἀγαμέμνονος ἀριστεία）	
第二十六天（11.1），即战争的第三天	一、准备战斗：两军均整装待发	1–66
	二、战斗中双方势均力敌	67–83
	三、阿伽门农的战功（supremacy）	84–283
	四、特洛亚军队步步挺进；赫克托尔的英雄作为（action）	284–309
	五、狄奥墨得斯和赫克托尔的反攻；赫克托尔昏迷	310–367
	六、几位主要英雄（狄奥墨得斯，奥德修斯，阿伽门农，被涅斯托尔从战斗中拖出的马卡昂和欧律皮洛斯）的受伤使阿开奥斯人的对手松懈了	368–595
	七、阿喀琉斯将帕特罗克洛斯派去涅斯托尔那里（帕特罗克洛斯是去探察战况的）	596–848
第十二卷		
	壁垒周围的战斗（Τειχομαχία, Teikhomakhia）	
	一、对战争进行进一步的描述；特洛亚城陷落之后阿开奥斯人建立的壁垒的命运	1–35
	二、准备在壁垒旁的战斗	36–107
	三、特洛亚人的盟友阿西奥斯的进攻被打退	108–194
	四、赫克托尔的进攻被打退	195–289
	五、吕西亚人萨尔佩冬的进攻被打退	290–429

	六、赫克托尔用大石头击碎城门；特洛亚人攻破阿开奥斯人的壁垒；阿开奥斯人逃回战船	430–471
第十三卷		
	船舶前的战斗	
	一、波塞冬介入，支持阿开奥斯人	1–125
	二、在中心的战斗	126–205
	三、波塞冬的重新介入；准备在左翼的战斗	206–329
	四、在伊多墨纽斯和墨里奥涅斯之间展开的激战	330–344
	五、宙斯和波塞冬在战场上的相反立场	345–360
	六、伊多墨纽斯的英雄业迹	361–454
	七、争夺特洛亚的阿尔卡托奥斯的尸体之战	455–575
	八、墨涅拉奥斯的单打独斗	576–672
	九、特洛亚人准备新一轮的总攻；阿开奥斯人坚守不屈	673–837
第十四卷		
	给宙斯施诡计（$\Delta\iota\grave{o}\varsigma\ \dot{\alpha}\pi\acute{\alpha}\tau\eta$, Dios apatē）	
	一、涅斯托尔和三个负伤的阿开奥斯英雄（狄奥墨得斯，奥德修斯，阿伽门农）重新投入战斗；波塞冬激励阿开奥斯人	1–152
	1. 涅斯托尔仔细考虑情势	1–26
	2. 涅斯托尔与三位负伤的英雄相会	27–40
	3. 这四位首领在一起商讨战局	41–134
	4. 波塞冬鼓励这些首领和军队	135–152
	二、赫拉在阿佛罗狄忒和睡神的帮助下引诱宙斯，以便去帮助阿开奥斯人	153–362
	三、战斗持续，直到阿开奥斯人胜利	363–522

	1. 双方准备战斗	363–388
	2. 如今波塞冬亲自率领阿开奥斯人	389–401
	3. 埃阿斯与赫克托尔打斗；赫克托尔被击昏迷	402–439
	4. 阿开奥斯人新一轮的猛攻；阿开奥斯人赢得单场战斗	440–505
	5. 特洛亚人越过壕沟逃走	506–522
	第十五卷	
	一、情况回到从前	1–389
	1. 宙斯醒来；和赫拉的争论	1–77
	2. 赫拉前去众神那里，试图煽动他们反对宙斯	78–156
	3. 宙斯通过伊里斯命令波塞冬离开战场	157–219
	4. 阿波罗使赫克托尔痊愈	220–262
	5. 阿波罗主导战斗，直到阿开奥斯人的营地再度起火	263–389
	二、帕特罗克洛斯在欧律皮洛斯的营帐中为他疗伤，然后回去找阿喀琉斯	390–404
	三、战舰旁及周围的，在宙斯个人主导之下的战斗	405–746
	1. 赫克托尔和埃阿斯在一艘战舰旁打斗；个人之间的战争	405–591
	2. 赫克托尔逼近船只；涅斯托尔警告言辞：最后的呼喊	592–673
	3. 埃阿斯不得不隐蔽到船的防御装置处，海就在他的身后	674–746
	第十六卷	
	帕特罗克洛斯的故事（Patrokleia）	

	一、帕特罗克洛斯请战并为出战做准备	1-256
	1. 帕特罗克洛斯请求阿喀琉斯允许他穿上后者的铠甲上阵	1-100
	2. 阿开奥斯人所承受的巨大压力	101-129
	3. 帕特罗克洛斯和米尔弥冬军队	130-220
	4. 阿喀琉斯请求宙斯给予帕特罗克洛斯以成功	221-256
	二、帕特罗克洛斯的英勇作战使特洛亚人退回战壕	257-418
	三、宙斯之子萨尔佩冬死于帕特罗克洛斯之手；争夺尸体之战	419-683
	四、帕特罗克洛斯的最后一件功绩；他的死	684-867
	1. 特洛亚人被帕特罗克洛斯追击到特洛亚城下	684-711
	2. 阿波罗伪装成赫克托尔的叔父阿西奥斯来鼓励赫克托尔	712-730
	3. 赫克托尔和帕特罗克洛斯之间的决斗	731-828
	4. 赫克托尔向着逐渐走向死亡的帕特罗克洛斯说话	829-867
	第十七卷	
	墨涅拉奥斯的战绩	
	一、一场帕特罗克洛斯的尸体和他身上的武装（也就是阿喀琉斯的铠甲）引发的争斗	1-139
	二、大规模的"争尸"之战；局势瞬息转换	140-423
	三、为阿喀琉斯的战马而战	424-542
	四、阿开奥斯人带着帕特罗克洛斯的尸体回营	543-761
	第十八卷	
	阿喀琉斯的武装	

	一、宣布帕特罗克洛斯战死以及这条消息引起的反响	1–147
	1. 安提洛科斯给阿喀琉斯带来帕特罗克洛斯阵亡的消息	1–34
	2. 忒提斯为儿子恸哭	35–64
	3. 阿喀琉斯告诉忒提斯他要为帕特罗克洛斯报仇；忒提斯答应帮他带来新的铠甲	65–147
	二、拯救阿开奥斯人，他们带着帕特罗克洛斯尸体退回，阿喀琉斯在壕沟边出现	148–238
第二十七天的前夕（18.239-242）	三、紧接着的那个晚上在两军中发生的事情	239–368
	1. 战争由于过早光临的黄昏而暂歇	239–242
	2. 波吕达马斯关于撤退的建议被赫克托尔否认	243–314
	3. 阿喀琉斯于帕特罗克洛斯的尸体旁；报仇的诺言	315–355
	4. 宙斯和赫拉的对话	356–368
	四、忒提斯和赫菲斯托斯在一块儿；赫菲斯托斯为阿喀琉斯打造了一套新铠甲；阿喀琉斯的盾	369–617

第十九卷

消除怨恨（μήνιοος ἀπόρρησις, mēnidos aporrhēsis）

第二十七天（19.1），即战斗的第四天	一、忒提斯将新铠甲交给阿喀琉斯	1–39
	二、阿喀琉斯和阿伽门农和解释怨；布里塞伊斯送还给了阿喀琉斯	40–281
	三、为帕特罗克洛斯恸哭哀悼（布里塞伊斯和众妇女，阿喀琉斯以及阿开奥斯的首领们）	282–351a
	四、为复仇之战作准备	351b–424
	1. 阿喀琉斯为战斗全副武装；军队向前进	351b–398

	2. 他的坐骑克珊托斯告知阿喀琉斯他已临近死亡	399-424
第二十卷		
	埃涅阿斯的故事	
	一、众神集会；各路神仙参与到即将来临的战斗	1-75
	二、埃涅阿斯和阿喀琉斯两人之间的决斗	76-352
	1. 阿波罗怂恿埃涅阿斯去与阿喀琉斯交战	76-111
	2. 赫拉试图激波塞冬和雅典娜为阿喀琉斯说情，但无功而返；神明抽身退出	112-155
	3. 埃涅阿斯和阿喀琉斯的对话；两位勇士交战	156-287
	4. 波塞冬营救埃涅阿斯	288-352
	三、阿喀琉斯疯狂杀敌以及特洛亚人的溃退	353-503
第二十一卷		
	依水而战；众神交战（Θεομαχία, Theomakhia）	
	一、阿喀琉斯在斯卡曼德罗斯河旁以及河水中与特洛亚人战斗	1-232
	二、斯卡曼德罗斯河神攻击阿喀琉斯；赫菲斯托斯击败斯卡曼德罗斯（水火相拼）	233-384
	三、众神之战	385-520
	1. 阿瑞斯对阵雅典娜	391-417
	2. 雅典娜对阿佛罗狄忒	418-434
	3. 阿波罗对战波塞冬	435-469
	4. 阿尔忒弥斯对阵赫拉	470-490
	5. 赫尔墨斯与勒托相拼	497-504
	6. 阿尔忒弥斯与宙斯在奥林波斯	505-514
	7. 阿波罗前去伊利昂；其余神明回到奥林波斯	515-520a
	四、特洛亚人在阿波罗的保护下逃跑	520b-611

	第二十二卷	
	赫克托尔之死	
	一、阿喀琉斯与赫克托尔开始相遇	1–130
	二、赫克托尔在阿喀琉斯前逃跑	131–166
	三、众神敲定赫克托尔的命运	167–247
	1. 众神开讨论会	167–187
	2. 阿喀琉斯继续追击赫克托尔；宙斯的天平不利于赫克托尔	188–213
	3. 雅典娜扮作得伊福波斯的样子敦促赫克托尔与阿喀琉斯决战	214–247
	四、阿喀琉斯和赫克托尔之间的决斗；赫克托尔之死	248–394
	五、阿喀琉斯凌虐赫克托尔的尸体；哀赫克托尔的挽歌	395–515
	1. 阿喀琉斯将赫克托尔的尸体拖回自己的军营	395–404
	2. 赫克托尔的双亲普里阿摩斯和赫卡柏为他的死而恸哭	405–436
	3. 安德罗马克听到赫卡柏的挽歌并冲向塔楼	437–474
	4. 安德罗马克的挽词	475–515
	第二十三卷	
	葬礼竞技会（Ἆθλα, Athla）	
第二十八天前夜	一、帕特罗克洛斯的葬礼	1–255
	1. 阿喀琉斯绕帕特罗克洛斯的尸体而行；葬礼聚餐	1–58
	2. 帕特罗克洛斯在睡眠的阿喀琉斯的梦中告诉他尽快下葬	59–110a

第二十八天	3. 火烧帕特罗克洛斯之尸	110b–225
	4. 埋葬帕特罗克洛斯的骨灰	226–257a
第二十九天	二、为纪念帕特罗克洛斯而举行的葬礼竞技会	257b–897
	1. 战车竞速：欧墨洛斯，狄奥墨得斯，墨涅拉奥斯，安提洛科斯和墨里奥涅斯	257b–652
	2. 拳击：埃佩奥斯和欧律阿洛斯	653–699
	3. 摔跤：埃阿斯与奥德修斯	700–739
	4. 赛跑：小埃阿斯，奥德修斯以及安提洛科斯	740–797
	5. 比试武艺：狄奥墨得斯和埃阿斯	798–825
	6. 掷铁饼赛：波吕波特斯，埃阿斯以及埃佩奥斯	826–849
	7. 箭术：墨里奥涅斯与透克罗斯	850–883
	8. 投枪比赛：阿喀琉斯停止阿伽门农和墨里奥涅斯之间的比试	884–897
	第二十四卷	
	赫克托尔被赎回（"Εκτορος λύσις, Hektoroslysis）	
	一、普里阿摩斯赎回赫克托尔的尸体	1–467
	1. 阿喀琉斯凌虐赫克托尔的尸体	1–21
	这种凌虐持续了 11 天	
第四十一天（24.31）	2. 众神集会：宙斯命令忒提斯去规劝阿喀琉斯放过赫克托尔的尸体	31–142
	3. 宙斯让伊里斯令普里阿摩斯前去阿喀琉斯的军营	143–187

附录·253

第四十二天的前夕 (24.351)	4. 普里阿摩斯来到阿喀琉斯的军营；赫尔墨斯指引他走进阿喀琉斯的营帐	188–467
	二、阿喀琉斯与普里阿摩斯相会；赎回赫克托尔	468–676
	1. 普里阿摩斯的恳求；他们陷入悲痛；阿喀琉斯发誓会归还赫克托尔的尸体	468–571
	2. 阿喀琉斯接受赎金和赎礼；他清洗赫克托尔的尸体，给其抹上油，穿上衣服并请普里阿摩斯与他共同用餐	572–627
	3. 阿喀琉斯为普里阿摩斯准备了一张睡床并同意为赫克托尔的葬礼而休战11天	628–676
第四十二天 (24.695)	三、赫克托尔的尸体被带回家；哀悼会及葬礼	677–804
	1. 赫尔墨斯劝普里阿摩斯在晚上离开，这样更安全	677–697
	2. 普里阿摩斯带着赫克托尔的遗体到达特洛亚	698–718
	3. 安德罗马克，赫卡柏以及海伦在宫殿里的庄严哀悼	719–776
	建造赫克托尔的火葬场的九天	777–784
第五十一天 (24.785)	4. 赫克托尔的葬礼	185–804
	总共51天所发生的事情：叙述了15个白天，5个晚上所发生的事；其余时间的事情——用叙述学的术语来说——只被提及而已	

附录二

荷马史诗学术资源综览

荷马史诗泽被西方两千多年，对人类文明的发展作出了难以估量的贡献。世世代代的学者文人对荷马史诗的编纂、辑佚、翻译、仿写、阐释，既是后世子孙对荷马史诗的研究和反馈，也是荷马史诗对后人的影响之表现，当算荷马的荫泽。荷马史诗的翻译和研究之路，就是人类文明发展之路：不断的"重译"和"再思"是文明前进的方式，荷马史诗总是美妙思想的不竭源泉。历代高人对荷马史诗进行过仔细的校勘、辛苦的辑佚，也把它翻译成了各种语言——即便是同一种语言，也因时代不同和个人认识之不同而有层出不穷的译本。至于研究成果，则更是多如繁星，在外行看来，荷马史诗好像已研究得巨细靡遗甚至山穷水尽了。凡此种种，荷马史诗的学术资源已不是"汗牛充栋"所能概观。我们仅撷取其沧海一粟，由之可窥得荷马于人类思想的丰功伟绩之点滴。由此亦知我们对荷马史诗学术资源的简单梳理，当然绝非"学术"而已——这不是"思想"又是什么呢（如果像时下学界那样硬要区分学术与思想的话）？

一、编辑

如前所述，荷马史诗的最早编本在亚历山大里亚时期完成，由以弗所的（Zenodotus of Ephesus）、拜占庭的阿里斯多芬（Aristophanes of Byzantium，前 257—180）和阿里斯塔库斯（Aristarchus Of Samothrace，前 217—145）师徒三代人编纂，这个本子是后世所有版本的母本，也是 11 世纪的通行本（vulgate）的依据。[①] 但这些文本在流传过程中损耗太大，其中公元 200 年到公元 400 年期间的损失尤其大：

---

① 参本书第二章第二节第三点。

人们把大量的文献从传统的纸草卷转抄到新近采用的羊皮纸上。结果古代文明实际是把罗马的文献转移到了比纸草卷更加耐久的材料上保存,从而完成了从古代文献向中世纪文献的转变。具有讽刺意味的是,人们本期望这样一种外在形态的转变会大大增加文献保存下来的机会,可正是这种转变造成了文献的极大损失。它们从纸草卷变成羊皮纸,从各种手写体变成加洛林王朝的小写字,从手写体再到印刷体。可一旦文献获得了新的外在形式,所有旧的本子,因为变得多余,自然被抛弃了。[①]

这样一来,即便中世纪后期印刷出版了荷马史诗,这些本子显然已残破不堪矣。历代的批注、评论中还保留着那些未曾散佚的文字,荷马史诗文本中"散佚"的文字就以各种各样的"残篇"形式流传了下来。当然,亚历山大里亚编本和中世纪的印刷本是荷马史诗的文本主体。

目前,我们最常用的荷马史诗希腊文本是 W. B. Stanford 编的《奥德赛》(Macmillan,1947)和 Allen Rogers Benners 编的《伊利亚特》(New York:Irvington,1976)。当然,最流行的编本并不一定是最权威的。这两个在教学中广为采用的本子当然有其优点,比如 Stanford 的编本有相当丰富的注释和"杰出的评注",其篇幅超过了正文;比如 Benners 选本在导论、语法注释、词汇表等方面"设施宏伟"。但这两个本子的批评者也不在少数,比如说"在口头诗学方面太幼稚""注释过时"云云。[②]至于说 A. T. Murray 编校和翻译的 Loeb 本(《奥德赛》1919,《伊利亚特》1924),则不太为学界所重视,笔者所见的书籍中也很少提起这个版本。

---

① 罗斯,《古典文献的流传》,见《罗马的遗产》,同前,第 56 页。这种损失似乎不可避免,从纸草卷到羊皮纸再到印刷本,应该是功大于过(这种情形颇似"四库全书"在保存古籍方面的功过)。

② Kostas Myrsiades(ed.). *Approaches to Teaching Homer's* Iliad *and* Odyssey, p. 3. 本文的大量信息即来自 Kostas Myrsiades 为该书所写的这篇导言性质的"Materials"。

据专家说，Loeb 本的希腊原文存在不少问题，专业人士大多不采用这个本子。① 有人愿意用 Leob 本，大约是因为这个本子在图书馆中比较好找，而且又是希英对照，使用起来似乎比较方便。

荷马史诗的权威希腊文本是五卷的牛津本（Oxford Classical Texts，简称 OCT），最初由 T. W. Allen 编校（1906），后来他和 D. B. Monro 又对该编本进行了深入细致的校订，于 1912 至 1920 年间仍以"Homeri Opera"（"荷马全集"）之名陆续出版（这套"全集"中收录了那些有疑问的作品，甚至包括被认为是"伪作"的英雄诗系）。牛津本（OCT）的编者 Allen 因其博学多识而被认为是版本权威（leading textual critic），② 他对荷马史诗的现代发展作出了巨大的贡献。Allen 对公元 10 世纪以来的各种抄本进行分门别类的工作，并且按照中世纪以前可以证明的"种类"把这些材料组成"家系"（families）。③ 虽然 Allen 的这些分类方法遭到不同程度的质疑，但为后来的研究和严肃的批评提供了一个优秀的工作平台，而且他的希腊文本十分可靠：校勘非常精细、准确，使用起来也很方便，颇受学界好评。④

二、翻译

在西方翻译史上，除了《圣经》以外，在所有的文学作品中，荷马史诗是人们翻译得最多最频繁的作品。荷马史诗自问世以来，就不断地被译成各种文字，这种翻译势头近来很猛，据说每年都有新"荷马"出现。最早的拉丁文译本是对《伊利亚特》的节译，这部 *Ilias Latina* 一向归在罗马皇帝尼禄（Nero，37—68）时期的 Silius Italicus（25/26—101）

---

① 笔者在翻译"英雄诗系"（Epic Cycle）时，也有同样的感受，Leob 本比牛津本似乎差不少。
② Andrew Lang. *The World of Homer*, p. xii.
③ Michael Haslam. "Homeric Papyri and Transmission of the Text." see *A New Companion to Homer*, pp. 89ff.
④ Kostas Myrsiades（ed.）. *Approaches to Teaching Homer's* Iliad and Odyssey, p. 3.

名下。文艺复兴以前的翻译无论在数量上还是在质量上，都无法和今天的情形相比，而且翻译还往往和节写、改变相混杂，很难符合今天的翻译观念。Benoit de Sainte-More 用罗曼语－法语在一些传说中提炼出约三千行的《特洛亚的故事》（*Roman de Troie*，约公元 1155—1160 年）。中古时期还有一些其他简译本，此不赘述。[①]

文艺复兴以来，较早的译本出自查普曼和蒲柏之手，这两个译本各有所长，从今天的眼光来看，前者文辞古旧，已不适合现代人阅读。蒲柏译本笔力刚劲雄健，但随意性很强（更多的是蒲柏自己的诗学实践），而且也不太合今人的口味，他为该译本写的长序倒还时常为人念及。其他如 Thomas Hobbes（哲学家）、James Macpherson、William Cowper 的译本，维多利亚时代的 Andrew W. Lang, W. Leaf, E. Myers 三人合译的《伊利亚特》，现代的 Albert Cook, T. E. Shaw, A. H. Chase, W. G. Perry, W. H. Rouse, G. H. Palmer, S. Butler, 以及德语世界的 Johann Henrich Voss 和法语世界 Philippe Jaccottet 等人的译作都曾在荷马史诗发展的道路上留下过深深的印记，目前最流行的却是 Richard Lattimore、Robert Fitzgerald 和 E. V. Rieu 等人的译本。具体而言，《伊利亚特》的权威译本是 Lattimore 译本（Chicago, 1951），《奥德赛》的权威本则是 Fitzgerald 的译本（New York : Anchor-Doubleday, 1962）。[②]

Lattimore 的译本，尤其是《伊利亚特》，以其漂亮、可读、准确和忠实于荷马原文的译笔而倍受学界好评，此外它还配备了可靠的注释和导论，尽管它不无微瑕，但很接近希腊原文，因为它保留了正确的内涵和诗学的价值。Lattimore 把那些叙述性的和仪式性的程式转变了过来，而同时又没有太多地牺牲荷马史诗的那种平实、直接的特征。Fitzgerald 的《奥德赛》收录于《诺顿世界名著选集》（*The Norton Anthology of*

[①] George Steiner. "Homer in English Translation." see *The Cambridge Companion to Homer*, p. 364.

[②] Kostas Myrsiades (ed.). *Approaches to Teaching Homer's* Iliad *and* Odyssey, pp. 4ff。这份统计结果没有提到 A.T. Murray 那个被收入 Loeb 丛书的英译本。

World Masterpieces），流传较广，主要就在于它清通可读，文字优美，语言通俗、直接。即便在不懂希腊文的人看来，Fitzgerald 的译文也是漂亮的英文诗歌，时有生花妙笔。在译者看来，译文一定要像一首英文诗，为此 Fitzgerald 不惜牺牲原文的格律、音步、形式、隐喻等等——这似乎是现代译文不得不承受的损失。①

于是在翻译过程中就出现了很多相互较劲的主张，大大地繁荣了翻译理论。其中较为著名的有 Matthew Arnold 的《论翻译荷马》("On Translating Homer"，1861），Howard Clark 的《一种翻译与多种翻译》（"Translation and Translations"，1967），Conny Nelson 的《〈奥德赛〉的翻译》(Translations of the Odyssey，1969）以及 Fitzgerald 所译《奥德赛》的跋等等。撇开与本文无关的翻译理论不谈，我们需要了解一个看似无关紧要的争论：用什么文体来翻译荷马史诗。整个译界在这个问题上分成了两派：即诗体派和散文派，其中诗体派占绝对优势。其根本原因即在于诗歌体更符合荷马史"诗"的原来体裁，否则如果用散文体来翻译的话，会让读者误以为荷马写的是小说。这一派人士认为诗歌体比散文体"更清楚"，更能传神，能保留原诗在形式、节奏和韵律上的美感，由此同现代小说相区分。

而散文派则认为现代语言既然无法传达出荷马史诗的原汁原味，在技术上也无法与原诗一一对应，在音步和韵律方面损耗甚巨，几至点滴无存。在他们看来，散文比诗体更容易领会，读起来速度更快，也更平坦，而且更准确——与此相比，诗体就太"随意"(free）了。T. E. Shaw、W. H. Rouse、Samuel Butler 和 Andrew Lang 等人的散文译本都取得了相当的成功，而最成功的要数 E. V. Rieu 的译本（收入"企鹅丛书"）。②

世界各国都有本土的荷马史诗译本，其中德国、法国自是当仁不

---

① ibid, pp. 4–5.
② George Steiner. "Homer in English Translation." see *The Cambridge Companion to Homer*, p. 373; Kostas Myrsiades（ed.）. *Approaches to Teaching Homer's* Iliad *and* Odyssey, p. 17.

让，西化程度相当高的日本也似不差。我国自傅东华最早用语体文翻译荷马史诗以来（商务印书馆，1934年），虽逾半个多世纪，但翻译和研究方面的成果的确有些羞于见人。荷马史诗较好的译本仅有杨宪益译《奥德修纪》（上海译文出版社，1979年），罗念生、王焕生译《伊利亚特》（人民文学出版社，1994年），王焕生译《奥德赛》（人民文学出版社1997年），以及陈中梅的译本（译林出版社，2000年、2003年）。傅译和杨译是散文体，其余为诗歌体。这与我们的综合国力和文明程度极不相称，佳构美文，当俟来者。

总之，荷马史诗的译本堪称繁花似锦，不同的译本对同一个句子有多个译法，甚至有意思几乎相反的译法。Guy Davenport曾比较过不同的译者对同一行诗的翻译，发现译者们更多的是在"阐释"（interpret）而不够致力于"揭示"（reveal）原始文本的意思。[1] 翻译本来就是阐释，就是研究，又何足道哉！

三、研究

从最广义的角度来说，荷马史诗自诞生之日起就不断被人研究。赫西俄德的《工作与时日》是对荷马史诗所宣扬的尚武精神的批判，而他的《神谱》则是对荷马史诗极不严肃的"生活宗教"的纠正。品达虽然也崇尚英雄，但他已把荷马史诗中战场上的英雄请到了体育竞技场。克塞诺芬尼、赫拉克利特，尤其是柏拉图等哲人对荷马的严厉批评，实在是对荷马的最高礼赞。至于后来的维吉尔、西塞罗、奥维德、但丁、薄伽丘、拜伦、雪莱、弥尔顿、乔叟、斯宾塞、歌德、莎士比亚、伏尔泰、惠特曼、华兹华斯、叶芝、托尔斯泰、庞德、卡夫卡、乔伊斯等人对荷马史诗的研究，更铸就了西方文学的千年辉煌。仅仅从学术上来说，荷马史诗的研究资料已多到不可能统计清楚，我们只能就图书馆容易找到且使用较为方便的资料简单做些介绍。

---

[1] Kostas Myrsiades (ed.). *Approaches to Teaching Homer's* Iliad *and* Odyssey, p. 16.

（1）评注和指南

对于不熟悉历史细节、神话典故以及荷马时代习俗的一般读者来说，初读荷马史诗时，M. Willcock 的《〈伊利亚特〉指南》(*A Companion to the* Iliad) 是不错的入门书籍。而对于那些有能力读点希腊语原文的人来说，Willcock 的《〈伊利亚特〉一至六卷评注》(*A Commentary on Homer's* Iliad, Books I-VI) 则更能满足较高层次的需要。尤斯塔修斯的评注 (*Commentarii ad Homeri* Iliadem. Cambridge University Press,1827,2010) 是业界公认的权威文献。J. C. Hogan 的《〈伊利亚特〉导引》(*A Guide to the* Iliad) 对《伊利亚特》的文化背景、诗歌风格做了杰出的导论，而且逐行对每一卷做了评注。G. S. Kirk 主编的六卷本《〈伊利亚特〉评注》(The Iliad: *A Commentary*. Cambridge University Press,1985—1993；前两卷由 G. S. Kirk 完成，后面各卷的作者分别是 B. Hainsworth、R. Janko、M. W. Edwards、N. Richardson) 乃是该领域的集大成之作。其余如 E. T. Owen 的《〈伊利亚特〉的故事》(*The Story of the* Iliad)、C. W. Macleod 的《荷马史诗〈伊利亚特〉之第二十四卷》(*Homer: Iliad, Book XXIV*) 和 R. M. Frazer 的《〈伊利亚特〉解读》(*A Reading of the* Iliad) 等，都值得荷马的"粉丝"们好好用功。

就《奥德赛》而言，较早也较专业的是尤斯塔修斯的评注 (*Commentarii ad Homeri* Odysseam. Cambridge University Press,1825,2010)。一般读者可参看 Howard W. Clarke 的《〈奥德赛〉的艺术》(*The Art of the Odyssey*)，该书不仅较为通俗地介绍了《奥德赛》的故事情节，还提供了相当不错的三篇附录：年表、翻译和进一步阅读的材料。专业人士当然首选前文所说的 Stanford 的编注本，他为该编注本所写的两个导言长达八十页，详细地介绍了情节、人物、风格、文本、荷马问题、地理、舰船、民族、迈锡尼时期的希腊以及荷马史诗的语法特点。与此相当的则是 Alfred Heubeck、Stephanie West 和 J. B. Hainsworth 三人合著的《荷马史诗〈奥德赛〉评注》(*A Commentary on Homer's* Odyssey)。近年来，I. J. F. de Jong 的《〈奥德赛〉的叙事学评注》(*A Narratological Commentary on the* Odyssey)，也颇有新意。有心人还可参考 D. M. Gaunt 的《巨浪与雷电：荷马史诗〈奥德赛〉评注和解读》(*Surge and Thunder: Critical Readings in Homer's* Odyssey)，W. J. Woodhouse 的《荷马史诗〈奥德赛〉的结构》(*Composition of Homer's* Odyssey) 和 Agathe Thorntond 的《荷马史诗〈奥德赛〉的人物与主题》(*People and Themes in Homer's* Odyssey)。[1]

（2）研究文集

规模最大、收录文章最齐全的荷马史诗研究文集，是 I. J. F. de Jong 最近编辑出版的《荷马史诗评论集》(*Homer: Critical Assessments.* London: Routledge, 1999)。该书共分四卷，分别是"诗歌的创作""荷马的世界""文学阐释"和"荷马的艺术"，收录了沃尔夫（F. A. Wolf）1795 年发表《荷马史诗导论》以来的最重要的研究成果（包括德语和法语文章），对荷马史诗研究中的几乎所有重要问题都进行了讨论。这套书虽然叫"文集"，但很多文章是从一些研究大家的专著中抽出来的章节，因此这套书足以反映当今西方研究荷马史诗的整体水平。

最新的研究文集是 Robert Fowler 编的《剑桥荷马史诗指南》(*The Cambridge Companion to Homer*, 2004)，这部四百多页的文集收录了二十二篇文章，除了极少数作者外，其余的人在荷马史诗研究方面即便不敢说没有很深的功力，至少也算不上这一领域的研究大家。唯其可取者便在于一个"新"字。[2] 而真正在文集上打上"新"字的则是 Ian Morris 和 Barry Powell 编的《荷马史诗新指南》(*A New Companion to Homer*. Leiden: Brill, 1997)，这本近八百页的文集收录了三十篇文章，分

---

[1] Kostas Myrsiades (ed.). *Approaches to Teaching Homer's* Iliad *and* Odyssey, pp. 17–19.
[2] 最近几十年来剑桥大学出版的各种"指南"非常多，似乎也就难免良莠不齐，不少"指南"大有粗制滥造之嫌，虽说用来指导国朝读者那是绰绰有余，但也不可不小心。

为四个部分"流传与阐释史""荷马的语言""作为文学作品的荷马史诗"和"荷马的世界"。据编者说,这部文集之所以叫做"新指南",是针对 A. J Wace 和 F. H. Stubbings 所编的《荷马史诗指南》(*A Companion to Homer*, Macmillan,1962),也就是说"新指南"收录了旧指南之后的优秀文章,它的"新"不仅体现在时间上,也体现在观念上。旧指南虽然出版于 1962 年,但早在第二次世界大战前就已编好,因战事和原编者的去世而拖延了很长一段时间,因此旧指南反映的是较为陈旧的一些研究成果,比如它的主要兴趣在于荷马的历史真实性、考古学等方面。而"新指南"编得更加全面,尤其令编者自豪的是他们为该书加上了旧指南所没有的伦理学方面的研究(p. xvii)。

除了上述三个"指南"外,就笔者所见,还有几本类似的文集值得推荐。George Steiner 和 Robert Gagles 所编的《荷马史诗评论集》(*Homer: A Collection of Critical Essays*. Prentice-Hall, Inc., Englewood Cliffs, N. J., 1962)既收录了研究专家如 Stanford、Fitzgerald、C. H. Whitman、A. B. Lord 等人的文章,也收了一些作家如托尔斯泰、庞德、卡夫卡、劳伦斯等人的短文,颇有特色。而最有文学史史料价值的则当数 Dennis Poupard 等人编的《古典与中世纪文学评论》(*Classical and Medieval Literature Criticism*. Detroit: Gale Research Company,1988),该书虽只用了两百来页谈荷马,但开本大、字号少、双栏排列,收集的信息也着实不少,尤为难得的是它收入了柏拉图、亚里士多德以来的名家之作,其中有平常难以见到的一些材料,如中古著名荷马专家 Eustathius 的文章。

其余如 Carl Rubino 和 C. W. Shelmerdine 编的《荷马史诗的门径》(*Approaches to Homer*. Austin: University of Texas Press,1983),Kenneth Atchity 等人编的《荷马史诗评论文集》(*Critical Essays on Homer*, G. K. Hall & Co.,1987),以及 B. C. Fenik 编的《荷马:传承与创造》(*Homer: Tradition and Invention*, Brill,1978)和 John Wright 编的《〈伊利亚特〉现代评论选》(*Essays on the Iliad: Selected Modern Criticism*, Indiana UP,1978),Howard W. Clarke 编的《二十世纪的〈奥德赛〉阐释》(*Twentieth*

Century Interpretations of the Odyssey. Prentice,1983），C. H. Taylor, Jr. 编的《〈奥德赛〉现代评论选》(*Essays on the* Odyssey: *Selected Modern Criticism*, Indiana UP,1963)，和 Conny Nelson 编的《荷马史诗〈奥德赛〉评论手册》(*Homer's* Odyssey: *A Critical Handbook*, Wadsworth,1969），以及 Georg Finsler 编《意、法、英、德从但丁至歌德的新时代的荷马史诗研究》(*Homer in der Neuzeit von Dante bis Goethe: Italien, Frankreich, England, Deutschland.* Leipzig: B. G. Teubner,1912）值得参阅，有的文集所收文章与其他选本多有重复，足证英雄之所见。而由 G. M. Wright 和 P. V. Jones 从德文翻译成英文的《德语世界的荷马研究》(*Homer: German Scholarship in Translation.* Clarendon,1997），虽然页码不过350，文章不过10篇，但作者们来头都不小，大多是德语世界的荷马权威，自然不容小觑。

（3）专著

荷马史诗的研究专著虽然数量不小，但为大多数人所称道的却也不是太多——几百本书对于个人阅读来说，当然有很大的压力，但对于研究来说，就不算多了。再加上现在出版业的发达、方便和快捷，以及拿学位、评职称的压力（外国人同样如此），荷马史诗的研究专著年年都有不少新品上市，却未必都是上品。[①] 人生苦短，切莫虚耗在鸡肋上。我们这里仅就那些有嚼头（而不是"噱头"）、受好评、普遍认同的专著，结合笔者自己的兴趣（绝非客观），简要介绍几部。

在普及性的著作中，C. A. Trypanis 的《荷马史诗》(*The Homeric Epics*, Aris,1977）和 W. A. Camps 的《荷马史诗导论》(*An Introduction to Homer*, Clarendon,1980）可资入门。而 Andrew Lang 饱含深情的《荷马的世界》(*The World of Homer*. London,1910）虽是一部洋洋洒洒二十章

[①] 美国的古典学教授对该领域出版情况进行了统计，发现文章、书评和专著虽多，水平却普遍不高，有的甚至对本行业大为有害（参 V. D. Hanson and John Heath. *Who Killed Homer?* 见本书"导论"）。

的研究专著，但因其文笔流畅、思路清晰，可以作为稍专业一点的初级读物。C. M. Bowra 爵士的《〈伊利亚特〉的传承与构思》(Tradition and Design in the Iliad. Clarendon, 1930) 是较早对荷马史诗的外部结构以及传承过程进行系统研究的成功之作。当然，进一步的外围研究则需要耐心去"啃"版本权威 T. Allen 极其难读的《荷马史诗的起源和流传》(Homer: The Origins and the Transmission. Clarendon, 1924)，该书第一至八章讲起源，则还罢了，后面五章讲流传，满篇希腊文，没有英文翻译，读来不知所云，只让人折服于作者的文献学功夫（版本目录）。

学界较为看好的综合性研究著作中，C. H. Whitman 的《荷马与英雄传统》(Homer and the Heroic Tradition. Cambridge: Harvard University Press, 1958) 算得一个。该书最突出的贡献在于对荷马史诗（尤其《伊利亚特》）的"几何结构"(Geometric Structure) 和"环形结构"(Ring Composition) 作了深入的研究，为我们更好地理解荷马史诗提供了一个十分有趣的视角。而 M. I. Finley 的小书《奥德修斯的世界》(The World of Odysseus. London: Pimlico, 1999，初版于 1956 年) 让他赢得了一个优秀阐释者的声誉，该书对荷马史诗的背景——早期希腊社会的状况作出了卓越的说明，尤其是对荷马史诗财富、价值和道德等方面的观念进行了精练的梳理。Jasper Grinffin 的《荷马论生与死》(Homer on Life and Death. Oxford, 1980) 是过去三十年该领域最好的著作之一，作者悉心分析了有象征性的物体，以及神人关系，揭示了史诗的悲剧维度，并且把人的有限性和苦难同情感和尊严联系了起来。

20 世纪 20 年代以来，有一派学者从口头诗学的角度研究荷马史诗，其祖师爷就是大名鼎鼎的帕里，他的徒子徒孙在这个领域中也多有斩获。帕里的博士论文从南斯拉夫等地的游吟艺人入手来研究荷马史诗，最初（1928 年）没有得到学界的承认，帕里也似乎是因此而自杀。后来他的著作由弟子们编辑出版 (The Making of Homeric Verse. Oxford, 1971)。帕里的助手和学生 Lord 就比较幸运了，他那本《故事的歌手》(The Singer of Tales. Cambridge: Harvard UP, 1960) 为他赢得了广泛的声誉。接下来，G. S. Kirk 的《荷马之歌》(*The Songs of Homer*, Cambridge UP,1962) 和 G. Nagy 的《阿开奥斯人中的佼佼者》(*The Best of the Achaeans*. The Johns Hopkins UP,1979) 亦堪称力作。这一派的著作虽有特色，但给人感觉似乎和荷马史诗颇有距离，倒是同民俗更为紧密，尤其是这一派人的前期作品。而他们的后人似乎汲取了前辈的教训——据说"口头诗学"理论已经过时了，[1] 他们的作品看起来更能被认可（向古典学靠得更拢）。

在相关性的研究著作中，Gilbert Murray 教授的《希腊史诗的兴起》(*The Rise of the Greek Epic*. Clarendon,1924) 可谓好评如潮，富有洞见，但偶尔也有不同的声音，说它在荷马史诗的结构上观念过时。[2] E. R. Dodds 的《希腊人与非理性》(*The Greeks and the Irrational*. California,1951) 从一个特殊的角度研究荷马史诗，为看似十分理性的希腊思想找寻另一个同样非常重要的维度。B. Williams 的《羞耻与必然》从伦理学的角度来谈荷马史诗，虽然免不了一个哲学家的习惯口吻，却也为古典学的研究提供了强有力的同盟支持。A. W. Adkins 的《功劳与责任》(*Merit and Responsibility*. Oxford,1960) 与 Williams 的研究较为接近。Martin P. Nilsson 的《荷马与迈锡尼》(*Homer and Mycenae*. Methuen,1933) 则从历史学的角度对荷马史诗的文明背景、语言风格、流传过程等方面作了一些比较文化学的工作，Denys Page 的《荷马史诗〈伊利亚特〉与历史》(*History and the Homeric* Iliad. Berkeley,1959) 也着眼于历史学。至于 E. Ehnmark 的《荷马的神明观》(*The Idea of God in Homer*. Upplala,1935)，从其书名就可猜到它的价值。[3]

此外，德语世界的荷马研究也很厉害，他们大多具有深厚的古典学

---

[1] G. S. Kirk. *The Songs of Homer*, p. 314.
[2] M. I. Finley. *The World of Odysseus*, p. 184.
[3] 近几十年用后现代主义——比如女性主义的方法来研究荷马史诗的，也大有人在，但笔者对此不感兴趣，手头虽有几本这方面的书，还没来得及翻阅，也不打算在此推荐。

素养，对古典思想也一往情深（想一想德国著名哲学家黑格尔的"家园"之叹），因此从莱辛以来，德国一直都不乏世界一流的荷马专家，其中 Ulrich von Wilamowitz-Moellendorff（往往简称 Wilamowitz）的《荷马研究》(*Homerische untersuchungen*. Berlin：Weidmann,1884) 堪称大手笔。W. Schadewaldt 的《荷马的世界与著作》(*Von Homers Welt und Werk*. Stuttgart,1959 年第三版) 同样也是享誉各国的重要参考文献。其他如 D. Lohmann, H. Fränkel, K. Reinhart, W. Burkert, U. Hölscher, T. Zielinski 和 H. Erbse 等人，都是该领域的头面人物。Joachim Latacz 虽不能跻身世界一流专家之列，但他的《荷马史诗引论》(*Homer. Eine Einführung*, Munich,1985) 却流传颇广，被译成了多种文字（英译本为 *Homer, His Art and His World,1996*)。

法语世界的古典学研究水平也相当高（其中赫西俄德、柏拉图研究似乎更有名气），荷马史诗的研究当然也在其中。除了英年早逝的薇依（Simone Weil）所留下的《〈伊利亚特〉或力量之诗》(*The* Iliad *or the Poem of Force*, P. Lang,2003，英法对照研究版) 外，其他如 V. Bérard, F. Buffière, A. Severyns, F. Létoublon, G. Germain, C. Mossé, A. Dacier 等人的研究成果也值得关注。而让笔者最感兴趣的则是那本法文版的《柏拉图笔下的荷马》(Jules Labarbe. *L'Homère de Platon*, Liège, Faculté de philosophie et lettres,1949)。

四、其他

荷马史诗的学术资源还包括一些以磁带、胶片、唱片、光盘为载体的声像资料，[①]这些材料对教学来说大有用处，但对于研究而言，其作用可就有限得很了。但美国加利福尼亚大学编辑出版的电子版全希腊文数据库则非常有用，这套名为 Thesaurus Linguae Graecae（简称 TLG）的电

[①] 有兴趣者可参阅 Kostas Myrsiades（ed.）. *Approaches to Teaching Homer's* Iliad *and* Odyssey, pp. 9-11,154 所列磁带、胶片、幻灯片，以及 20 世纪 90 年代所出的荷马史诗的光盘，参 Robert Fowler（ed.）. *The Cambridge Companion to Homer*, p. 374。

子资料收集了包括荷马史诗在内的几乎所有的古希腊语文献,这套资料还有"全拉丁文文献"。TLG 的缺点是只有正文,没有任何注释,不利于高层次的研究。其优点首先是文本可靠,基本上是用权威校勘本为蓝本,比如荷马史诗用的就是牛津本。其次使用起来非常方便,在个人电脑中检索、定位、查找、搜索等都很快捷,比起翻书来说,节约了大量的时间。尤为可取的是 TLG 还自带一套 Liddel-Scott 编的希-英辞典,足以应付一般性的需要。

附录三

荷马史诗大事年表

公元前

1500—1200 年　迈锡尼青铜时代

1400 年　克里特对地中海统治的终结，迈锡尼文明开始繁荣

1240 年　阿开奥斯人与特洛亚人的战争（一说特洛亚于 1184 年陷落）

1200 年　多利安人入侵希腊，接着是三个多世纪的"黑暗时代"

770 年　希腊字母出现

750—650 年　《伊利亚特》和《奥德赛》很可能创作于开俄斯或斯蜜尔纳等地：游吟创作这一漫长传统的巅峰（一说 700–675 年）

750 年　金石材料证明希腊开始出现写作的迹象

750—550 年　英雄诗系的作者收集创作了系列史诗来补充《伊利亚特》和《奥德赛》（一说 700—500 年）

730 年　"涅斯托尔之杯"

675—650 年　赫西俄德《工作与时日》《神谱》

610 年　萨福的鼎盛期

530 年　佩西斯特拉托斯或他儿子希帕库把荷马史诗引入雅典。也许此时就有了荷马史诗的某个特殊的雅典版，对原诗进行了政治和宗教方面的修改

525—456 年　埃斯库罗斯

500—400 年　雅典悲剧家把荷马史诗和英雄诗系改编成戏剧。智术师发展了语法、修辞和文学理论

498—446 年　品达（一说 522/518—446/438 年）

496—406 年　索福克勒斯
485—406 年　欧里庇得斯
450—386 年　阿里斯托芬
428—347 年　柏拉图
403 年　Eucleides 执政：正式从旧的阿提卡字母变成新的阿提卡字母
384—322 年　亚里士多德。约于 335—322 年讲授《诗学》
300—100 年　托勒密王朝时期的亚历山大里亚：荷马史诗的编纂

280/284 年，芝诺多德比较《伊利亚特》和《奥德赛》的各种版本，找出有问题的诗行以及抄写错误、误植和篡改的说法，试图重新回归荷马的文本，出版了荷马史诗词汇表

220 年，拜占庭的阿里斯托芬接过乃师芝诺多德的工作，给所有存在问题的地方打上了存疑符号（obelus），但并没有把它们完全从正文中删除

170 年，阿里斯塔库斯继续前人的编校工作，在方法上对荷马史诗的语言和主题进行研究，成为荷马史诗最伟大的编辑家。

同一时期除了亚历山大里亚之外，其他地方还有荷马史诗研究中心，《伊利亚特》和《奥德赛》的许多大有区别的文本即来自 Marseilles 到黑海这一地区，这些文本伪造和篡入的诗行较多。

280—240 年　亚历山大里亚文学的全盛期：Callimachus of Cyrene, Theocritus of Cos, Appollonius of Rhodes
240—207 年　Lucius Livius Andronicus 把《奥德赛》译成拉丁文
169 年　恩尼乌斯（Quintus Ennius）《编年纪》（*Annals*）
150 年以后　荷马史诗的希腊 – 罗马阶段
19 年　维吉尔《埃涅阿斯纪》

公元后

50 年　朗吉努斯《论崇高》

95 年　昆体良 Institutes of Oratory

300 年　Heliodorus《埃塞俄比亚故事》

410—485 年　新柏拉图主义者普罗克洛（Proclus）的《文选》（Chrestomathy）抄录了荷马史诗的许多残篇和评注，有很高的史料价值

500—1300 年　拜占庭学者进入君斯坦丁堡，极大地丰富了荷马史诗的研究，尤其是 Photius, Suidas, Tzetzes, Eustathius 等。

1360 年　意大利人，尤其是彼得拉克，复兴了对荷马史诗的兴趣

1488 年　希腊人 Demetrius Chalcondylas 在佛罗伦萨首次出版了荷马史诗的希腊文本。紧接着就是 1504 年威尼斯出版的 Aldine 本。

1598—1615 年　查普曼把荷马史诗译成英文

1674 年　弥尔顿《失乐园》

1713 年　本特利（Richard Bentley）在语法上提高了人们对文本的认识

1715—1726 年　蒲柏译荷马史诗

1766 年　莱辛《拉奥孔》

1774 年　歌德《少年维特的烦恼》

1788 年　De Villoison 在威尼斯出版了前人对手抄本 Benetus A 版《伊利亚特》的批注，人们开始关注亚历山大里亚时期的荷马研究

1795 年　沃尔夫的《荷马史诗导论》，奠定了现代荷马史诗研究的基石。该书所揭示的"荷马问题"，法国人 d'Aubignac 和英国人本特利的著作中已有部分阐述

1816 年　济慈《首读查普曼的荷马》

1861 年　阿诺德《论翻译荷马》

1869 年　尼采《荷马与古典学术》

1870—1885 年　业余考古学家施里曼在特洛亚、迈锡尼、Orchomenos、Tiryns 等地的发掘取得重大发现，几乎改变了荷马史诗的研究路向

1912 年　T. W. Allen 编校的牛津版《荷马史诗全集》(*Homeri Opera*)

1922 年　乔伊斯《尤利西斯》

1928 年　帕里在巴尔干半岛、土耳其等地的民俗研究取得重大成果，开创了荷马史诗研究的"口头诗学派"

1952 年　Ventris 破译迈锡尼的线形文字 B

注：本年表结合了 Robert Fowler (ed.). *The Cambridge Companion to Homer*, pp. 376-377 和 W. B. Stanford. *Homer: The Odyssey, Books XIII-XXIV.*, pp. xxvii-xxix，另做了一些扩充。其中公元前的一些人物和事件发生的年代存在很大的争议，故而本表仅供参考。

附录四

荷马时代的《英雄诗系》

西方人在19世纪和20世纪这两百来年中,编辑、整理和翻译了许多古籍,几乎所有重要经典的现代编本都在这段时期内相继问世。这的确具有里程碑式的意义,因为无论就规模、深度还是质量,几百年前所谓的"文艺复兴"在古籍的处理上都无法与之相比——尽管西方文明在这段时间内从近代走到了现代甚至后现代,但古典的命脉不仅从未(也不可能)彻底断过,而且近几十年反倒出现了强烈的"反弹",便端赖这些自甘寂寞的学者勤奋用功之故。他们或许都算不上什么"大思想家",亦往往不为人所知,但他们的功劳却委实不可小觑:人们的阅读和教化因他们的劳作才有了更为可靠的文本,思想的不断发生和拓展才有了更坚实的基础。也许,这才是真正的"文艺复兴",也才是一个美好时代初期应该具有的气象。

一

《英雄诗系》(*Epic Cycle*,正文简称《诗系》)的现代编本初版于上个世纪下半叶(G. Kinkel, *Epicorum Graecorum Fragmenta*, Leipzig, 1877),后来,T. W. Allen 把《诗系》收入五卷本的《荷马全集》中(*Homeri Opera*, Oxford, 1912),看成是"荷马"的作品。这个编本只有希腊文,没有现代西语的翻译。两年后,H. G. Evelyn-White 把《诗系》译成了英文,收入 Loeb 丛书,希-英对照,但把它归在了赫西俄德名下(*Hesiod, the Homeric Hymns and Homerica*, London, 1914)。在接下来的几十年中,E. Bethe, A. Severyns, A. Bernabé, M. Davies 和 M. L. West 等人,分别在不同程度上在《诗系》的编校和翻译方面做了一些推进。尤其值得一

提的是最后这位 Martin Lichtfield West（1937— ），牛津大学荣休教授，被誉为"当代最杰出和多产的希腊学者"，勇猛精进，著作等身。他的《诗系》译文被收入新 Loeb 丛书（*Greek Epic Fragments from the Seventh to the Fifth Centuries BC*, Harvard University Press, 2003），取代了 Evelyn-White 近百年前的译本，也意味着虽功德无量却也颇受诟病的 Loeb 丛书由此而上了一个新的台阶。值得注意的是，Allen 和 Evelyn-White 之后的其他学者，既不把《诗系》算在荷马名下，也不归在赫西俄德头上，而是淡化该书的"著作权"问题，直接面对《诗系》本身：只要能够有助于我们对古人的理解，那个本来也理不清楚的"著作权"就让它悬置起来好了。继"荷马问题"（Homeric Question）之后而起的"诗系问题"（"Cyclic" Question），似乎也就不是问题了。不过，我们还是需要简单考察一下这个问题，以交代我们把《诗系》编入《荷马注疏集》的理由。

现有《诗系》多为残篇或辑语（fragments），其主要内容来自一个叫做普罗克洛斯（Proclus）的人编写的一部名为 *Chrestomatheia Grammatike*（简作 *Chrestomathy*，意近"名家文选"）的书，但这本书未曾单行刊布，而是收录于 Photius 编的 *Bibliotheca* 中（即 *Library*，意近"图书集成"或"文苑英华"，约成书于公元 850 年前后）。这个普罗克洛斯何许人也？他为什么要编这样一本以前从来没有见过的书？

关于这位普罗克洛斯，学界有两种看法，一是认为他是公元 2 世纪的文法学家，一是认为他就是大名鼎鼎的新柏拉图主义者（412—485）。前一种观点以 Severyns 为代表，根据亚历山大里亚文法学家 Philoponus（490—570）的说法，即人们在 3 世纪中叶时就已经不再阅读《诗系》，而到了 Philoponus 所生活的时代，《诗系》已彻底失传，因此这个普罗克洛斯只可能是公元 2 世纪的文法学家。但以 Allen 为主的大多数学者却持第二种观点，因为很多古典文本流传到了新柏拉图主义者普罗克洛斯时代，而且普罗克洛斯本人也是一位语文学家，对古典文本下过很大的功夫——这是整个新柏拉图主义在学问上的共同特点，甚至他的主要工作似乎就在于整理和编辑古书：研究过赫西俄德，评注过荷马史诗和俄尔浦斯，阐释过柏拉图的《王制》和《蒂迈欧》。他很可能在年轻的时候，就为自己和学生创作过史诗指南（不仅仅是荷马史诗的学习手册），其中包含了希腊的历史和宗教。[1] 这与他的新柏拉图主义理论立场若合符节。因此，有充分的理由认为《诗系》的编者就是这位新柏拉图主义者普罗克洛斯。

完整的《诗系》在普罗克洛斯手上得以最终形成，这种"横空出世"让人觉得它可能是普罗克洛斯"伪造"的，因为此前以专门编辑和整理古书而著称的亚历山大里亚学园诸公都没有编整过篇幅如此大、内容如此连贯的《诗系》。这种看法虽然完全站不住脚，[2] 但在很有限的程度上对我们亦有所启示。据 Photius 记载，普罗克洛斯为主要的史诗诗人编写过传记，"他也着手解释过所谓的'诗系'，该'诗系'以天和地传说中的婚姻开始，……然后，又接着谈到了希腊人关于神明的各种神话，以及少量可信的历史故事；'诗系'，出于不同诗人之手而得以完善，最后以奥德修斯在伊塔卡上岸结束。他说'诗系'中的诗歌之所以得以保存和广泛研究，不是为了那些诗歌本身，而是为了说明那些事件的连续性"。[3] 在这段话中，"'诗系'得以保存和广泛研究"和"出于不同诗人之手而得以完善"云云，就已经说明《诗系》在普罗克洛斯时代颇为流行，普罗克洛斯见到过那些《诗系》文本，但《诗系》不大可能是普罗克洛斯自己根据前人的传说或文献编造的。不过，普罗克洛斯在编辑和整理的过程中，偷偷地加入了自己的理解，却也完全可能。这与新柏拉图主义钟情于古希腊各种典籍的目的是一致的。

基督教上升为国教后，开始出现所谓的"雅典与耶路撒冷"的冲

---

[1] T. W. Allen. *Homer: the Origins and Transmission*, pp. 53–54.
[2] G. Murray 认为这与历史不合，也与普罗克洛斯的话相冲突，因此几乎不需要详细地反驳。
[3] 转引自 G. Murray. *The Rise of the Greek Epic*, p. 340.

突，以"雅典"为核心标志的希腊文明被视为"异教文明"。所谓"异教"（pagan），便是指"非基督教的"，也指未经启蒙的或享乐主义。这个词来自于拉丁语 paganus，本指"乡巴佬"，后来主要指希腊人或希腊文明。但颇具喜剧意味的是，paganus 这个词却来自希腊语，本指"平民"，而当辉煌灿烂的希腊文明自身变成权力世界的"平民"后，就不幸堕落为蒙昧的代名词了。既然被后起（甚至在很多方面模仿自己）的基督教判为"异教"，即"非我族类"，当然要受到惩罚、制裁和限制。在这样的背景下，从事"异教文化"研究的人，就只好想一些巧妙的办法。他们不敢大谈义理，只躲在故纸堆里，埋头整理古籍，如此一来，一些散乱而濒于失传的古老文献反倒因祸得福了。其中，史诗（包括诗系）就是一个看似最远离意识形态的领域，不大会受到当局的惦记，于是，普罗克洛斯等人对史诗的研究才终于成就了西方文明史在中古初期的一抹亮色。

但殊不知，史诗也是哲学（的领地），[①] 都是希腊学者暗地里用来与基督教作斗争的利器，"新柏拉图主义"之"新"，亦需要在这样的背景下来理解：他们大谈特谈"太一"之类的偏离柏拉图学说的一些看似谄媚基督教的理论，实有不得已的苦衷（但研究者似乎没有对此给予足够的重视），而他们看似置身似外地整理古籍，却绝非全然的"价值中立"（我们对此还需要进一步深入研究），他们由此发展和繁荣的语文学"乃是与基督教战斗的主要领域，的确也只能这样"（indeed a body at war with the Christians could not be otherwise）。[②] 由此可以大致推断，《诗系》的集成者就是新柏拉图主义者普罗克洛斯，其他新柏拉图主义者对《诗系》的兴趣和研究也可为此佐证。

[①] T. W. Allen. *Homer: the Origins and Transmission*, p. 55.
[②] Ibid, p. 53.

二

普罗克洛斯所编辑的《诗系》不完整，另外还有很多残篇辑语存在于其他材料中。可以肯定的是，普罗克洛斯在编辑和整理的时候，见到过大部分《诗系》的内容，这就意味着，《诗系》在他那个时代早就已经成书了。那么，《诗系》究竟成书于什么时候？又出自谁之手？

公元225年前后，雅典纳乌斯（Athenaeus）这位真正博学的修辞学家和文法学家，根据权威的材料，认真研究过《诗系》。也就是说，他看到过包括《提坦之战》《塞浦路亚》和《忒拜之歌》等在内的《诗系》，这即表明《诗系》在他那个时代已经"成书"了。但这位见多识广的学者却并没有公开说他知道这些英雄史诗的作者及其创作日期，他只是说"《塞浦路亚》的作者"云云，无法作为证据。而他唯一谈到的《洗劫伊利昂》的作者，说是阿吉亚斯，但这种说法与普罗克洛斯和其他材料相冲突（大多数材料都说它是阿克提努斯所作）。

此前一个世纪的旅行家和地理作家泡萨尼阿斯（Pausanias），大量利用了公元1世纪一些历史学家和神话作家的材料，几次提到过英雄诗系，也引用了一些片段。现在不大清楚的是，他究竟是亲自读到过《诗系》，还是仅仅从一些权威材料中见到过前辈对《诗系》的引用，他自己只是转引而已。晚期希腊的材料一般持后一种观点。在泡萨尼阿斯那里，《塞浦路亚》《小伊里亚特》《俄狄浦斯之歌》等史诗的作者不详，《洗劫伊利昂》出自乐斯凯欧（Lescheos）之手，《归返》不详，但他在别处提到过特洛岑的黑吉亚斯（Hegias of Trozen）。特别有意思的是，他认为《忒拜之歌》"可能是荷马所作"。泡萨尼阿斯虽然没有明确提到所有这些史诗的作者，但他就这些作者所提供的信息，已较普罗克洛斯远为丰富了。[①]

《诗系》的创作年代由此大幅度提前，有的人认为是在希腊化时期（如D. B. Monro），具体地说，也就是公元前1世纪前后，因为从那

[①] G. Murray. *The Rise of the Greek Epic*, pp. 242–343.

个时候（或稍早）开始，κυκλικός［诗系］已经变成一个专用名词，而 Homeric Epic（荷马史诗）已经仅限于指称《伊里亚特》和《奥德赛》。也就是说，"荷马史诗"已经同此前归在荷马名下的"诗系"相分离。有学者把它提前到公元前 536 年前后，有人则认为至多不超过古风时代晚期（公元前 700 年后不久），其依据是古希腊泛雅典娜节的一条规定，即在这个赛会上，只允许朗诵荷马的史诗，而不能够朗诵其他人的史诗。这似乎表明荷马史诗更加古老和神圣（在古希腊人看来，古老的即是神圣的，也是最好的），而后期的诗作则没有这样的资格，即暗示《诗系》后起。①

《诗系》不管具体出现在什么年代，反正是在荷马之后，是后来的诗人为了把《荷马史诗》的故事补充完整而作，因为《荷马史诗》并没有交代特洛亚战争的起因，以及战争胜利后其他英雄的归返故事。创作《诗系》的诗人被称为 νεώτεροι（更后来的诗人、亚历山大里亚编辑家 Aristarchus 语），而《诗系》也被认为是填充荷马"鸿沟"的"增补诗作"（supplementary poems）。②这方面最具代表性的便是昆图斯（Quintus of Smyrna，大约生活在公元 3 到 4 世纪左右）所写的史诗《荷马之后》（*Posthomerica*）。这部史诗讲述阿喀琉斯之死到特洛亚战争结束期间的故事，但它文学成就并不高，无非是拙劣地模仿甚至抄袭了维吉尔的《埃涅阿斯纪》《埃塞俄比亚》《洗劫伊利昂》和《小伊里亚特》。③但这部书的名称本身即代表了一种倾向：认为《诗系》无非是"荷马之后的作品"。

所谓"荷马之后的作品"这种说法，容易产生歧义：究竟是说《诗系》"成书"于荷马史诗之后，还是说诗系中的故事"成"于荷马之后。只有极少数学者强硬地主张《诗系》的作者系荷马之后的诗人，比如说

---

① Ibid, p. 299.
② G. S. Kirk. *The Songs of Homer*, p. 285, cf. 98, 254.
③ Quintus Smyrnaeus. *The Fall of Troy.* tr. By A. S. Way. Cambridge：Harvard University Press,1913.

荷马的传人（即所谓的 Homeridae）或希腊化时期的史诗诗人，他们根据荷马史诗中的一些线索重新创作了荷马史诗故事之外的史诗，以使得荷马史诗成为完整的和圆圈式的"成套史诗"（即所谓的 cycle）。绝大多数学者认为《诗系》中的故事早已存在，后人只是把它们汇编成书而已。但这些《诗系》何时汇编而成的呢？这个问题殊难回答，就如《荷马史诗》的成书年代一样，无法确定。因为即便在希腊语的文字产生之后很久一段时间内，很多"著作"也多是口耳相传。《荷马史诗》"创作"的时间肯定远远早于其"成书"的时间，其成书与否，对于《荷马史诗》来说，并无多大关系。同样，《诗系》的成书时间可能稍晚于《荷马史诗》成书的时间，但这并不说明《诗系》就比《荷马史诗》更晚出现，《荷马史诗》大量地引用了《诗系》的内容，甚至在古代一直被视为《诗系》中的一部分，尽管是《诗系》最重要、最完美和最宏富的一部分。

古希腊的经典作家，如亚里士多德、修昔底德和希罗多德，以及更早的西蒙尼德斯、品达和卡里努斯（Kallinus，公元前8到7世纪），都曾谈到了荷马与《诗系》的关系，足见《诗系》的创作、成书及其性质在希腊古典时期就已经有一些"定论"了。

亚里士多德在《诗学》中比较了《荷马史诗》和《诗系》的创作手法和文学价值，即表明《诗系》在他那个时代已然颇为流行。亚里士多德认为荷马具有天赋才能，没有像写历史著作那样把什么都写进去，而只是选择其中一部分作为主线，然后把别的部分穿插点缀在史诗中，以避免冗长、枝蔓和平淡。但包括"《塞浦路亚》的作者和《小伊里亚特》的作者"以及"那些写《赫拉克勒斯》《忒修斯》以及这类诗的诗人"在内的《诗系》诗人，就不如荷马那么高明了。[①]但亚里士多德并没有明确提到《埃塞俄比亚》《洗劫伊利昂》和《特勒戈尼》等诗作。

古希腊悲剧诗人埃斯库洛斯和索福克勒斯等人的剧作，直接取材于

---

① 亚里士多德，《诗学》1459a，另参1451a。

《诗系》,堪称《诗系》的"戏剧版",这充分表明《诗系》由来已久。最能说明问题的,则是《荷马史诗》直接对《诗系》的"引用",而且这种深刻的内在关联,也能佐证荷马对《诗系》的部分内容可能拥有一定的"著作权"。

三

《诗系》究竟为何人所作?这似乎是一个不可考的问题,现代学者对此亦进行过深入的研究,取得了一些共识,对我们理解《诗系》的内容也颇有一些帮助。大致说来,人们对《诗系》著作权有三种看法:全然与荷马无关,部分为荷马所作,都可归入荷马名下。那种认为《诗系》与荷马全然无关的看法,太过极端,甚有现代疑古后遗症,不足与语。我们且来看后面两种意见。

希罗多德明确地说《塞浦路亚》并非荷马所作(《历史》2.117),但不敢肯定《后生们》(*Epigonie*)是否为荷马所作,他只是"倾向于"认为该史诗出自荷马之手,他所谓"如果荷马真的写作了《后生们》的话"(4.32),便意味着他不能够确定这部史诗作者。就以《塞浦路亚》为例,有人认为这首史诗的作者不详,只知道它"是诗系中的一首;它涉及抢夺海伦。作者是谁还不确定,一定是诗系诗人中的一员"(Scholiast on Clement of Alexandria)[1]。不过,据普罗克洛斯的辑语所载,这部史诗的作者可能是"斯塔西鲁",也可能是"萨拉米斯",还有可能是两人的"合著";还有可能是"荷马"所作,"由于他女儿的原因而把它送给了施塔西鲁,并且根据他来自的地方而把该作品命名为《塞浦路亚》"。[2] 普罗克洛斯并不认同这个说法,他从音韵学的角度判断,这首诗的题目不应该是"塞浦路亚"。显然,根据该史诗的作者施塔西鲁来自塞浦路斯,

---

[1] 荷马,《英雄诗系笺释》,崔嵬、程志敏译,华夏出版社,2011,第73页。
[2] 同上,第69页。

就把它命名为《塞浦路亚》的说法,不大符合史诗的内容,在我看来,《塞浦路亚》之名,应该指"特洛亚战争"起源于女神阿佛洛狄忒,而她的驻地正是在塞浦路斯,故其名称实为"塞浦路斯女神之歌"。因此,仅仅从其题名还无法判断其作者。

品达的残篇也记载了这个轶事:"当荷马没有东西给女儿当嫁妆之时,他便把《塞浦路亚》送给她当嫁妆。"(见 Aelian, *Historical Miscellany*)此说虽不大可信,但亦大致表明古人多有把《诗系》中的一部分,比如至少《塞浦路亚》,当作是荷马所作。也就是说,《诗系》绝不可能与荷马全然无干。

亚里士多德把《塞浦路亚》与《伊里亚特》和《奥德赛》对立起来,认为前者的写作手法不如后世所谓真正的荷马史诗。而且亚里士多德明确地把《伊里亚特》和《奥德赛》归在"荷马"名下,但提到《塞浦路亚》的归属权时,却没有直接把它归在荷马名下,而是仅仅说"《塞浦路亚》的作者"。后人便从亚里士多德的这个说法中得出了这样的结论:既然《塞浦路亚》水平不高,那么,就不可能是荷马所作。而对包括《塞浦路亚》在内众多《诗系》篇目著作权问题,最稳妥的做法便是不明确提及它们的作者,仅仅以作品名之。这些结论当然很有道理,但亦须知道,"《塞浦路亚》的作者"云云,乃是古人的引述习惯,并不一定就表示《塞浦路亚》的作者不详,正如荷马史诗中经常出现的"佩琉斯之子"本是一个固定的表达法,有明确的内涵,指阿喀琉斯。《塞浦路亚》的作者"这类习惯说法表明古人更看重作品本身,不太在乎其作者是谁:只要作品能够给我们启示和滋养,又何必在乎这些"蛋"是哪些母鸡生下来的呢?

如此庞杂的系列史诗,似乎不可能出于一人之手,所以,普罗克洛斯认为《诗系》出于多人之手,即所谓"《英雄诗系》由众诗人的填充得以完成",[①] 这个说法看似公允合理,但亦无法最终解决问题。而对《诗

---

① 荷马,《英雄诗系笺释》,崔嵬、程志敏译,华夏出版社,2011,第262页。

系》著作权最为恶毒的看法，来自克莱门（Clement）和阿里斯托布洛斯（Aristobulus），这两位犹太哲人站在护教的立场上，对古希腊文明进行了全面的攻击。在他们看来，所有希腊哲人的智慧都是从摩西和所罗门那里"盗窃"而来，为了进一步说明这个论点，他们还在史诗中"找到"了旁证，以表明希腊人惯偷成性：荷马剽窃俄尔甫斯，库瑞涅的欧伽蒙从穆赛俄斯手中偷窃了他的整个关于特斯普洛托伊人的作品，其他诗人的作品也都是偷盗其他人而得。不过，现代学者研究表明，他们这种"偷盗说"其实是一种误解，不幸的是，这种误解仍然还在我们心头"闹鬼"（haunt）。①

本来《诗系》在古代一直都归在"荷马"名下，但随着时间的推移（以及所谓的"自我意识的觉醒"，疑古之风兴起，可能还有个人主义的膨胀），人们越来越不满意于把如此多的诗作都算在某个叫做"荷马"的传说中的人物头上（问题的关键在于如何看待"荷马"这个名称），于是开始像亚里士多德那样匿名地使用"《塞浦路亚》的作者"这种说法。再到后来（希腊化时期和中世纪早期），人们干脆直接为每一首史诗考订出实实在在的作者来。结果，同一部史诗便有了很多作者，这些作者的年代、地域和身份往往相互矛盾。比如《洗劫伊利昂》的作者，就有 Arctinus，Lesches，Augias 和 Stesichorus 等等。这些"历史考证派"如同一千多年后的传人对待《荷马史诗》《柏拉图全集》和《圣经》一样，看起来似乎取得了丰硕的成果，但大都不准确。② 而且，即便考证出来的《诗系》众作者都是真正的历史人物，并且这些历史人物就算都在古风时代进行过写作活动，但这并不意味着他们就创作了《诗系》中的具体篇章。③ 结果，《诗系》中的很多诗作，如果不说全部《诗系》的话，都很可能是"无主之物"，后世很多"考证"亦无非是一些猜测而已，

---

① G. Murray. *The Rise of the Greek Epic*, p. 343.

② Ibid, p. 344.

③ J.S. Burgess. *The Tradition of the Trojan War in Homer and the Epic Cycle*. Baltimore：The Johns Hopkins University Press, 2001, p. 9.

加重了众多猜测的"猜测"色彩，把问题弄得更为复杂，本身却并没有什么益处。

就算《诗系》并非荷马一人所作，但既然对《诗系》作者的这些猜测并不能解决什么问题，那么我们似乎应该转变方式，仿效古人，暂时把《诗系》归在荷马名下：毕竟"荷马"与《诗系》有着千丝万缕的关系。《诗系》中的故事定然十分古老，希罗多德所谓"荷马或者更早的诗人"，即证明荷马之前还有更古老的诗人，他们的名气和成就虽都不如荷马，但却是荷马的先辈和源泉（2.23），而且荷马对这些故事十分熟悉，并对它们进行了裁剪，使用了"春秋笔法"（《历史》2.116）。《奥德赛》开头几卷就已表明荷马对《塞浦路亚》到《特勒戈尼》整个"特洛亚诗系"了然于胸（Allen对此进行过详细的比较考证），而且他在《奥德赛》中对《诗系》如此简略的叙述，足以说明《诗系》的内容在当时已然十分流行，荷马只是把它们当做众所周知的背景一笔带过。①

当然，《诗系》故事的古老源头仍然不能说明其著作权问题，或者反过来说，荷马熟悉远古流传下来的传说，这并不足以让我们简单地把《诗系》归在荷马名下。其实，这个问题与"荷马史诗"这个名称以及《荷马史诗》的著作权一样，关键在于如何理解"荷马"一词。历史上究竟是否存在着一个叫做荷马的人？我们在别处曾经详细地分析过了，这里不再赘述。② 几千年来，尽管不断有人在质疑荷马的真实性，并且在近代还产生了一个专门针对这一难题的所谓"荷马问题"，但大家在材料不足而且考订无益的情况下，几乎一致认可了"荷马"这个名称。那么，对于这些同样无法确证其作者却又与荷马关系极为密切的诗作，为什么不可以同样处理呢？更何况，《诗系》中的不少诗作，据考证，与荷马的弟子及再传弟子或"荷马学派"（the school of Homer, Allen语）的成员相关。其中，享有《诗系》大部分著作权（lion's share）的Arctinus，

---

① T. W. Allen. *Homer: the Origins and Transmission*, p. 75.
② 参本书第一章和第二章。

作为荷马的高足（尽管与荷马一样，被认为是传说中的人物），堪称"第二荷马"。如果我们接受"荷马"的真实性，那么，同样也应该认可荷马的徒子徒孙对《诗系》的创作权——尽管《诗系》中的材料来自更为古老的时代。荷马的传人（Homeridae）接过了先师的工作，并努力把老师已经开始却尚未完成的事业，继续进行下去。因此，正如我们不怀疑本为孔子的弟子和再传弟子所辑的《论语》，实际上就是"述而不作"的孔子所作，我们把《诗系》归在"荷马"名下，不过是师法洙泗故事而已。如果一定要符合现代学术规范的话，亦不妨把《诗系》称作《荷马史诗·外篇》。考虑到《诗系》极为丰富的内容，以及在其著作权上极大的争议，我们折中把《诗系》的作者署为"荷马等"。

把《诗系》视为荷马所作，这一直是古人的"定论"。即便在公元前350年左右，"荷马"已经变成了一个传统的词汇，专指《伊里亚特》和《奥德赛》的作者，此后仍然还有一些古人把"荷马"视为《诗系》其他史诗的作者。比如说，安提戈努斯（Antigonus of Carystus）即把《忒拜之歌》引为"荷马"所作，而西米阿斯（Simmias）则把《小伊里亚特》算在荷马名下。甚至到更为后来的时候，整个诗系传统都可以被称作"荷马"。[①]

埃斯库洛斯和索福克勒斯等人的剧作素材大多来自《诗系》（参亚里士多德《诗学》第二十三章1459b以下），从他们自谦说自己的悲剧不过是"荷马盛宴的残羹冷炙"（slices from the great banquets of Homer）[②]，可以看出，他们其实把荷马视为《诗系》的作者。后来，维吉尔的《埃涅阿斯纪》和奥维德的《变形记》，也从《诗系》中获得了大量的养料。由此，《诗系》对后世产生了深远的影响。面对《诗系》本身，直接领受古人的惠泽，应该才是我们的首要任务。

---

① G. Murray. The Rise of the Greek Epic, p. 299.

② ibid, p. 298.

附录五

主要参考文献

中文：

荷马，《伊利亚特》，罗念生、王焕生译，北京：人民文学出版社，1994 年（另参陈中梅译本，南京：译林出版社，2000 年）。

荷马，《奥德赛》，王焕生译，北京：人民文学出版社，1997 年（另参陈中梅译本，南京：译林出版社，2003 年；另参杨宪益译本，上海：上海译文出版社，1979 年）。

荷马等，《英雄诗系笺释》，崔嵬、程志敏译，北京：华夏出版社，2011 年。

赫西俄德，《工作与时日 神谱》，张竹明、蒋平译，北京：商务印书馆，1991 年（另参吴雅凌译本，华夏出版社，2010 年）。

柏拉图，《理想国》，郭斌和、张竹明译，北京：商务印书馆，1986 年（另参顾寿观的译本和王扬的译本）。

色诺芬，《回忆苏格拉底》，吴永泉译，北京：商务印书馆，1984 年。

亚里士多德，《诗学》，罗念生译，北京：人民文学出版社，1962 年（另参陈中梅译本，北京：商务印书馆，1996 年）。

希罗多德，《历史》，王以铸译，北京：商务印书馆，1959 年。

修昔底德，《伯罗奔尼撒战争史》，徐松岩、黄贤全译，桂林：广西师范大学出版社，2004 年（另参谢德风译本，北京：商务印书馆，1960 年）。

埃斯库罗斯，《埃斯库罗斯悲剧集》，陈中梅译，沈阳：辽宁教育出版社，1999 年。

埃斯库罗斯等,《古希腊戏剧选》,罗念生等译,北京:人民文学出版社,1998年。

欧里庇得斯,《欧里庇得斯悲剧集》,周作人译,北京:中国对外翻译出版公司,2003年。

阿波罗多洛斯,《希腊神话》,周作人译,北京:中国对外翻译出版公司,1999年。

伯吉斯,《战争与史诗:荷马及英雄诗系中的特洛亚战争传统》,鲁宋玉译,上海:华东师范大学出版社,2017年。

伯克特,《东方化革命:古风时代前期近东对古希腊文化的影响》,刘智译,上海:上海三联书店,2010年。

伯纳德特,《弓弦与竖琴》,程志敏译,北京:华夏出版社,2016年。

布克哈特,《希腊人和希腊文明》,王大庆译,上海:上海人民出版社,2008年。

陈洪文,《荷马和荷马史诗》,北京:北京出版社,1983年。

陈戎女,《荷马的世界:现代阐释与比较》,北京:中华书局,2009年。

陈中梅,《荷马的启示:从命运观到认识论》,北京:北京大学出版社,2009年。

陈中梅,《荷马史诗研究》,南京:译林出版社,2010年。

陈中梅,《神圣的荷马:荷马史诗研究》,北京:北京大学出版社,2008年。

陈中梅,《希腊奇迹的观念基础:荷马史诗与西方认知史的开源研究》,上海:上海文艺出版社,2018年。

陈中梅,《宙斯的天空》,北京:北京大学出版社,2011年。

程志敏,《古典法律论:从赫西俄德到荷马史诗》,上海:华东师范大学出版社,2013年。

德拉孔波等编,《赫西俄德:神话之艺》,吴雅凌译,北京:华夏出版社，2004年。

芬利，《古典世界的政治》，晏绍祥译，北京：商务印书馆，2016年。

芬利主编，《希腊的遗产》，张强等译，上海：上海人民出版社，2004年。

格里芬，《荷马史诗中的生与死》，刘淳译，张巍校，北京：北京大学出版社，2016年。

韩志华，《荷马史诗奥德赛研究》，北京：中国国际广播出版社，2018年。

汉密尔顿，《希腊精神》，葛海滨译，沈阳：辽宁教育出版社，2003年。

赫丽生，《古希腊宗教的社会起源》，谢世坚译，桂林：广西师范大学出版社，2004年。

基托，《希腊人》，徐卫翔、黄韬译，上海：上海人民出版社，1998年。

克莱门，《劝勉希腊人》，王来法译，北京：三联书店，2002年。

库恩，《希腊神话》，朱志顺译，上海：上海译文出版社，1998年。

李吟咏，《原初智慧形态》，上海：上海人民出版社，1999年。

利奇德，《古希腊风化史》，杜之、常鸣译，沈阳：辽宁教育出版社，2000年。

林肯，《死亡、战争与献祭》，宴可佳译，上海：上海人民出版社，2002年。

刘小枫、陈少明编，《荷马笔下的伦理》，北京：华夏出版社，2010年。

洛德，《故事的歌手》，尹虎彬译，北京：中华书局，2004年。

麦克唐纳，《模仿荷马：以〈使徒行传〉中的四个故事为例》，叶友珍译，北京：华夏出版社，2018年。

默雷，《古希腊文学史》，孙席珍等译，上海：上海译文出版社，1988年。

纳吉，《荷马诸问题》，巴莫曲布嫫译，桂林：广西师范大学出版社，2008年。

尼克尔森，《荷马3000年》，吴果锦译，南京：江苏凤凰文艺出版社，2016年。

诺特维克，《不为人知的奥德修斯》，于浩、曾航译，北京：华夏出版社，2018年。

欧文，《古典思想》，覃方明译，沈阳：辽宁教育出版社，1998年。

普拉宁克，《柏拉图与荷马》，易帅译，上海：华东师范大学出版社，2017年。

齐默尔曼，《希腊罗马神话辞典》，张霖欣编译，西安：陕西人民出版社，1987年。

施勒格尔，《浪漫派风格：施勒格尔批评文集》，李伯杰译，北京：华夏出版社，2005年。

斯威布，《希腊的神话和传说》，楚图南译，北京：人民文学出版社，1958年。

孙道天，《古希腊历史遗产》，上海：上海辞书出版社，2004年。

童辰、汪华、李智萍，《诗经与荷马史诗比较研究》，南昌：江西人民出版社，2014年。

王晓朝，《希腊宗教概论》，上海：上海人民出版社，1997年。

韦尔南，《神话与政治之间》，余中先译，北京：三联书店，2005年。

韦尔南，《希腊思想的起源》，秦海鹰译，北京：三联书店，1996年。

维达尔－纳杰，《荷马之谜》，王莹译，北京：中国人民大学出版社，2015年。

维柯，《新科学》，朱光潜译，北京：商务印书馆，1989年。

温克尔曼，《希腊人的艺术》，邵大箴译，桂林：广西师范大学出版社，2001年。

晏绍祥，《荷马社会研究》，上海：上海三联书店，2006年。

裔昭印，《古希腊的妇女》，北京：商务印书馆，2001年。

章利国，《希腊罗马美术史话》，北京：人民美术出版社，2004年。

外文：

Bowra, C. M. *Tradition and Design in the* Iliad. Oxford: Clarendon press,1930.

Cairns, Douglas L. *Oxford Readings in Homer's* Iliad. Oxford: Oxford University Press,2001.

de Jong, Irene J. F. *A Narratological Commentary on the* Odyssey. Cambridge: Cambridge University Press,2001.

——（ed）. *Homer: Critical Assessments.* London: Routledge,1999.

Dodds, E. R. *The Greek and the Irrational.* Berkeley: University of California Press,1951.

Finley, M. I. *The World of Odysseus.* London: Pimlico,1999.

Finsler, Georg. *Homer in der neuzeit von Dante bis Goethe: Italien, Frankreich, England, Deutschland.* Leipzig: B. G. Teubner,1912.

Fowler, Robert（ed. ）. *The Cambridge Companion to Homer.* Cambridge: Cambridge University Press,2004.

Graziosi, Barbara. *Inventing Homer: The Early Reception of Epic.* Cambridge: Cambridge University Press,2002.

Griffin, Jasper. *Homer on Life and Death.* Oxford: Oxford University Press,1980.

Hammer, Dean. *The* Iliad *as politics: the performance of political thought.* Norman: University of Oklahoma Press,2002.

Hanson, V. D. and John Heath. *Who Killed Homer? The Demise of Classical Education and the Recovery of Greek Wisdom.* New York: The Free Press,1998.

Jaeger, Werner. *Paideia: The Ideals of Greek Culture.* tr. by Gilbert Highet. Oxford: Oxford University Press,1965.

Kirk, G. S. *The Songs of Homer.* Cambridge: Cambridge University Press,1962.

Lang, Andrew. *The World of Homer*. London: Longmans, Green, and Co.,1910.

Latacz, Joachim. *Homer, His Art and His World*. Ann arbor: University of Michigan Press,1996.

Morris, Ian and Barry Powell. *A New Companion to Homer*. Leiden: Brill,1997.

Murray, Gilbert. *The Rise of the Greek Epic*. Oxford: Clarendon Press,1924.

Myres, J. L. *Homer* and *His Critics*. London: Routledge & Paul, 1958.

Myrsiades, Kostas. *Approaches to Teaching Homer's* Iliad *and* Odyssey. New York: The Modern Language Association of American,1987.

Pangle, Thomas, L (ed.) . *The Roots of Political Philosophy: Ten Forgotten Socratic Dialogues*,Ithaca: Cornell University Press,1987（刊有 Allan Bloom 英译的柏拉图《伊翁》和 Steven Forde 英译的《希帕库》）。

Pucci, Pietro. *Odysseus Polutropos: Intertextual Readings in the* Odyssey *and the* Iliad. Ithaca: Cornell University Press,1995.

Rose, H. J. *A Handbook of Greek Literature: From Homer to the Age of Lucian*. London: Methuen & Co. LTD. ,1934.

Rubino, Carl A. and C. W. Shelmerdine (eds) . *Approaches to Homer*. Austin: University of Texas Press,1983.

Steiner, George and Robert Gagles. *Homer: A Collection of Critical Essays*. Prentice-Hall, Inc. , Englewood Cliffs, N. J. ,1962.

Whitman, C. H. *Homer and the Heroic Tradition*. Cambridge: Harvard University Press,1958.

Wilamowitz-Moellendorff, Ulrich von. *Homerische Untersuchungen*. Berlin : Weidmann,1884.

Willcock, M. M. *A commentary on Homer's* Iliad. London: Macmillan1970.

Williams, Bernard. *Shame and Necessity*. Berkeley: University of California Press,1993.

Wright, G. M. and P. V. Jones. *Homer: German Scholarship in Translation*. Oxford: Clarendon Press,1997.

图书在版编目（CIP）数据

缪斯之灵：荷马史诗导读/程志敏著. --北京：华夏出版社有限公司，2021.7
ISBN 978-7-5222-0093-4

Ⅰ.①缪… Ⅱ.①程… Ⅲ.①《荷马史诗》－诗歌欣赏 Ⅳ.①I545.072

中国版本图书馆CIP数据核字(2020)第260883号

缪斯之灵：荷马史诗导读

作　　者	程志敏
责任编辑	马涛红
特约编辑	明静洁
责任印制	刘　洋
出版发行	华夏出版社有限公司
经　　销	新华书店
印　　刷	北京汇林印务有限公司
装　　订	北京汇林印务有限公司
版　　次	2021年7月北京第1版 2021年7月北京第1次印刷
开　　本	880×1230　1/32
印　　张	9.75
字　　数	312千字
定　　价	69.00元

华夏出版社有限公司　地址：北京市东直门外香河园北里4号　邮编：100028
网址：www.HXPH.com.cn　电话：(010)64663331(转)
若发现本版图书有印装质量问题，请与我社营销中心联系调换。